Hannah Howell a grandi en Nouvelle-Angleterre. Elle vit maintenant dans le Massachusetts avec son mari, ses deux fils, ses trois petits-enfants et ses cinq chats. Elle a déjà écrit plus d'une trentaine de romances historiques, la plupart se déroulant dans l'Écosse du Moyen Âge. Récompensée plusieurs fois par le *Romantic Times Bookclub Magazine*, elle a reçu à deux reprises le Golden Leaf Award. Hannah est très impliquée dans l'association des Romance Writers of America. Quand elle n'est pas absorbée par l'écriture, elle s'adonne aux jeux vidéo, au tricot, au piano ou au jardinage au gré de ses humeurs. N'hésitez pas à lui rendre visite sur son site : www.hannahhowell.com (site en anglais).

Du même auteur, chez Milady :

Le Clan Murray :
1. *La Promesse des Highlands*
2. *Le Chevalier des Highlands*

Ce livre est également disponible au format numérique

www.milady.fr

Hannah Howell

La Promesse des Highlands

Le Clan Murray – 1

Traduit de l'anglais (États-Unis) par Jean-Baptiste Bernet

Milady Romance

Milady est un label des éditions Bragelonne

Titre original : *Highland Vow*

Publié avec l'accord de Kensington Publishing Corp.

Suivi d'un extrait de : *Highland Knight*

1re édition : mars 2013
2e tirage : mai 2013

ISBN : 978-2-8112-0997-1

Bragelonne – Milady
60-62, rue d'Hauteville – 75010 Paris

E-mail : info@milady.fr
Site Internet : www.milady.fr

Prologue

Écosse, 1446

— Tête d'enclume !

— Crotte de bique !

En entendant ces voix criardes, Cormac Armstrong faillit lâcher un ricanement, même si ces insultes avaient interrompu sa descente résignée vers le sommeil. Quel tour cruel le sort lui jouait-il, le forçant ainsi à voir sa jeunesse filer au bruit strident des enfants s'injuriant ? Gagné par une profonde mélancolie, il se rappela toutes les fois où lui et ses frères s'étaient disputés, conscient qu'il ne les reverrait plus jamais.

— T'es vilain !

— Ah oui ? Moi je dis que c'est toi qu'es vilain, et crétin avec ça !

Le son d'un petit poing frappant un corps tout frêle fut rapidement suivi par une franche bastonnade. D'autres jeunes voix lui parvinrent dans l'air frais et humide du matin tandis que chacun encourageait son champion. Cormac en vint à croire qu'une véritable horde d'enfants s'était rassemblée à côté du fourré où il s'était caché. Il pria pour qu'ils restent là où ils étaient, qu'aucun d'entre eux ne s'approche de lui et ne se retrouve ainsi mêlé à ses problèmes – et jura aussitôt, quand il comprit que sa supplique n'avait servi à rien.

Il vit tout d'abord d'immenses yeux verts, une masse de boucles noires, puis une petite fille très mince qui se faufila entre les arbres et vint s'agenouiller à côté de lui. Elle était parfaitement ravissante, et Cormac souhaitait désespérément qu'elle s'éloigne au plus vite : il doutait que ses ennemis le suivent encore, mais il pouvait très bien se tromper, et ceux-ci n'hésiteraient pas à bousculer violemment l'enfant, voire à la tuer.

— Va-t'en, petite ! chuchota-t-il. Pars d'ici, et emmène tous tes compagnons avec toi !

— Tu saignes, fit la fillette après l'avoir observé.

Il écarquilla les yeux quand elle passa ses doigts fins sur son front. Elle avait une voix étonnamment grave pour son âge. *Une voix bien plus âgée qu'elle*, se dit-il.

— Oui, et je vais bientôt mourir, ce qui n'est pas un spectacle pour ces jolis yeux.

— Mais non. Ma mère peut guérir à peu près tout, tu sais. Je m'appelle Elspeth Murray.

— Et moi Cormac Armstrong. Tu ne dois pas lui parler de moi.

Il trouva, surpris, la force de serrer la main menue qu'elle lui tendait.

— Mais tu as besoin d'elle pour ne plus saigner.

— Petite, si je saigne, c'est parce que quelqu'un met beaucoup de cœur à me tuer.

— Pourquoi ?

— On dit que je suis un meurtrier.

— Et c'est vrai ?

— Non.

— Alors ma mère peut t'aider.

Cormac désirait ardemment que l'enfant aille chercher cette dernière pour qu'elle soigne ses blessures. Il n'avait aucune envie de mourir, et surtout pas pour un crime qu'il n'avait pas commis – tout du moins, pas avant d'avoir lavé son honneur. Tout cela était vraiment injuste, pensa-t-il. Puis il grimaça : voilà que lui aussi se comportait en enfant, désormais.

— Ah, mon pauvre, murmura la fillette. Tu as très mal, et il te faut du calme. Je vais dire aux petits de faire moins de bruit.

Avant que Cormac puisse protester, elle se leva et sortit la tête du fourré.

— Vous pouvez pas vous taire ? tonna-t-elle d'une voix étonnamment puissante et autoritaire. Il y a un malheureux qui saigne ici, et il aimerait un peu de tranquillité. Payton, prends tes petites jambes à ton cou et cours trouver Donald ou mon père, parce que ce garçon a vraiment besoin d'aide.

La seule chose que Cormac trouva à dire quand elle revint à ses côtés fut :

— Je ne suis pas un garçon, mais un homme ! Un homme recherché !

D'autres enfants ne tardèrent pas à se faufiler dans le taillis.

— Quel âge as-tu ? interrogea Elspeth en passant de nouveau ses doigts sur le front de Cormac.

— Dix-sept ans, répondit le jeune homme, qui se demandait comment une main aussi menue pouvait le réconforter autant.

— Et moi, j'ai neuf ans aujourd'hui, c'est pour ça que tous les Murray sont réunis. Et puis tu es un garçon. Mon père affirme que tant qu'on n'a pas vingt et un ans, on est un garçon ou une fille, et que certains le restent toute leur vie, même s'ils deviennent aussi grands et aussi vieux que lui. C'est ce qu'il a dit à mon cousin Cordell quand il a eu seize ans et qu'il a commencé à raconter à tout le monde quel grand homme il était.

— Vrai, approuva une fille aux yeux d'ambre, encore plus petite qu'Elspeth, en venant s'asseoir à côté de lui. Oncle Balfour dit qu'un gars doit faire ses preuves, se trouver une femme, avoir des enfants et s'occuper de sa famille avec honneur avant de pouvoir déclarer qu'il est un homme. Elspeth, pourquoi est-ce qu'il saigne ?

— Parce qu'il a quelques gros trous dans la peau, Avery.

La nouvelle venue ricana, et Elspeth lui sourit brièvement.

— J'ai vu. Comment il s'est fait mal ?

— Quelqu'un essaie de le punir pour un meurtre qu'il n'a pas commis.

Cormac balaya du regard les onze enfants d'une grande beauté qui s'étaient rassemblés autour de lui, avant de revenir vers Elspeth.

— Fillette, j'ai dit que j'étais innocent, mais comment peux-tu être sûre que ce soit la vérité ?

— Ça l'est, assura l'enfant avec fermeté.

— Personne ne peut mentir à Elspeth. Et crois-moi, c'est pénible, déclara un grand garçon assis à la gauche de Cormac. Je suis Ewan, son frère.

Cormac réprima un sourire, et regarda aussitôt droit dans les yeux ce gamin qui semblait un peu plus vieux qu'Elspeth.

— Dans ce cas, elle sait aussi que je dis vrai quand j'annonce que je ne suis bon qu'à lui apporter des ennuis – de mortels ennuis – et qu'elle devrait m'abandonner à mon sort. Rentrez chez vous au plus vite avant que le danger qui me suit à la trace arrive à votre porte.

Le garçon ouvrit la bouche pour répondre, mais se ravisa ; Cormac suivit son regard et se figea lui aussi. Elspeth se tenait bien droite, les yeux braqués sur son frère, une expression très adulte sur le visage. Cormac comprenait très bien pourquoi le jeune homme semblait réticent à l'idée de contrarier sa sœur.

— Ewan, va voir avec les autres si tu trouves de quoi faire une civière, dit la petite fille. Oh, et avant de partir, donne-moi l'outre à vin que tu as prise à Donald.

— Je n'ai pas…, commença le garçon, puis il tendit la gourde à Elspeth en jurant et disparut avec ses compagnons.

— Il n'y a rien de mal à ce que ce garçon s'essaie à boire un peu de vin, dit Cormac.

— Je le sais, et celui de Donald est assez fort pour ça, mais tu en as plus besoin que lui. Ewan pourra goûter cette potion un autre jour.

La fillette révéla une force surprenante quand elle passa un bras autour des épaules de Cormac pour l'aider à se redresser. Cependant, la surprise n'était pas la seule raison à son accès de toux : d'ordinaire, le vin ne lui brûlait pas ainsi la gorge ni ne diffusait une telle chaleur dans son corps.

— Avery, va chercher de l'eau, ordonna Elspeth, avant de se retourner vers les deux filles encore présentes. Bega, Morna, il me faut l'une de vos robes pour panser les blessures de ce garçon. En vérité, je vais même avoir besoin des deux.

— Pourquoi tu prends pas la tienne ? demanda la fillette aux cheveux blonds. Je vais me faire gronder.

— Pas si c'est pour épargner à un homme de perdre tout son sang, Bega.

— Petite, ce n'est pas un travail pour une enfant, dit Cormac à Elspeth tandis que Bega et Morna déchiraient leurs robes avec effort.

— Vrai, ça ne va sûrement pas être très agréable, mais comme on ne peut pas savoir quand Payton va revenir avec de l'aide, il faut arrêter ce saignement si on le peut. Ma mère est une guérisseuse, et je connais quelques-uns de ses secrets. Bois encore un peu de vin.

— Ça n'est pas du vin, murmura Cormac avant de s'exécuter.

La fillette sourit, et il songea, un peu hébété, qu'elle serait une très belle femme quand elle aurait fini de grandir.

— Je le sais bien, et je ne suis pas la seule, mais le père de la femme de Donald était un ivrogne qui s'emportait volontiers, et elle perd la tête quand elle pense que son homme boit du whisky. C'est pour ça que Donald le cache dans son outre à vin. On sait tous qu'il deviendra jamais un ivrogne, il est trop fort pour ça, mais il aime bien se réchauffer le ventre de temps en temps ou même partager un verre avec les autres, alors on fait tous semblant d'ignorer son petit mensonge. Je crois que sa femme le sait aussi, mais ça lui rappelle qu'elle ne doit pas se montrer trop dure avec son pauvre mari.

— Si tu as l'outre de cet homme, c'est qu'il ne doit pas être très loin… et puis personne ne laisserait autant d'enfants se promener sans personne pour les accompagner. Dis-moi, petite, où est Donald ?

— Ah, le pauvre, je crois qu'on a été un peu méchants avec lui : on lui a faussé compagnie. Vraiment méchants, parce qu'on est partis de Donncoill depuis très longtemps, et que mon père va bientôt se mettre à notre recherche. Donald va sans doute entendre une question qu'il redoute.

— Où sont-ils, Donald ?

L'intéressé frémit, et tâcha de ne pas flancher devant les mugissements du laird de Donncoill et les regards furieux des deux frères de ce dernier. Balfour semblait prêt à le rosser, et nul doute que Nigel et Eric ne se seraient pas gênés pour l'immobiliser pendant l'opération. Il regrettait d'avoir perdu son outre en même temps que les enfants, car à cet instant précis, il aurait grandement apprécié quelques gorgées de son contenu.

— Je ne sais pas ! s'écria-t-il avant de reculer de quelques pas, tant la colère des frères Murray était palpable. Ils étaient avec moi, et ils ont tous disparu ! Je les cherche depuis près d'une heure.

— Ça fait une heure que tu as perdu nos petits ?

Avant que Donald trouve que répondre à cette question à peine murmurée, le petit Payton arriva en trottinant et prit Nigel, son père, par le bras.

— Papa, tu dois tout de suite venir avec moi.

— Il vous est arrivé quelque chose ? demanda Nigel en le prenant par ses frêles épaules.

— Non, on va bien. (Le garçon regarda Donald.) Désolé de nous être enfuis.

— Ne t'en fais pas pour ça, repartit Nigel. Où sont les autres ?

— Je vais te montrer, dit Payton en se mettant en route sans attendre. Elspeth a trouvé un homme qui saignait et elle m'a envoyé chercher de l'aide.

Nigel échangea un rapide regard avec ses frères. Il y avait bien des raisons pour qu'un homme se retrouve blessé dans un recoin du domaine des Murray, mais pas beaucoup de bonnes. Nigel encouragea son fils à se hâter tandis que Donald prenait les rênes de leurs chevaux et leur emboîtait le pas.

— Pardon de t'avoir fait mal, Cormac, mais je crois que tu saignes un peu moins, dit Elspeth en mouillant un morceau de tissu pour le passer sur le front trempé de sueur du jeune homme.

— Oui, tu t'en es très bien tirée, fit-il avec difficulté.

— Ma mère devra te recoudre au flanc et à la jambe.

— Écoute, petite, je ne sais comment te remercier. Pourrais-tu me laisser maintenant ? Je ne suis pas sûr d'avoir échappé à ceux qui me pourchassaient, et ils n'hésiteraient pas à vous faire du mal, à toi et aux autres.

— J'avais compris, c'est pour ça qu'Avery, Morna et Bega montent la garde.

— Tu sais que tu es vraiment têtue ?

— Oui. Je me suis déjà fait gronder plusieurs fois pour ça. Tu as besoin qu'on t'aide, et c'est ce que je vais faire.

— Mais je suis un homme rech…

— J'avais compris. Ma tante Gisele, la mère d'Avery, a été recherchée elle aussi, et on l'a aidée. Elle était comme toi faussement accusée d'avoir assassiné quelqu'un, alors je sais bien que si on raconte que vous avez tué quelqu'un et qu'on essaie de vous faire payer pour ça, ça ne veut pas forcément dire que c'est vrai.

Avant que Cormac puisse se remettre de cette confidence, Avery entra dans le fourré et annonça :

— Nos pères arrivent.

Le jeune homme se retrouva presque aussitôt face à trois individus massifs, à la mine patibulaire. Il chercha instinctivement son épée, constata qu'elle n'était plus à sa place, et vit la petite fille tout juste arrivée tendre cette dernière à celui des trois nouveaux venus qui avait les yeux couleur d'ambre. Cormac savait qu'il n'avait pas la force de se défendre, et qu'il aurait été parfaitement idiot de tirer son arme face à des hommes probablement désireux de le secourir, mais il était particulièrement contrarié d'avoir été ainsi désarmé par une enfant. Pour ne rien arranger, Elspeth prit le couteau qu'il cachait dans sa botte pour le donner à l'homme aux cheveux châtains et aux yeux marron, avant de recommencer à lui essuyer le visage.

— Tu as faussé compagnie à ce pauvre Donald, dit Balfour Murray à sa fille.

— C'est vrai, répondit Elspeth en tendant tranquillement à Donald son outre.

— Tu sais que c'est mal.

— Oui, mais parfois, la malice a raison de moi.

— Eh bien, la prochaine fois que tu la sens arriver, tâche de te rappeler qu'elle est toujours suivie par une sévère punition. (Balfour regarda autour de lui, et ne vit que les quatre fillettes.) Où diable sont les autres ?

— Ils font une civière pour ce garçon.

— Tu t'attends à ce que je le ramène à Donncoill ?

— Oui.

— Ma fille, je trouve que tu sèmes beaucoup de boiteux et d'estropiés sur mes terres.

— Il n'est pas estropié, il saigne, c'est tout.

Balfour observa de plus près le jeune homme dont sa fille s'occupait si tendrement. Son épaisse chevelure brun-roux et ses yeux bleu clair formaient un mariage des plus saisissants. Ses traits étaient harmonieux, sans défaut, son corps svelte et juvénile promettait cependant que son propriétaire deviendrait un jour un homme robuste. Si l'apparence avait un quelconque pouvoir, ce garçon devait sans mal se faire des amis partout où il allait. Elspeth n'avait peut-être que neuf ans, mais Balfour ne pouvait s'empêcher de penser que cette fois, sa fille avait agi poussée par autre chose que sa tendance naturelle à serrer contre son cœur tout ce qui était blessé ou mal-en-point. La jeunesse de ce garçon l'incitait à l'aider sans se poser de questions, mais il se força à faire montre de prudence.

— Je suis sir Balfour Murray, laird de Donncoill, et voici mes frères, sir Nigel et sir Eric. Qui es-tu, mon garçon, et pourquoi te retrouves-tu à répandre ton sang sur mes terres ?

— Je m'appelle Cormac Armstrong, et j'ai chu en essayant de rejoindre les miens, au sud.

— Où est ton cheval ?

— Il s'est enfui quand je suis tombé de ma selle en perdant connaissance.

— Qui t'a blessé, et pourquoi ?

— Je suis pourchassé par le clan d'un homme qu'on m'accuse d'avoir assassiné.

Les trois frères posèrent la main sur la poignée de leurs épées et le scrutèrent avec une méfiance accrue.

— Et c'est le cas ?

— Non.

— Pourquoi devrais-je te croire ? demanda Balfour en se relâchant tout de même légèrement.

— Je ne peux vous offrir que ma parole. Je suis innocent.

Cormac espérait que ces hommes décideraient de son sort sans trop attendre, car il n'était pas sûr de pouvoir demeurer conscient encore bien longtemps.

— Les garçons viennent d'arriver avec leur civière, annonça Nigel.

— Reste à vérifier qu'elle est solide, parce qu'on pourrait bien traîner ce gaillard jusqu'à Donncoill, annonça Balfour. De quel meurtre t'accuse-t-on ?

— On dit que j'ai tué un Douglas.

Cormac ne fut pas surpris de voir Balfour et Eric tressaillir.

— Un Douglas ? As-tu la force de raconter ton histoire ?

— Je vais essayer. Je courtisais une jeune fille, mais sa famille a décidé de la marier à un Douglas qui avait plus de terres et de richesses que moi, et je n'ai pas bien pris la chose. J'ai parlé plus que de raison et ai laissé un peu trop libre cours à ma colère… et à ma jalousie, aussi. Ainsi, quand ce Douglas a été retrouvé la gorge tranchée pas plus de six mois après son mariage, tous les regards se sont tournés vers moi. J'étais innocent, mais je n'avais aucun moyen de le prouver, et personne vers qui rejeter les soupçons, alors j'ai fui – et deux longs mois plus tard, c'est ce que je continue à faire.

— Ce sont les Douglas qui te pourchassent ?

— Certains d'entre eux, une des plus petites branches du clan – mais aucun Douglas ne m'accueillera chez lui, ni ne m'aidera.

— Tu soulèves un problème épineux, mon garçon. Est-ce que je vais te croire, au risque de m'attirer les foudres des puissants Douglas ? Est-ce que je vais te laisser mourir, voire te remettre à eux, même si tu es innocent ? Tu me demandes de prendre de grands risques, sans m'offrir autre chose que ta parole.

— Ce n'est pas lui qui demande, mais moi, intervint Elspeth. Et puis il y a autre chose qui joue en sa faveur, père.

— Ah oui ? Quoi donc ?

— Depuis que je l'ai trouvé, il n'a pas arrêté d'essayer de me convaincre de partir, de le laisser à son sort. Il répète sans arrêt qu'il va me causer des ennuis.

— Mais tu es une petite têtue.

— Oui.

Balfour sourit à sa fille et s'agenouilla à côté de Cormac.

— Eric, viens m'aider. Nous allons allonger ce jeune inconscient sur la civière et amener sa carcasse pleine de trous à ma Maldie pour qu'elle le soigne.

— Balfour, tu es sûr de ce que tu fais ? s'enquit Eric, qui s'exécuta cependant.

— Pas vraiment, mais quel meurtrier refuserait de l'aide de peur qu'une petite idiote ne soit blessée ?

— Je suis pas idiote ! marmonna Elspeth en emboîtant le pas à son père.

Les deux frères échangèrent un sourire.

— Aucun à ma connaissance, admit Eric. Je suis de ton avis, mais je prie tout de même pour que ce gaillard soit guéri et loin de Donncoill quand les Douglas apprendront ce que nous avons fait. C'est pas très courageux de ma part, je sais, mais…

— Voilà, il y a un « mais ». Il n'est pas de notre clan, et ce n'est ni un ami ni le fils d'un ami. (Balfour regarda Cormac droit dans les yeux en l'installant sur la civière.) Mon garçon, nous allons te soigner, mais une fois sur pied, tu devras reprendre la route, tu m'entends ?

— Oui, je n'ai pas encore perdu connaissance, acquiesça le jeune homme, le visage livide et trempé de sueur.

— Parfait. Tu as vu les trésors que je dois protéger, dit Balfour en désignant les enfants d'un signe de tête. Nous autres Murray sommes un petit clan. Même si nous appelions nos alliés à la rescousse, nous ne serions pas de taille à lutter contre les Douglas.

Balfour fit signe à Donald d'attacher la civière à son propre cheval.

— Seul le roi le pourrait.

— Et encore, rien n'est moins sûr. Tu t'es trouvé des ennemis très puissants.

— Je me suis toujours dit qu'il fallait choisir ce qu'il y a de mieux, murmura Cormac avant de s'évanouir.

— Il n'est pas mort ? demanda Elspeth d'une voix tremblante en lui touchant la joue.

— Non, ma fille, répondit Balfour en la prenant dans ses bras.

Donald et ses frères firent monter les plus petits sur leurs chevaux, et lui-même prit les rênes de sa monture pour repartir en direction de Donncoill.

— Le pauvre garçon a seulement tourné de l'œil. Je pense qu'il se remettra : il faut une sacrée volonté pour rester éveillé et parler de façon sensée pendant aussi longtemps.

— Et quand il aura recouvré ses forces, tu le chasseras ?

— Je le dois, ma fille. J'aimerais beaucoup tirer mon épée et défendre ton blessé, car je suis certain qu'il est accusé à tort, mais le prix à payer serait bien trop grand pour nous. Nous pourrions même nous retrouver opposés au roi.

— Je sais, répondit Elspeth en passant les bras autour du cou de son père pour l'embrasser sur la joue. Tu dois choisir entre nous tous et un garçon que tu ne connais pas du tout et avec qui tu n'as aucun lien. Je pense de toute manière qu'avec ses problèmes, il vaut mieux qu'il soit seul. Personne d'autre ne sait où chercher la vérité qui le libérera.

Cormac attendait sur les marches de Donncoill qu'on lui apporte son cheval. Les Murray l'avaient guéri et hébergé pendant deux mois, le temps qu'il reprenne des forces. Il n'avait cependant aucune envie de partir, et pas seulement parce qu'il redoutait de se retrouver nez à nez avec les Douglas. Le jeune homme ne se rappelait pas avoir déjà séjourné dans un endroit plus vivant, plus heureux. Il s'entendait certes bien avec ses frères, mais leur demeure n'avait jamais été aussi joyeuse – sans doute car c'étaient la haine qu'avaient ses parents l'un pour l'autre et les trop nombreuses intrigues meurtrières qui se tramaient dans les couloirs de leur château qui les avaient rapprochés. De toute façon, Cormac ne pouvait rester terré à Donncoill : il devait laver son honneur. Il fit une révérence gracieuse à lady Maldie puis lui baisa délicatement les doigts. Il s'apprêtait à se redresser pour la remercier de nouveau quand une petite main sale apparut tout près de son nez.

— Elspeth, ma chérie, tu ne dois jamais demander à un homme de te faire un baisemain, dit Maldie en réprimant un sourire. Et puis tu devrais songer à te nettoyer un peu, avant.

— Elle va revenir, déclara Balfour, un bras autour des frêles épaules de sa femme, en regardant la petite fille partir en courant. Tu vas devoir jouer au courtisan avec elle.

— Ça ne me dérange pas. Sans elle, j'aurais servi de pâture aux corbeaux. À vrai dire, je ne suis pas sûr d'avoir compris comment elle a fait pour me trouver.

Il tapota doucement le crâne de Canterbury, le chien-loup borgne et sérieusement balafré d'Elspeth, qui venait de s'asseoir à ses pieds.

— Notre fille a un don pour trouver ceux qui souffrent ou ont besoin d'aide.

— Et c'est à vous qu'il revient de les soigner, répondit Cormac.

— Exactement ! dit Maldie en riant. Elle n'a pas encore compris que toutes les blessures ne peuvent être guéries. Ah, la revoilà… et apparemment, elle m'a bien écoutée.

Elspeth vint se placer devant Cormac et lui tendit la main. Le jeune homme s'efforça de ne pas regarder Balfour et Maldie, car les voir faire tout leur possible pour ne pas éclater de rire aurait eu raison de son sérieux. La fillette était toujours un peu sale, avec des traces de terre sur le visage et la robe, mais elle avait si bien frotté ses doigts qu'ils avaient pris une jolie teinte rose. Il lui embrassa la main avec grâce, remercia de nouveau ses hôtes, puis partit, prêt à se battre pour prouver son innocence.

Balfour prit sa petite fille dans ses bras et déposa un baiser sur sa joue.

— C'est un garçon solide. Il s'en sortira très bien.

— Je sais, répondit Elspeth, la mine grave. Je suis seulement triste parce que son combat risque de durer très longtemps.

Chapitre premier

Écosse, dix ans plus tard

— Mon père vous traquera, et avec lui mes oncles, mes cousins, et tous les hommes de mon clan. Ils vous poursuivront comme une meute de loups enragés, vous réduiront en pièces, et je cracherai sur votre dépouille avant de l'abandonner aux charognards.

Sir Cormac Armstrong s'arrêta brutalement devant la porte des appartements de sir Colin MacRae. Ce n'était pas la violence de ces menaces qui l'avait ainsi pris de court, mais la voix qui les avait proférées. Douce, rauque, presque trop grave pour une femme, elle avait fait remonter à la surface des souvenirs vieux de dix ans, et qu'il pensait avoir complètement oubliés.

Cormac se mit à douter. Il n'y avait aucune raison pour que la jeune Murray se retrouve dans le château de sir Colin. De plus, il n'avait eu aucun rapport avec les membres de ce clan depuis qu'ils l'avaient si généreusement aidé – à part la lettre qu'il leur avait envoyée pour annoncer qu'il avait lavé son honneur, et la belle jument qu'il leur avait offerte en remerciement. Impossible de croire que sa sauveuse n'était pas encore gardée bien précieusement à Donncoill. Sa mémoire lui jouait sans doute des tours. Comment sir Colin aurait-il pu mettre la main sur elle ? Et pourquoi ?

— En tout cas, je connais au moins un de tes satanés cousins qui ne nous posera plus de problèmes, dit sir Colin. Le gaillard blond et impertinent qui chevauchait avec toi doit maintenant servir de repas aux corbeaux.

— Payton n'est pas mort.

La douleur et l'espoir de ces mots étaient presque palpables. Cormac ne se souvenait plus de grand-chose après toutes ces années, mais ce nom, Payton, lui semblait familier. Ce fut lui, et cette voix qui faisait remonter dans son esprit l'image d'une petite main bien propre tendue vers lui, qui le poussa à agir. Il devait savoir ce qui se passait. Ce n'était certainement pas une conversation entre deux amis, et la petite Murray était peut-être en danger.

Depuis qu'une semaine plus tôt, il avait accompagné sa jeune cousine Mary à Duncaillie afin qu'elle y épouse John, le neveu de sir Colin, Cormac s'était efforcé d'explorer le château dans ses moindres recoins. Il n'aimait pas sir Colin et ne lui faisait absolument pas confiance. Il avait d'ailleurs été l'un des seuls à s'élever contre les fiançailles de Mary, peu désireux de voir le nom de sa famille lié à celui d'un individu dont il avait entendu si peu de bien.

Après s'être assuré que personne ne pouvait le voir, Cormac se glissa dans la chambre voisine. Aucun garde ne surveillait la porte qui reliait cette pièce aux appartements de sir Colin. Peut-être était-il trop arrogant pour penser qu'on oserait l'espionner, ou s'en moquait-il, tout simplement.

Cormac se pressa contre le montant de la porte et l'entrouvrit prudemment. Il balaya rapidement du regard la pièce dans laquelle il se trouvait, et nota plusieurs endroits où il pourrait se tapir. Au cours des deux longues années qu'il avait passé à fuir la fureur des Douglas, l'homme avait appris – entre autres choses – à tirer parti des ombres et du moindre rideau pour se dérober aux regards. Il inspira profondément et risqua un œil dans la chambre de sir Colin.

— Peu importe. Je me moque complètement de ce qu'il est advenu de ce jeune puceau.

— Puceau ? s'écria la voix rauque avec un mépris qui fit tressaillir Cormac. Même le plus imberbe de mes cousins a honoré plus de femmes que vous ne le ferez jamais !

Sir Colin bondit de sa chaise en chêne pour se précipiter sur sa persécutrice, et Cormac dut serrer les poings pour ne pas agir de façon stupide. À son grand soulagement, l'homme s'arrêta devant la jeune femme, la main levée, et retint le coup qu'il brûlait pourtant d'assener. Cormac savait qu'il n'aurait pu s'empêcher d'intervenir si lord Colin avait frappé la frêle créature qui le dévisageait si calmement.

Impossible de nier ce que voyaient ses yeux – et pourtant ce fut ce qu'il tenta de faire pendant plusieurs minutes. Elspeth Murray se trouvait bien dans les appartements de lord Colin, loin du confort rassurant de Donncoill. Cormac n'était pas sûr d'être ravi de constater qu'il avait vu juste, dix ans auparavant : elle était effectivement devenue une jeune femme d'une beauté désarmante.

Sa chevelure épaisse en désordre tombait en cascade sur son dos et s'arrêtait, provocante, au sommet de ses jambes fines. Elle avait les mains attachées dans le dos, et Cormac ne put retenir un sourire : elles n'étaient pas beaucoup plus grandes que quand Elspeth lui avait caressé le front alors qu'il répandait son sang sur les terres de son père. Elle était presque trop svelte, trop délicate, mais suffisamment féminine pour éveiller quelque sentiment au niveau de son entrejambe. Ses bras, ainsi tirés vers l'arrière, mettaient en évidence la forme parfaite de ses petits seins. Sa taille était délicieusement fine, et ses hanches paraissaient bien arrondies. Son visage en cœur semblait toujours assailli par ses cheveux et ses grands yeux verts. Il avait quelque chose d'enfantin et d'innocent, avec son petit nez bien droit et son menton légèrement pointu. Pourtant, ses longs cils et ses lèvres charnues étaient, sans doute aucun, ceux d'une femme. En d'autres termes, Elspeth était une somme de contradictions des plus troublantes. Elle était si près de lui qu'il aurait pu facilement la toucher, et il fut surpris de constater à quel point il devait lutter contre cette impulsion.

La jeune femme parla alors de sa voix rauque et profonde, et toute trace de l'enfant qu'elle avait été disparut. Elle devint une tentatrice terriblement sensuelle, de sa crinière sombre jusqu'au bout de ses bottes. Cormac sentit le désir l'envahir tel un coup de poing à l'estomac. Tout homme normalement constitué, en la voyant ou en entendant sa voix, devait ressentir l'envie immédiate d'enfoncer les portes de Donncoill pour la rejoindre. Cormac savait que s'il n'avait déjà offert son cœur à une autre, il aurait été terriblement tenté. Peut-être sir Colin avait-il simplement succombé à ses charmes ?

— Vous hésitez à frapper une femme ? demanda-t-elle. Je croyais que rien de ce que vous pourriez faire ne me surprendrait, mais apparemment, je me trompais.

— C'est ce que tu veux, on dirait, répondit sir Colin.

Seul le léger tremblement de sa voix trahissait les efforts qu'il faisait pour se retenir.

— Et pourtant, vous restez là sans rien faire, comme un tas de fumier nauséabond.

Cormac se raidit quand Colin serra le cou frêle dans sa main aux doigts boudinés, et souffla d'un ton glacial :

— C'est donc le but de ton petit jeu ? Me mettre dans une rage folle ? Eh bien, sache que ce n'est pas moi qui vais crier aujourd'hui, sale garce.

Trois des cinq hommes présents dans la pièce ricanèrent.

— Nous y voilà, c'est un viol. Profitez-en bien, quand vous glisserez votre misérable petite brindille en moi, car ce sera la dernière fois. Dès qu'elle m'aura touchée, elle sera maudite.

Sir Colin resserra son étreinte. Cormac vit les veines de sa main saillir, et se tint prêt à dégainer son épée, pourtant conscient qu'il serait pure folie de se mêler de cette histoire. Elspeth ne laissait pas échapper le moindre son, restait parfaitement immobile, mais regardait sans ciller le visage empourpré de l'homme. Cormac remarqua qu'elle serrait de toutes ses forces ses mains derrière son dos. Il admirait son courage, tout en trouvant parfaitement inconscient d'aiguillonner ainsi MacRae. Qu'avait-elle à y gagner, à part une mort rapide ? Cormac venait de décider qu'il était temps d'intervenir, et ce malgré ses maigres chances de succès, quand l'homme lâcha finalement Elspeth. Elle ne hoqueta qu'une fois, tituba à peine, alors même qu'elle devait être au bord de l'étouffement.

— D'aucuns essaieraient peut-être d'appeler ça un « viol », mais j'ai seulement l'intention de faire l'amour à ma femme, rétorqua Colin.

— J'ai déjà refusé vos avances, rétorqua Elspeth d'une voix un peu plus faible. Il est inutile d'y revenir.

— Personne ne se refuse à moi.

— C'est pourtant ce que j'ai fait, et ce que je vais continuer à faire.

— Tu n'as pas ton mot à dire. (MacRae fit signe aux deux hommes qui la flanquaient.) Enfermez-la dans la tour ouest.

Il lui caressa doucement les lèvres, et retira prestement sa main avant qu'elle la morde. Les dents blanches et régulières de la jeune femme claquèrent bruyamment dans la pièce.

— J'ai fait préparer une chambre spécialement pour toi.

— Votre générosité m'honore.

— Crois-moi, petite impertinente, tu seras bientôt honorée d'une tout autre façon.

Cormac referma doucement la porte et s'arrêta juste avant de faire claquer le loquet. Il tira parti des ombres laissées par les torches pour suivre Elspeth et les deux gardes qui l'accompagnaient dans le hall. La jeune femme fut la seule à se retourner : elle regarda un instant dans sa direction, les sourcils froncés, avant qu'un des hommes l'entraîne. Elle ne pouvait pas l'avoir vu, mais si c'était tout de même le cas, elle avait eu le bon sens de se taire. Il suivit sa proie jusqu'à l'entrée de la tour en tentant d'élaborer un plan astucieux.

Elspeth trébucha légèrement quand un des gardes la poussa sans ménagement dans la pièce, mais recouvra vite son équilibre. L'autre trancha ses liens, et la jeune femme réprima un soupir de soulagement. Elle veilla également à ne pas se masser immédiatement les poignets pour ne pas montrer à quel point ses entraves l'avaient fait souffrir, et attendit pour cela que les deux hommes aient refermé la lourde porte et fait glisser le verrou.

— On dirait bien que le seul moyen de quitter cet endroit serait pour moi de mettre fin à mes jours en me jetant par la fenêtre, murmura-t-elle. (Elle s'assit sur l'immense lit qui trônait au milieu de la pièce.) Des plumes ? Cette charogne a vraiment envie d'être bien à son aise quand elle me déshonorera.

Épuisée, folle d'inquiétude pour Payton et l'estomac noué par la peur, Elspeth se roula en boule sur le lit. Elle lutta tout d'abord pour ne pas pleurer, mais les larmes commencèrent à rouler sur ses joues, et elle se laissa aller avec un haussement d'épaules. Après tout, elle était seule, et laver ainsi son tourment à grande eau lui donnerait peut-être le courage d'endurer la suite. Elle en aurait besoin.

Après avoir sangloté bien trop longtemps à son goût, Elspeth se retourna sur le dos, le regard rivé au plafond. Elle se sentait vidée, comme si un médecin l'avait couverte de sangsues qui se seraient repues des émotions d'autrui en lieu et place de son sang. Il lui faudrait du temps pour recouvrer ses forces, aussi bien physiques que mentales.

Elspeth songea à Payton, et aurait sans doute pleuré de nouveau si elle n'avait pas été à court de larmes. Elle l'avait quitté gisant ensanglanté aux côtés des deux hommes d'armes qui les accompagnaient. La jeune fille avait immédiatement su que ces derniers avaient succombé, mais elle n'en était pas aussi sûre pour son cousin – et surtout, elle ne voulait pas l'être, aussi mince cet espoir fût-il. Comment imaginer le chagrin que ressentiraient son oncle Nigel et sa tante Gisele en apprenant la mort de leur fils ? Même si elle savait que ce n'était pas sa faute, la jeune fille se sentirait à jamais coupable : si elle n'avait pas éconduit lord Colin, rien de tout cela ne serait arrivé. Elle trouvait terriblement injuste que les souvenirs glaçants et les mauvais rêves qui l'avaient tourmentée pendant trois longues années aient été chassés par le spectacle du corps de son cousin – un cauchemar remplacé par un autre.

Elspeth ferma les yeux, décidée à accorder à son corps le repos qu'il lui réclamait tant. Elle était convaincue que sa famille viendrait la secourir, et en force, mais elle savait également que d'ici là, sir Colin aurait peut-être le temps de lui faire tout ce dont il avait l'intention. Elle était livrée à elle-même.

Alors que le sommeil la gagnait, elle entendit un petit bruit en provenance de la porte. Quelqu'un lui apportait de la nourriture, ou venait vérifier qu'elle était toujours bien là où on l'avait mise. Elspeth décida de ne pas regarder. Elle était trop épuisée pour faire quoi que ce soit de toute manière, même ouvrir les yeux. Mais soudain, on lui toucha le bras et elle se raidit, toute torpeur envolée, même si ce contact n'avait rien de menaçant.

Elspeth entrouvrit prudemment les paupières, juste assez pour distinguer son visiteur. C'était un très bel homme, dont le corps svelte et musclé était penché sur elle d'une façon étrangement protectrice. Son visage était bien dessiné et harmonieux, avec un grand front, de hautes pommettes, un nez bien droit et une mâchoire carrée ; de quoi arracher un soupir à bien des demoiselles. Sa peau laiteuse était presque trop pâle et trop délicate pour un homme – d'ailleurs, plus d'une femme l'aurait convoitée – et vous donnait aussitôt envie de la toucher. Elle se mariait parfaitement avec ses cheveux auburn. Ce furent pourtant ses yeux qui attirèrent véritablement l'attention d'Elspeth. Bordés de cils longs et épais, ils étaient du bleu de l'eau profonde, une couleur qu'elle n'avait vue qu'une fois dans sa vie. Ils avaient hanté nombre de ses rêves de jeune fille – et d'autres qui n'avaient certainement rien de virginal.

— Cormac, murmura-t-elle.

Elle sourit quand elle vit ses beaux yeux s'écarquiller légèrement sous l'effet de la surprise.

— Tu te souviens de moi ? demanda-t-il, décontenancé par la chaleur de son regard et son doux sourire.

— Ah, mais pas toi, répondit-elle. J'ai compris : tu as atterri ici par hasard, occupé que tu étais à explorer les chambres de Duncaillie pour voir si elles recèlent quelque chose d'intéressant. Je suis anéantie.

Cormac se redressa, les mains sur les hanches. La taquinerie d'Elspeth l'avait tiré de sa stupeur plus sûrement qu'une bonne claque sur la joue. Elle était encore plus belle de près, et pendant un instant, en contemplant ses grands yeux ensommeillés, il avait ressenti l'envie soudaine de se glisser dans sa couche. La voix sensuelle avec laquelle elle avait susurré son nom avait touché Cormac en plein cœur, réveillant des pulsions qu'il maîtrisait d'ordinaire attentivement. Si son trouble subsistait, il faisait tout son possible pour calmer ses ardeurs.

— Si, je me souviens bien de toi. Tu es un peu plus grande, ta langue est plus acérée, mais tu es certainement Elspeth, ma petite sauveuse maculée de terre.

La jeune fille s'agenouilla dans le lit, face à Cormac. Certains des rêves les plus indécents qu'elle avait faits à son sujet l'assaillirent, et elle les repoussa tant bien que mal. Cormac était venu la secourir. Ce n'était certainement pas le moment de lui avouer qu'elle l'aimait et le désirait depuis dix longues années. Après tout, il pouvait très bien être marié et avoir un ou deux enfants. Cette perspective la fit souffrir, et elle décida de s'en tenir à l'instant présent.

— Et tu es venu à mon secours ?

— Oui.

Elspeth décida alors de changer un de ses rêves en véritable souvenir. Cormac verrait sans doute dans ce qu'elle s'apprêtait à faire l'expression de son soulagement, de sa gratitude… ou elle pourrait le pousser à le croire. Elle se pencha vers lui et l'embrassa. Ses lèvres étaient aussi douces qu'elle l'avait imaginé. Si jamais il était marié, ce baiser volé ne serait qu'un infime péché.

C'est alors que quelque chose d'inattendu se produisit. Sa mère l'avait pourtant prévenue. Elspeth aurait alors mieux fait de l'écouter, mais elle était trop jeune pour entendre sans grincer des dents des mots tels que « désir » et « passion » dans la bouche de sa génitrice.

Tous deux tremblaient, sans qu'Elspeth sache vraiment, des frissons qu'elle ressentait, lesquels étaient les siens. La jeune fille se raidit et aussitôt une douleur lancinante s'éveilla dans son bas-ventre. Elle sentait la chaleur de l'homme, son désir presque palpable. Cormac la prit par les épaules, l'embrassa à pleine bouche, et Elspeth ouvrit sans protester ses lèvres pour accueillir sa langue. Avec ce baiser, elle avait l'impression qu'il caressait son âme elle-même. Elle voulut soudain l'entraîner dans son lit, s'enrouler autour de son corps élancé. Au moment même où cette pensée traversait son esprit obscurci par la passion, l'homme trouva la force de s'écarter d'elle, et elle résista à l'envie de le retenir.

Cormac contempla la jeune femme agenouillée devant lui, et manqua de secouer vivement la tête pour se réveiller. Difficile d'empêcher son sang de bouillir quand il regardait ces grands yeux verts dans lesquels il était sûr de deviner du désir. Mais Elspeth était une jeune fille de haute naissance – à qui il devait la vie ! – et lui-même n'était plus un homme libre. Il était venu la secourir, pas lui ravir sa vertu.

— Pourquoi ? demanda-t-il d'une voix rauque.

— Et pourquoi pas ? Tu es marié ?

— Non, mais…

Elspeth ne voulait pas entendre la fin de sa phrase, pas alors que son cœur battait à tout rompre et qu'elle pouvait toujours sentir le goût de son baiser.

— J'ai agi sans réfléchir, ravie de te voir vivant… et ici. Je sais que les hommes de mon clan auraient bien fini par me trouver, mais ils seraient arrivés trop tard.

— Et si nous ne partons pas vite, mon aide aussi sera inutile.

— Tu as un plan, n'est-ce pas, preux chevalier ?

Elspeth nota que Cormac ne l'avait pas lâchée, et lui caressait doucement les épaules en un geste certes inconscient, mais éloquent.

— En effet, c'est pour ça qu'il m'a fallu une heure pour venir te chercher.

— Une heure ? s'étonna Elspeth.

— Oui, vois-tu, j'ai dû régler quelques petits problèmes pour faciliter notre évasion.

— Je ne voulais pas te critiquer, j'ai seulement un peu honte de découvrir que j'ai passé une heure à pleurnicher sur mon sort. Je ne pensais pas que j'étais si faible. (Cormac ricana.) Allons donc, mon désespoir t'amuse ?

— Non, seulement l'idée que tu puisses te considérer comme faible. (Il la prit par la main et l'entraîna hors du lit.) Même à neuf ans, tu ne l'étais pas.

Elspeth rougit de plaisir ; peu importait que Cormac parle d'un ton taquin.

— Qu'as-tu en tête ? s'enquit-elle.

— Tu vas t'enrouler dans cette cape et nous allons sortir d'ici, dit-il en lui tendant une lourde houppelande de laine qu'il avait posée sur le matelas avant de la réveiller.

— C'est tout ? demanda-t-elle en enfilant l'habit.

— Oui. Les plans les plus simples sont souvent les meilleurs.

Cormac ouvrit la porte et traîna à l'intérieur un garde sans connaissance.

Elspeth le regarda attacher et bâillonner l'homme avant de le glisser sous les draps afin qu'on ne voie plus que ses cheveux noirs.

— Ça ne trompera sûrement pas bien longtemps mes ravisseurs, dit-elle.

— Assez pour nous permettre de quitter cet endroit.

— Tu as vraiment l'intention de sortir comme si de rien n'était ?

Cormac rabattit le capuchon de la cape sur les yeux d'Elspeth.

— Si on me demande ce que je fais, je répondrai simplement que j'emmène ma cousine Mary faire un tour à cheval.

— Elle existe vraiment ?

— Oui, et elle est même ici. Mary est fiancée à John, le neveu de sir Colin, et je l'ai amenée à Duncaillie pour son mariage. Elle reste dans ses appartements, et ne se montre que pour dîner dans la grande salle à manger, or le prochain repas n'aura lieu que dans quelques heures, cette ruse devrait donc fonctionner.

Il fit sortir Elspeth et verrouilla la porte.

— Il ne vaudrait pas mieux filer en cachette ? Tu connais peut-être un passage secret, s'enquit-elle.

— C'est vrai, mais alors, nous ne pourrions pas prendre mon cheval.

Elspeth ravala sa réponse. Le plan de Cormac avait peu de chances de réussir, mais elle n'avait rien de mieux à proposer. De plus, il avait raison : ils n'iraient pas très loin à pied.

— Quelle autre monture prenons-nous, la mienne, ou celle de ta cousine ?

— Mary n'en a pas, dit Cormac avec une grimace. C'est une fille timide, et elle n'aime pas voyager seule. Elle ne se déplace qu'en carrosse, ou sur la monture d'un autre cavalier, et tout le monde le sait ici. On se douterait de quelque chose si elle se mettait soudain à monter… et ce serait encore pire avec ton cheval. Je crois que nous allons devoir voyager à deux sur la même selle.

— Ça vaudra toujours mieux que de marcher.

— Vrai… mais tu vas maintenant devoir te taire.

— Ta cousine ne parle pas non plus ?

— Pas beaucoup, même si John et elle semblent avoir beaucoup de choses à se raconter quand ils n'essaient pas de fausser compagnie à sir Colin… non, c'est à cause de ta voix.

— Quel est le problème avec ma voix ?

— Elle est bien trop reconnaissable.

Cormac vit bien qu'Elspeth ne comprenait pas.

— Crois-moi sur parole, ajouta-t-il en ajustant de nouveau le capuchon sur le visage de la jeune fille.

Elspeth résista à l'envie de parler à Cormac et lui prit la main, savourant ce simple contact. C'était d'ailleurs bien le seul aspect plaisant de leur traversée de Duncaillie, songea la jeune fille en redoutant à chaque virage d'entendre un cri d'alarme. Traverser le château surpeuplé pour rejoindre les écuries lui retourna l'estomac. Une fois celles-ci atteintes, elle resta dans l'ombre, près de la porte de la bâtisse, tandis que Cormac allait chercher son cheval. Elle fut stupéfiée par le calme avec lequel il s'adressait aux palefreniers. L'homme avait de toute évidence acquis quelques talents intéressants au cours de ces dix dernières années.

Cormac l'installa sur sa selle et monta derrière elle sans cesser de plaisanter avec les valets d'écurie – au grand dam d'Elspeth, qui l'aurait bien frappé pour l'inciter à se mettre en route. Quand ils quittèrent enfin l'enceinte du château, elle se laissa aller contre lui, terrassée par le soulagement. Ils n'étaient pas encore en sécurité – et ne le seraient sans doute pas avant longtemps – mais au moins, ils n'étaient plus sous le nez de sir Colin.

— Où allons-nous, maintenant ? demanda-t-elle.

Elle décida qu'il était très agréable d'être si près de Cormac, et se pressa encore davantage contre son large torse.

— Colin s'attend sûrement à ce que tu tentes de regagner Donncoill, nous ferions donc mieux d'aller là où je comptais de toute façon me rendre après les noces.

— Il peut aussi penser que tu essaies de me rendre à mon clan.

— Oui, ou que je veux retrouver les miens, qui vivent à la fois au sud et à l'ouest d'ici. Il perdra quoi qu'il arrive deux ou trois jours à nous chercher, car il ne connaît pas ma véritable destination. J'avais prévu de partir une fois le mariage de ma cousine terminé, mais je n'ai dit à personne où je comptais aller – pas même à la petite Mary.

— C'est bien joli, mais comment rejoindre les miens ? C'est le seul moyen pour moi d'échapper à sir Colin et de le faire payer pour m'avoir kidnappée, avoir tué deux de nos hommes, et blessé Payton.

Cormac remarqua qu'elle refusait encore d'envisager la mort de son cousin ; les Murray étaient sans doute toujours aussi soudés. Il aurait sans doute été préférable qu'elle se fasse à l'idée que Payton n'était plus de ce monde, ou que ce serait bientôt le cas, car le froid finirait probablement ce que Colin avait commencé, mais Cormac n'avait pas le cœur d'anéantir les espoirs de la jeune fille.

— La cour est très proche de ma destination, et nous y trouverons quelqu'un qui pourra aller prévenir les tiens. Nous pourrons même te placer sous la garde du roi. Ton clan n'a rien fait pour s'attirer ses foudres, j'espère ?

— Non. À vrai dire, c'est presque aussi bien que d'aller directement trouver mon père.

— Il nous faudra près d'une quinzaine de jours : je veux avancer lentement pour ménager notre monture. Peut-être plus longtemps si la chance nous fait défaut et que sir Colin retrouve notre piste. Tu penses pouvoir supporter un voyage aussi long ?

— Oh oui, je suis plus solide que je n'en ai l'air.

L'homme ne dit rien, et Elspeth soupira. Elle était certes menue, mais sa résistance n'était un secret pour personne. Sir Cormac Armstrong allait apprendre qu'il ne fallait pas se fier aux apparences.

En admirant ses mains puissantes et gracieuses qui tenaient les rênes, elle se demanda de nouveau s'il était fiancé, ou amoureux. Le temps qu'ils fassent halte pour la nuit, Elspeth devait le découvrir. Elle pourrait alors décider que faire. S'il était marié ou promis à une autre, les prochaines semaines seraient une torture ; elle devrait dissimuler, et même anéantir, tous les sentiments qu'elle éprouvait pour lui. Mais s'il était libre, Elspeth avait plusieurs jours pour qu'il tombe amoureux d'elle – une entreprise qui pourrait se révéler tout aussi désastreuse, et réduire en poussière son cœur et sa fierté. Le destin avait certes été assez miséricordieux pour lui offrir un peu de temps avec l'homme qu'elle aimait, mais il avait également résolu de lui faire payer cher cette faveur. Elle espérait seulement avoir de quoi arriver à ses fins.

Chapitre 2

— Elle a été mariée quatre fois ? s'écria Elspeth sans cesser de frictionner le cheval avec une poignée d'herbes.

La jeune fille avait réussi non sans effort à obtenir un nom : Isabel. Elle avait senti son cœur se fissurer tandis que Cormac lui décrivait l'amour qu'il ressentait pour cette femme et le lien qui les unissait, mais peu à peu, la douleur avait laissé la place à l'étonnement, puis à la colère – contre cette Isabel, et la dévotion aveugle de Cormac. Les quatre époux de cette femme étaient de toute évidence un sujet sur lequel il n'avait aucune envie de s'attarder, mais Elspeth était bien décidée à lui arracher tout ce qu'il savait.

— Oui, grogna Cormac, occupé à préparer un feu.

— Et tous ses maris sont morts ?

— Oui.

— Quatre fois mariée, quatre fois veuve.

— Oui !

— Et des unions si courtes, chaque fois, murmura Elspeth en venant s'asseoir face à lui, de l'autre côté des flammes. Elle s'est vraiment trouvé des époux bien infortunés.

Cormac lui lança un regard exaspéré par-dessus le bol de porridge qu'il était en train de mélanger. Il savait très bien ce qu'elle pensait ; elle était loin d'être la seule. Quatre époux succombant de façon aussi étrange que subite – le plus chanceux avait péri avant de fêter ses deux ans de mariage. À sa grande honte, Cormac lui-même avait douté de l'innocence d'Isabel, avant de très vite chasser ses soupçons. Elle avait besoin de son soutien, de sa compassion, et certainement pas de sa méfiance.

— Oui, mais surtout faibles et imprudents, répondit-il sèchement en tendant un morceau de pain à la jeune fille.

Ou aussi aveugles que toi, songea Elspeth.

— Elle n'a pas d'enfants ?

— Non.

— Donc quatre maris faibles, imprudents, et incapables d'avoir une descendance, on dirait – à moins que ça ne vienne d'elle.

Elspeth espérait de tout son cœur que ce soit le cas, car si elle ne croyait pas vraiment aux mauvaises graines, un enfant élevé par une telle femme risquait fort de devenir aussi pervers que sa mère.

Cormac s'étonnait qu'Isabel ait, au cours de son existence, partagé son lit avec quatre hommes – cinq, avec lui – sans jamais avoir d'enfants, mais il n'était pas prêt à l'admettre. Il voulait qu'Elspeth se taise, et cesse de revenir sur cette question. D'autres avaient accusé Isabel avant elle, et traité Cormac d'idiot parce qu'il refusait d'entendre raison. La jeune fille s'y prenait cependant d'une tout autre façon, avec lenteur mais opiniâtreté, et parvenait peu à peu à lui arracher tout ce qu'elle voulait. Elle ravivait ses doutes, et il détestait cela.

— Qui pourrait le dire ? marmonna-t-il.

— Personne, en effet. Puisque ses époux n'avaient pas d'héritiers, elle a sans doute une jolie petite fortune aujourd'hui. La richesse peut être d'un grand réconfort.

Cormac, qui s'efforça d'ignorer la note de sarcasme dans la voix de la jeune fille, lui tendit un morceau de fromage et son bol de porridge.

— Elle n'est pas pauvre et possède des terres, même si elle n'a pas hérité de tout.

— Bien entendu, répondit Elspeth en prenant le gros bol en bois. Je suis sûre que certains frères et cousins des défunts se sont emparés d'une bonne partie de leurs biens – des terres, tout particulièrement.

— Mais ils veulent toujours tout. Ce sont eux qui ont répandu ces horribles mensonges au sujet d'Isabel, pour donner à ces tragédies l'allure de crimes.

— Je vois. Le meurtrier de l'homme qu'on t'accusait d'avoir tué a-t-il été retrouvé ?

— J'avoue qu'une fois mon innocence prouvée, je ne m'en suis plus soucié. On l'a sans doute attrapé, sinon je serais encore en train de courir.

— Ou mort. On a donc enfin écouté Isabel quand elle clamait ton innocence.

Cormac faisait tout pour ne pas croiser le regard d'Elspeth. C'était aussi triste que rageant. Dès le début, l'homme avait refusé de voir la vérité au sujet de sa chère Isabel. Il savait qu'elle n'avait pas fait grand-chose pour l'aider, mais lui trouvait des excuses. Lui ouvrir les yeux ne serait pas tâche aisée. Pour lui, Isabel était une madone, une victime, une âme torturée exploitée par sa propre famille. Elspeth en avait la nausée.

Elle ne comprenait cependant pas pourquoi Isabel tenait à garder Cormac en laisse. Il était certes beau garçon et faisait probablement un très bon amant – en tout cas, il ne manquait rien à ses baisers. Pourtant, l'avoir depuis dix ans à ses pieds suggérait qu'elle avait pour lui une sorte d'attachement, aussi tordu soit-il, et Elspeth se refusait à croire qu'Isabel tenait un tant soit peu à lui.

Mais les intentions d'Isabel pouvaient bien attendre. Une seule chose comptait pour Elspeth : celui qu'elle aimait avait voué son cœur et son âme à une autre, et elle ne savait que faire pour y remédier. Elle plaisait à Cormac, c'était indéniable, mais savait que cela n'avait à vrai dire pas grande valeur : les hommes désiraient trop facilement, trop vite… et parfois trop fugacement.

Mais elle pouvait toujours mettre à profit ce désir, songea-t-elle en l'aidant à nettoyer les vestiges de leur maigre collation. Il avait manifestement quelques doutes au sujet de sa chère Isabel. Elspeth la soupçonnait d'être son premier amour, et peut-être même la première femme dont il avait partagé le lit. Et nulle autre n'avait jamais réussi à rompre le lien qui les unissait.

Mais peut-être Cormac avait-il repoussé toutes celles qui avaient tenté d'éveiller son intérêt ? *Tant mieux, j'ai toujours aimé les défis*, pensa la jeune fille après avoir étalé la paille qui leur tiendrait lieu de couche. De toute façon, avait-elle vraiment le choix ? Son corps comme son âme désiraient cet homme. Renoncer à le conquérir aurait eu tout d'un péché, même si elle savait qu'elle devrait pour cela enfreindre un grand nombre de règles.

Non, décida-t-elle en s'enroulant dans une couverture tandis que Cormac ravivait le feu, elle n'y parviendrait pas avec de douces paroles et des regards chastes. Elle devrait se montrer audacieuse, et oublier toutes ses hésitations virginales. Cormac se sentait lié à une autre, et pour rompre ses entraves, Elspeth devrait tout lui donner. C'était un pari terrifiant, car elle mettait en jeu sa fierté, sa chasteté, et risquait de condamner son cœur à des tourments infinis… mais elle songea alors à ce qu'elle pourrait y gagner, et sourit.

— Qu'est-ce qui te fait rire ? demanda Cormac en s'installant à côté d'elle.

Le séduire se révélerait bien compliqué s'il ne s'approchait jamais à moins de deux pas d'elle.

— Je ne ris pas, je souris, c'est tout.

— Et pourquoi donc ?

Elle ne pouvait tout de même pas lui dire la vérité.

— Parce que je suis libre.

— Pour l'instant.

— Tu crains que sir Colin ne retrouve notre piste ?

— Un peu. Nous avons de bonnes chances de lui échapper, mais je préfère rester prudent. C'est une habitude que j'ai prise en fuyant les Douglas.

— C'est sans doute plus sage. (Elspeth soupira.) Je déteste l'idée d'avoir à constamment regarder par-dessus mon épaule.

— Ce n'est certes pas une façon très agréable de passer sa vie, mais elle te permet de la prolonger aussi longtemps que possible. Après tout, il est très dur de te planter un couteau dans le dos si tu le surveilles sans relâche.

— Voilà une pensée bien rassurante avant d'affronter la nuit.

— Pardon, ricana Cormac. Ne la laisse pas gâcher tes rêves. (Il devint alors bien plus sérieux.) Je ne l'ai jamais fait.

— Avec les Douglas aux trousses, je me demande comment tu faisais pour seulement trouver le sommeil.

Elspeth frissonna en songeant aux périls que Cormac avait bravés toutes ces années auparavant.

— À vrai dire, il m'a fallu attendre d'avoir près de vingt et un ans avant de recommencer à dormir normalement. J'étais tellement habitué à fuir les Douglas que je n'ai commencé à relâcher ma garde que longtemps après qu'ils ont décidé de mon innocence.

Cormac s'étonna de parler si librement de cette peur qui ne l'avait pas quitté au cours de ses années de fuite. Sans doute était-ce l'atmosphère nocturne qui favorisait une telle franchise.

— Ce qui était aussi bien, observa Elspeth en fermant les yeux.

Elle avait tellement envie de le toucher, pour que ce moment d'intimité aille bien au-delà des mots !

— Cela a sans doute pris un certain temps avant que tous les Douglas apprennent que tu n'étais plus recherché, poursuivit-elle. Les bonnes nouvelles voyagent beaucoup moins vite que les mauvaises.

— Je suppose que tu as raison. Quoi qu'il en soit, il faut dormir maintenant. Nous devons partir à l'aube.

La jeune fille répondit par un marmonnement. Malgré sa fatigue, elle savait que le sommeil mettrait longtemps à venir. Trop de pensées se bousculaient dans son esprit. Elle était cependant soulagée que Cormac ait cessé de parler. Sa voix profonde se frayait un chemin dans les ténèbres pour la caresser, et elle brûlait de sentir ses doigts sur sa peau. Elle comptait toujours le séduire – ou tout du moins, le pousser à la séduire, elle – mais ce n'était pas le bon soir pour entamer ce petit jeu. Ils étaient tous deux trop fatigués et se tenaient bien trop sur leurs gardes, y compris l'un avec l'autre. Après tout, elle n'était plus l'enfant qu'il avait connue autrefois, et lui-même n'avait plus grand-chose en commun avec ce garçon en fuite qui avait ravi son cœur. Son instinct lui affirmait que Cormac était son âme sœur, mais elle doutait qu'il soit du même avis. Et puis elle avait l'intention de mettre en jeu sa virginité, une décision qu'il lui fallait un peu de temps pour accepter.

Cormac tourna le dos à la petite silhouette pelotonnée à quelques pieds de lui. À l'exception d'Isabel, il n'avait jamais été aussi tenté par une femme. À son grand désarroi, il s'aperçut même qu'il n'avait pas ressenti depuis des années un désir d'une telle intensité pour sa promise. Peut-être était-ce dû à la privation ? Cela faisait bien longtemps qu'il n'avait pas fait l'amour à Isabel – ni à toute autre femme, en l'occurrence. Peut-être cette soif perdrait-elle un peu de sa vigueur s'il s'abandonnait à elle ?

Le guerrier étouffa un juron. Il passait souvent plusieurs mois, voire des années, sans soulager ses pulsions. Les rares fois où il avait faibli, il lui avait suffi de faire l'amour à l'objet de ses émois, à plusieurs reprises parfois, pour être aussitôt guéri. C'était d'ailleurs ce qu'il aurait fait s'il ne s'était agi d'Elspeth. Il devait trop à la jeune femme et aux Murray pour la traiter ainsi. La demoiselle était sans aucun doute vierge, et il n'était pas question de la déflorer pour soulager quelque pulsion, aussi puissante soit-elle. Il retrouverait bientôt son Isabel, et pourrait alors s'occuper de ses besoins.

Cormac décida qu'il souffrait simplement de solitude et ferma les yeux pour accueillir le sommeil. Cette sensation venait souvent le hanter s'il était loin de son Isabel, et se montrait particulièrement virulente quand la jeune femme lui intimait de la rejoindre, comme elle l'avait fait quelques jours plus tôt. Cormac chevauchait alors pour se rendre auprès d'elle, empli d'amour, de désir, mais également d'une peur qui lui tordait les entrailles. Il arrivait toujours trop tard, et ne passait qu'une nuit ou deux dans ses bras avant qu'on la marie cruellement à un autre. Cette fois, il remporterait cette course et Isabel serait toute à lui. Plus jamais, alors, ne serait-il troublé par des cheveux noirs ébouriffés et d'immenses yeux verts.

Payton éclata de rire, et Elspeth fit de même. Elle se retourna vers Robert, l'un des hommes d'armes de son oncle Nigel, pour lui répéter la plaisanterie, et hoqueta : le visage buriné de leur compagnon était déformé par un terrifiant mélange de douleur et de surprise. Au moment où elle tendait la main vers lui, il cracha du sang et tomba de son cheval. Elspeth se retourna vers Payton et hurla quand une flèche le frappa en plein dos et l'arracha lui aussi à sa monture. Elle mit pied à terre, à peine consciente du râle de leur autre garde et du claquement des sabots de chevaux qui approchaient à vive allure. Elle devait aider Payton. Il gisait, face contre terre, tandis qu'une tache de sang se propageait rapidement sur le dos de sa chemise. On la saisit par-derrière pour la jeter sur un cheval.

— Arrêtez, charognes, je dois aider Payton ! hurla-t-elle en se débattant.

— Elspeth, calme-toi.

— Payton ! Je dois l'aider ! (Elle se mit à pleurer.) Il y a trop de sang !

— Allons, Elspeth. Ce n'est qu'un cauchemar.

La jeune fille s'apaisa peu à peu. Elle comprit que les mains qui la caressaient doucement ne lui voulaient pas de mal, qu'elle n'était pas sur un cheval, et que la voix grave qui venait de la tirer des griffes de ces horribles souvenirs n'avait rien de commun avec celle qui, criarde, lui avait annoncé que son cousin était mort. Elspeth mesura bientôt où elle se trouvait, et qui était celui qui l'étreignait, mais elle hésita à lui dire qu'elle avait recouvré ses esprits.

C'était en effet très agréable de se retrouver dans les bras musclés de Cormac. Il était à la fois rassurant, et terriblement attirant. Si l'image de Payton, trempé de sang, lui serrait toujours le cœur, les larmes de la jeune fille se firent plus rares. Elle sentait la compassion de Cormac, son envie d'apaiser sa souffrance. Bientôt, pressée contre son large torse, Elspeth sourit. Le désir de l'homme était lui aussi palpable, à peine dissimulé par ses aspirations chevaleresques, luttant contre ses entraves. Elle blottit son visage au creux de son épaule et l'entendit hoqueter.

Cormac inspira profondément. Sentir Elspeth tout contre lui faisait bouillir son sang et il lui était presque impossible de se maîtriser. Il avait certes eu tort de s'approcher si près d'elle, mais comment aurait-il pu feindre d'ignorer sa détresse ?

— Tu te sens mieux ? demanda-t-il.

Cormac ne fut pas surpris d'entendre dans sa propre voix les accents rauques du désir ; il souhaitait seulement qu'Elspeth n'avait rien remarqué.

— Oui.

Elle l'étreignit, et l'attira contre elle quand elle perçut sa résistance.

— Vous étiez proches, Payton et toi ? interrogea Cormac, qui espérait en parlant chasser de son esprit ses fiévreuses pensées.

— Oui. Pour être honnête, si l'on doit avoir un préféré parmi les enfants Murray, je pense que c'est bien lui. C'est certainement le plus beau d'entre nous. Je refuse de croire qu'il puisse être mort. Je préférerais presque retrouver mes vieux cauchemars plutôt que de le voir tomber encore et encore, une flèche dans le dos.

— Tu faisais déjà de mauvais rêves ?

— Oui, à cause de Sorcha. (Elspeth frissonna, et Cormac la serra plus fort.) C'est ma cousine, la fille aînée de mon oncle Eric. Il y a trois ans de ça, nous avons elle et moi été enlevées par un des ennemis d'Eric. Cet homme et deux de ses laquais ont battu Sorcha avant de la violer, et m'ont forcée à tout regarder. J'aurais subi le même sort si mon oncle n'était pas arrivé avec mon père et leur autre frère, Nigel. La vengeance d'Eric fut aussi prompte que brutale.

— Qu'est devenue Sorcha ?

— Elle est entrée au couvent. Je crois qu'elle va bientôt prononcer ses vœux.

— C'est une vocation, ou elle fait ça pour se cacher ?

— Elle a toujours été plus pieuse que le reste d'entre nous. Toute la famille a été triste quand elle est partie, même si elle n'est pas loin de Donncoill et que nous lui rendons visite dès que nous le pouvons, mais nous voyons bien qu'elle est heureuse. Comment savoir si c'est par vocation, ou parce qu'elle se sent en sécurité ? Ses parents l'ont accepté. Ils sont soulagés qu'elle soit en vie, et que les ténèbres l'aient laissée en paix.

— Mais elles te hantent toujours.

— Oui… enfin, jusqu'à aujourd'hui.

— Je ne me rappelle Donncoill que comme un endroit heureux, paisible. Je suis désolé de découvrir qu'un havre aussi parfait n'est pas à l'abri d'une tragédie, et encore plus que tu aies eu à voir tout ça.

— Nous autres Murray sommes si nombreux, il devait fatalement un jour ou l'autre arriver quelque chose à l'un d'entre nous.

— C'est vrai qu'on avait du mal à vous compter. (Il céda à l'envie de déposer un tendre baiser sur son crâne.) Je prie pour que ton cousin Payton ait survécu.

— Merci. S'il y a bien un homme qui pourrait réchapper à ce genre de drame, c'est lui.

— Tu m'as l'air un peu plus tranquille, je vais retrouver ma paillasse.

Elspeth s'agrippa à lui ; elle devait le garder tout contre elle, sûre qu'il tirerait sinon parti de la nuit pour lutter contre son désir. Risquait-elle chaque fois de perdre ce qu'elle avait gagné au cours de la journée ? La jeune fille n'avait pas beaucoup de raisons de se presser contre lui, pas tant qu'ils n'étaient pas amants, mais ses cauchemars étaient un prétexte rêvé. Même si elle se sentait un peu coupable de profiter ainsi de la compassion du jeune homme, la bataille qu'elle s'apprêtait à livrer excusait bien ce petit subterfuge. Et si en fin de compte il ne tombait pas amoureux d'elle, peut-être parviendrait-elle au moins à réduire l'emprise qu'avait Isabel sur son cœur, ce qui était déjà une bonne chose.

— Tu ne peux pas demeurer près de moi ? demanda-t-elle, satisfaite du léger tremblement qu'elle donnait à sa voix.

Cormac le pouvait, bien entendu, mais il devait à tout prix se l'interdire – et pas question de dire pourquoi à Elspeth.

— Ce ne serait pas convenable, marmonna-t-il, maudissant la faiblesse de son excuse.

— Rien ne l'est plus depuis que sir Colin m'a arrachée à mon cheval. J'ai seulement peur que ces horribles rêves ne reviennent si je suis seule.

— Que se passe-t-il quand tu fais de tels cauchemars à Donncoill ?

— Quelqu'un reste avec moi. J'ai un très grand lit.

Cormac ne voulait rien savoir de tout cela. Son esprit avait été immédiatement assailli de visions d'une Elspeth particulièrement sensuelle, nue sur un immense matelas, et de lui qui s'allongeait sur elle, tout proche de la toison d'ébène qui trônait entre ses cuisses pâles… Cormac secoua vigoureusement la tête, en quête d'une pensée qui n'impliquerait pas de jeune fille dévêtue l'accueillant dans ses bras.

Malheureusement, il ne pouvait pas refuser. La jeune fille avait vu son cousin et deux de ses hommes se faire assassiner. On l'avait enlevée, menacée de la violer, et enfermée dans une tour. Rien d'étonnant à ce qu'elle ait peur d'être seule. Elspeth avait sûrement l'habitude d'être entourée des siens. Elle n'avait plus que lui désormais, et il semblait incapable de penser avec autre chose que son entrejambe.

Allons, cette jeune fille lui avait sauvé la vie ! Et puis il s'était voué à une autre, auprès de qui il se rendait justement, et qu'il avait bien l'intention d'épouser enfin, si Dieu le permettait. Voilà qui aurait dû suffire à refréner ses pulsions. Elspeth voulait seulement être rassurée, et Cormac était un adulte qui aurait dû être capable de s'allonger à côté d'une femme sans suer comme un garçon en rut.

— Très bien, je vais rester, laisse-moi seulement aller chercher ma couche, dit-il en espérant qu'Elspeth ne décèlerait pas sa réticence.

La jeune femme relâcha son étreinte, et regarda Cormac faire un seul lit avec leurs paillasses. Il était si tendu qu'elle s'étonna de ne pas l'entendre craquer quand il s'allongea à côté d'elle. Séduire un homme aussi décidé à bien se tenir ne serait pas chose aisée. Elle se tourna sur le côté, dos à lui, lui prit la main et passa son bras autour de sa taille. Cormac n'aurait pas pu être plus raide ; elle avait l'impression de se pelotonner contre un caillou. Elspeth décida que sa résistance ne faisait que prouver à quel point son désir était fort, ce qui lui donna de l'espoir.

— Merci, Cormac, dit-elle en se pressant contre lui. Je me sens en sécurité.

— C'est le moins que je puisse faire.

Elspeth réprima un éclat de rire. Le malheureux semblait sur le point de s'étrangler. La partie de son anatomie qui frémissait impudemment contre son derrière ne laissait aucun doute quant à l'origine de ses tourments. Il ne pourrait contenir bien longtemps un désir de cette force ; Elspeth s'en savait pour sa part incapable. Elle devait déjà lutter de tout son être pour ne pas l'embrasser, se frotter contre lui. Elle ferma les yeux, et espéra que l'imagination de son compagnon était aussi débridée que la sienne. Après tout, elle était sur le point de se languir à en perdre le sommeil ; il n'était que justice qu'il en fasse autant.

— Bonne nuit, Cormac, susurra-t-elle.

Celui-ci étouffa un juron. Cette voix douce et rauque était comme une caresse. Il n'aurait jamais cru devenir encore plus dur qu'il ne l'était déjà, et détestait ce genre de surprises. Cette femme était dangereuse, et plus grave encore, elle ne semblait pas en avoir conscience. Comment Balfour Murray pouvait-il laisser une telle créature quitter l'enceinte de Donncoill ? Ah, un père ne voyait sans doute pas quelle tentation sa fille pouvait représenter pour les autres hommes.

— Bonne nuit, Elspeth.

Si la jeune fille ne se trompait pas quant au désir de Cormac, les rêves de ce dernier ne seraient pas très paisibles – mais sûrement très intéressants.

Il fallut un long moment avant que Cormac sente Elspeth se détendre, emportée par le sommeil. Il essaya de s'écarter, mais elle suivit ses mouvements, et se serra encore davantage contre lui. Le charmant postérieur de la jeune fille frotta contre son entrejambe, et il ne put réprimer un frisson.

Dans un village à moins d'une journée de route, vivait la serveuse d'une taverne qui avait pour coutume de vendre ses faveurs pour quelques pièces. Il n'avait jamais répondu à ses sourires jusque-là, mais peut-être le moment était-il venu. Quelques bonnes galipettes émousseraient ses pulsions et lui permettraient de résister aux charmes de sa compagne de voyage.

Il sut pourtant presque instantanément que c'était une idée stupide, une perte de temps et d'argent. Par le passé, de telles mesures n'avaient fait que le laisser vidé et insatisfait. Cormac était affligé d'un désir particulièrement obstiné : quand il avait une femme en tête, aucune autre ne faisait l'affaire. Il aurait pu passer un mois entier dans le lit de la fille de joie la plus experte d'Écosse, rien n'y aurait fait : sitôt en présence d'Elspeth, il se serait retrouvé dans le même état.

Même songer à Isabel qui l'attendait, si proche, ne parvenait pas à refroidir ses ardeurs, ce qui le troublait grandement. Il n'arrivait même pas à s'imaginer son visage : les grands yeux verts d'Elspeth le cachaient, et finissaient par le faire complètement disparaître. Isabel était la femme qu'il avait aimée une bonne partie de sa vie ; comment pouvait-elle être chassée de ses pensées par une petite créature au regard émeraude, même si celle-ci avait une voix capable de changer la pierre en lave ?

Elspeth se frotta encore contre lui, et Cormac laissa échapper un grognement. La nuit serait très longue. S'il réussissait à ne pas toucher la jeune fille et à rester fidèle à Isabel, il ne mériterait rien de moins qu'une auréole.

Chapitre 3

Elspeth sentit en se réveillant une douce chaleur couler dans ses veines, et dont la source étaient ces lèvres qui frôlaient les siennes. La jeune fille n'avait pas besoin d'ouvrir les yeux pour savoir qui l'embrassait ainsi. Il était un peu effrayant de constater à quel point Cormac faisait déjà partie d'elle. Elle murmura son nom et passa les bras autour de son cou.

— Tu es tellement habituée à être réveillée par un baiser que ça ne te surprend même plus, mon petit ange ? demanda Cormac en mordillant doucement sa lèvre inférieure.

C'était une question somme toute insultante, mais Elspeth décida d'en ignorer les sous-entendus. Puisqu'elle avait si volontiers accueilli son baiser, il n'était pas étonnant que Cormac doute de son innocence, et elle ne pouvait lui dire qu'elle l'avait reconnu à son odeur, au désir qui émanait de lui, ni parce que son cœur avait déjà résolu qu'il était son âme sœur. Il la penserait folle, ou la soupçonnerait de vouloir le piéger, et prendrait de toute façon la fuite. Elle avait compris très tôt que les hommes n'étaient pas doués pour comprendre, accepter ou parler de leurs sentiments.

— Je savais que c'était toi. (Elle enfouit la main dans son épaisse chevelure et l'attira encore plus près.) Après tout, je me suis endormie à tes côtés, je m'attendais bien à te trouver là en me réveillant.

— On aurait pu me trancher la gorge et prendre ma place.

— Je crois que je l'aurais remarqué.

Cormac sourit, et l'embrassa de nouveau – ce qui mena à un troisième baiser, plus langoureux celui-ci. Ce n'était rien, se dit-il, de simples plaisirs, facilement volés, vite oubliés. Il était sûr qu'Elspeth était du même avis.

Ce qui n'expliquait en revanche pas l'état dans lequel elle le mettait. Son cœur battait à tout rompre ; Cormac voulait se glisser en elle et y rester. Jamais un baiser n'avait autant enflammé son désir. Il avait conscience du danger, mais ne trouvait pas la force de se dégager. Il la voulait et, inutile de se mentir, ce n'était pas à cause d'une période de célibat prolongé.

Elspeth se cramponna à Cormac et se laissa emporter par le désir de l'homme. Elle rejeta la tête en arrière dès qu'il posa les lèvres sur sa gorge. Une partie d'elle avait bien peur de l'intensité de leur passion, de leur férocité, mais Elspeth la fit taire. Elle avait enfin ce qu'elle désirait, ce que son cœur avait brûlé d'obtenir avant même qu'elle soit assez âgée pour comprendre.

Elle sentit la main chaude et légèrement calleuse de Cormac se poser sur son sein, et se rendit alors compte qu'il l'avait à demi dévêtue sans qu'elle s'en aperçoive. Aucun homme ne l'avait jamais touchée ainsi, et elle trouvait cela à la fois divin et étrange. Il passa le pouce sur son téton et la sensation qui la traversa de part en part fut si puissante, si soudaine, qu'elle eut un mouvement de recul. Elle comprit aussitôt au regard de Cormac qu'elle avait rompu le charme.

Son compagnon se releva précipitamment, l'entrejambe en feu et les mains tremblantes. Il regarda avec un mélange de stupéfaction et de désarroi Elspeth rajuster calmement son corset.

— Doux Jésus, que m'as-tu fait ? grogna-t-il.

— Moi ? (Elspeth entreprit de rouler ses couvertures.) C'est curieux, je crois bien que j'étais profondément endormie quand tout a commencé !

Pas question de lui permettre de la tenir pour responsable de la folie qui s'était emparée d'eux, ni de trouver d'autres excuses. Il la désirait. Le nier ou l'ignorer ne servirait à rien, et elle ne le laisserait pas faire.

Il passa une main dans ses cheveux en un vain effort pour s'éclaircir les idées.

— Pas profondément, non. Elspeth, tu es une jeune fille de bonne famille, une pucelle, et quelqu'un à qui je dois beaucoup. Il serait très mal que je tire avantage de la situation.

— Arrête de te tourmenter. Tu m'as entendue protester ?

— Tu aurais dû.

Elspeth haussa les épaules et rassembla du bois pour le feu.

— Probablement. Et je suis peut-être pucelle, et bien née, mais je ne suis plus une enfant ! J'ai presque vingt ans, autrement dit, j'aurais pu me marier il y a bien longtemps déjà ! Je suis bien assez vieille pour me soucier moi-même de ma propre virginité.

— Tu n'avais justement pas l'air de beaucoup t'en soucier !

— Et c'est très délicat de ta part de le souligner.

— Je ne te comprends pas ! Et pourquoi dis-tu que tu es peut-être pucelle ?

Donc il n'avait entendu que cela. C'était bien un homme.

— J'ai mal choisi mes mots ! Pourquoi te mets-tu dans un état pareil ?

À vrai dire, Cormac l'ignorait, mais il trouva vite une réponse adéquate.

— Parce que je ne suis pas libre. Je ne devrais pas batifoler.

— Batifoler ?

Elspeth envisagea un instant de jeter à la figure de son compagnon la petite marmite en fer-blanc qu'elle venait de ramasser.

— Et puis explique-moi pourquoi tu n'es pas libre. Tu m'as dit n'être ni marié ni fiancé.

— C'est vrai, mais j'ai juré fidélité à une femme, et elle a fait de même. Je n'étais qu'un jeune homme à l'époque, et elle avait un an de moins que moi, mais notre serment tient toujours.

— C'est aussi noble que touchant.

Elspeth comprit qu'elle devait s'éloigner de lui si elle ne voulait pas perdre son sang-froid. Elle lui tendit la marmite, assez fière de ne pas la lui abattre sur le crâne, et s'enfonça dans la forêt. La jeune fille avait besoin d'un peu de calme. Elle sentait toujours les baisers et les caresses de Cormac, et il lui fallait se défaire des émotions qu'il avait éveillées en elle. Elspeth devait vaincre les derniers vestiges de la passion dévorante qu'ils avaient brièvement partagée avant de pouvoir l'entendre évoquer des serments ou trouver d'autres excuses.

Elle se sentit mieux après s'être soulagée puis lavée dans l'eau du ruisseau qui se frayait un chemin entre les arbres. Elle avait également recouvré toute sa détermination. Elspeth avait seulement été quelque peu déçue de constater que Cormac ne serait pas facile à séduire, surtout avec l'étrange vœu de fidélité qui le liait à cette maudite Isabel, et qu'il était trop vertueux pour enfreindre. Puisqu'il en était ainsi, Elspeth prêta elle aussi serment : elle ferait tout pour que Cormac renonce à sa promesse.

Cormac frissonna quand l'eau fraîche dont il s'aspergeait le visage dégoulina dans sa chemise. Ce n'était pas aussi efficace qu'un bain glacé, toutefois ses ardeurs s'en trouvaient plus ou moins tempérées. Toujours un peu hébété, il s'assit à côté du feu pour préparer du porridge, mais cette tâche ne l'empêcha malheureusement pas de ruminer.

Cormac ne comprenait rien à ce qui venait de se produire. L'homme avait certes fait quelques infidélités à Isabel, mais ces dernières étaient restées très rares. Il avait parfois cédé à la tentation, ou fait l'amour à la première venue pendant les accès de jalousie qui le rongeaient chaque fois que sa promise en avait épousé un autre, sans parler de ces moments où ses appétits devenaient trop puissants pour qu'il les ignore. Cependant, jamais au cours de ces écarts il n'avait perdu son sang-froid ni ne s'était débarrassé d'un profond sentiment de culpabilité, alors que cette fois, Isabel ne lui était revenue à l'esprit que quand Elspeth avait eu un mouvement de recul. Et puis aucune de ces autres femmes n'avait été la fille encore vierge d'un laird.

C'était de la folie pure et simple. La voix d'Elspeth suffisait à le rendre dur comme du bois. Cormac sentait le goût des lèvres de la jeune fille, et se demandait malgré lui si le reste de sa personne était aussi délicieux. Il lui semblait avoir encore son sein soyeux au creux de la main, caresser son téton dur et mutin. Cormac aurait pu facilement s'abandonner en elle, ce qui le troublait profondément.

Il était célibataire depuis bien trop longtemps, voilà tout ; il n'avait aucune envie de chercher d'autres explications. Quand ils feraient halte au village voisin pour s'approvisionner, il en profiterait pour aller voir cette serveuse et se purgerait de cette folie. Elspeth et lui pourraient alors reprendre leur voyage et se comporter comme des êtres sensés.

Un problème demeurait cependant : comment pourrait-il fausser compagnie à Elspeth sans qu'elle ne se doute de rien ? Cette dernière choisit ce moment pour sortir de la forêt, et à la simple vue de sa svelte silhouette, Cormac sentit son cœur se serrer.

Et puis après tout, il ne lui devait pas d'explications. Il avait seulement promis de la ramener saine et sauve auprès des siens ; tant pis si elle découvrait ce qu'il avait l'intention de faire au village.

— Tu pourrais au moins faire semblant d'être de bonne humeur, dit la jeune fille en s'asseyant près du feu.

Elle se servit du pain et du fromage pour patienter pendant que le porridge cuisait.

— Je n'ai pas l'habitude de commencer mes journées en prenant de force de jeunes vierges à qui je dois la vie. Désolé si je suis un peu perturbé par mon propre comportement.

— Cormac, j'ai sept frères et plus de cousins que quiconque d'à peu près sensé n'en voudrait. Tu crois vraiment que tu pourrais me violer sans verser une goutte de sang ?

— Je suis beaucoup plus fort que toi.

— Comme la plupart des hommes, c'est pour ça que j'ai appris à connaître tous vos points faibles. Je ne sais pas seulement vous faire mal, mais je sais aussi comment me dégager de presque toutes les étreintes, en infligeant des douleurs à des endroits bien précis s'il le faut. Si les individus qui nous ont attaquées, Sorcha et moi, n'avaient pas été si nombreux et ne s'en étaient pas pris à elle en premier, ce qui m'a distraite, j'aurais peut-être même pu échapper à ce cauchemar. Malheureusement, personne n'a jamais enseigné cela à Sorcha.

— Mais tu ne m'as rien fait.

— Non, c'est vrai, déclara calmement Elspeth en regardant Cormac droit dans les yeux.

Elle vit exactement quand il saisit le sens de sa réponse. Son expression était un mélange intrigant de désir, de stupeur et d'inquiétude, avant de céder la place à la colère. Il avait envie d'elle, mais se refusait à succomber, quant à sa surprise, elle était bien compréhensible : ce n'était sans doute pas tous les jours qu'une vierge de bonne famille lui faisait part sans détour de ses sentiments. Elspeth s'interrogeait en revanche sur son courroux : était-ce son audace qui agaçait Cormac, ou la découverte qu'elle ne ferait rien pour l'aider à lutter contre la tentation ?

— Tu es folle.

— J'ignorais que la franchise était devenue un trouble de l'esprit, murmura-t-elle.

— Mange.

La jeune fille obéit, sûre qu'elle ne gagnerait rien à aiguillonner Cormac. La colère pourrait bien lui offrir la force dont il avait besoin pour lui résister. Elle aurait voulu en dire davantage, mais elle lui avait au moins fait comprendre ses intentions, et devrait s'en contenter pour l'instant.

Ils finirent leur maigre repas en silence puis levèrent le camp. Quand, une fois tous deux montés sur le cheval de Cormac, l'homme persista à garder le silence, elle devina qu'il avait décidé de bouder. De toute évidence, il la punissait pour l'avoir excité. Pas de doute, Cormac lui donnerait du fil à retordre.

— Il me prend pour une idiote, marmonna Elspeth en regardant avec fureur l'auberge dans laquelle Cormac venait de disparaître.

Alors qu'ils achetaient des vivres, Cormac avait pris un moment pour parler en privé avec l'un des marchands. Il avait entraîné le replet personnage suffisamment loin pour qu'elle n'entende rien de leur conversation, à part les mots « taverne », « Annie » et « habile petite ». Ajoutez à ceux-là les airs entendus de l'homme, et Elspeth en avait su plus qu'elle ne le voulait vraiment. Cormac cherchait une fille de joie.

La jeune femme se sentit aussi blessée que furieuse. Imaginer Cormac en train d'embrasser et de toucher une autre la rendait folle de jalousie et lui inspirait de violentes pensées. Elle était pourtant là, elle, prête, dévouée, capable – enfin, dès que Cormac lui apprendrait comment faire. Elle craignait également qu'un passage dans le lit de cette Annie ne donne en effet à l'homme la force de lui résister.

Elspeth songea un instant à entrer dans l'auberge pour expliquer à Cormac à quel point elle était furieuse, mais elle entendit les clameurs qui s'échappaient de la bâtisse et se ravisa. Elle était de toute évidence remplie d'hommes dont la plupart semblaient déjà copieusement avinés. Si la jeune fille s'y aventurait maintenant, elle risquait fort de s'attirer de gros ennuis avant même de retrouver son compagnon de voyage.

Mais les cuisines de cet établissement disposaient forcément d'une porte donnant sur l'extérieur. Elle n'aurait qu'à se faufiler à l'intérieur par cet accès. Voir Cormac avec une autre femme serait sans doute aussi douloureux que de se faire arracher le cœur avec un couteau aiguisé, mais elle n'allait pas attendre qu'il ressorte en glissant sa chemise dans son pantalon. Peut-être qu'en l'embarrassant copieusement, elle pourrait lui faire comprendre qu'il ne vaincrait pas la passion qui les consumait en faisant l'amour à une autre. Penser qu'elle aurait à subir le même supplice chaque fois qu'ils trouveraient une auberge sur leur route lui glaçait le sang.

Inutile de se préparer pour la déplaisante besogne qui l'attendait : Elspeth inspira profondément et se dirigea vers l'arrière du bâtiment. Elle y était presque quand elle percuta une jeune femme à la poitrine généreuse qui venait de quitter les lieux d'aisances installés au fond de la cour pour regagner elle aussi l'auberge par la porte de service. Elspeth étouffa un juron. Cormac ne se refuserait jamais à une telle créature ; elle devait l'arrêter coûte que coûte.

— Tu es Annie ? interrogea-t-elle en se plaçant devant la porte.

— Oui. Je vous connais ? s'enquit la jeune femme en plissant les yeux. (Elle chassa impatiemment une mèche blonde qui retombait sur son joli visage.) Je n'ai pas vraiment le temps de vous parler. Selon le vieux George, un beau jeune homme me demande.

— Je sais. Sache que si tu vas le trouver, je m'arrangerai pour qu'aucun autre homme ne veuille plus jamais de ta compagnie.

Elspeth éprouva un certain remords quand la malheureuse devint très pâle et écarquilla ses grands yeux bleus. Annie ne méritait pas sa colère – et puisque Elspeth et Cormac n'avaient prêté aucun serment de fidélité, lui non plus, si elle voulait être honnête. Cependant, il était si insultant de le voir refuser ce qu'elle lui offrait pour le chercher chez une autre.

— Vous êtes sa femme ? questionna Annie en regardant autour d'elle, sans doute pour chercher une issue.

— J'ai l'intention de le devenir. Il est venu te trouver parce qu'il me veut, mais pense qu'il serait déshonorant de déflorer une vierge.

Annie fit la grimace et lui adressa un sourire navré.

— J'en ai connu quelques-uns, des comme ça. Ils me disent des mots doux, puis crient le nom de celle qu'ils désirent vraiment quand ils ferment les yeux.

— C'est horrible. Les hommes peuvent être de tels porcs ! Mon cousin Payton…

— Payton ? Vous voulez dire sir Payton Murray, le fils de Nigel et de lady Gisele ?

— Tu connais mon cousin ?

Le jeune homme se montrait un peu trop généreux avec ses faveurs, songea Elspeth.

— Oh, il n'a jamais eu besoin de moi, répondit Annie avec regret. Mais vous pouvez peut-être me parler de ce beau et doux chevalier, pas vrai ? Vous devez savoir des choses que tout le monde ignore.

— Euh oui, j'imagine, marmonna Elspeth, peu habituée à ce qu'on fasse allusion à son cousin avec une telle déférence.

— Attendez, je vais nous chercher deux bières. On peut s'asseoir sur le banc, là-bas.

Elspeth était encore trop surprise par la réaction de la jeune femme pour l'empêcher de se précipiter dans l'auberge. Était-ce un stratagème ? Elle venait de décider qu'Annie s'était jouée d'elle quand celle-ci réapparut avec un plateau chargé de pain, de fromage et de deux chopes. Elspeth la suivit sans protester vers le banc. Après tout, n'avait-elle pas voulu empêcher Cormac de frayer avec cette fille ? Inutile de se poser trop de questions maintenant qu'elle était arrivée à ses fins.

— J'ai pu jeter un regard sur votre homme, dit Annie en s'asseyant. Je comprends pourquoi vous êtes si possessive.

— Il le faut : le bougre me résiste de toutes ses forces, et je n'ai qu'une quinzaine de jours pour le conquérir. Il se croit amoureux d'une autre, vers qui nous faisons d'ailleurs route.

— Pourquoi voulait-il me voir, dans ce cas ?

— Je sais que ça ne donne pas une très bonne image de lui, mais crois-moi, cette Isabel ne mérite pas qu'on lui soit fidèle. Et pourtant je n'ai pas encore gagné le droit d'avoir cet homme dans mon lit.

— Lady Isabel Douglas ? Quand je vois une femme comme ça, je me demande comment on peut me traiter de catin.

— Fichtre, y a-t-il quelqu'un en Écosse que tu ne connaisses pas ? Voyons, je suis Elspeth Murray, de Donncoill.

— Ah, la fille de la guérisseuse. On dit que vous devenez aussi fameuse qu'elle pour vos dons.

— Merci. Excuse-moi, mais comment en sais-tu autant ?

— La route qui passe à côté de l'auberge mène à la cour du roi, et elle est très fréquentée. Les hommes n'ont pas peur de parler devant une souillon, alors j'en entends beaucoup. C'est vrai que d'ordinaire, les filles de petite vertu ne font pas trop attention à ce genre de choses, mais moi, si. On sait jamais, ça peut toujours servir. J'ai gagné deux ou trois sous grâce à ces renseignements, ce qui me donne la liberté de choisir avec quels hommes je vais faire la catin.

— On dirait que ton maître est très compréhensif.

— Oh, le vieux George n'est pas mon maître, mais mon cousin ! Vous savez, je possède une petite part de cette auberge, pas de quoi devenir riche, mais assez pour ne pas avoir à courir après chaque pièce. (Annie adressa un sourire machiavélique à Elspeth.) J'aime bien faire des galipettes de temps à autre, et j'ai très vite décidé que quitte à m'amuser, autant gagner un peu d'argent en même temps. Dites-moi, vous connaissez bien sir Payton ? On raconte qu'il serait mort.

Elspeth but une grande gorgée de bière pour calmer ses esprits.

— Moi aussi, mais je ne le crois pas, même si je l'ai vu tomber de cheval, une flèche dans le dos.

— Un si charmant gaillard, attaqué par-derrière ? Quelle honte.

Elspeth approuva d'un hochement de tête.

— Mais dis-moi, Annie, pourquoi mon cousin est-il aussi connu par ici ?

— Madame, c'est qu'il est vraiment très, très beau. Il arrache des soupirs à toutes celles qu'il croise, jeunes ou vieilles. Et puis on sent une telle douceur, une telle gentillesse chez lui ! C'est vrai, on ne le trouve pas souvent dans le lit des filles comme moi, mais il ne nous méprise pas non plus. Tout le monde sait que sir Payton se montre généreux avec celles qui font les catins pour nourrir leurs enfants. (Annie renifla avec dégoût en mâchonnant un morceau de pain.) Jane, une sale traînée qui travaille dans une auberge du village d'à côté, emprunte les petits de sa sœur et vient se planter devant lui quand il se rend à la cour.

— Je lui en parlerai, répondit Elspeth. Je ferai également part aux miens de ton don pour recueillir des informations. C'est un talent très utile, et qui te rapportera quelques pièces.

— Vous pouvez me raconter une chose ou deux sur sir Payton, une histoire que personne d'autre ne connaîtrait ? demanda Annie en se grattant vigoureusement le bras.

Elspeth lui prit la main et retroussa la manche de sa robe.

— Tu as ce genre de rougeurs sur tout le corps ?

— Non, seulement sur les bras, et un peu sur la poitrine. Ça va et ça vient, ce n'est rien.

Elspeth examina attentivement l'éruption en posant son sac sur la table.

— C'est un homme qui t'a donné ça ?

— Non. Comme je vous l'ai dit, je choisis très soigneusement mes clients. Et puis ça m'arrivait déjà quand j'étais petite, bien avant mon premier homme.

— Je vois, répondit Elspeth en prenant un pot. C'est donc une substance que tu manges, ou qui est en contact avec ta peau, et que ton corps ne supporte pas. Fais attention à ton alimentation, et la prochaine fois que ces rougeurs apparaîtront, tu sauras ce qui les a provoquées. Si ça ne vient pas de ta nourriture, alors c'est quelque chose que tu n'utilises pas tous les jours. Prête attention à ce que tu fais quand les boutons apparaissent, ou plutôt, juste un peu avant. En attendant, pendant que je te prépare un baume, je vais te parler de Payton.

Elspeth raconta alors en souriant quelques histoires savoureuses sur son cousin.

Elle étalait sa pommade sur les bras d'Annie quand elle comprit que Cormac l'observait. La serveuse tourna la tête en direction de la porte de la cuisine, et lança à Elspeth un regard rieur. Cormac, les poings sur les hanches, semblait aussi consterné que furieux. Elle se demanda s'il oserait tout de même mener à bien son projet, et envisagea un instant de le mettre au défi d'essayer. La jeune fille savait que cela ne servirait à rien, sinon à rendre leur voyage plus pénible, mais elle brûlait de se mesurer à lui. Elle revint à Annie, et lui suggéra une fois de plus de surveiller la façon dont elle réagissait à son environnement, tout particulièrement à une liste d'aliments qu'elle savait sensibles.

Cormac passa une main dans ses cheveux en étouffant un juron et regarda Elspeth bavarder tranquillement avec la serveuse qu'il avait l'intention d'honorer. Quand celui qu'on appelait « le vieux George » lui avait assuré qu'Annie le rejoindrait bientôt, il s'était attablé pour boire sa bière et s'était répété que c'était ce qu'il voulait, et ce dont il avait besoin. Un rapide aperçu sur la blonde et plantureuse jeune femme l'avait encouragé. Cormac était sûr qu'il n'aurait aucun problème à lui faire l'amour.

Quand Annie avait disparu, et n'était pas revenue, il avait progressivement perdu patience. Il ne pouvait pas laisser Elspeth attendre pendant des heures. Cormac ignora les protestations navrées de George et partit à la recherche de la serveuse. Il n'aurait jamais pensé la retrouver avec celle qui le tourmentait tant. Il y avait de quoi pousser un homme sain d'esprit à se frapper la tête contre un mur jusqu'à ce que ce moment de trouble soit passé.

Pendant un instant, Cormac envisagea de prendre Annie par le bras et de l'emmener de force en ordonnant dédaigneusement à Elspeth de l'attendre. Si une heure ou deux ne lui suffisaient pas, cette dernière pourrait toujours prendre une chambre, et il la rejoindrait le lendemain. Voilà qui apprendrait à la jeune fille à se mêler des affaires des autres, ce qu'elle avait assurément fait. Elle serait peut-être même tellement outrée qu'elle ne le regarderait plus avec ce désir qui faisait bouillir le sang de Cormac et lui faisait perdre la raison.

Il se laissa aller contre le mur en soupirant. Il en était incapable. Il avait déjà été suffisamment difficile de lui demander de rester à l'extérieur de l'auberge en prétextant qu'il avait besoin d'une bière, et que ce n'était pas un endroit pour une femme. Il avait bien vu qu'elle n'en avait pas cru un mot. La discrétion n'avait pas apaisé sa culpabilité, et il doutait fort que la brusquerie y parviendrait. Même si son entrejambe le torturait, il n'avait pas envie d'argumenter avec Elspeth pour savoir si, oui ou non, il avait le droit de folâtrer avec une serveuse.

Résigné à subir les assauts d'un désir attisé à chaque instant mais jamais satisfait, Cormac se dirigea vers Elspeth. Il trouverait bien d'autres serveuses sur leur route, et maintenant qu'il oubliait assez ses bas instincts pour réfléchir, il comprenait à quel point il s'était montré imprudent en laissant la jeune fille seule. Il n'avait peut-être vu aucune trace de sir Colin ni de ses sbires, mais cela ne signifiait pas qu'il ne les poursuivait pas. Deux hommes – peut-être trois – avaient succombé parce qu'il convoitait Elspeth, et Cormac ne le voyait pas abandonner si facilement.

— Nous ferions bien de reprendre la route, dit-il.

Il regarda brièvement les plaques rouges sur le bras de la serveuse et se demanda si Elspeth ne l'avait finalement pas sauvé en intervenant.

— Tu as bu ta bière ? demanda doucement la jeune fille en donnant le pot de pommade à Annie avant de rassembler le reste de ses affaires.

— Oui, répondit Cormac, qui ne se fiait pas une seconde à ses airs innocents.

— Eh bien, dans ce cas, si tu es prêt, je le suis aussi, déclara Elspeth.

Cormac s'éloignait déjà.

— Bigre, il risque de ne pas être de très bonne compagnie, murmura-t-elle avec un petit sourire, ce qui fit éclater de rire Annie.

— Peut-être, mais il se retrouvera plus facilement dans vos bras. Je crois bien n'avoir jamais vu un homme aussi attiré par une femme.

— Pour ça, il faudra d'abord qu'il arrête de bouder. Annie, je parlerai à ma famille de tes talents pour observer et écouter, et je suis sûre que l'un d'entre nous viendra bientôt te trouver.

— Sir Payton, j'espère.

— Elspeth ! tonna Cormac.

Même si elle secoua la tête et maudit en marmonnant les hommes trop autoritaires, ce qui fit pouffer Annie, Elspeth se hâta de rejoindre son compagnon de route. La jeune fille avait atteint son but : Cormac n'avait pas donné à une autre ce qu'elle estimait lui revenir de droit. Elle espérait seulement trouver un moyen facile et délicat de lui faire comprendre ce qu'elle venait d'accomplir, et pourquoi. Cependant, si elle devait ligoter et dérober à ses regards toutes les catins et autres femmes de peu de vertu qu'ils croiseraient sur leur chemin, elle le ferait. Isabel était déjà une adversaire de taille, elle n'avait pas besoin d'autres rivales.

Chapitre 4

Elspeth ramassa ses habits en roulant des yeux tandis qu'un Cormac à la mine sombre partait chasser à grandes enjambées. Cela faisait deux jours qu'elle supportait les étranges humeurs de cet homme, et elle commençait à en avoir assez. Elle se réveillait dans ses bras, presque aveuglée par le désir qui les unissait. Il l'embrassait, la caressait, puis touchait une partie du corps d'Elspeth où personne ne s'était jamais aventuré, et quand elle frémissait, il secouait la tête, s'éloignait avec un empressement particulièrement insultant, et gardait ses distances pendant le reste de la journée. La jeune femme s'étonnait qu'il accepte encore de se serrer contre elle la nuit pour la protéger de ses cauchemars.

Tout cela ne pourrait pas durer bien longtemps, songea-t-elle en prenant un morceau de savon dans son sac. Cormac avait touché tout ce qu'il pouvait : elle devait seulement trouver le moyen de tempérer ses propres réactions à ses caresses, le temps qu'ils aillent trop loin pour rebrousser chemin. Si le guerrier persistait à la mettre dans des états pareils avant de s'enfuir comme un voleur, ce serait elle qui entraînerait le premier venu dans son lit sitôt arrivée au prochain village. Selon toute vraisemblance, c'était sa virginité qui l'arrêtait ; elle n'avait donc qu'à trouver quelqu'un prêt à l'en débarrasser, si possible avant qu'elle devienne folle de frustration.

Le petit ruisseau auprès duquel ils avaient dormi cheminait au milieu des landes et de la forêt jusqu'au village suivant, et Elspeth le suivit jusqu'à ce qu'elle trouve un endroit suffisamment abrité par les arbres et les buissons pour satisfaire sa pudeur, tout en lui permettant de voir arriver d'éventuels dangers. L'eau était probablement glaciale, mais la jeune fille avait grand besoin de prendre un bain – et de laver la majeure partie de ses vêtements.

Elle regarda autour d'elle pour s'assurer qu'elle était bien seule, puis se déshabilla. En cette fin d'été, le soleil était d'une grande douceur, mais il lui suffit de tremper un orteil dans l'eau pour comprendre que son bain ne serait pas des plus agréables. Elle prit son savon et, en guise de gant, l'un de ses bas, puis s'enfonça dans le ruisseau en serrant les dents, autant pour retenir un cri que pour les empêcher de claquer. Elspeth n'avait sans doute jamais fait une toilette aussi brève.

Une fois sortie, elle se servit de ses habits pour se sécher les cheveux et se frictionner jusqu'à ce que le sang recommence à circuler dans ses membres. Elle enfila sa chemise et, laissant au soleil le soin de la réchauffer, lava le reste de ses habits. Quand elle aurait de nouveau besoin d'eux, ils auraient séché et, si elle faisait attention, ne seraient pas trop froissés.

Ils trouveraient sûrement dans le village qu'ils atteindraient le lendemain une nouvelle taverne, et une autre serveuse peu farouche qu'Elspeth devrait effrayer. Le jour précédent lui avait d'ailleurs montré qu'un simple chalet et une veuve seule depuis trop longtemps suffisaient. Elspeth avait dû lui montrer la lame de son couteau pour la dissuader de dévorer Cormac du regard. C'était devenu un étrange petit jeu : Cormac semblait intéressé par une femme, Elspeth repoussait cette menace, et ils reprenaient leur route. Il savait ce qu'elle faisait, et si cela ne lui plaisait guère, ils n'en parlaient jamais.

Et puis la jeune fille n'en sortait pas indemne. Elle brûlait de partager sa passion avec Cormac, et lui la repoussait sans cesse. Même si elle comprenait pourquoi il souriait de la sorte à ces femmes, cela la faisait souffrir. Sa plus grande peur était qu'il s'offre à une autre avant qu'elle ait eu la chance de le goûter.

Cormac contempla leur campement, déconcerté, et laissa tomber les deux lapins qu'il avait attrapés et dépecés. L'absence d'Elspeth ne l'aurait pas affolé outre mesure – elle avait, après tout, bien des raisons pour s'éloigner du camp – si le sac de la jeune fille n'avait pas lui aussi disparu.

Elspeth avait-elle décidé de poursuivre sa route toute seule ? Il ne l'en aurait pas blâmée. Voyager avec un homme qui essayait d'abuser d'elle tous les matins avant de la rabrouer ou, au mieux, de l'ignorer pour le reste de la journée devait la rendre folle. Cormac, en tout cas, avait très certainement perdu la raison. Elle avait peut-être aussi décidé qu'elle en avait assez de le voir dévorer du regard chaque femme qu'ils croisaient. Mourir de désir tout en étant incapable de faire l'amour à celle qui éveillait en lui de tels sentiments avait fait de lui une bête en rut. Serveuse, laitière, veuve... il était prêt à se jeter sur la première venue, sauf une certaine jeune vierge de bonne famille. Une telle attitude avait sans doute profondément dégoûté Elspeth. Elle pensait sûrement que la passion manifestée à son égard était chose commune chez lui. Peut-être même avait-elle honte d'y avoir répondu.

Mais ce n'était pas le plus important : sir Colin était à ses trousses, et prêt à tuer pour s'emparer d'elle. La virginité d'Elspeth et la menace d'un mariage forcé n'étaient pas les seuls enjeux : dès que Colin l'aurait déflorée, les Murray se rassembleraient et prendraient les armes. Ils avaient peut-être même déjà commencé. Le clan et ses alliés subiraient de lourdes pertes, et Elspeth ne s'en remettrait jamais. Cormac leur devait la vie, et il avait bien l'intention de tout faire pour empêcher un tel drame, notamment garder Elspeth près de lui tant que Colin n'avait pas renoncé ou péri.

Cormac s'assura qu'il avait bien toutes ses armes et s'enfonça dans la forêt sur la piste de la jeune fille. Que pourrait-il faire si elle avait bel et bien décidé de le fuir ? S'excuser de son attitude, peut-être, ce qui serait loin d'être facile ? Lui avouer que d'ordinaire, il ne se laissait pas entraîner ainsi par son mâle attribut ? Qu'il ne se comportait pas comme un porc en rut prêt à laisser une jeune fille bien née attendre devant la porte de sa chambre pendant qu'il soulageait ses bas instincts avec la première venue ?

Et d'ailleurs quelle mouche pouvait bien piquer les femmes qu'ils croisaient ? Elles lui souriaient, balançaient les hanches de façon suggestive, puis en l'espace d'un instant se changeaient en créatures froides et quelque peu terrorisées. C'était forcément l'œuvre d'Elspeth. Cormac n'aimait pas l'imaginer menaçant ces malheureuses, mais comment expliquer que cette veuve tout d'abord sur le point de lui arracher son pantalon l'ait purement et simplement repoussé après qu'il s'était retiré un instant pour soulager sa vessie ? La mine innocente d'Elspeth aurait pu être convaincante si la veuve n'avait pas lancé des regards apeurés dans sa direction, comme si elle craignait qu'elle ne vienne l'assassiner dans son lit. La petite Murray lui devait à lui aussi des excuses. Les actes de Cormac étaient peut-être répréhensibles, mais elle n'avait aucun droit d'intervenir.

Il aperçut enfin Elspeth, s'arrêta net, et inspira profondément pour calmer un soudain accès de colère. Pendant qu'il la cherchait partout, mortellement inquiet, elle prenait le soleil au bord de ce ruisseau ! Il lui suffit de voir les vêtements qui séchaient sur les branches d'un arbre voisin pour comprendre que la jeune fille n'avait pas eu l'intention de s'enfuir, mais seulement de laver ses habits. Cormac se sentait à la fois troublé d'avoir ressenti une telle panique, et irrité de s'être inquiété pour rien.

Au fur et à mesure qu'il s'approchait d'elle, sa colère s'évanouissait. La jeune fille était allongée sur le dos, sa superbe chevelure déployée tout autour d'elle. Elle n'était vêtue que d'une fine chemise qui lui arrivait juste au-dessous des genoux. Malgré tous ses efforts pour se maîtriser, Cormac ne put s'empêcher de s'attarder sur ses seins et sa taille. Il contempla avidement l'ombre plus foncée entre ses jambes. Même ses pieds étaient adorables, songea-t-il en s'agenouillant silencieusement à côté d'elle.

Elspeth ouvrit les yeux, lui sourit, et Cormac sut alors qu'il ne servait plus à rien de résister.

— Tu ressembles à une nymphe qui aurait quitté le lit de cette rivière pour honorer le soleil de sa présence.

Le cœur d'Elspeth s'emballa aussitôt de façon inquiétante.

— Ce n'est qu'un petit ruisseau, protesta-t-elle.

Cormac défit son épée en souriant, la laissa tomber à terre, et ôta ses bottes.

— Tu n'essaierais pas de dénigrer les premières aspirations poétiques d'un malheureux, tout de même ?

Était-il sur le point de lui donner une nouvelle leçon sur l'art d'émoustiller une jeune fille avant de l'abandonner à sa frustration ?

— Non, murmura-t-elle. C'était ce que tu entreprenais ?

— Oui. Tu es la potion qui permet à nous autres, hommes ordinaires, de chanter des mots aussi gracieux que ceux des ménestrels.

Il l'embrassa, et elle s'empressa de passer les bras autour de son cou. Parviendrait-elle cette fois à le retenir jusqu'à ce que tous deux ne puissent plus faire marche arrière ? Le baiser de Cormac était lent, appuyé, mais également chargé de désespoir. Si, cette fois, il la laissait trop tôt, elle éclaterait assurément en sanglots.

— Ma belle Elspeth, tu devrais m'en empêcher, murmura l'homme en défaisant la chemise de la jeune fille.

— Pourquoi ? Tu y arrives très bien tout seul d'ordinaire.

— Pas cette fois.

— Tu en es sûr ?

Cormac se pencha sur elle et fit glisser le léger vêtement jusqu'à sa taille. Le spectacle des seins d'Elspeth, de leurs tétons roses et durs lui coupa le souffle. L'homme s'humecta les lèvres, pressé de goûter sa peau lisse et crémeuse. Il posa les mains sur sa poitrine, la caressa de ses pouces, et elle frissonna, ses yeux emplis de désir.

— Oh oui, ma tentatrice. Aujourd'hui, tu es la seule qui puisse arrêter ça.

La façon avide dont il regardait sa gorge n'échappa pas à Elspeth, et elle lui prit les cheveux pour l'attirer doucement à elle.

— Il n'en est pas question.

Cormac poussa un grognement dans lequel se mêlaient plaisir et résignation, et lécha l'extrémité de son sein. Elle avait aussi bon goût qu'il l'avait imaginé. Il suça son téton, et la jeune fille se cramponna à lui en criant. Cormac sentait la passion d'Elspeth jusqu'au plus profond de lui, et se demanda s'il aurait la force d'aller doucement.

Elspeth n'y tenait plus : elle devait lui arracher ces habits qui dérobaient sa peau à ses lèvres et ses caresses. Elle défit les cordons du pourpoint de Cormac en maudissant ses doigts curieusement maladroits. L'homme interrompit l'exploration délicieuse de sa poitrine pour l'aider.

Avec tous les mâles de son clan, Elspeth savait à quoi ressemblait le corps d'un homme, mais quand Cormac quitta ses derniers vêtements, elle écarquilla les yeux, subjuguée. Il était tout en muscles fermes et gracieux, avec de larges épaules et de longues jambes. Sa peau légèrement dorée semblait inviter Elspeth à la caresser. Un mince liseré de poils brun-roux descendait depuis son nombril, couronnait son impressionnant appendice et s'éparpillait sur ses cuisses vigoureuses. *Rien d'étonnant à ce qu'Isabel s'accroche ainsi à lui*, songea Elspeth en changeant de position pour qu'il achève de lui ôter sa chemise.

— Tu es si beau…, murmura-t-elle en caressant son ventre.

— Quelle étrange demoiselle, dit Cormac d'une voix attendrie. C'est toi qui es superbe.

Comment faisait-il pour ne pas se jeter sur elle, comme chacun de ses muscles le lui ordonnait ? La taille d'Elspeth était si fine qu'il pouvait presque l'entourer de ses deux mains. Ses hanches, quoique menues, s'élargissaient d'une manière des plus féminines. Ses jambes semblaient étonnamment longues pour sa petite taille. Cormac ne fut pas surpris de constater que la main qu'il avançait lentement vers la toison brune abritant ses secrets les plus intimes tremblait légèrement.

Il s'allongea lentement sur elle, ses frissons faisant écho à ceux de la jeune fille quand leurs peaux se touchèrent. Parcouru par une violente vague de plaisir, Cormac appuya le front contre celui d'Elspeth et lutta pour ne pas immédiatement décharger sa semence.

— Oh mon Dieu, mon Dieu, c'est si bon, haleta Elspeth.

— Ma chère, j'ai peur que ce ne soit pas le mot juste. Cette sensation est indescriptible.

Cormac glissa la main entre ses cuisses, et Elspeth se retrouva soudain bien incapable de décrire quoi que ce soit. Il l'embrassa, et introduisit la langue dans sa bouche en même temps qu'il plongeait ses doigts en elle. Elspeth trembla violemment et cambra les hanches pour se presser contre sa main.

— Cormac, je n'en peux plus, souffla-t-elle d'une voix si rauque qu'elle n'était pas sûre qu'il l'entende.

— Je comprends, mon ange. Je connais bien cet état, murmura-t-il, la bouche au creux de son épaule.

— Alors qu'attends-tu ?

Les muscles du ventre de la jeune femme se contractèrent tandis qu'il continuait ses caresses intimes.

— C'est ta première fois. Tu dois être prête.

— Doux Jésus, à quel point ? s'écria Elspeth, parcourue par un frémissement.

Il fut brusquement suivi par plusieurs vagues de plaisir intense. Elspeth s'agrippa à Cormac, en essayant tout à la fois de s'éloigner de sa main et de se presser contre elle. Elle tremblait encore quand il la sentit enrouler ses jambes flageolantes autour de sa taille. Elle lui prit les bras et tâcha de recouvrer ses esprits afin de se concentrer pour la suite. Elle lut dans le regard de Cormac une soif et une intensité qu'elle ne comprit pas complètement.

— Maintenant, tu es prête.

Les dents serrées, il plongea en elle, rompant sans pitié son hymen, et s'arrêta.

Une petite voix se mit à bourdonner dans les profondeurs de son esprit, mais Cormac n'avait pas de temps à lui accorder. Il avait entendu le hoquet de douleur d'Elspeth, senti son corps se recroqueviller, et il rassembla toute sa volonté pour rester immobile.

Il fronça les sourcils en constatant que la jeune fille était un peu pâle et qu'elle avait les larmes aux yeux. Comprendre qu'Elspeth souffrait l'aida à garder son sang-froid.

— Je t'ai fait mal, dit-il en lui caressant doucement les seins.

Il espérait pouvoir réveiller ne serait-ce qu'en partie la passion qu'il avait anéantie en la prenant aussi brutalement.

— Pas tant que ça, répondit Elspeth, qui respirait profondément.

Elle ne s'était pas attendue à ce que perdre sa virginité soit aussi douloureux, mais n'était certainement pas prête à l'admettre. Cormac avait été aussi rude que rapide, et son hymen n'avait pas résisté longtemps. L'opération n'aurait probablement pas été plus agréable s'il était allé plus lentement, et puisqu'il risquait de mal prendre ce qu'elle pourrait dire, elle décida de se taire. Elle s'interrogeait cependant sur l'air stupéfait qu'avait eu Cormac quand il avait brisé la preuve de son innocence et compris qu'il l'avait fait souffrir… comme s'il n'avait jamais défloré une vierge auparavant.

Elspeth décida que ce n'était pas le moment de penser à de telles choses et tâcha de se détendre, consciente que c'était là le meilleur moyen de soulager sa gêne. Elle remonta légèrement les jambes le long du corps de Cormac et découvrit que cela lui permettait d'accepter un peu mieux son intrusion en elle. Les baisers délicats dont il couvrait ses seins ravivèrent son désir. Elle soupira de plaisir, savourant davantage à chaque seconde le contact entre leurs deux corps, et caressa le dos de Cormac.

— La douleur s'est calmée, dit-elle, les mains sur ses fesses.

Il tremblait.

— Merci, mon Dieu, murmura-t-il avant de recommencer à bouger.

La légère douleur qu'Elspeth ressentait encore se dissipa vite au rythme du va-et-vient de Cormac. Elle prit conscience que deux êtres ne pouvaient pas être plus proches qu'eux en cet instant, ce qui augmenta d'autant plus son excitation. Elle tenta de l'attirer encore davantage en elle. Les poussées de l'homme se firent plus brutales, et Elspeth accueillit chacune d'entre elles avec avidité. Il glissa alors la main entre eux et la toucha tout près de la jonction de leurs corps. À sa première caresse, tout son être se contracta. À sa seconde, elle eut l'impression de voler en éclats.

Elle se cambra en criant. Cormac savoura chacune de ses convulsions, puis perdit le peu de maîtrise qu'il exerçait encore sur lui-même. Les tremblements de la jeune fille, cette chaleur qui se resserrait autour de son membre l'entraînèrent lui aussi vers les sommets de la passion. Il hurla son nom, plongea profondément en elle, et frissonna quand sa semence se déversa en elle. Son bon sens tenta bien de lui chuchoter quelque chose, mais il le laissa se noyer dans l'extase et s'écroula, rassasié, dans les bras de sa compagne.

Une brise fraîche vint lui caresser le derrière et le ramena à la raison. Il quitta les bras d'Elspeth en s'efforçant de dissimuler un désarroi qui aurait assurément blessé la jeune fille. Elle ne méritait pas de subir le poids de ses sombres pensées. Il déposa un baiser sur les lèvres d'Elspeth, déchira un morceau de son pourpoint et alla le mouiller dans le ruisseau.

Après avoir lavé le sang qui lui souillait l'entre-jambe, Cormac rinça le linge et retourna auprès d'Elspeth. Ignorant ses protestations et le rouge qui lui montait aux joues, il la nettoya elle aussi. La petite voix qu'il avait entendue en la pénétrant était de retour, plus insistante. Quand il avait fait pour la première fois l'amour à Isabel, il n'avait pas eu de rempart à franchir, ni vu de sang sur ses cuisses. Elle avait certes grimacé légèrement, hoqueté, mais il comprenait maintenant que sa douleur avait été feinte. Isabel lui avait juré être vierge, elle lui avait même annoncé qu'elle lui faisait don de son innocence par amour, un cadeau dont son mari était indigne. Elle lui avait menti en le regardant droit dans les yeux. Un autre était passé avant lui.

Sans vraiment savoir que penser de cette révélation, Cormac décida de faire comme si de rien n'était et sourit à Elspeth. La jeune fille avait été vraiment vierge, elle, et il aurait besoin de toute son habileté pour les tirer de ce moment délicat sans embarras ni malentendus, sans la blesser… ni faire de promesses qu'il ne pourrait tenir.

— Allons, mon ange, il commence à faire froid, dit-il en tendant ses vêtements à Elspeth avant de rassembler les siens.

— Tu as raison, murmura-t-elle en s'habillant, même si, pour sa part, elle ne faisait pas référence au climat.

Quelque chose avait changé, songea-t-elle en regardant Cormac. Un instant auparavant, il était dans ses bras, comblé, mais il avait commencé à se replier, à s'éloigner d'elle, jusqu'à ne plus lui offrir qu'un masque poli. Il faisait tout son possible pour qu'ils regagnent leur campement sans avoir de discussion sérieuse ni exprimer le moindre sentiment.

Elspeth avait envie de hurler. Cormac l'avait pourtant accompagnée jusqu'aux vertigineux sommets de la passion, elle en était sûre ! Mais le mur qu'il avait depuis dressé entre eux la faisait douter. Elle ne demandait pas de grands serments passionnés – même si elle aurait été ravie d'en entendre – mais il aurait tout de même pu lui accorder un peu plus que cette distante amabilité. Elle se serait même contentée de quelques flatteries vides de sens ! Elspeth se sentait profondément changée, ils venaient de partager une chose merveilleuse, et Cormac ne semblait pas plus ému que si elle s'était égratigné le genou.

Elspeth contint à grand-peine sa colère et, adoptant le silence affable de Cormac interrompu par de légers bavardages, elle rassembla ses habits désormais propres et regagna avec lui leur campement. En se montrant trop pressante, elle risquait surtout de le perdre. Elspeth savait qu'elle devait paraître patiente, compréhensive, ravaler en bonne partie sa fierté – et qu'elle était devant l'un des défis les plus difficiles de sa vie.

Tout en ranimant le feu, Cormac observa, les sourcils froncés, la petite forme enveloppée dans une couverture. Elspeth n'avait rien exigé, elle n'avait pas versé une seule larme, et ne l'avait pas forcé à évoquer ce qui s'était produit entre eux. Il aurait dû être satisfait de la trouver si calme, si raisonnable, mais c'était loin d'être le cas. Elle venait d'offrir, au bord d'un ruisseau, sa virginité à un homme qui ne lui avait accordé en retour ni mots d'amour, ni promesse de mariage, et pourtant elle se comportait comme une femme habituée à avoir un amant. Cormac décida qu'il était uniquement troublé parce que la situation était perturbante – et cette jeune fille encore davantage.

Et que dire de cette passion qu'ils avaient partagée ? Il n'avait jamais rien connu d'aussi fort, d'aussi délicieux, d'aussi sauvage. C'était certainement meilleur que tout ce qu'il avait vécu avec Isabel, ce qui le contrariait et lui faisait peur. Pire encore, Cormac n'était pas guéri : il brûlait de faire de nouveau l'amour à Elspeth.

Il se sentait également coupable d'avoir trahi Isabel, d'avoir tant apprécié ces étreintes, de vouloir recommencer encore et encore, jusqu'à ne plus pouvoir marcher, et surtout d'avoir pris à Elspeth sa virginité alors qu'il savait qu'il ne pouvait rien lui offrir de plus qu'une brève aventure. Il s'en voulait surtout d'avoir perdu son sang-froid, au point de déverser sa semence en elle, ce qui n'était presque jamais arrivé avec Isabel. Il sentait que s'il refaisait l'amour à Elspeth, cela se reproduirait. Elle le rendait fou, comme quelque mal mystérieux qui coulerait dans ses veines, et il ne savait pas comment y remédier.

Il songea en regardant leurs couches à dormir loin d'elle, mais comprit avec un soupir résigné que c'était impossible. Elspeth avait encore des cauchemars, elle avait besoin d'une présence rassurante, or maintenant qu'ils avaient fait l'amour, il n'avait plus aucune excuse pour garder ses distances. De plus, il risquait fort de la blesser, ce dont il se savait parfaitement incapable.

Quand il se glissa à côté d'elle, Elspeth se retourna pour se pelotonner contre lui. Cormac sentit à son grand désarroi son corps se tendre de désir. Il pouvait faire passer les événements de l'après-midi pour un moment d'égarement dû à sa passion aveugle, mais en continuant à faire l'amour à Elspeth, il lui promettrait tacitement plus qu'il ne pouvait lui donner. Elle caressa sa poitrine, et il l'arrêta aussitôt en lui prenant le poignet. Ce soir-là, au moins, il avait une bonne raison de la repousser sans l'offenser ou lui laisser entrevoir son dilemme.

— Pas ce soir, dit-il en lui embrassant le front. Tu as mal, et tu as besoin d'un peu de temps pour te remettre.

— Tu as raison, c'est un peu sensible. J'aurais sans doute dû m'asseoir un peu dans l'eau pour soulager la douleur.

— Oui, quelle bonne idée. Se tremper les parties sensibles dans la glace est le plus sûr des remèdes.

Elspeth ricana, heureuse d'entrapercevoir l'ancien Cormac à travers la barrière étrange qu'il avait dressée entre eux.

— Tu regrettes ce que nous avons fait.

— Oui, admit-il, mais pas parce que c'était avec toi. Je te désirais, faire l'amour n'a jamais été si délicieux… mais je n'aurais pas dû céder à la tentation, car c'est tout ce que je peux t'offrir.

Cet aveu fit souffrir Elspeth, mais elle devait se montrer raisonnable. Quelques étreintes au bord d'une rivière ne suffiraient pas à triompher d'Isabel.

— Je ne crois pas t'en avoir demandé davantage.

— Tu aurais dû. Tu es une fille de bonne famille, il fallait garder ce cadeau pour ton mari.

— J'ai presque vingt ans, et je n'ai jamais rencontré d'homme dont je voudrais comme époux, ou même comme amant. Tu fais bouillir mon sang. Peut-être ai-je décidé que même si tu ne me proposes qu'une amourette, j'ai bien assez attendu, et qu'il est temps pour moi de faire ce que je veux.

— Une telle insouciance peut avoir de graves conséquences pour une jeune fille.

— Qui me concernent moi, et moi seule.

— Elspeth…

Elle déposa un baiser sur ses lèvres pour le faire taire.

— N'en dis pas plus. J'ai assez de jugeote et de volonté pour me refuser à un homme et avec toi, je n'en avais pas envie. Accepte-le et cesse de te sentir coupable, car tu n'as rien fait pour ça ; je suis une adulte, pas une enfant que tu dois protéger. Allons, Cormac, restons-en là, si nous ne voulons pas finir par prononcer des paroles que ni toi ni moi n'avons envie d'entendre. (Elle se blottit dans ses bras.) Fais comme moi, et dors.

Cormac regarda les étoiles ; il aurait aimé pouvoir voir la situation aussi clairement qu'Elspeth. Il brûlait d'accepter cette passion sans entraves qu'elle lui proposait, mais son instinct lui disait que les choses étaient déjà loin d'être aussi simples.

Chapitre 5

Elspeth attendit que la porte se referme sur Cormac avant de jurer et de chercher du regard quelque chose à lancer à travers la pièce. En s'endormant dans ses bras la nuit précédente, elle avait cru l'avoir débarrassé de tous ses scrupules. Il ignorait bien entendu qu'elle lui mentait sans vergogne en lui promettant une passion pure, sans aucune exigence. Pourtant, en ouvrant les yeux ce matin-là, la jeune fille avait découvert que Cormac avait revêtu une armure particulièrement épaisse ; l'homme avait visiblement décidé qu'il devait la protéger d'elle-même, de ses propres passions, et de lui. Il s'était montré gentil, courtois, et terriblement distant pendant toute la journée, et venait de lui assener le coup de grâce en leur prenant des chambres séparées à l'auberge.

Elspeth décida qu'il était inutile de jeter un objet sur la porte – Cormac était trop loin pour l'entendre – et s'effondra sur le lit. Sa virginité perdue, la jeune femme avait cru que Cormac ne ressentirait plus le besoin de contenir son désir. Elle avait espéré grâce aux sentiments qu'ils partageaient, toucher son cœur et vaincre l'emprise d'Isabel, chose impossible si Cormac se drapait ainsi dans sa chevalerie. Il pensait devoir la protéger de son propre manque de jugement, ce qui était particulièrement insultant. C'était chose courante chez les hommes, et l'un de leurs traits de caractère les plus horripilants.

On frappa doucement à la porte, ce qui rappela à Elspeth qu'elle avait demandé un bain. Elle laissa entrer les servantes et attendit impatiemment qu'elles remplissent sa baignoire. Sitôt celles-ci ressorties, elle ôta ses habits. Cela faisait bien trop longtemps que la jeune fille n'avait pas joui d'un tel luxe, et il lui faudrait sans doute attendre avant d'en profiter de nouveau. Elle plongea dans l'eau chaude en soupirant de bonheur, apaisée par le parfum des herbes qu'elle y avait versées. Rien de tel qu'un long bain brûlant pour vous aider à réfléchir. Il y avait forcément une solution, et Elspeth avait bien l'intention de la trouver avant que l'eau refroidisse.

Cormac s'enfonça dans son bain et pria pour que ce dernier détende ses muscles. Une des domestiques venues remplir sa baignoire lui avait adressé un sourire aguicheur, mais il ne lui avait pas rendu la pareille. Il savait désormais qu'il ne pourrait trouver le répit dans les bras d'une autre. Il ne voulait qu'Elspeth, et le moment de passion indescriptible qu'ils avaient partagé n'avait fait qu'empirer les choses.

— Mon Dieu, que va-t-il se passer quand je retrouverai enfin Isabel ? demanda-t-il en tournant le regard vers son genou.

Allons, voilà qu'il parlait tout seul.

— Ah, je m'en fais pour rien. Tout s'arrangera dès que je la verrai.

Sur ce, il entreprit de se frotter consciencieusement. Au cours de la nuit précédente, il avait décidé qu'il ne pouvait plus se laisser entraîner ainsi dans les bras d'Elspeth, mais malheureusement, le souvenir du plaisir ressenti faisait chanceler sa résolution. Comment résister quand elle lui proposait d'être son amante sans rien exiger de plus ? Il avait déjà toutes les peines du monde à se comporter en gentilhomme quand il chevauchait avec le corps gracieux de la jeune fille pressé contre son dos.

— Il nous faut un autre cheval.

Cormac passa mentalement en revue le contenu de sa maigre bourse ; avait-il seulement les moyens d'acheter une seconde bête ? Pas aussi bonne que la sienne, en tout cas. Peu importait, un autre cheval serait de toute façon le bienvenu s'ils devaient à un moment ou un autre semer sir Colin ou ses sbires. Elspeth était certes petite, mais même son faible poids ralentirait le galop du destrier de Cormac. Ce prétexte purement pratique empêcherait peut-être Elspeth de deviner ses motivations premières. Il ne pouvait certainement pas lui avouer que s'il sentait une fois encore ses seins contre lui, il se jetterait sur elle avant qu'elle ait le temps de cligner des yeux.

Déterminé, il finit de se nettoyer en toute hâte. Avec un peu de chance, il pourrait acheter un animal convenable sans complètement vider sa bourse et retrouver Elspeth à temps pour le dîner – et avec beaucoup, il aurait encore de quoi payer ce dernier.

Elspeth renifla en fronçant les sourcils le petit flacon de parfum que la femme lui tendait. Il sentait la lavande, son odeur favorite. Son propre parfum avait été l'une des nombreuses victimes de son enlèvement, avec les belles robes qu'elle avait eu l'intention de porter au mariage de son amie. Quand elle serait de nouveau en sécurité, elle devrait envoyer à Bridgit un beau cadeau et une très longue lettre d'explications.

— C'est trop fort, madame ? demanda la femme.

— Non, il sent délicieusement bon, c'est même mon préféré, d'ordinaire, mais… (Elspeth sourit.)… je pensais essayer quelque chose d'un peu différent, qui pourrait plaire à un homme.

— Ah, je vois.

La commerçante prit l'un des flacons qu'Elspeth avait humés, hésita un instant, et le posa devant la jeune fille.

— Certaines femmes disent que cette fragrance attire les hommes et attise leur désir.

Elspeth le renifla de nouveau et soupira.

— C'est très agréable, mais je ne crois pas que ça m'irait. (Elle reprit la fiole de lavande.) Je vais m'en tenir à ce qui se marie bien avec mon odeur.

— C'est très sage de votre part. Vous voulez un peu de savon avec ça ?

— Oui.

Elspeth compta soigneusement ses pièces, et sourit nerveusement quand elle remarqua que la femme l'étudiait avec attention.

— Quelque chose ne va pas ? demanda-t-elle.

— Eh bien, je ne sais pas trop comment vous dire ça, mais si vous cherchez à attirer le désir d'un homme, j'ai peut-être quelque chose pour vous.

— Ne craignez pas de m'offenser. Je livre une farouche bataille pour conquérir le cœur d'un gentilhomme, et je suis prête à envisager toutes les armes.

La commerçante étendit une superbe chemise de nuit sur la table.

— C'est magnifique, souffla Elspeth, émerveillée.

Elle passa une main sous la douce étoffe et ouvrit grands les yeux quand elle se rendit compte à quel point celle-ci était fine. Elle ne cacherait presque rien. Une inspection plus approfondie lui apprit que le corset était fait d'une délicate dentelle un peu plus épaisse par endroits pour dissimuler la pointe des seins de celle qui le porterait. Seuls de minces rubans au sommet de chaque manche permettaient de la maintenir en place. C'était très certainement une toilette des plus sensuelles, mais Elspeth n'était pas sûre d'être assez hardie pour la porter – ni même d'avoir les moyens de l'acheter.

— Une arme redoutable, en effet, mais sans doute trop chère pour moi.

La jeune fille grimaça quand la commerçante lui annonça le prix de la chemise de nuit ; l'acquérir lui aurait tout juste laissé de quoi s'acheter une bière.

— Je pourrais peut-être vous payer par un service, proposa-t-elle. Souffrez-vous de quelque mal, madame ? Je suis une guérisseuse, et j'ai beaucoup appris auprès de ma mère, lady Maldie Murray.

— Oh, j'ai entendu parler d'elle ! Même les Douglas ont fait appel à ses services. Mes mains me font parfois horriblement souffrir, et ça me gêne dans mon travail.

— C'est un mal très pénible, compatit Elspeth en posant son sac de remèdes sur la table pour y chercher un baume. Il est impossible d'en guérir, mais vous pouvez soulager un peu la douleur. Évitez d'exposer vos mains au froid, et ne les laissez pas mouillées quand le temps se rafraîchit. (Elle tendit un petit pot à la femme.) Appliquez ça dès que vous commencez à avoir mal, mais n'en mettez pas trop.

Elspeth écrivit la recette du baume sur un morceau de parchemin à l'aide d'un charbon taillé en pointe.

— Voilà, vous pourrez en faire davantage quand vous en aurez besoin. Il vaudrait mieux recopier ça à l'encre avant que le charbon s'efface. Vous savez lire ?

La commerçante hocha la tête, puis avoua timidement que ses compétences lui permettaient tout juste de comprendre les formules de ses parfums et savons. Elspeth négocia pendant un instant, et la jeune fille quitta finalement la boutique avec la chemise de nuit – achetée à moitié prix – et quelques recommandations sur ce qu'aimaient les hommes. Apparemment, quand elles apprenaient qu'elle se battait pour un homme, ses consœurs excusaient non seulement ce qui d'ordinaire les aurait choquées, mais se montraient également ravies de lui prodiguer moult conseils. C'était sans doute dû au romantisme de sa quête.

Elle rencontra près de l'auberge une vieille femme qui vendait des rubans. Même si elle en avait déjà acheté deux, Elspeth s'arrêta pour observer sa marchandise, et découvrit une fillette minuscule qui se cachait dans les jupes de la commerçante. Toutes deux étaient en haillons et semblaient affamées. Elspeth sut dès qu'elle adressa la parole à l'enfant qu'elle se déferait d'encore quelques-unes de ses pièces. Après avoir acheté deux nouveaux rubans dont elle n'avait nul besoin pour beaucoup plus que ce qu'en demandait la vieillarde, Elspeth se dirigea vers la porte de l'auberge – et se retrouva nez à nez avec trois gaillards imposants dont les regards lui glacèrent le sang.

— Messieurs, si vous voulez bien m'excuser…, dit-elle poliment en tentant de les contourner.

Ils lui bloquèrent le passage.

— T'es bien jolie, dis-moi, grogna le plus brun des trois.

— Merci beaucoup. J'aimerais passer, maintenant.

— Et toute seule, avec ça.

— Mon mari m'attend à l'intérieur de l'auberge.

— Ah ouais ? Je connais pas beaucoup d'hommes qui laisseraient une petite avec une voix et un minois pareils se promener sans surveillance.

Elspeth ajusta discrètement son sac pour avoir les mains libres. Elle n'avait aucune chance contre trois individus aussi solidement charpentés, mais s'ils s'en prenaient à elle, elle pourrait se débattre le temps qu'on vienne à son secours. Elle avait également l'intention de crier et de faire autant de tapage que possible. Elle n'était pas sûre que Cormac soit encore dans l'auberge, et ne pouvait donc pas compter sur son aide.

— Je lui ferai part de vos conseils ; je suis certaine que sir Cormac vous en sera très reconnaissant, dit-elle en insistant bien sur « sir ».

Malheureusement, seul le plus petit de ses interlocuteurs sembla s'émouvoir de ce titre.

Tout se passa ensuite trop vite pour qu'elle réagisse vraiment. Deux des hommes se jetèrent sur elle tandis que le troisième – celui qui avait hésité à l'évocation de Cormac – s'enfuyait à toutes jambes en ignorant les railleries de ses compagnons. Elspeth parvint à pousser quelques cris suraigus avant que le plus brun presse une main crasseuse sur sa bouche. Elle lutta furieusement et fut récompensée par quelques jurons et grognements de douleur, mais se retrouva néanmoins entraînée de force.

Et soudain, elle fut libre. Les hommes ne se contentèrent pas de la relâcher : ils la poussèrent si violemment qu'elle s'affala par terre dans la rue. Elle se releva en titubant sous les yeux des badauds, qui avaient de toute évidence vu ce qui se passait, mais n'avaient pas bougé pour l'aider. Après leur avoir lancé un regard de pur dégoût, elle se retourna et trouva Cormac aux prises avec ses deux agresseurs, l'épée pointée sur le ventre du brun. Il brûlait visiblement de les tuer, et eux-mêmes paraissaient regretter de ne pas avoir suivi leur compagnon. Elspeth attendit avec angoisse la suite des événements, partagée entre son désir de savoir les malotrus châtiés pour leur brutalité, et terrifiée à l'idée d'assister à la mise à mort de deux malheureux désarmés et tremblants de peur.

Cormac dévisagea les deux hommes terrifiés, convaincu qu'ils avaient mouillé leurs culottes. Les voir emmener de force Elspeth l'avait mis dans une rage indescriptible. Les deux brutes avaient sans doute surpris la lueur assassine dans son regard, car elles avaient promptement repoussé la jeune fille. Elles n'avaient cependant pas eu le temps de s'enfuir, et se retrouvaient désormais bloquées entre sa lame et le mur en torchis de la boutique du tonnelier. Voyant qu'Elspeth n'avait rien, il se calma assez pour comprendre qu'il avait devant lui deux lâches. Ils n'avaient même pas essayé de tirer les couteaux qui dépassaient de leurs bottes. Cormac pensait d'ordinaire que les hommes qui violentaient les femmes ne méritaient pas de vivre, mais il se découvrit incapable de pourfendre les deux pauvres hères qui se tenaient devant lui en tremblant.

— Elspeth, tu n'as rien ? demanda-t-il.

— Non, je vais bien.

— Prends leurs couteaux. (Cormac pressa la pointe de son épée contre la panse du brun.) Et vous deux, pas un geste. Je peux éventrer ce gaillard en un clin d'œil.

La voix de Cormac était si froide que même Elspeth frissonna en récupérant les armes de ses deux agresseurs.

— C'est fait, dit-elle.

— Partez, maintenant. Je devrais vous saigner comme les porcs que vous êtes, mais je n'ai pas le cœur de tuer des hommes qui se sont fait dessus. Je ne veux plus jamais vous revoir.

Elspeth n'aurait jamais cru voir des individus de cette taille courir aussi vite. Elle poussa un petit cri surpris quand Cormac la prit par le bras pour l'entraîner en direction de l'auberge. De toute évidence, sa colère était désormais dirigée contre elle.

— Je n'arrive pas à croire que tu aies été assez idiote pour sortir te promener seule.

— Il ne fait pas encore nuit et je suis restée à l'intérieur du village.

— Et tu as vu à quel point c'est un endroit sûr !

— Il devrait l'être. Je n'ai fait qu'aller acheter quelques rubans, chose que des centaines de femmes font tous les jours, et ces trois rustauds m'ont acculée avant de m'expliquer qu'une jeune fille comme moi, qui parle de cette façon, ne devrait pas avoir le droit de sortir sans escorte. Qu'est-ce que ma voix a à voir dans cette histoire ? Et toi, tu oses me réprimander ainsi uniquement parce que des abrutis ont essayé de prendre de force ce que je ne leur ai pas une seule seconde offert ?

Cormac s'arrêta à peine entré dans l'auberge, jeta un œil autour de lui pour s'assurer qu'il pouvait laisser Elspeth seule un instant, et la regarda bien en face. Elle avait été livide quand il l'avait secourue, dans la rue, mais ses joues étaient maintenant rouges de colère. La jeune fille avait raison : elle n'avait rien fait de mal, et ne méritait pas son ire. Elle ne savait tout simplement pas quels effets pouvaient avoir sur les hommes son corps gracile et sa voix sensuelle – et il ne voyait vraiment pas comment le lui expliquer.

Il décida donc d'invoquer leur poursuivant.

— Et s'ils avaient été des hommes de Colin ?

Elspeth se mordit la lèvre, consternée ; elle avait complètement oublié cette menace qui planait sur leurs têtes.

— Ce n'était pas le cas.

— Non, mais les prochains le seront peut-être. Je n'ai pas vu de signe de lui, mais je sais qu'il te cherche. Il a déjà tué pour t'avoir, nous savons donc qu'il est prêt à tout.

— Il faudrait encore qu'il me trouve, ce qui ne sera pas facile.

— Mais pas impossible, et tu n'es pas la seule à avoir oublié ça.

Cormac passa en revue les quelques clients de la taverne et grogna quand il constata que tous louchaient sur Elspeth.

— D'accord, il est clair que je ne peux pas te laisser toute seule. On dirait que le destin m'a tracé un chemin bien précis, et qu'il n'a pas envie que j'en dévie. Attends-moi ici.

Il lança un regard furieux aux hommes attablés pour les dissuader de s'approcher de la jeune fille et se mit en quête de l'aubergiste.

L'incident du village lui avait fait comprendre qu'il ne pouvait pas à la fois se tenir loin d'Elspeth et la protéger. Ce fut donc assez dépité qu'il annonça au propriétaire des lieux qu'il souhaitait désormais partager la même chambre que sa *femme*. Une part de lui était bien sûr ravie à l'idée de se retrouver dans le même lit qu'Elspeth, mais il était également dégoûté par sa propre faiblesse. En fin de compte, il se servirait de la jeune femme pour assouvir ses pulsions tout en se réservant pour une autre. Même si elle semblait prête à l'accepter, il savait qu'elle méritait bien plus.

Ce ne fut que quand, de retour dans ses appartements, elle vit un Cormac passablement morose apporter ses affaires qu'Elspeth comprit ce qui se passait. Ils ne feraient plus chambre à part. Elle se prépara pour le dîner, cachant à grand-peine sa joie. Elle excusa volontiers la grise mine de Cormac, digne d'un condamné qu'on conduisait au gibet : aucun homme n'aimait voir ses chevaleresques aspirations s'envoler en fumée. Elle se remémora le désir qu'elle avait senti en lui, et qui rivalisait avec le sien, pour mieux supporter son humeur massacrante. Après tout, son compagnon de voyage n'aurait pas été si chagriné s'il avait été sûr de pouvoir lui résister.

L'indulgence d'Elspeth fut mise à rude épreuve au cours de leur copieux repas. Cormac se montra si peu loquace qu'elle renonça à lui faire la conversation. Elle commençait à penser que la nuit ne serait pas aussi torride qu'elle l'avait espéré.

Elspeth, qui refusait de s'admettre vaincue, prit congé et monta dans leur chambre. Elle se lava, enfila son indécente chemise de nuit et déposa quelques gouttes de son nouveau parfum sur ce qu'elle espérait être les bons endroits. Persuadée qu'il ne serait pas sage de se présenter aussi hardiment devant Cormac tant que celui-ci était dans d'aussi mauvaises dispositions, elle s'enveloppa dans une couverture et s'assit sur une chaise près du feu, priant pour qu'il n'ait pas décidé de s'enivrer.

Quand Cormac entra enfin dans la pièce, il n'était visiblement ni soûl, ni même d'aussi mauvaise humeur qu'auparavant. Il avait en revanche l'air quelque peu contrarié de ne pas la trouver endormie. Il lui adressa un sourire absent et s'assit au bord du lit pour ôter ses bottes. Elspeth décida qu'elle ne perdrait pas grand-chose à essayer de découvrir ce qui l'affligeait autant.

— On dirait que quelqu'un vient de mourir, observa-t-elle en venant se placer en face de lui.

Cormac remarqua ses adorables pieds nus et soupira. Elspeth ne possédait aucun des attributs que vantaient d'ordinaire poètes et ménestrels. Elle n'avait ni les cheveux blonds ni les yeux bleus, et elle n'était certainement ni douce, ni pudique, ni réservée. Elle n'était pas non plus voluptueuse, même si son corps svelte avait tout ce dont pouvait rêver un homme. C'était pourtant l'une des plus belles femmes que Cormac ait jamais vues, qu'il s'agisse de son visage, de sa silhouette, ou de son esprit. La plupart de ses semblables auraient compris qu'il la désire tant, et l'auraient sans doute jugé fou de vouloir refuser ce qu'elle lui offrait si gracieusement.

— Contrairement à ce que je pensais, je ne suis pas un homme honorable, dit-il en la regardant enfin dans les yeux.

— Pourquoi ? Parce que tu avais promis d'être fidèle à Isabel ?

Cormac n'avait même pas songé à cela, mais il n'était pas disposé à l'admettre, et il ignora simplement la question d'Elspeth.

— Je me suis laissé emporter par la tentation. J'ai fait l'amour à une jeune vierge, et doux Jésus, j'ai envie de recommencer. Je ne suis pas un homme libre. Je suis en route pour retrouver une femme à laquelle je suis lié depuis dix ans maintenant, et que je vais sans doute enfin libérer du joug de sa famille. Je vais pouvoir tenir parole et l'épouser.

Elspeth aurait bien voulu qu'il cesse de parler d'Isabel ; elle était sur le point de lui hurler d'ouvrir les yeux pour regarder attentivement celle pour qui il gâchait son existence.

— Je te l'ai déjà dit, Cormac : tu réfléchis trop.

— Mon ange, tout mon corps te désire, et maintenant que je sais ce que nous pouvons partager, ce sentiment est encore plus fort – mais il est mauvais, car je ne peux t'offrir que ma passion. Tu mérites davantage. Si je m'y abandonne, je ne me servirai de toi que pour apaiser cette soif, car je sais que je ne peux t'en donner davantage. Elspeth, c'est mal – mais, à ma grande honte, j'ai très envie de faire quelque chose de mal.

— Ah, mon pauvre Cormac, tu aimes vraiment te tourmenter. Je t'ai dit que je te désirais, et toi, tu t'es montré honnête en m'expliquant que tu ne pouvais rien m'offrir d'autre que de la passion. Je vois ce que nous partageons comme quelque chose d'agréable, de joyeux, mais si tu veux penser que tu te sers de moi… alors vas-y.

Elle laissa tomber sa couverture.

Cormac faillit s'étrangler. La chemise de nuit qu'elle portait révélait certaines parties de son corps et en cachait d'autres en même temps ; elle était si fine qu'il distinguait les contours de ses formes, mais quelques morceaux de dentelle astucieusement placés parvenaient à dérober aux regards les parties les plus intimes de son anatomie. Il réussit à détacher son regard du vêtement et remonta vers le visage de la jeune fille, qui lui adressa un sourire à la fois sensuel et malicieux. Elle savait exactement quel effet elle lui faisait. La fierté de Cormac en aurait sans doute souffert, s'il n'avait été convaincu qu'il exerçait un pouvoir similaire sur la jeune fille.

— Où as-tu trouvé ça ? demanda-t-il en ôtant précipitamment son pourpoint et sa chemise.

— Ici, dans un petit magasin. Tu aimes ?

— C'est le diable lui-même qui l'a tissé pour pousser les hommes à pécher.

— J'espère bien, je l'ai payé assez cher pour ça.

— Misérable créature, rit Cormac en se débarrassant du reste de ses habits.

Elspeth le contemplait d'une façon qui éveillait chez lui un désir brûlant et une certaine fierté. Elle ne faisait rien pour dissimuler à quel point elle le trouvait beau. Il se dit qu'Isabel le regardait ainsi, elle aussi, et fronça les sourcils en mesurant que c'était faux. Sa promise semblait toujours le jauger, comme si elle le comparait à un autre. Cormac chassa cette pensée particulièrement dérangeante et revint à Elspeth. Il ne pouvait lui offrir aucun avenir, mais il jura que pour le peu de temps qu'ils avaient ensemble, il serait entièrement à elle.

— Tu étais loin d'être aussi beau dans mes rêves de jeune vierge, dit-elle en empoignant hardiment son membre en érection.

— Tu rêvais de moi ?

Cormac pressa fermement les poings contre ses hanches en un effort pour se maîtriser.

— Bien sûr. Tu étais mon chevalier. Je t'ai trouvé blessé, pourchassé par des hommes qui voulaient te tuer pour un crime que tu n'avais pas commis… tu étais si beau garçon, déjà à l'époque. Oh, et puis tu m'avais embrassé la main avant de partir.

Elle s'approcha de lui pour le caresser plus à son aise.

— C'étaient tout d'abord des rêves de petite fille, innocents, dans lesquels tu venais me secourir, mais en vieillissant, j'ai appris quelques petites choses sur ce que les hommes et les femmes font ensemble, et ils sont devenus brûlants.

La voix rauque de la jeune femme avait presque le même effet sur lui que ses doigts prestes. Songer qu'il avait hanté ses rêves depuis des années était pour le moins grisant, mais lui fit comprendre que les sentiments d'Elspeth étaient plus profonds qu'elle ne voulait bien l'admettre. Voilà qui expliquait beaucoup de choses, et impliquait qu'il était très cruel de sa part d'avoir une brève liaison avec elle pour ensuite l'abandonner sans ménagement et retrouver Isabel.

Cormac était sur le point de lui demander aussi abruptement qu'il l'osait quels étaient ses sentiments pour lui quand elle se mit à genoux et passa la langue le long de son appendice. Le corps tout entier de Cormac tangua sous l'effet de l'extase. Il tira sur les rubans qui surmontaient les manches de la chemise de nuit d'Elspeth et la regarda glisser le long de son corps. Les mains sur les épaules de la jeune femme, il lutta pour se contenir et savourer l'instant. Elle obéissait à ses requêtes essoufflées avec une douceur qui lui donnait le tournis.

Quand il sentit qu'il n'en pouvait plus, Cormac releva Elspeth et la jeta sur le lit, assez violemment. Malgré son besoin irrépressible de se retrouver en elle, il se retint pour être sûr qu'elle était prête. Il glissa les doigts entre ses jambes, la trouva mouillée, disposée à l'accueillir, et perdit définitivement son sang-froid. Il plongea en elle en gémissant. Ce fut une affaire frénétique, passionnée, et très vite tous deux poussèrent de concert un cri de jouissance.

Il fallut longtemps à Cormac pour recouvrer ses esprits et mesurer à quel point il s'était montré brutal. Il se dressa sur un coude pour regarder Elspeth : le visage de la jeune femme était illuminé par un sourire satisfait. Cormac songea qu'elle ignorait sans doute à quel point elle était merveilleuse.

— Je t'ai fait mal ? demanda-t-il.

— Non… mais j'ai trouvé cette tête de lit un peu dure.

Cormac éclata de rire et se dégagea délicatement. Après les avoir nettoyés tous les deux, il la rejoignit au lit et la prit dans ses bras. Il était dans les ennuis jusqu'au cou, mais décida qu'il s'en préoccuperait plus tard.

Elspeth le sentit durcir de nouveau.

— Encore ?

— Mon ange, maintenant que nous nous sommes lancés dans cette aventure, j'ai bien l'intention de tout faire pour qu'elle soit la plus folle, la plus passionnée et la plus éreintante que ce monde ait jamais connue.

Voilà qui convenait parfaitement à Elspeth. Cormac ne la repousserait plus, et peut-être même trouverait-il dans toute cette passion les premières étincelles de l'amour. Et si ce n'était pas le cas… tant pis, une fois la douleur passée, il lui resterait de bien beaux souvenirs.

Chapitre 6

Pendant que Cormac achevait de préparer leurs chevaux, Elspeth sortit de l'écurie surchauffée et un peu trop odorante pour prendre une bouffée d'air frais. Découvrir qu'il lui avait acheté son propre destrier l'avait tout d'abord un peu contrariée, mais elle s'était fait une raison : une seconde bête était nécessaire, et il serait ridicule de mettre leurs vies en danger uniquement parce qu'elle aimait se presser contre Cormac. De toute façon, il n'essayait plus de la repousser en permanence, et elle n'avait pas à guetter chaque petite occasion de s'approcher de lui.

Leur liaison ne durait que depuis deux jours, mais Cormac avait certainement tenu parole : elle était aussi folle, passionnée et épuisante qu'il l'avait annoncé. À force de consacrer autant de leurs heures à s'aimer et si peu à voyager, ils n'arriveraient pas à la cour avant le début de l'automne. Elspeth ne s'en plaignait pas, cela dit, car elle savait qu'Isabel les y attendait. Cormac ne semblait cependant plus si pressé de la rejoindre, ce qui donnait un peu d'espoir à Elspeth.

Un cri de douleur strident attira soudain son attention. Elspeth s'avança dans la rue et regarda autour d'elle. Elle entendit un nouveau glapissement – *un chat*, comprit-elle – suivi de rires. Sans réfléchir, elle traversa et s'élança dans la ruelle d'où provenait ce vacarme.

La jeune fille savait de quoi il retournait, mais elle fut tout de même choquée par la cruauté du spectacle qui l'attendait. Quatre jeunes garçons avaient acculé un gros chat entre la boutique du boucher et celle du marchand de bougies, et piquaient à tour de rôle l'animal avec des bâtons taillés en pointe. Les poils de l'infortuné étaient déjà collés par le sang. Ces idiots le torturaient à mort et s'amusaient de ses efforts désespérés pour rester en vie.

Elspeth s'avança vers le garçon le plus proche, lui frappa vigoureusement les deux oreilles et ramassa la baguette qu'il laissa tomber, abasourdi. Elle se retrouva face à quatre gaillards certes plus jeunes qu'elle, mais aussi beaucoup plus grands – et désormais très mécontents.

— À quatre contre un misérable animal ? Bravo, quels hommes.

— C'est qu'un chat ! grommela celui qu'elle avait frappé en se frottant les oreilles.

— Et vous, vous êtes cruels, lâches, et vous devriez avoir honte de vous.

— Il est à toi ? demanda le plus petit, qui avait déjà abandonné son bâton.

— Non, mais ça ne veut pas dire que je vais vous laisser continuer.

— Et tu crois que tu peux nous arrêter ? ricana le plus grand. On est quatre, et toi, tu fais pas vraiment peur, petite.

Elspeth eut aussitôt envie de gifler l'insolent. Il n'avait pas plus de quatorze ans, si elle en jugeait par l'ombre de moustache qui surmontait sa lèvre supérieure. Le ton avec lequel il avait prononcé « petite » et le mépris qu'elle lisait sur son visage en lame de couteau indiquaient qu'il avait déjà une bien piètre opinion des femmes. Son père – s'il en avait un – était sûrement une brute détestable. Aux regards que lui lançaient les trois autres, c'était le chef de cette petite bande, admiré pour sa force et sa maturité. Elspeth n'en était que plus pressée de le remettre à sa place, sûre qu'il finirait un jour par corrompre ses camarades. C'était peut-être même déjà fait, songea-t-elle en regardant sa malheureuse victime.

— J'ai sept frères et toute une horde de cousins, dit-elle en le regardant droit dans les yeux. Tu ne me fais pas peur, mon garçon. Seul un couard aurait besoin de trois bons à rien comme lui pour tourmenter un pauvre chat et se sentir plus fort.

— Garce ! cria le garçon en se jetant sur elle.

Elspeth le laissa approcher, s'écarta quand il arriva à sa hauteur et lui donna un coup de pied dans le derrière. Il s'effondra dans la boue en jurant abondamment, lâchant son bâton au passage.

Elspeth écarta ce dernier d'un coup de pied, et jeta le sien dans la même direction. Quand le garnement se releva, elle était face à lui, les poings serrés. Il sembla tout d'abord surpris, puis ricana, sûr d'avoir l'avantage. De toute évidence, il n'avait pas compris pourquoi elle lui avait parlé de ses frères et cousins. Elspeth savait très bien se battre contre un jeune garçon, même s'il était un peu plus grand qu'elle. Elle songea au nom charmant dont il l'avait traitée avant de charger, et décida qu'elle allait bien s'amuser.

— T'es complètement folle, ma parole ! ricana-t-il. En tout cas, tu vas bientôt être très vilaine.

Ses poings étaient beaucoup plus gros que ceux d'Elspeth, mais la jeune fille ne s'en faisait pas outre mesure. Un garnement de cet âge ne savait pas comment se battre ; il n'avait tout simplement pas eu le temps d'apprendre. De plus, elle était sans aucun doute plus rapide que lui. Il la toisa, convaincu de sa supériorité, et Elspeth sourit. Elle savait comment éviter ses grosses mains… et tricher un peu ne la dérangeait pas.

Le garçon lança son poing, ignorant les faibles protestations de ses camarades qui, de toute évidence, jugeaient peu convenable de se battre contre une femme. Ils se turent dès qu'Elspeth esquiva son coup et le frappa à l'estomac. Le garçon jura, et revint aussitôt à l'attaque. Elle se baissa pour éviter ce nouvel assaut et le gratifia d'un crochet. Il poussa un hurlement, pressa une main contre son visage ensanglanté, et Elspeth en profita pour lui prendre le petit doigt et le tordre vers l'arrière. Elle craignit un instant qu'il ne cède pas, mais son adversaire finit par se mettre à genoux. Il essaya de l'attraper avec son autre main, mais vive comme l'éclair, elle empoigna son second auriculaire. Cette fois, il s'immobilisa sans qu'elle ait besoin de lui faire mal. Maintenant qu'il était à sa merci, Elspeth n'avait plus qu'à trouver les mots qui le rendraient un peu plus sage.

— Besoin d'aide, mon ange ? demanda une voix traînante qu'elle connaissait bien.

Cormac avait vu Elspeth sortir et, quand il eut réglé les détails avec le maître d'écurie, l'avait suivie en jurant. Il pensait pourtant qu'elle avait compris à quel point ils devaient faire attention ! Une fois dehors, il vit un bout de robe disparaître dans une ruelle. L'impétuosité d'Elspeth lui coûterait la vie, songea-t-il en se lançant à sa suite, non sans s'être d'abord assuré qu'il n'y avait personne alentour pour les piéger dans l'étroit passage.

Cormac arriva juste à temps pour voir Elspeth envoyer un garçon au sol d'un coup de pied au derrière. Caché dans l'ombre, prêt à intervenir s'il le fallait, il observa aussi bouche bée que les compagnons de celui-ci la jeune fille. Le garnement avait raison, elle était folle. Il était certes plus jeune, mais aussi plus grand et plus fort. Et puis les demoiselles bien nées n'étaient pas censées s'adonner au combat de rue.

Il s'apprêtait à mettre un terme à cette folie quand le garçon donna le premier coup. Cormac se figea aussitôt, impressionné par la rapidité d'Elspeth ; cette dernière avait été à bonne école. Elle était trop petite, trop frêle pour lutter à armes égales, mais elle savait à merveille esquiver les coups puis frapper à toute vitesse et s'écarter de son adversaire. Cormac s'intéressa beaucoup à la technique qu'elle employa pour mettre le garçon à genoux.

Et tout ça pour un chat. Un regard sur l'infortuné animal lui avait suffi pour reconstituer le fil des événements. Il n'y avait qu'Elspeth pour livrer de telles batailles. Cormac quitta les ombres et manqua de sourire quand il vit la mine terrorisée des autres vauriens. Chose étrange, le chat ne s'était pas enfui : tranquillement assis, il observait Elspeth de ses grands yeux jaunes. Cormac aurait même juré l'avoir vu sourire quand la jeune femme avait mis le garçon à sa merci. Allons, c'était ridicule, sûrement quelque jeu de lumière. Cormac décida que le moment était venu d'informer Elspeth de sa présence.

Elle étouffa un juron, mais fit comme s'il était parfaitement normal qu'une fille de bonne famille se batte contre un jeune garnement.

— Non, merci, Cormac. J'ai la situation bien en main.

— Je vois ça. Tu as dû passer beaucoup de temps à te disputer avec tes frères et tes cousins, je me trompe ?

Convaincue que Cormac n'attendait pas vraiment de réponse, Elspeth revint à son adversaire.

— Tu es un garçon horrible. Je ne sais pas si tu es assez malin pour comprendre ce que je vais te dire, mais essaie de faire un petit effort : ce genre de comportement ne t'honore pas. En t'en prenant à plus faible que toi, tu ne fais que te rabaisser. Tu devrais peut-être apprendre et réciter tous les jours ces quelques maximes très anciennes, mais très sages : « Fais-toi des amis plutôt que des ennemis, et tu vivras plus longtemps. On attrape plus de mouches avec du miel que du vinaigre. Un honneur perdu l'est à jamais. Ne fais pas à autrui ce que tu ne voudrais pas qu'on te fasse… »

— Arrête ! cria le garçon.

— Et voilà qu'elle le torture avec des proverbes, murmura Cormac. C'est peu commun, mais efficace.

Elspeth se promit d'aller gifler Cormac une fois qu'elle en aurait terminé avec le garnement.

— Mon ami, si tu te fais un nom en tourmentant les faibles, sois sûr que tu finiras par le regretter, poursuivit-elle. On te défiera sans cesse et un jour, un plus fort que toi te fera payer ta cruauté à sa façon. (Elle lâcha le garçon et l'observa se lever en titubant.) Ceux qui te suivent parce qu'ils ont peur de toi ne seront alors plus là pour te défendre. Pars maintenant, avant que je trouve d'autres dictons avec lesquels t'assommer.

Elspeth ne s'assura même pas que le garçon et ses camarades s'exécutaient, et se tourna vers le chat. Cormac était là, il surveillerait ses arrières. Elle s'approcha de l'animal blessé en chuchotant. Chose curieuse, celui-ci restait immobile et la regardait, pas le moins du monde effrayé. Elle espérait seulement que le malheureux n'était pas aussi docile parce qu'il était à l'article de la mort.

Cormac observa les garçons jusqu'à ce qu'il soit sûr qu'ils étaient bien partis et qu'ils n'avaient pas l'intention de se venger.

— Tu ne devrais pas t'approcher autant, dit-il à Elspeth. Il est peut-être fou de douleur, et risque de te faire du mal.

Elle tendit la main, paume vers le haut, pour que l'infortuné la renifle à son aise.

— Il ne va pas me tuer ; au pire, il me laissera quelques vilaines griffures. C'est un chat, pas un chien.

— Il est presque aussi gros qu'un chien ! Je ferais peut-être mieux de mettre fin à ses souffrances.

— Non, il est mal-en-point, mais je ne crois pas qu'il en soit là.

Elle lança un sourire radieux à Cormac quand le chat lui lécha les doigts et pressa la tête contre sa main pour qu'elle le caresse derrière ses oreilles en piteux état.

— D'où vient ce bruit ? demanda Cormac.

— De lui : il ronronne.

Elspeth prit un linge dans son sac à herbes et enroula l'animal dedans avant de le soulever.

— Mon pauvre… ne t'inquiète pas, je vais te soigner.

— Elspeth, je t'en prie, dis-moi que tu ne veux pas garder cette bête. Ce n'est qu'un chat !

— Il m'aime bien. Je dois l'emmener quelque part où je pourrai le nettoyer et m'occuper de ses blessures. Le pauvre, il en a plus d'une dizaine ! Nous dormons dans cette auberge ?

— Oui, j'ai envoyé le garçon d'écurie nous réserver une chambre.

Cormac soupira quand il comprit qu'elle n'abandonnerait pas le matou à son sort et la poussa doucement vers l'entrée de la ruelle.

— Il ne restera pas, surtout si tu essaies de le laver.

Elspeth se laissa escorter jusqu'à l'auberge. Cormac ne comprenait pas pourquoi elle devait garder ce chat, mais il savait déjà que perdre l'animal lui briserait le cœur. Celui-ci aurait dû s'enfuir au moment où les garçons s'étaient tournés vers elle, mais au lieu de cela, il l'avait tranquillement regardée donner une bonne leçon à ses bourreaux en attendant qu'elle vienne l'emporter.

Sitôt entré dans l'auberge, Cormac fut bruyamment salué par deux quidams. Elspeth sursauta, et sentit son compagnon se raidir à côté d'elle. La bête se pressa contre sa poitrine ; il lui faudrait encore longtemps avant d'accepter la présence d'un homme. Sa mésaventure de la ruelle lui avait appris qu'on ne pouvait faire confiance à ces messieurs.

— Cormac ! Content de te voir, mon vieux, dit le premier, un grand blond, en le gratifiant d'une légère tape dans le dos.

—Vrai, on ne pensait pas te trouver avant d'arriver à la cour, approuva le second, plus petit, plus rond, et les cheveux considérablement plus foncés. (Il serra vigoureusement la main de son ami.) Allons, tu ne fais pas les présentations ?

Cormac était heureux de retrouver ses camarades. Sir Owen MacDunn et sir Paul MacLennon étaient de fidèles compagnons aux côtés desquels il avait combattu à plusieurs reprises. Il était en revanche tout sauf ravi à l'idée de leur présenter Elspeth. Ils la regardaient avec trop d'insistance, et semblaient étrangement satisfaits. Il leur présenta à contrecœur la jeune fille et fit la moue quand, parce qu'elle tenait son chat, elle leur tendit la joue.

—J'ignorais que tu étais marié, Cormac, reprit sir Owen en chassant une mèche de ses cheveux blonds tombée devant ses yeux.

—Ou même fiancé, ajouta sir Paul.

Il avança prudemment la main pour caresser le chat, et écarquilla ses grands yeux noisette quand l'animal émit un énorme ronronnement.

—Il l'ignore aussi, répondit Elspeth en rougissant légèrement.

Elle avait décidé de dire la vérité, ne serait-ce que pour empêcher Cormac de le faire d'une manière un peu trop brutale à son goût.

—Je dois me rendre à la cour, et nous faisons simplement route ensemble, expliqua-t-elle.

Elle fut quelque peu surprise par la déception qu'elle lut brièvement sur le visage des deux hommes.

— Attendez-moi un instant, dit Cormac. Elspeth, je vais voir ce qu'il en est de notre chambre.

— Ma parole, il court toujours après cette garce d'Isabel, grogna Paul une fois Cormac parti.

Surprise par la colère qu'elle perçut dans la voix de cet être d'allure pourtant si aimable, Elspeth répondit :

— Je le crains… même si j'ai pour l'instant réussi à beaucoup ralentir son allure. (Les deux hommes lui sourirent.) Il semble avoir oublié son besoin urgent de la rejoindre avant qu'elle se trouve un nouveau mari.

— Tu crois vraiment qu'elle est terriblement malchanceuse ? demanda Owen.

— Non, je crois que c'est une femme sans cœur, une meurtrière qui a enterré quatre infortunés époux, et joue avec Cormac comme une enfant trop gâtée. Il y a dix ans, elle aurait pu le sauver des Douglas, mais elle n'a pas levé le petit doigt – et elle les a peut-être même lancés sur sa piste pour se protéger.

— On dirait que tu l'as rencontrée, observa Owen. (Il répondit au ricanement d'Elspeth par un sourire, mais se rembrunit presque aussitôt.) J'ai seulement cru, quand on l'a vu avec une fille de bonne famille comme toi…

Il rougit légèrement, conscient qu'il ne pouvait pas continuer sans être indélicat.

— Cormac vous expliquera pourquoi je voyage seule avec lui. Cependant, et j'espère que vous ne me jugerez pas trop sévèrement, j'ai l'intention de le conquérir au nez et à la barbe d'Isabel, et je n'ai pas beaucoup de temps pour ça. La vertu et la pudeur ne m'aideront pas à vaincre cette femme. Je livre une dure bataille, dans laquelle mes péchés ne sont que des armes nécessaires.

Elle attendit avec appréhension la réaction des deux hommes, et soupira de soulagement quand ils sourirent de toutes leurs dents.

— Quelle brillante demoiselle, dit Owen. Tu penses y arriver ?

— Oui, mais comment en être sûre ? Je suis en tout cas certaine d'avoir desserré l'étreinte d'Isabel, mais elle le tient depuis plus de dix ans, et ses serres sont profondément enfoncées. Les quelques semaines que j'ai devant moi ne suffiront peut-être pas à les extraire.

— S'il ne te choisit pas, il mérite d'être copieusement rossé.

— Je vous laisserai libres de vous en charger.

Cormac fronça les sourcils quand, à son retour, il trouva Elspeth et ses deux amis hilares.

— Elspeth, un valet t'attend au pied des escaliers pour te montrer notre chambre. Tu crois que tu peux remettre ce chat sur pied pour qu'il se débrouille seul ?

— Je peux le soigner, se contenta de répondre la jeune fille. Vous verrai-je tous les deux au dîner ? demanda-t-elle à Paul et Owen, qui hochèrent la tête.

— Je crois qu'elle veut garder le chat, Cormac, dit Paul en la regardant gravir les escaliers.

— Je le crois moi aussi, soupira Armstrong.

— Mais qu'est-ce qui est arrivé à cette bête, au juste ?

Cormac poussa ses amis vers une table libre, commanda trois bières, et leur raconta toute l'histoire. Il se détendit quelque peu quand ils se révélèrent aussi ébahis qu'amusés par les actes de la jeune fille, mais bientôt l'expression des deux hommes changea, et Cormac comprit que la conversation s'apprêtait à prendre un tour plus sérieux. Il leur expliqua aussi vite qu'il le put ce qui était arrivé à Elspeth, le danger qu'elle courait, mais cela ne suffit pas pour leur faire lâcher prise.

— Tu dois épouser cette fille si tu ne veux pas la déshonorer, observa Owen, aussi direct qu'à l'accoutumée.

— Il en faudrait bien plus que tout ce que je pourrais faire pour ternir son honneur, dit prudemment Cormac. Et puis de toute façon, c'est impossible, même si elle ferait une superbe épouse. Je ne suis pas libre.

Cormac ignora les jurons des deux hommes, habitué à la désapprobation de son clan et de ses amis.

— Je l'ai très clairement expliqué à Elspeth, mais elle dit que ça n'a pas d'importance pour elle.

— Et tu crois qu'une demoiselle qui a préservé sa virginité jusqu'à ses vingt ans va s'en défaire sur un coup de tête, pour le joli sourire d'un gaillard qui en pourchasse une autre, tout simplement parce qu'elle a envie de lui ?

— Non, même s'il m'a fallu un petit moment pour le comprendre ; j'avais l'esprit un peu embrouillé. Ce n'est pas moi, le méchant de cette histoire ! C'est vrai, je suis faible, trop faible pour résister à la tentation, et j'ai été véritablement harcelé. Elle ressemble peut-être à un ange, c'est la créature la plus déterminée qui soit quand elle a décidé qu'elle veut quelque chose. (Cormac rougit devant les regards amusés de ses amis.) Honnêtement, si une jeune fille pareille s'offrait à vous sans rien demander en échange, combien de temps résisteriez-vous ?

— À peu près une seconde, répondit Owen, et Paul acquiesça.

— Bon, venons-en au fait : si nous sommes là, c'est pour te prévenir, dit ce denier. Au moins, nous savons maintenant pourquoi c'est nécessaire.

— Me prévenir de quoi ?

— Un certain sir Colin vous cherche partout, toi et ta nouvelle amie. Il prétend qu'ils sont fiancés, et que tu la lui as ravie.

— Il ment ! Comme je vous l'ai expliqué, Elspeth a refusé de l'épouser, et il l'a enlevée pour lui forcer la main.

— On savait que tu avais une bonne raison pour disparaître comme ça avec elle, dit Paul.

— J'espérais qu'il ne devinerait pas de quel côté nous étions partis. Il y avait tant de possibilités !

— Il se plaint abondamment de l'incompétence de ses hommes et du temps qu'il leur a fallu pour retrouver votre piste, mais il est maintenant sur vos traces. De plus, vous ne passez pas inaperçus, Elspeth et toi.

Cormac jura, finit sa bière, et en commanda une autre.

— Je suppose que le temps est venu de hâter l'allure, et de prendre des chemins de traverse. Nous perdrons plusieurs jours, mais nous croiserons moins de monde, ce qui avec un peu de chance ralentira Colin. Elspeth sera désolée, et surprise. Je ne crois pas qu'elle mesure à quel point cet homme la désire.

— Oh non, moi non plus, murmura Owen, et Cormac eut la nette impression que son ami ne parlait pas vraiment de sir Colin.

Elspeth regarda le chat laper goulûment la crème qu'elle lui avait offerte. Il avait auparavant consciencieusement nettoyé une assiette remplie de restes de poulet. En dépit de sa corpulence, on aurait juré qu'il mourait de faim. La jeune fille estimait qu'il avait bien mérité ces quelques gourmandises après l'avoir laissée soigner ses plaies et nettoyer toute la boue et tout le sang qui souillaient son épais pelage gris. Même s'il avait fait le gros dos, elle avait réussi à le frictionner avec une lotion aux herbes pour le débarrasser de ses puces.

Elle ne savait pas vraiment pourquoi elle éprouvait un tel besoin de garder ce chat. Il n'était pas beau, avec sa grosse tête et ses mille cicatrices, mais elle se sentait liée à lui. Elle se demandait si l'animal se laissait faire ainsi parce qu'il éprouvait la même chose, ou s'il était simplement assez intelligent pour reconnaître une âme tendre quand il en voyait une. Quoi qu'il en soit, Cormac ne serait pas très content.

— Avec toute la boue que tu avais sur toi, je devrais t'appeler « Bouillasse ».

Elle éclata de rire quand le chat lui lança un regard mécontent avant de terminer sa crème.

— Si tu as mieux à proposer, tu ferais bien de le dire tout de suite. Voilà, c'est bien ce que je pensais.

Bouillasse se lança dans la toilette de son museau.

— Je dois te quitter un petit moment, reprit Elspeth en nettoyant le bol pour le remplir d'eau. Je t'ai laissé là-bas la caisse de sable que cette femme de chambre a si gentiment apportée pour toi. Tu devras attendre d'être en meilleur état pour sortir faire tes besoins. En revanche, tu n'auras plus de caisse quand nous reprendrons la route. J'espère d'ailleurs que tu aimes voyager.

Le chat sauta sur le lit et s'y installa confortablement.

— Profites-en bien. Une fois que nous serons sous les couvertures, avec Cormac, l'endroit ne sera plus aussi paisible.

Elle caressa l'animal, aussitôt remerciée par un ronronnement, puis descendit rejoindre Cormac et ses compagnons.

La jeune fille était rassurée de constater que les deux amis de Cormac ne voyaient pas Isabel sous le même jour que lui. Ils étaient même disposés à excuser sa conduite pour le moins scandaleuse si cela lui permettait d'arracher l'homme à ses griffes.

Elspeth ne pouvait qu'admirer la loyauté de Cormac, qui persistait à croire en Isabel quand aucun de ses proches ne l'appréciait ni ne se fiait à elle. Elspeth commençait cependant à penser que cette fidélité était devenue avec le temps un pur produit de son entêtement, et que la désapprobation des siens ne faisait qu'empirer la situation. Elle espérait avoir l'occasion d'en parler à ses amis. S'ils se montraient un peu moins critiques envers la jeune femme, peut-être Cormac baisserait-il sa garde… juste assez pour voir la vérité.

Cormac et ses deux compagnons se retournèrent vers elle quand elle approcha de leur table. Ils semblaient abattus, mal à l'aise, et Elspeth sentit un frisson de terreur remonter le long de son échine. Elle s'assit précipitamment sur la chaise que Cormac tira pour elle, et lui prit brusquement la main.

— Que se passe-t-il ? demanda-t-elle.

— Mais rien du tout, mon ange.

Cormac savait qu'il devrait tôt ou tard lui révéler que Colin était à leurs trousses, mais il n'était certainement pas pressé de le faire.

— Tu en es sûr ? J'ai eu un pressentiment en vous voyant.

— Tiens donc ! Curieux. À propos de choses étranges, comment se porte le chat ?

Le voir tout faire pour la distraire rendait Elspeth encore plus nerveuse, mais puisqu'une serveuse s'employait à disposer leur nourriture sur la table, elle décida d'accorder un peu de répit à Cormac.

— Bien. Il s'appelle Bouillasse, maintenant.

— Il n'a pas besoin d'un nom pour rôder dans les rues de ce village.

Elspeth ignora cet ordre à peine déguisé.

— Je l'ai lavé, j'ai soigné ses blessures, et je lui ai donné de la crème et des restes de poulet. Je l'ai même débarrassé des puces qu'il avait probablement avec une lotion aux herbes, et il sent très bon maintenant. Quand je l'ai quitté, il dormait sur le lit.

— Tu n'as pas l'intention de le laisser ici, je me trompe ?

Elspeth adressa à Cormac un sourire contrit.

— Non, je ne peux pas.

— Nous allons devoir voyager vite, et il risque d'être un peu secoué.

— Il sera très bien dans un grand sac, une sacoche, par exemple. C'est un animal très arrangeant.

— Il sait la chance qu'il a, fit Owen en souriant. Ces bêtes savent reconnaître les cœurs trop tendres.

— C'est ce que je me suis dit, répondit Elspeth avec un petit sourire.

Elle inspecta du bout de sa fourchette les morceaux de rôti disposés dans son assiette avant de décider qu'ils lui convenaient.

— D'ordinaire, un chat ne se laisse jamais laver aussi docilement. J'ai pensé qu'il tolérait ces sévices parce qu'il savait que je me montrerais ensuite beaucoup trop gentille avec lui.

Sitôt la serveuse partie, Elspeth se tourna vers Cormac.

— Bon, qu'y a-t-il ?

— Tu es sûre de ne pas vouloir attendre la fin du repas ? demanda l'homme.

— Tu commences à me rendre vraiment nerveuse, et ça ne va pas m'aider à manger.

— Sir Colin nous a retrouvés.

Le choc fut rude, mais Elspeth retint le chapelet de jurons qui lui brûlèrent les lèvres. La ténacité de Colin était des plus effrayantes, et elle impliquait également que dorénavant, Cormac et elle devraient voyager beaucoup plus vite, comme celui-ci l'avait suggéré. Comment poursuivre leur liaison ou ravir le cœur de cet homme alors qu'ils fuiraient pour sauver leurs peaux ?

— Dans ce cas, il est peut-être temps que nous partions chacun de notre côté, dit-elle calmement.

— Ne sois pas idiote.

Apparemment, l'affaire était réglée, songea la jeune fille pendant que Cormac et ses amis discutaient de ce qu'il fallait faire pour la garder loin de sir Colin. Ils avaient embrassé sa cause et rien n'aurait pu les faire changer d'avis. Elspeth ne voulait pas qu'on risque sa vie pour elle, mais elle avait bien compris que ces hommes ne l'écouteraient pas. Elle pouvait seulement se promettre de faire tout son possible pour protéger Cormac. Et si, pour lui épargner la mort, elle devait se laisser emmener par les sbires de sir Colin, elle n'aurait pas une seconde d'hésitation

Chapitre 7

— Je n'arrive pas à comprendre comment je peux être ami avec un idiot pareil ! grommela Paul en s'asseyant près du feu.

Elspeth regarda Cormac disparaître dans les bois, d'humeur manifestement aussi exécrable que son compagnon. Elle soupira et caressa Bouillasse, confortablement étalé sur ses genoux. Les deux hommes venaient de toute évidence d'avoir une conversation quelque peu houleuse au sujet d'Isabel, de sa personne, ou des deux.

Cela faisait maintenant trois jours que les amis de Cormac faisaient route avec eux. Elspeth appréciait d'avoir pour escorte de fines lames qui, la plupart du temps, se révélaient d'excellente compagnie. Cependant, ils n'avaient toujours pas rencontré le moindre sbire de Colin, et elle commençait à souhaiter qu'Owen et Paul s'en aillent de leur côté. Cormac et elle n'avaient aucune intimité, pas une seconde à eux, et si son aimé en souffrait autant qu'elle, il n'y avait rien d'étonnant à ce qu'il perde son calme.

De plus, Paul et Owen étaient visiblement incapables de ne pas parler d'Isabel. Elspeth savait que leurs intentions étaient louables, mais ils risquaient de tout gâcher en confortant Cormac dans l'idée que sa promise était persécutée. Ils n'auraient même pas dû mentionner cette maudite créature, car cela rappelait à Cormac qu'il avait été sur le point de la retrouver avant d'être mêlé à toute cette affaire… *et que je l'entraîne dans mon lit*, songea tristement Elspeth.

— Paul, tu sais que chaque fois que tu dénigres Isabel, tu renforces le désir de Cormac de la protéger ? demanda-t-elle en regardant également Owen pour s'assurer qu'il l'écoutait lui aussi. (Paul acquiesça avec une grimace.) De toute évidence, beaucoup ont essayé de lui faire comprendre qui est réellement cette femme, et ça n'a pas marché du tout. Pour être franche, je crois qu'aujourd'hui, il n'est plus guidé que par son entêtement. Croyez-moi, le meilleur moyen de pousser un obstiné à se cramponner à ses idées, c'est de lui répéter qu'il a tort. Je connais ces symptômes, j'en souffre moi-même, parfois. Oh, et bien sûr, il ne faut pas oublier que c'est un homme.

Ignorant les regards circonspects de ses deux compagnons, elle poursuivit :

— La plupart d'entre vous préféreraient se trancher un orteil plutôt qu'admettre qu'ils ont tort.

— Allons, tu exagères, ricana Owen.

— Bien sûr que non. Quand un homme sait qu'il se trompe, il est capable de camper sur ses positions jusqu'à ce qu'il trouve un moyen de corriger le tir sans avoir à admettre qu'il a fait erreur.

Les deux hommes tentèrent de protester, mais ils riaient trop pour cela.

— Elspeth, je croyais que tu voulais montrer à Cormac qu'il se trompe, observa Paul.

— Oui, mais pas en le lui disant directement… ou alors seulement quand me taire ne servira plus à rien. Je veux surtout qu'il ne désire plus Isabel. Il est plus facile de l'amener à abandonner une vieille promesse que de lui faire admettre qu'il s'est fourvoyé.

— Mais tu n'as pas peur que s'il trouve Isabel libre en arrivant à la cour, il l'épouse sur-le-champ, comme il l'a promis ?

Elspeth eut l'impression d'être poignardée en plein cœur, mais elle répondit calmement :

— Un peu, cependant je ne crois pas que ça arrivera. (Tandis qu'Owen s'apprêtait à protester, elle leva la main.) Oh, il lui demandera peut-être, mais elle n'a pas envie de l'épouser. Si nous ne nous trompons pas sur son compte, cette femme a déjà eu maintes occasions de le faire. Je crois que la série de maris morts qu'elle a laissés derrière elle mène à un pactole d'une sorte ou d'une autre, et ce n'est pas Cormac qui le détient.

— Doux Jésus, je n'y avais jamais songé, murmura Owen. Et si c'était un Douglas ? Elle ne cesse d'épouser des membres de ce clan.

— Que croyais-tu qu'elle avait en tête ?

— Je pensais qu'elle en voulait seulement à leur fortune, ou qu'elle était folle.

— Si c'était le cas, Cormac serait déjà mort à l'heure qu'il est, car toutes ses victimes sont des hommes avec qui elle a partagé son lit. Quoi qu'il en soit, ce n'est pas notre problème pour l'instant. J'aimerais que vous fassiez attention à ne pas parler de cette femme. Elle est déjà un obstacle suffisamment imposant comme ça, je veux que Cormac pense à elle aussi peu que possible.

— Entendu, approuva Owen, et Paul acquiesça.

Elspeth se leva, le chat encore endormi dans les bras.

— J'espère que tu n'as pas l'intention de me donner cette chose, dit Owen en lui lançant un regard méfiant.

— Bouillasse n'est pas une chose, rétorqua la jeune fillc en posant l'animal sur les genoux de l'homme. Il a besoin de chaleur, et avec lui, tu es sûr de ne pas attraper froid. (Le chat s'installa et se mit à ronronner.) Il t'aime bien.

— Magnifique. J'ai enfin trouvé un sens à ma vie.

Elspeth déposa en riant un baiser sur sa joue et partit en quête de Cormac. Elle détestait venir le trouver ainsi quand il pensait à Isabel, mais c'était également un très bon moment pour se faire remarquer. Elle ne devait pas laisser sa rivale la chasser des pensées de Cormac, surtout quand, pour l'instant, elle était incapable de la remplacer dans ses bras. Elle avait très peu de temps pour se faire une place dans son cœur, et chaque seconde comptait.

Elle le trouva non loin du campement, adossé contre un arbre biscornu, absorbé dans la contemplation de la lande. Il l'avait manifestement entendue arriver, car il leva le bras dans sa direction sans même tourner la tête. Elspeth lui prit la main et poussa un petit cri surpris quand il l'attira prestement à lui.

— Je voulais voir l'endroit où tu aimes bouder, dit-elle.

Cormac baissa la tête vers elle, et sourit quand il vit son expression espiègle.

— Je ne boude pas, petite misérable !

— Bien sûr que non.

— J'ai seulement jugé préférable de venir réfléchir ici plutôt que de casser le nez à un très bon ami.

— Très sage décision, ma foi.

— Tu es toute seule ?

— Oui. Paul sait apparemment quand garder ses distances pour préserver son nez. Bouillasse était encore un peu endormi, alors je l'ai posé sur les genoux d'Owen. Il a l'air de beaucoup l'apprécier.

— Owen doit être ravi. Cela dit, nous aurons peut-être bientôt besoin de leurs épées.

Elspeth sourit contre la poitrine de Cormac. Comme plusieurs fois au cours des trois derniers jours, il essayait de se convaincre qu'il serait insensé de se passer de l'aide de ses compagnons. Sentir le désir de Cormac avait réveillé le sien – qui ne s'était, cela dit, jamais vraiment éteint. L'homme avait peut-être quitté le camp à cause d'Isabel, mais c'était Elspeth qu'il ne pouvait maintenant se retenir de caresser.

— Au diable sir Colin, chuchota Cormac d'une voix rauque en passant les mains sous les fesses d'Elspeth pour la presser contre lui.

— Il n'est pas là pour l'instant, murmura-t-elle tandis qu'elle se hissait sur la pointe des pieds pour l'embrasser sous le menton.

— Exactement.

Cormac se frotta doucement contre elle, tout en se demandant pourquoi il s'infligeait pareil tourment.

— Et tes amis non plus.

Cormac lui souleva délicatement le menton, et lut dans son regard cette même soif qui l'empêchait de dormir. Il la sentait presque battre en elle. Par le passé, il lui avait suffi de faire plusieurs fois l'amour aux femmes qui le tentaient pour s'en rassasier – Isabel exceptée, bien entendu. Mais avec Elspeth, chaque nouvelle étreinte ne faisait qu'attiser son désir. Ces trois jours sans pouvoir la toucher avaient été une vraie torture.

Cormac jeta un coup d'œil autour d'eux. Elspeth avait raison : ils étaient seuls. Pas le moindre signe de danger – même s'il devait bien l'admettre, il était peut-être quelque peu aveuglé par la passion. Il revint à Elspeth au moment où celle-ci se passait la langue sur les lèvres, et il l'embrassa sans plus attendre.

Un tremblement de terre, songea Elspeth tandis que l'ardeur qu'ils avaient essayé de dompter emportait tout sur son passage. Les mains de l'homme semblaient partout à la fois, et elle s'efforçait de répondre à chacune de ses caresses. La jeune femme priait seulement pour que personne n'arrive, car si c'était le cas, ils ne s'en rendraient sûrement pas compte.

Soudain, Elspeth se retrouva le dos pressé contre l'arbre. Cormac tira sur son corsage et se jeta sur ses seins. La jeune femme grogna légèrement quand elle ne sentit plus la chaleur de ses lèvres sur ses tétons, mais il se mit à genoux devant elle, et elle se raidit. La fine culotte de lin qu'elle portait sous sa robe pour se protéger des vents frais et éviter que la selle ne lui meurtrisse les cuisses disparut soudain. Elle protesta quand il remonta sa robe, contrariée d'être ainsi exposée aux regards, mais il toucha du bout des lèvres la douce chaleur qui irradiait entre ses jambes et elle manqua de crier. Un simple coup de langue eut raison d'elle. Elle enfouit les doigts dans son épaisse chevelure, sans vraiment savoir si c'était pour le relever ou le forcer à rester dans cette position.

Quand elle commença à trembler, au bord de l'extase, Cormac se redressa, l'étreignit d'un bras pour la soutenir et passa les jambes de la jeune fille autour de sa taille. Il l'embrassa, et tout en glissant la langue entre ses lèvres, la pénétra. Quelques coups de reins suffirent pour que la jeune femme l'appelle en gémissant, le suppliant de s'envoler avec elle. Cormac plongea profondément en elle, et la rejoignit presque aussitôt au septième ciel. Il s'appuya alors contre elle, la pressant contre l'arbre. Il leur fallut un certain temps pour que leurs tremblements s'apaisent et que leur respiration reprenne un rythme normal.

— Mon ange, tu sais comment rendre un homme fou, dit-il avant de déposer un tendre baiser sur ses lèvres.

Il se retira doucement et la reposa par terre.

— C'est une folie bien douce, murmura-t-elle, écarlate, en arrangeant sa culotte et sa robe.

Cormac, la voyant ainsi rougir et s'agiter avec nervosité, vint se placer devant elle et lui prit les poignets. Il attendit patiemment qu'elle le regarde, le sourire aux lèvres.

— Nous n'avons rien à regretter, n'est-ce pas ? demanda-t-il en lui embrassant le bout du nez.

— Parfois, je suis un peu scandalisée par mon propre comportement. Faire ça en plein jour !

— Tu as fait la même chose pour moi, l'autre jour.

— J'avais entendu dire que les hommes aimaient ça, et j'y ai moi aussi pris du plaisir.

— J'ai l'impression que tu as bien apprécié toi aussi… je parle de ce que je t'ai fait en retour.

— Oh oui, bien sûr, admit Elspeth, incapable de le regarder dans les yeux. Mais savoir que tu vois ainsi toute mon intimité… je suppose qu'il va me falloir un peu de temps pour m'y faire.

— J'aime te contempler. Tu es magnifique…

Cormac se colla contre sa joue et lui murmura à l'oreille :

— Si chaude, si délicieuse…

Plus rouge que jamais, et pourtant excitée par ses paroles, Elspeth s'apprêtait à réprimander Cormac quand elle vit par-dessus son épaule cinq gaillards armés qui traversaient la lande. Elle cligna vigoureusement des yeux dans l'espoir d'annuler cette vision, mais ils continuaient à se rapprocher.

— Doux Jésus ! cria-t-elle.

— Voyons, ce n'était pas si horrible que ça !

Cormac se demandait bien pourquoi la jeune femme était à ce point choquée par une chose qu'elle avait de toute évidence grandement appréciée.

— Mais non, idiot ! Regarde ! (Elle se dégagea et désigna les nouveaux venus.) Ce sont les hommes de Colin ?

— Probablement, mais pour être honnête, j'avoue que ce n'est pas ce qui me préoccupe le plus pour l'instant, répondit Cormac en tirant son épée.

Il la prit par la main et courut en direction du camp.

Elspeth, qui s'efforçait d'aller à la même allure que lui, la main serrée sur ses jupons, savait qu'il avait raison. Peu importait qui étaient ces cinq hommes, leurs épées trahissaient leurs meurtrières intentions. Cormac pourrait certes affronter l'un d'eux s'il venait à s'approcher trop près, mais il ne repousserait jamais cet assaut sans l'aide de Paul et Owen. Il était enfin temps de voir si leur présence valait toutes les frustrations de ces trois derniers jours.

Intriguée par le silence de leurs poursuivants, Elspeth lança un regard par-dessus son épaule pour s'assurer qu'ils étaient encore là ; les hommes étaient assez proches pour qu'elle distingue la sueur sur leurs fronts. L'absence de cris, de railleries ou de menaces les faisait paraître d'autant plus dangereux. Visiblement, sir Colin s'était enfin trouvé des guerriers compétents et déterminés – s'ils étaient bien sous ses ordres.

— Owen ! Paul ! Nous sommes attaqués ! tonna Cormac.

Un de leurs poursuivants poussa un juron.

Elspeth étouffa un cri quand un grand poignard se planta dans un arbre, sur leur gauche. Elle n'avait vraiment pas besoin d'une preuve aussi glaçante que ses déboires mettaient en danger Cormac et tous ceux qui l'aidaient. Ces hommes ne les laisseraient pas se rendre. Il ne lui restait plus qu'à prier pour que Cormac et ses deux amis soient d'exceptionnels combattants.

Ils atteignirent enfin le campement, où Owen et Paul se tenaient prêts à accueillir leurs adversaires. Cormac jeta presque Elspeth devant lui avant de se retourner. La jeune femme savait qu'on attendait maintenant d'elle qu'elle demeure à l'écart et ne dérange pas les hommes qui s'efforçaient de la protéger, ce qu'elle avait toujours trouvé particulièrement exaspérant. C'était même pour cette raison qu'elle avait appris tout ce qu'elle pouvait sur l'art du combat. Elle devait cependant reconnaître qu'épée en main, elle manquait cruellement d'endurance, et que si elle se jetait dans la mêlée pour prouver sa valeur, elle ne réussirait qu'à faire tuer ses compagnons.

Le fracas des lames la fit sursauter. Elle s'accroupit à l'autre bout du campement, son couteau à la main, Bouillasse caché derrière elle. Cormac et ses amis formaient un cercle serré, dos à dos, et faisaient filer dagues et épées vers les ennemis qui les entouraient. Elspeth recula lentement vers les arbres. S'il prenait l'envie à l'un de leurs assaillants de regarder autour de lui, elle ne voulait pas qu'il la remarque.

Un homme s'effondra en hurlant à quelques pieds d'elle ; un regard aux plaies qui lui barraient le ventre et la poitrine suffit à lui donner un haut-le-cœur. Elle espérait que sa blessure au thorax l'ait tué ou le fasse sans tarder, car touché à l'estomac, il pourrait connaître des heures d'atroces souffrances avant de périr. Le guerrier ne bougeait plus, et Elspeth pria pour le salut de son âme avant de revenir au combat.

Ses vaillants champions n'étaient pas indemnes, mais son œil expert ne trouva pas raison à s'affoler. Un nouvel assaillant tomba, et les trois hommes restants reculèrent légèrement. Elspeth entendit un craquement derrière elle, mais trop absorbée par Cormac, elle se contenta de hausser les épaules. C'était sûrement Bouillasse qui explorait les environs, se dit-elle avant de grimacer quand Paul reçut une estafilade au bras.

Au moment où Cormac tuait l'homme qui se trouvait face à lui, on attrapa Elspeth par-derrière. Elle songea tout d'abord que Bouillasse faisait un bien piètre gardien, puis recouvra la présence d'esprit nécessaire pour cacher sa dague dans une poche dissimulée dans les plis de sa robe. Son agresseur la souleva et s'approcha des hommes occupés à se battre.

— Vous feriez mieux d'arrêter, dit-il.

Au moment même où l'homme prononçait ces mots, Paul tua son adversaire. Le dernier combattant se précipita aussitôt aux côtés du nouveau venu. La stupéfaction céda la place à la colère sur les visages des trois amis. Au moins, il ne restait plus assez d'assaillants pour les tuer. Les deux derniers survivants voudraient seulement fuir, et ils n'avaient besoin pour arrêter Cormac et ses compagnons que de voler leurs chevaux. Cette fois, personne ne mourrait pour la protéger, ce qui suffisait presque à Elspeth pour accepter sa captivité avec résignation. *Presque.* Elle martela de coups de talon les tibias de son agresseur et savoura ses jurons.

— Suffit, petite garce !

— Lâche-moi !

Elle parvint à plier suffisamment les bras pour enfoncer les coudes dans les côtes de son adversaire.

— Je te préviens, si tu continues…, gronda l'homme en resserrant douloureusement son étreinte.

— Tu ne peux pas me tuer. Ça ne plairait pas du tout à sir Colin.

— C'est vrai, mais je peux te faire dormir très profondément.

Il avait raison, et Elspeth n'était pas certaine que ses efforts valaient la peine de subir les souffrances promises. Au moins, elle était désormais sûre que ces guerriers avaient été envoyés par sir Colin. Quatre d'entre eux étaient morts pour qu'il la récupère, ce que la jeune femme trouvait parfaitement inconcevable. Ces malheureux n'étaient certainement pas ravis d'avoir péri pour une telle cause, mais ils avaient obéi à leur laird. Colin n'avait aucun respect pour la vie, et laisser ce sinistre personnage ne serait-ce que la toucher serait une vraie torture.

— Laisse-la, ordonna Cormac, qui luttait pour contenir sa rage de voir Elspeth traitée avec tant de brutalité.

— Après tout ce que j'ai fait pour l'avoir ? ricana l'homme avec mépris. Pas question. Sir Colin veut cette petite vipère, et je vais la lui donner. Il nous a aussi demandé de te tuer, mais ce sera pour plus tard.

— Si tu la ramènes à ce porc, tu peux être sûr que je consacrerai mon existence à te traquer. Tu ne connaîtras plus un seul moment de paix jusqu'à ce que je te libère de ton calvaire à la pointe de mon épée.

— À la bonne heure ! Si je ne le fais pas, c'est lui qui s'en chargera, avec la sienne, et beaucoup plus vite que toi !

— Tu veux vraiment te retrouver avec les Murray et tous leurs alliés à tes portes, hurlant pour qu'on leur remette ta tête ? Tu t'apprêtes à semer les graines d'une guerre aussi longue que meurtrière.

— Mes portes ? Sûrement pas. Moi, je me contente de remettre cette demoiselle à sir Colin, prendre ma prime et m'en aller. Admets-le, mon ami, tu as perdu.

C'était un mercenaire, pour qui les clans et la loyauté ne signifiaient rien, et qui ne voyait la guerre que comme une occasion de plus pour gagner quelques pièces avec sa lame. Il se moquait de toute évidence que la capture d'Elspeth ait coûté la vie à quatre hommes : sa part de la récompense n'en serait que plus importante. Rien n'aurait pu le convaincre de relâcher Elspeth, excepté la mort.

— Tes amis et toi, vous allez maintenant déposer vos armes. Will va les ramasser, et nous allons prendre vos chevaux.

— Ne les tuez pas, dit Elspeth d'une voix qu'elle espérait plus autoritaire qu'implorante.

— On ne m'a rien offert pour ça. Sir Colin meurt d'envie de voir ton petit camarade mort et étripé, mais comme il n'a pas encore donné de prix pour sa tête…

Tout en posant ses armes à terre en même temps que ses compagnons, Cormac cherchait un moyen de les sortir tous de ce mauvais pas. Si l'homme s'enfuyait avec Elspeth, armes et chevaux, ses compagnons et lui mettraient longtemps avant de pouvoir se lancer à leur poursuite – suffisamment pour que Colin fasse du mal à la jeune fille, et la séquestre dans les recoins les plus obscurs de son château, d'où il serait cette fois impossible de la tirer. Cormac vit au regard d'Elspeth qu'elle en était consciente, et brûla d'implorer son pardon.

Le dénommé Will s'apprêtait à ramasser leurs armes quand quelque chose tomba du ciel pour s'abattre sur la tête du premier mercenaire. *Bouillasse*, comprit soudain Cormac. L'homme hurla et laissa échapper Elspeth, qui eut le bon sens de détaler aussitôt à quatre pattes. Impossible de savoir si le chat essayait de faire le plus mal possible à sa proie, ou simplement de ne pas être projeté dans les airs. Cormac pria pour que l'animal ne soit pas blessé et courut récupérer son épée.

Le souffle coupé par sa chute, Elspeth ne s'arrêta que quand elle s'estima à bonne distance de son ravisseur, se retourna pour voir ce qui le faisait s'égosiller ainsi et ouvrit grande la bouche, incapable de croire que la furie grise cramponnée sur sa tête était son chat. En voyant le sang ruisseler sur le visage du mercenaire, elle se dit qu'en définitive, ces bêtes pouvaient bien se révéler dangereuses quand elles le voulaient. L'homme parvint à se défaire de Bouillasse et, ignorant les griffes et les dents qui lui lacéraient les mains, lança l'animal de toutes ses forces. Si Cormac n'avait pas été devant elle, aux prises avec ce Will, elle se serait assurément ruée sur son chat, qui gisait désormais à l'autre bout du campement. Désemparée, elle s'assit en implorant les cieux pour que son guerrier remporte son duel et que Bouillasse ne soit qu'assommé.

Cormac tua Will au moment où Owen et Paul se redressaient, épée à la main. Les trois compagnons se retournèrent vers le dernier mercenaire. Cormac estimait que la plus grande partie du sang qui dégoulinait sur la tête de l'homme provenait de blessures au cuir chevelu, toujours promptes à saigner abondamment. Le pauvre hère semblait tout de même mal-en-point. Il était peut-être même blessé à un œil, ou aux deux. Le malheureux tira son épée, au grand dam de Cormac. Il ne voulait pas se battre contre un adversaire à moitié aveugle. Cinq hommes étaient déjà morts, inutile d'y ajouter un sixième.

— Abandonne, l'ami, lança-t-il au mercenaire qui tentait vainement de s'essuyer le visage avec sa manche.

— Il est mort ? demanda celui-ci.

— Pardon ?

Cormac vit du coin de l'œil Elspeth qui s'apprêtait à traverser le campement et il l'arrêta d'un geste.

— Est-ce que cette bête infernale est morte ?

— Le chat ?

Difficile de comprendre comment cet homme, qui se retrouvait face à trois adversaires et une fin certaine, pouvait s'émouvoir du sort d'un simple félin.

— Il ne te sautera plus dessus, si c'est ça qui t'inquiète. À ta place, je me soucierais plus des trois gaillards que tu as devant toi, et qui n'ont pas, eux, de sang dans les yeux.

Le mercenaire les considéra pendant un long moment. Cormac se demandait s'il n'attendait pas d'y voir plus clair quand, soudain, l'homme lança dans leur direction dague et épée. Les trois compagnons esquivèrent les armes, qui atterrirent là où Cormac se trouvait quelques secondes plus tôt. Leur adversaire ne perdit pas de temps et détala dans la pénombre de la forêt.

— On le poursuit ? interrogea Owen.

Cormac essuya sa lame sur le pourpoint de Will et la rengaina, quelque peu horrifié par le tour que prenait la folie de Colin.

— Non. C'est fini.

— Il va peut-être retrouver sir Colin et le mettre sur notre piste.

— C'est possible, mais il a sous-entendu que notre ami se montrait très sévère envers ceux qui échouent. Et puis il saigne, il est désarmé et vraisemblablement à pied. Crois-moi, s'il en a vraiment envie, il lui faudra un certain temps pour aller le rejoindre. De toute façon, aucun d'entre nous n'est en état de le poursuivre.

— Tu n'as pas tort, répondit Owen en soulevant sa chemise pour étudier une blessure sur son flanc.

— Mon Dieu, Owen, tu as failli être éventré ! murmura Paul. Tu ferais mieux de montrer ça à Elspeth.

La jeune fille n'était plus là où Cormac l'avait vue pour la dernière fois. En se retournant, il la vit traverser le campement en courant. Elle tituba en s'approchant du chat à terre et parcourut le chemin qui lui restait à genoux. Paul et Owen suivirent le regard de leur ami et poussèrent un soupir.

Cormac savait qu'un jour, ce tableau lui semblerait comique, mais il était pour l'instant trop inquiet pour Elspeth et trop épuisé par le combat pour cela. Toutefois, il sourit presque en voyant ses deux compagnons, incapables de bouger, échanger des regards prudents. Ils étaient tous trois des combattants habitués aux horreurs de la guerre qui venaient de tuer cinq hommes. Maculés de sang, ils avaient tous reçu plusieurs estafilades. Pourtant, chacun d'entre eux craignait de faire face à une petite créature aux yeux verts sur le point de découvrir que son horrible chat était mort. Cormac inspira profondément et se dirigea vers Elspeth ; Paul et Owen lui emboîtèrent le pas en traînant des pieds.

Elspeth s'agenouilla auprès de Bouillasse. Impossible de dire s'il respirait ou non, mais la jeune fille savait que cela ne signifiait pas qu'il était mort. Elle ne voyait ni sang, ni membre tordu ou cassé. Elle tendit prudemment la main. Les trois hommes s'étaient rassemblés derrière elle, et leur inquiétude la toucha, même s'ils s'inquiétaient sans doute plus pour elle que pour le chat. Terrifiée à l'idée que le corps qu'elle s'apprêtait à toucher soit froid comme la pierre, elle caressa l'animal.

Chapitre 8

Bouillasse ronronna.

Les larmes aux yeux, Elspeth palpa le chat, en quête de la moindre blessure. Les soupirs de soulagement qu'elle entendit dans son dos lui arrachèrent un sourire, et elle subit sans broncher trois lourdes tapes sur le sommet du crâne avant que les trois compagnons s'éloignent. Bouillasse se releva en titubant, secoua la tête, et Elspeth l'installa doucement sur ses genoux.

Elle caressa l'animal – non sans vérifier une fois de plus qu'il n'avait rien – en regardant Cormac, Paul et Owen traîner les cadavres de leurs adversaires hors du camp. *Cinq morts.* Tout cela la dépassait. Elle ressentait un peu de tristesse pour ces malheureux – mais juste un peu, car elle savait que s'ils avaient survécu, ils auraient tué sans hésiter Cormac et ses amis. Elle n'arrivait cependant toujours pas à comprendre comment Colin pouvait être prêt à sacrifier des vies pour la mettre dans son lit. Il savait pourtant qu'elle n'en tirerait jamais aucun plaisir, et qu'elle consacrerait chaque seconde de son existence à lui échapper.

Cormac et ses deux amis s'assirent autour du feu, et Elspeth prit conscience que leurs blessures requéraient ses soins. Elle posa Bouillasse sur une couverture qu'Owen s'était empressé d'étendre sur le sol et prit son sac à herbes. Pendant ce qui lui sembla des heures, elle nettoya des plaies – des superficielles qui ne nécessitaient qu'un peu de baume, des plus grosses qu'il fallait suturer. Épuisée et particulièrement déprimée, elle ramassa Bouillasse et s'assit à côté de Cormac.

— Il est blessé ? demanda l'homme, intrigué par la tristesse qu'il lisait dans le regard d'Elspeth.

— Non, seulement fatigué, répondit-elle en caressant le chat, dont le ronronnement apaisait un peu son âme meurtrie.

Les trois compagnons éclatèrent de rire.

— Elspeth, cette bête passe ses journées à dormir !

— Elle aime bien faire la sieste, c'est vrai, admit-elle en souriant. Tous les chats sont comme ça. Bouillasse n'a pas eu une vie facile, et c'est peut-être la première fois qu'il peut vraiment en profiter.

Elspeth remarqua soudain le sang sur les griffes du félin et prit en frissonnant un linge dans son sac pour les nettoyer. Elle trouvait certes étrange qu'après avoir assisté à la mort de cinq hommes et avoir soigné les blessures de trois autres, elle soit à ce point choquée à la vue d'un peu de sang sur son animal. Elle humecta le tissu et nettoya promptement Bouillasse.

— Je n'aurais jamais cru qu'un chat essaierait de défendre qui que ce soit, dit Owen.

— Ce n'est pas dans leurs habitudes, et puis ils ne sont pas vraiment faits pour ça, répondit Elspeth. Pourtant, il y a très longtemps, une toute petite chatte – si petite qu'elle ne miaulait pas encore – a aidé ma mère. Elle la suivait partout. Ma mère, qui devait accoucher d'un jour à l'autre du plus jeune de mes frères, était sortie chercher des herbes dont elle avait besoin. Elle tomba et se foula la cheville si gravement qu'elle ne pouvait plus marcher. C'est à ce moment-là que mon frère décida de venir au monde.

Elspeth vit à quel point les trois hommes étaient attentifs, et comprit qu'ils souhaitaient autant qu'elle oublier les événements de la journée.

— Mère était toute seule, et trop loin pour appeler à l'aide. Elle dit que c'est un coup de folie qui l'a poussée à demander au chaton d'aller chercher mon père. La petite Ambre – on l'appelait comme ça à cause de la couleur de son poil, et de ses yeux – partit en trottinant. Il lui fallut un bon moment, mais elle arriva jusqu'à l'entrée de notre château, sauta sur les genoux de mon père, lui donna quelques coups de patte sur la joue, puis s'éloigna en courant. Il ne bougea pas, alors la chatte recommença, encore et encore, jusqu'à ce qu'il se lève. Il m'a raconté que sur le moment, il s'était senti particulièrement idiot de suivre un chaton doré comme si c'était un fin limier, mais qu'Ambre se comportait de façon trop bizarre pour qu'il l'ignore. Elle le conduisit tout droit à ma mère. Croyez-moi, cet animal a été très, très gâté pendant tout le reste de sa vie, et il a une jolie tombe dans notre cimetière pour animaux.

— Votre cimetière pour animaux ?

— Oui, c'est là qu'on enterre les bêtes qui nous ont vraiment été chères. C'est d'ailleurs une terre consacrée.

Ce fut ainsi, autour d'une simple collation, qu'ils échangèrent diverses anecdotes sur leurs jeunes années – tout du moins, Owen, Paul et Elspeth. Cette dernière remarqua que Cormac ne disait presque rien. Sa jeunesse avait-elle été particulièrement morne, ou était-il seulement un de ces hommes qui répugnaient à parler de leur famille ? Elle détestait l'idée que son bien-aimé ait pu avoir une enfance malheureuse.

— Elspeth, je crois qu'il est temps de prévenir les tiens, annonça Cormac.

— Oui, j'aimerais tellement leur dire que je vais bien et… savoir ce qu'il est advenu de Payton. Mon cousin, sir Payton Murray, expliqua-t-elle à l'intention d'Owen et Paul.

— Bien sûr, sir Payton, murmura Owen. Le beau chevalier qui fait se pâmer même les plus chastes et les plus sensées de ces dames.

— Que veux-tu dire ?

Owen rougit, s'apercevant soudain que l'homme qu'il évoquait avec dérision faisait partie du clan de la jeune fille – et avait probablement péri en la protégeant.

— Eh bien... sir Payton Murray est très respecté. Je ne lui ai jamais parlé, je l'ai seulement vu de loin, mais nombreux sont ceux qui le louent. Des ménestrels lui ont même consacré des chansons.

— À Payton ? (Elspeth éclata de rire.) Attends que je raconte ça aux autres ! Des ménestrels ?

Owen hocha la tête, et elle rit de plus belle.

— Oh, pardon, Bouillasse ! dit-elle quand son chat, mécontent, quitta ses genoux pour rejoindre ceux de l'homme. Tu parles de Payton comme si c'était une sorte de Charlemagne ! Doux Jésus. Des ménestrels.

— Il n'est pas tel qu'on le raconte ?

— D'accord, il est beau, mais ça n'a rien d'étonnant, ses parents le sont aussi. Il a aussi très bon cœur. Mais c'est mon cousin, j'ai grandi avec lui, et je l'ai connu dégingandé et boutonneux. J'ai subi les concours de rots auxquels il se livrait avec mes frères – sans parler de bruits encore plus inconvenants. Je l'ai côtoyé à un âge où il avait encore d'épiques crises de colère que sa mère interrompait en lui versant un seau d'eau glacée sur la tête. J'ai seulement du mal à imaginer comment un garçon dont le principal titre de gloire était de pouvoir écrire son nom dans la neige mieux que mon frère a pu devenir un héros de chansons.

Elspeth rougit devant les grands sourires de ses trois compagnons ; ils avaient compris ce que les deux garçons avaient utilisé en guise de plume et d'encre.

— Surtout quand on sait que pour y arriver, ces deux idiots s'étaient forcés à boire de l'eau et de la bière jusqu'à exploser.

Elspeth frissonna subitement, sa bonne humeur évanouie, quand lui revint en mémoire la dernière image qu'elle avait de Payton.

— Souviens-toi de ce que tu m'as dit : si quelqu'un peut se tirer de ce genre de mauvais pas, c'est bien lui, murmura Cormac en lui prenant la main.

— C'est vrai.

— Et je crois que tu devrais envoyer un message aux tiens. Owen et Paul peuvent se charger de leur raconter tes déboires, et leur expliquer où te trouver pour qu'on vienne te chercher.

Elspeth sentit son cœur se serrer, mais se rappela aussitôt à l'ordre. Ce n'était pas le moment de se lamenter parce que Cormac n'entrevoyait toujours pas d'avenir pour eux.

— Avec ce qui vient de nous arriver, tu crois vraiment qu'il est prudent de se séparer de deux lames aussi fines ?

— Je me pose la même question, Cormac, dit Paul.

— J'ai décidé qu'Elspeth et moi allons retrouver la civilisation. Nous gagnerons demain l'une des grandes routes qui mènent à la cour du roi. À cette période de l'année, ils sont nombreux à les emprunter, que ce soit pour se rendre auprès de notre souverain ou pour essayer de vendre leur marchandise à ceux qui s'y rassemblent. Nous n'y serons jamais attaqués comme nous l'avons été hier. Pour être honnête, je crois même que j'ai fait une erreur en choisissant de prendre des chemins de traverse, même avec Owen et toi à nos côtés. Nous sommes trop isolés.

— Les hommes qu'enverra le clan d'Elspeth ne pourront pas vous rejoindre avant que vous ayez atteint votre destination.

— Je sais, mais ils peuvent nous devancer à la cour, où nous les retrouverons. Si Colin n'a pas encore abandonné ou péri d'ici là, nous aurons besoin de toute l'aide possible. Tu sais avec quelle facilité un laird et ses hommes peuvent se frayer un chemin à travers la foule, à la cour. Si nous ne parvenons pas à arriver jusqu'au roi, les Murray seront là pour la protéger.

— Soit, ça n'a pas l'air plus dangereux que ton premier plan. Je suis étonné que tu n'aies pas déjà prévenu son clan.

— Je n'ai trouvé personne de confiance. Sir Colin aurait pu facilement intercepter mon message, ce qui l'aurait mené droit à nous.

Elspeth se leva, épuisée et piquée au vif par l'évocation de leur séparation à venir.

— Vous n'avez pas besoin de moi pour organiser toute cette affaire. Je vais me coucher.

— Mais mon plan te convient ? s'enquit Cormac.

— Je n'ai jamais été traquée, contrairement à toi. Je m'en remets à ton jugement.

Elspeth s'éloigna pour un moment d'intimité, puis installa sa couche rudimentaire à quelques pieds de ses compagnons de route. Elle s'enroula dans les couvertures, apaisée par leurs voix. Bouillasse vint se pelotonner contre son dos et ses ronronnements la détendirent.

Elspeth songea que son épuisement lui permettrait de trouver le sommeil sans difficulté. Elle avait l'impression que son cœur était lourd comme une pierre dans sa poitrine. Des hommes mouraient parce qu'un fou la désirait plus que tout et ne tolérait pas qu'on lui dise non. La jeune femme, qui ne pouvait s'empêcher de se sentir coupable, se demandait sans cesse ce qu'elle aurait pu faire pour éviter tout ceci.

Et puis il y avait Cormac, l'amour de sa vie, son âme sœur. L'homme qui savait quand elle songeait à Payton, et lui offrait chaque fois une caresse affectueuse et quelques paroles encourageantes. Celui qui lui faisait l'amour comme s'il ne pouvait survivre une seconde de plus sans la serrer dans ses bras – et qui, pourtant, parlait avec un calme olympien de l'abandonner une fois qu'ils seraient arrivés à la cour.

Il ne lui restait plus que quelques jours. Elspeth savait qu'elle avait réussi à le toucher, mais pas suffisamment pour l'arracher à Isabel. Dieu qu'elle haïssait cette femme ! Il serait plus sage de se soucier un peu moins de ce que Cormac ferait une fois à la cour, et davantage de ce dont cette garce était capable. Elspeth était certes jalouse, mais surtout furieuse : cette femme détruisait tous ceux qui croisaient son chemin, une vie après l'autre, et elle savait que la misérable n'hésiterait pas à lui faire subir le même sort si elle en avait l'occasion.

La jeune fille se força à respirer profondément pour chasser de son esprit toutes les questions auxquelles elle ne pouvait pas répondre. Laisser ses pensées prendre un tel tour ne lui apporterait que tristesse et colère, des émotions parfaitement inutiles pour séduire un homme. Il lui faudrait au contraire beaucoup de repos et des idées claires pour mener l'assaut final.

Tout en débarrassant les vestiges de leur frugal petit déjeuner, Elspeth observa de près Paul et Owen. Ils étaient un peu raides, mais en regardant ainsi leurs blessures à la lumière du jour, elle jugea qu'ils pouvaient chevaucher sans crainte de nuire à leur santé. Quand Cormac s'éloigna pour se soulager, elle s'approcha des deux jeunes gens et sourit de toutes ses dents quand elle vit Owen s'interrompre dans ses préparatifs pour caresser Bouillasse.

— Elspeth, si par hasard ce gaillard venait à avoir des héritiers, et que l'un d'entre eux était aussi laid que lui…, dit l'homme en rougissant.

— Je veillerai à ce que tu l'aies dès qu'il sera sevré. (Elle lui tendit un petit anneau en argent délicatement gravé.) Montre ceci à ceux de mon clan, et ainsi, ils sauront que c'est moi qui t'ai envoyé.

— C'est vraiment nécessaire ?

— Ils peuvent avoir entendu toutes sortes de choses, et se montrer particulièrement méfiants, surtout si Payton est…

Elspeth se tut, incapable de terminer sa phrase.

Owen lui tapota l'épaule en une tentative attendrissante quoiqu'un peu maladroite de la réconforter.

— Que devons-nous leur dire pour Cormac et toi ? Ils poseront peut-être des questions embarrassantes.

— Peut-être, et si je ne peux pas te demander de mentir, je préférerais certainement qu'ils l'apprennent de ma bouche. Si je remporte mon pari, ils pourront tous se réjouir que j'aie enfin trouvé un homme, chose à laquelle ils avaient probablement renoncé, et si je perds… eh bien, je serai obligée de ne leur révéler qu'une petite partie de la vérité. Essaie autant que possible de ne pas évoquer toute cette histoire.

Paul l'embrassa sur la joue.

— Tu vas gagner, Elspeth. Tu offres bien plus à ce lourdaud qu'Isabel ne le pourra jamais. Sois patiente, je suis sûr qu'il finira par s'en rendre compte.

— J'espère que tu as raison, mais comme tu le dis si bien, ton ami peut parfois être un peu lourdaud.

Cormac tenta de contenir sa jalousie quand il trouva Elspeth et ses deux compagnons qui plaisantaient gaiement. Pourtant, il n'avait aucun droit sur la jeune fille, sans oublier qu'il était lié à Isabel par un serment et une longue – quoique chaotique – histoire commune. Pour être honnête, il n'aurait rien dû partager avec Elspeth, et pourtant il avait bien l'intention de profiter d'elle aussi longtemps qu'il le pouvait. Une fois chacun parti de son côté, elle serait libre d'appartenir à un autre. Elspeth n'était pas faite pour vivre seule. Owen et Paul étaient des hommes bons, et de toute évidence, ils l'appréciaient. Peut-être que l'un d'entre eux lui offrirait ce qu'elle méritait.

Cette pensée avait à peine eu le temps de se former dans son esprit que la colère lui tordit les entrailles. Il ne pouvait supporter qu'elle partage quoi que ce soit avec un autre. Si elle épousait Paul ou Owen, Cormac serait obligé de la voir régulièrement au bras de celui de ses amis qu'elle choisirait, d'entendre parler d'elle… Cormac, exaspéré par son propre égoïsme, comprit qu'une telle situation lui serait intolérable. Il ne pouvait pas avoir Elspeth, mais il refusait qu'elle appartienne à un autre. Dieu merci, une fois leur voyage fini, il pourrait partir très loin d'elle, ce qui lui donnerait le temps et la distance nécessaires pour oublier ces sentiments.

— Faites bien attention à vous, dit Cormac en serrant la main à ses compagnons avant qu'ils montent à cheval.

Elspeth enlaça affectueusement les deux jeunes gens, et Cormac lutta pour ne pas la tirer brutalement vers lui.

— Ne t'inquiète pas, répondit Owen. De toute façon, c'est vous qui courrez le plus de risques. Cormac, tu es bien sûr de ton plan ?

— Non, mais je sais qu'il est bon. Sir Colin mettra un peu de temps à se remettre de cette défaite. À moins qu'il ne sillonne l'Écosse avec toute son armée derrière lui, la perte de cinq hommes lui aura causé beaucoup de tort. C'étaient des mercenaires, ce qui me donne à penser que notre laird a laissé la plus grande partie des membres de son clan sur ses terres au cas où les Murray viendraient gronder à ses portes. Et puis avec un peu de chance, il n'apprendra que dans longtemps ce qui s'est passé ici, ce qui nous permettra à tous les deux d'atteindre la cour. C'est là-bas que nous aurons besoin de protection, ne serait-ce que parce qu'on y trouve de nombreux hommes prêts à tout pour quelques pièces. Colin a peut-être même de l'influence sur le roi, qui pourrait bien croire à son histoire de fiancée enlevée. Owen, Paul, envoyez-moi les Murray.

— Fais-nous confiance, répondit Owen.

Les deux hommes éperonnèrent leurs chevaux et disparurent dans la brume.

— Il ne va rien leur arriver, n'est-ce pas ? demanda Elspeth.

Cormac sourit en voyant le chat qui le regardait, assis aux pieds de la jeune fille, comme s'il attendait lui aussi d'être rassuré.

— Rien. Ils sont très doués pour se battre, et encore davantage pour s'enfuir et se cacher quand ils n'ont aucune chance de l'emporter.

— Des talents très utiles.

— En effet. Et puis sir Colin n'a que faire d'eux.

— Oui, il ne s'intéresse qu'à moi. (Elspeth se blottit dans ses bras en frissonnant.) J'ai beau essayer, je ne comprends toujours pas. Il est sans doute fou.

— Il pense peut-être qu'il t'aime, ou qu'il a besoin de toi pour accomplir quelque rêve.

— Pourtant il n'a jamais montré une telle passion quand il me courtisait. Rien du tout, jusqu'à ce que je lui dise non.

— Mon ange, certains hommes voient dans un refus le plus grand des défis, d'autres une grave insulte… il y en a même chez qui il peut faire naître l'amour. Et puis c'est vrai, Colin est peut-être un peu fou.

— Très fou.

Cormac bougea, et Elspeth sentit contre son ventre la preuve bien tangible de son désir. La jeune fille fut ravie de constater que celui-ci faisait désormais tellement partie de lui qu'il n'avait plus besoin d'être provoqué pour s'éveiller. Elle l'aurait été encore davantage s'il avait été aussi fermement installé dans sa poitrine.

— Nous sommes seuls maintenant, dit Cormac.

Elspeth le regarda dans les yeux, et comprit que le message que lui envoyait son corps avait finalement atteint son esprit.

— Il reste Bouillasse…

— C'est un chat intelligent. Il sentira qu'il est temps d'aller chasser.

Tout en parlant, Cormac se mit à marcher. Elspeth, toujours dans ses bras, se retrouva obligée d'avancer à reculons. Elle trébucha et l'homme se contenta de la soulever doucement pour continuer en la portant.

— Ne devrions-nous pas quitter cet endroit au plus vite ?

— Probablement, mais il est encore tôt et notre prochaine étape est à moins d'un jour de route, répondit Cormac en s'arrêtant devant sa couche rudimentaire.

— Je pensais plutôt à sir Colin.

Cormac la reposa et commença à la dévêtir.

— Il n'est pas assez cruel pour nous refuser une heure ou deux de bonheur.

— Une heure ou deux ?

Cormac laissa tomber ses derniers habits et la contempla.

— D'accord, peut-être pas autant.

Le rouge aux joues, Elspeth ne fit pourtant rien pour se dérober au regard de Cormac, même s'il remarqua qu'elle serrait les poings. L'observer ainsi lui faisait le même effet que la caresser ou sentir le goût de sa peau. Elle n'était que perfection, et savoir qu'il la toucherait et la posséderait bientôt décupla sa délectation. C'était un spectacle dont il ne se serait jamais lassé, même s'ils avaient eu toute la vie devant eux, et non quelques jours.

Cormac inspira profondément et se déshabilla à son tour. Penser qu'elle s'en irait bientôt et trouverait un autre homme rendait son désir d'autant plus douloureux. Pour la première fois depuis qu'il s'était voué à Isabel et avait entamé cette relation aussi longue que chaotique, il avait rencontré une femme qu'il regretterait amèrement de laisser partir, et déplorait de ne pas pouvoir briser son serment. Il ressentait un besoin impérieux de se repaître d'Elspeth, de fabriquer autant de souvenirs que possible.

Ils s'élancèrent au même moment l'un vers l'autre. Cormac allongea délicatement Elspeth sur les couvertures, puis se pencha sur elle en priant pour que son ardeur lui laisse un peu de temps. Il voulait savourer chaque infime parcelle de sa peau, embrasser tout son corps, de ses lèvres jusqu'au bout de ses orteils, et parcourir le chemin inverse. Au premier baiser, il comprit qu'il devrait se contenter de l'aller. Quand, embrassée dans le cou, elle lui caressa les jambes avec ses pieds, il ne fut même plus sûr d'arriver jusqu'à ses genoux.

Elspeth poussa un cri de plaisir quand les lèvres de Cormac se posèrent enfin sur son téton. Elle plongea les mains dans ses cheveux et se frotta contre lui. Il allait bien trop lentement. La jeune femme sentait qu'il faisait tout pour retenir son désir, et elle avait bien l'intention de l'en dissuader.

— Mon ange, tu ne m'aides pas du tout, grogna-t-il contre son sein. J'essaie d'aller lentement.

— J'ai bien compris, mais je ne sais pas si je peux le supporter, répondit-elle d'une voix tremblante, ce qui ne l'étonna guère.

Cormac pressa ses lèvres contre la toison brune qui dissimulait son sexe et Elspeth sursauta, choquée qu'il se montre aussi hardi en plein jour – mais il ne lui fallut pas longtemps pour succomber, toute pudeur balayée par une simple caresse de sa langue. Emportée par le plaisir, elle hurla son nom, mais il ne lui prêta aucune attention. Il ne lui laissa pas non plus le temps de recouvrer ses esprits. Elle se sentit entraînée vers un nouveau sommet, et le menaça de mille souffrances s'il ne la rejoignait pas immédiatement.

Cormac lui prit les hanches en riant et la pénétra. Les dents serrées, il grogna, luttant de toutes ses forces pour ne pas bouger, submergé par une vague de désir qui remonta jusqu'au plus profond de son être. Elle enroula ses jambes autour de sa taille et l'attira en elle aussi profondément qu'elle le pouvait. Cormac, désormais incapable de se maîtriser, se disposa à les emmener tous les deux vers les hauteurs qu'ils brûlaient tant d'atteindre. Il ressentit une vive satisfaction quand ils y parvinrent au même moment et s'abandonnèrent ensemble à leur jouissance.

Allongé sur Elspeth, Cormac mit un long moment à décider qu'il était temps de se relever. Sa réticence à quitter la jeune femme commençait à avoir raison de sa culpabilité. Il n'avait aucune envie de renoncer à elle – et pourtant, il le fallait. Cormac s'était voué à une autre, et en restant avec lui, Elspeth ne pourrait jamais avoir de meilleur rôle que celui de maîtresse. Il savait qu'une telle situation finirait par la détruire. Il ne pouvait pas traiter Isabel ou Elspeth ainsi, sans aucun respect pour leurs sentiments.

— L'heure est peut-être venue de songer au meilleur moyen d'éviter Colin, dit-il en s'écartant d'Elspeth.

Elle s'assit et ramassa ses habits.

— Merci. J'avais bien chaud, et le nom de cet homme m'a fait l'effet d'un seau d'eau glacée.

— Navré, mais ça vaut mieux que laisser ce scélérat mettre la main sur toi.

Cette idée suffit à faire frémir Elspeth, qui se dépêcha de s'habiller. Ils levèrent le camp en moins de temps qu'il n'en fallait pour le dire, et firent de leur mieux pour effacer toute trace de leur présence. Bouillasse revint juste à temps pour prendre place dans sa sacoche. À la façon dont il se léchait les babines, Elspeth devina qu'il avait trouvé une proie à son goût.

Cormac regarda le chat se laver tranquillement : se retrouver sur le dos d'un cheval ne semblait pas perturber l'animal outre mesure.

— On dirait qu'il est né pour ça, observa-t-il en montant sur son destrier.

Elspeth fit de même et ajusta sa robe.

— C'est peut-être un chat perdu, qui avait l'habitude de voyager avec son maître. Il a tout de suite su quoi faire, sans que j'aie eu besoin de lui montrer quoi que ce soit.

— Je pense plutôt qu'il est très intelligent, et sait exactement comment se comporter pour rester avec toi.

Elspeth éclata de rire et caressa la tête de Bouillasse.

— C'est bien possible. Le voilà devenu un héros, ce petit bonhomme qui a risqué sa vie pour me sauver.

Le chat se mit à ronronner très fort.

— Un petit bonhomme ? Un énorme matou, oui ! répondit Cormac en caressant la tête du félin. Et assez malin pour savoir se rendre indispensable.

Cormac lança sa monture au trot, Elspeth le suivit. Il avait sans doute raison, Colin ne viendrait pas les importuner avant un bon moment, pourtant, elle ressentit le besoin de se hâter. L'attaque de la veille avait bien failli coûter la vie à ses compagnons, en plus de sa liberté. Elle n'avait aucune envie d'aller à la cour, car Isabel s'y trouvait, mais elle savait qu'ils y seraient plus en sécurité. Elspeth pouvait perdre Cormac, ou attendre que Colin le tue. *Charmant dilemme.* Elle préférait tout de même voir Isabel l'emporter : Cormac serait toujours mieux dans les bras de cette harpie que dans ceux de la mort.

Chapitre 9

— Vivante ?

Owen et Paul firent tout leur possible pour ne pas trembler devant les trois imposants lairds. Ils étaient fatigués, affamés et crasseux, mais le moment n'était pas bien choisi pour rappeler à Balfour Murray les règles de l'hospitalité. L'homme avait parlé doucement, mais sa voix avait traversé le grand hall de Donncoill comme le plus féroce des rugissements. Nigel et Eric, ses frères, n'avaient pas l'air moins menaçants. Owen et Paul n'osaient pas regarder la mère d'Elspeth, ni ses tantes Gisele et Bethia, sûrs qu'elles pourraient se montrer encore plus enragées que leurs maris.

— Oui, Elspeth est vivante, dit Owen en présentant fébrilement l'anneau que la jeune fille lui avait confié. Elle nous a donné ce bijou, en expliquant que grâce à lui, vous sauriez que c'est elle qui nous envoie.

Il faillit se dérober quand sir Balfour s'approcha de lui pour s'emparer brusquement de la bague.

— Balfour ? l'interrogea lady Maldie, qui ressemblait de façon saisissante à sa fille.

Le laird étreignit sa femme.

— Maldie, notre petite est en vie.

— Ça signifie qu'on ne va pas tuer ce scélérat de Colin ? gronda Nigel, dont les yeux couleur d'ambre lançaient des éclairs.

— Pas du tout, seulement que nous allons pouvoir ramener Elspeth ici, en sûreté, avant d'en finir avec lui.

— Très bien, pendant que vous décidez où, quand et comment vous allez expédier ce misérable dans l'au-delà, nous allons, nous autres dames, nous occuper de ces deux pauvres garçons, annonça Maldie en quittant les bras de son mari.

— Mais j'ai beaucoup de questions à leur poser ! protesta Balfour.

— Tu le feras une fois qu'ils se seront baignés, reposés, et qu'ils auront mangé quelque chose.

L'heure de dîner était venue quand Paul et Owen furent enfin prêts à subir l'interrogatoire des Murray. On les mena droit à la grande table, où les attendaient les trois lairds, leurs épouses, Payton et Connor, le frère d'Elspeth. Owen lança un regard noir à son ami quand ce dernier s'arrangea pour qu'il s'assoie entre lui et les Murray, autrement dit en première ligne.

— Mon épouse m'a répété le peu que vous lui avez appris sur notre fille pendant que vous vous baigniez et vous restauriez, annonça Balfour en remplissant son assiette, sans pour autant quitter Owen des yeux. Elle est en vie, sir Colin est toujours à ses trousses, sir Cormac l'a aidée à s'échapper, et ils font tous les deux route vers la cour du roi.

— En effet, monsieur, répondit Owen en se servant à son tour.

La quantité et la qualité de la nourriture le ravissaient, mais il était trop tendu pour vraiment l'apprécier.

— Cormac et Elspeth étaient tranquilles avant que sir Colin retrouve leur piste, poursuivit-il. Un groupe de ses mercenaires nous a attaqués, et nous avons tué cinq d'entre eux. C'est ce qui a décidé Cormac à rejoindre les routes plus fréquentées, et à nous envoyer ici. Il pense que si Colin ne renonce pas, et qu'il n'arrive pas à le tuer, la cour du roi elle-même ne sera plus sûre.

— Je me demande bien comment sir Colin justifie ses actes !

— Il dit à qui veut l'entendre qu'Elspeth est sa fiancée, et que Cormac l'a enlevée.

— Et il n'y a pas un seul Murray dans les environs pour contester ses mensonges ! pesta Balfour.

— Ce jeune Cormac a un véritable don pour se faire accuser de crimes qu'il n'a pas commis, dit lady Maldie.

— C'est une de ses habitudes, madame, répondit Owen. Selon lui, si Colin parvient à parler au roi, il pourrait bien le convaincre de sa bonne foi. Je crois que c'est pour cette raison que Cormac a décidé qu'il devait rencontrer votre clan sans attendre.

Le jeune homme comprit avec soulagement que les Murray ne poseraient sans doute pas trop de questions sur ce qui se passait entre Cormac et Elspeth, et commença à savourer son repas.

— J'irai chercher Elspeth à la cour, annonça Payton.

— Non ! s'écria Gisele, sa mère. Tes blessures sont tout juste refermées !

Owen écouta en mangeant la conversation animée qui suivit. Il fallut beaucoup d'efforts et de nombreuses promesses pour convaincre Gisele. De toute évidence, Payton brûlait de se racheter, car Elspeth était sous sa protection quand elle avait été enlevée. Lorsque Paul et Owen s'apprêtèrent à aller se coucher, il avait été décidé que Payton et un petit groupe d'hommes consacreraient le lendemain à se reposer et se préparer avant de partir pour la cour à l'aube du jour suivant. Owen regrettait que Paul et lui ne puissent pas les accompagner, mais le père de ce dernier les avait fait appeler, et ils avaient déjà pris du retard.

Le jeune homme ne fut pas le moins du monde surpris quand Payton les rejoignit juste avant qu'ils entrent dans la chambre qu'on leur avait allouée.

— Vous ne leur avez pas tout dit, déclara-t-il, adossé au mur, les bras croisés.

— Je crois que nous avons répondu à toutes les questions que les tiens nous ont posées, rétorqua Owen.

— Peut-être, mais vous ne leur avez pas raconté toute la vérité.

— Tu insinues que nous avons menti ?

— Allons, ne fais pas l'offensé, je n'ai jamais parlé de mensonges. Je pense plutôt à ce que vous avez tu.

— C'est peut-être ce que souhaitent les intéressés, dit calmement Paul.

— Les deux, ou seulement votre ami Cormac ?

— Les deux.

Payton sourit.

— J'ignore pourquoi, mais j'ai toujours été très proche d'Elspeth. Ne craignez rien pour votre ami. Je sais très bien ce que ma cousine ressent pour lui, et comment elle a pu tirer profit de ce qu'elle doit voir comme une chance de réaliser son rêve. Hélas, je sais aussi que le cœur de son beau chevalier appartient à cette catin d'Isabel Douglas. Je veux seulement que vous me disiez à quoi m'attendre quand je retrouverai Elspeth.

Owen et Paul échangèrent un regard.

— J'espère que tu la trouveras tirée des griffes de sir Colin, ce dernier mort, et qu'au passage, elle aura sauvé notre ami, repartit Paul.

— Bouillasse, où vas-tu ? s'écria Elspeth quand le chat bondit de sa sacoche.

Cormac s'arrêta à côté de la jeune fille qui descendait de cheval.

— Il est peut-être parti chercher un peu de terre pour faire ses besoins ?

— Oh… Non, il se passe quelque chose, fit-elle en secouant la tête.

Cormac ne put réprimer un petit sourire.

— Elspeth, ce n'est qu'un chat !

— Je sais, mais mon instinct me dit de le suivre.

L'homme poussa un soupir résigné et mit lui aussi pied à terre tandis qu'Elspeth s'élançait à la suite du félin.

— Quelle bête idiote, grommela-t-il en attachant les chevaux. Elle a sans doute vu quelque chose qui ressemble à de la nourriture, et voilà que tout le monde doit la suivre.

Cormac se hâta de rattraper Elspeth en maudissant l'impulsivité de la jeune fille. Il trouvait cela très attendrissant, sauf quand ils étaient poursuivis par un dément. Il croyait pourtant qu'elle avait compris à quel point ils couraient un grand danger. Quand il la vit agenouillée sur une forme indistincte, il pria pour que ce ne soit pas quelque autre animal.

Elspeth s'étonna de trouver Bouillasse absorbé dans la contemplation de ce qui ressemblait à un amas de linge – dont s'échappait un bras qui s'agitait doucement, et de joyeux gazouillis ; un bébé. Une fois sa stupeur passée, la jeune fille s'approcha lentement de la petite créature. Il n'y avait rien d'autre dans les environs, à l'exception de Cormac qui se dirigeait vers Elspeth en fulminant.

— Pauvre petite chose, chuchota-t-elle en défaisant les chiffons qui enveloppaient le nourrisson, pour constater qu'il était en parfaite santé. On t'a abandonné ?

Elle emmaillota de nouveau l'enfant et le prit dans ses bras.

— Oh non, un bébé maintenant ? soupira Cormac en la rejoignant.

— Quelqu'un l'a abandonné ici comme s'il n'était rien d'autre qu'un vieux tas de paille !

— Pourquoi me regardes-tu comme ça ?

— J'attends que tu me dises que je me trompe, que je suis idiote, que je me fais des idées. Que personne ne laisserait un enfant de cette manière.

Cormac se passa une main dans les cheveux en soupirant. Elspeth semblait horrifiée, ce qu'il pouvait parfaitement comprendre, et blessée, ce qui en revanche lui échappait. On aurait dit que cette infamie touchait la jeune fille en plein cœur, qu'elle subissait toute la souffrance que le nourrisson était trop jeune pour ressentir.

— Son père ou sa mère s'est peut-être absenté pour un moment, dit-il.

C'était un effort pathétique pour déguiser l'horrible vérité, mais Cormac se sentit étrangement fier de lui quand Elspeth sourit et l'embrassa sur la joue.

— Tu es gentil, Cormac, mais je sais que quelqu'un a abandonné cet enfant, ce qui revient à le condamner à mort. Quelle cruauté. Pourquoi ne pas l'avoir déposé dans une église ? Ce pauvre petit aurait eu une vie difficile, mais une vie malgré tout, au lieu de servir de repas à la première bête qui passe.

— Curieux, d'ordinaire, ce sont les filles qu'on abandonne quand il y a trop de bouches à nourrir dans une famille, pas les garçons. Quoi qu'il en soit, Elspeth, nous ne pouvons pas prendre cet enfant avec nous.

— On ne va tout de même pas le laisser là !

— Bien sûr, je n'ai jamais dit le contraire ! Mais nous sommes poursuivis par un assassin, et ce bébé ne sera pas en sécurité avec nous. Ce n'est pas un chat qu'on peut glisser dans une sacoche sans qu'on ait besoin de s'occuper de lui.

— Il vient sûrement de ce hameau, dit Elspeth en désignant de la tête un ensemble de maisons au pied du tertre sur lequel ils se tenaient.

— Je pense. C'est peut-être un bâtard, le secret honteux d'une villageoise.

— Cormac, ce n'est pas un nouveau-né. Une femme peut cacher qu'elle porte un enfant, mais ça devient impossible une fois qu'il est né. Ces petites choses font beaucoup de bruit, tu sais. Quelqu'un là-bas saura d'où il vient – et si ce n'est pas le cas, nous trouverons bien un habitant prêt à recueillir un garçon en bonne santé.

— Tu es sûre que c'est le cas ? demanda Cormac, soulagé qu'Elspeth ait l'intention de trouver un foyer pour le bébé.

— Oui, j'ai regardé sous ses langes. Il est bien dodu, tout rose, et il m'a même l'air plutôt calme.

Oh, et j'ai remarqué une adorable tache de naissance en forme d'étoile sur son ventre.

Cormac eut alors un mauvais pressentiment en contemplant les grands yeux noirs de l'enfant. D'ordinaire, on n'abandonnait pas un garçon aussi bien portant : c'était certes injuste, mais on considérait qu'ils avaient une bien plus grande valeur que les filles. Elspeth avait raison, quelqu'un serait sans doute ravi d'adopter l'enfant… mais dans ce cas, pourquoi n'était-ce pas déjà arrivé ?

Cormac décida de taire ses doutes et raccompagna la jeune fille auprès des chevaux. Il porta le bébé pendant qu'elle installait le chat dans son sac puis grimpait sur sa monture. En lui tendant l'enfant, il prit conscience que leur petit groupe venait d'accueillir un nouveau membre, aussi vulnérable qu'exigeant.

Une fois dans le village, Elspeth ne put cacher sa perplexité. Au premier abord, tous ses habitants semblèrent parfaitement amicaux, mais dès qu'ils voyaient le bébé, ils se taisaient et la regardaient comme si elle avait commis un grave péché. On aurait juré que l'enfant leur faisait peur, ce qui n'avait aucun sens.

Tandis que Cormac se chargeait de mettre les chevaux à l'écurie, Elspeth mena l'enquête pour découvrir qui était la mère de ce petit. Elle savait qu'elle ne pourrait jamais le rendre à une créature capable d'abandonner son propre fils, mais voulait tout de même lui demander ce qui avait pu motiver un acte aussi atroce. Après avoir abordé plusieurs villageois qui s'étaient éloignés sans rien dire dès qu'ils avaient vu l'enfant, elle parvint à acculer une femme entre deux âges et bien habillée.

— Reste là ! gronda Elspeth quand cette dernière tenta de la contourner. Je veux seulement poser quelques questions, et vous n'arrêtez pas de fuir comme si j'avais la peste !

— À quoi vous attendiez-vous en amenant ce rejeton du démon ici ? rétorqua la femme en se signant quand le bébé la regarda.

— Un rejeton du démon ? D'où sortent ces sornettes ? Ce n'est qu'un bébé, dont je cherche la mère !

— Elle a été pendue puis brûlée il y a quelques jours, comme la sorcière qu'elle était.

— Doux Jésus... et c'est l'un d'entre vous qui a abandonné ce pauvre enfant en pleine nature ?

— Oui. Nous ne pouvons pas le garder, il porte la marque du diable.

— Cette petite étoile sur son ventre ?

— Oui. Sa mère frayait avec le Malin. Bien sûr, elle a tenté de nous faire croire que tout était la faute d'un petit lord qui s'était arrêté au village alors qu'il faisait route vers la cour. Elle a affirmé qu'il l'avait séduite et engrossée, mais elle a toujours été indocile, impertinente, et sans aucune morale. Quand nous avons découvert l'enfant, avec ses cheveux et ses yeux noirs, nous avons tout de suite su de quoi il retournait. Sa mère était aussi blonde que les blés, et regardez ce qu'elle a mis au monde. Brun comme l'enfer, et embrassé par le diable. Personne dans le village ne voulait risquer la damnation à cause d'un bâtard pareil, nous l'avons donc emmené sur la colline.

— Pour qu'il y meure de faim ou se fasse dévorer.

— Nous l'avons rendu à Satan, son père, ou nous avons laissé Notre-Seigneur décider de son sort.

Elspeth avait très envie de frapper cette femme.

— Va-t'en.

— Quoi ? Vous me demandez de rester près de ce petit démon, au risque de souiller mon âme, tout ça pour répondre à vos questions, et maintenant vous voulez que je parte ?

— Oui, et si tu as un tant soit peu de jugeote, ce dont je doute, tu vas le faire très, très vite.

Elspeth ne s'étonna pas de voir la femme blêmir, terrorisée. Sa voix avait été si froide et si chargée de fureur qu'elle-même en avait frémi. Elle regarda la villageoise déguerpir en caressant les boucles brunes du bébé serré contre elle. L'aigreur et la crédulité grotesque qui sortaient de la bouche de cette imbécile la rendaient malade. Dieu merci, l'enfant était trop petit pour comprendre ces simagrées.

Les gens avaient toujours cru aux sorcières. À cause de leurs dons de guérisseuses, Elspeth et sa mère avaient souvent entendu murmurer dans leur dos – mais la jeune fille n'avait jamais rencontré des êtres aussi superstitieux, capables de tuer sauvagement l'une d'entre eux et d'abandonner un bébé sur une colline. Elle tremblait de colère et de dégoût. Son compagnon devrait se faire une raison : pas question de laisser l'enfant dans ce village.

Cormac regarda une femme s'éloigner précipitamment d'Elspeth. Elle avait sur son visage rond la même expression que la veuve croisée plus tôt au cours de leur voyage. Il avait beaucoup de mal à croire qu'une créature aussi délicate puisse terroriser les gens à ce point, c'était pourtant visiblement ce qu'elle venait de faire.

En s'approchant d'Elspeth, il remarqua qu'elle tremblait légèrement. Inquiet, il passa un bras autour de ses épaules, scruta ses traits tirés, et comprit quand il croisa son regard qu'elle était furieuse. Elle portait toujours l'enfant.

— Tu ne sais pas qui est sa mère ? demanda-t-il.

— Si, mais pour ça il a fallu que je force une femme d'ici à me répondre.

— Oui, je l'ai vue partir. On dirait que votre conversation n'a pas été très agréable. Ce n'était pas elle, j'imagine.

— Non, mais elle a sûrement aidé à allumer le bûcher sur lequel ces gens ont posé celle qui l'était. La mère de ce petit a été condamnée pour sorcellerie et brûlée il y a à peine quelques jours. Nous devons sans doute leur être reconnaissants de l'avoir pendue d'abord. Je prie pour que ça l'ait tuée, ou en tout cas assez sonnée pour qu'elle n'ait pas senti les flammes.

Une fois cette besogne finie, ils ont laissé son bébé en pleine nature.

— Doux Jésus… mais pourquoi ont-ils pensé que cette malheureuse était une sorcière ?

— Pour bien des raisons. Si j'en crois le portrait que m'en a fait cette horrible femme, elle était très belle, très blonde, et avait apparemment le malheur d'avoir une langue bien acérée. Elle a bien tenté d'expliquer qu'un lord passé par le village pour se rendre à la cour l'avait séduite et mise enceinte, mais comme elle n'en faisait qu'à sa tête et se moquait bien de la morale, les bonnes dames de ce village ne l'ont pas crue. Ce bébé très brun et sa tache de naissance ont été pour elles la preuve implacable que la malheureuse avait frayé avec le Malin. Pour que ces femmes vertueuses le restent, elle devait mourir. Une fois la sorcière éliminée, les habitants ont emmené ce fils de Satan loin de chez eux pour qu'il périsse à son tour. C'était sans compter sur moi, pauvre inconsciente, qui ai ramené ce grand mal dans leur village, au péril de leurs petites âmes bien pures.

Cormac ébouriffa les cheveux du bébé.

— Je suppose que notre groupe vient de s'enrichir d'un nouveau pauvre hère.

— Même si quelqu'un ici voulait de lui, je ne pourrais pas le laisser, Cormac.

— Je sais. Viens, je nous ai trouvé une chambre à l'auberge.

— Ses propriétaires ne nous laisseront pas entrer avec cette créature maléfique, de peur que le lait ne caille tout seul dans leurs pots.

— Vu ton humeur, je ne crois pas qu'ils en auront le courage.

Il prit Elspeth par le bras et se dirigea vers la bâtisse en question, un établissement clairement destiné aux voyageurs qui se rendaient à la cour, ou la quittaient.

L'aubergiste, son épouse et les servantes les laissèrent effectivement entrer, mais ne manquèrent pas de se signer chaque fois qu'ils approchaient de l'enfant. Elspeth fit de gros efforts pour ne pas les menacer de leur briser les doigts. Une fois qu'ils furent installés dans leur chambre, elle donna au bébé du porridge et du lait de chèvre dans une outre qu'une domestique affolée leur avait apportée. La jeune femme employa le temps passé à s'occuper de l'enfant pour se calmer, et pas seulement parce que sa rage sourde risquait de le perturber. Elle sentait déjà sa tête bourdonner, son estomac se tordre. Il n'y avait personne à la ronde sur qui décharger sa colère, elle devait donc la vaincre seule.

Cormac s'assit devant le feu et observa Elspeth en sirotant sa bière. Toute cette affaire avait grandement troublé la jeune fille, et selon lui, ce n'était pas parce qu'on l'avait trop protégée, et qu'elle ignorait l'existence de telles injustices. Elspeth et sa mère, en tant que guérisseuses, subissaient sûrement de temps à autre des menaces, ce qui avait sûrement pour sa compagne de voyage éclairé cette triste histoire sous un jour encore plus sinistre. Heureusement, les deux Murray n'avaient jamais eu à faire face à une forme aussi redoutable de superstition.

Il s'attarda ensuite sur l'enfant, qu'Elspeth s'employait à changer. Son père serait donc un lord en route vers la cour du roi. S'ils étaient des centaines dans ce cas, Cormac doutait que beaucoup soient aussi bruns que ce bébé – mais l'homme en question pouvait très bien être un apprenti hâbleur ayant emprunté de beaux habits.

Cormac comprit qu'il ne retrouverait sans doute pas le père en se contentant d'enquêter simplement sur lui. Il aurait sans doute plus de succès en rassemblant tout ce qu'il savait sur l'enfant pour estimer précisément quand il avait été conçu, et en obtenant une description plus détaillée de sa mère. Tout cela, associé à la couleur bien reconnaissable de ses cheveux et de ses yeux, devrait suffire. Cormac n'aurait alors qu'à raconter l'histoire du malheureux bambin à tous les hommes particulièrement bruns qu'il croiserait ; si son père était encore en vie, il finirait peut-être par le trouver. Et si, par malheur, il ne l'était plus, songea-t-il en regardant Elspeth cajoler l'enfant, ce dernier avait trouvé en la jeune fille un bien doux refuge.

— La femme que tu as interrogée t'a-t-elle dit comment s'appelle ce petit ? demanda-t-il.

— Non, mais sa mère lui a forcément donné un nom, pour le baptiser… à condition qu'il l'ait été.

Les villageois étaient peut-être déjà à l'époque trop remontés contre la pauvre femme.

— Nous n'aurons pas trop de mal à le découvrir. (Cormac acheva sa bière d'un trait et se leva.) Et pourquoi pas maintenant ? La journée n'est pas encore finie.

— Nous ferions mieux de ne pas rappeler à ces gens que l'enfant est encore en vie, et qu'il est avec nous.

— Mon ange, tu penses vraiment que l'idiote que tu as menacée se terre en ce moment sous son lit en tremblant de peur ? Elle tremble peut-être, mais crois-moi, elle ne se cache pas.

— Et qui t'a dit que je l'ai menacée ?

— Son visage. Elle avait la même expression que cette veuve que nous avons croisée sur notre chemin. (Cormac sourit quand Elspeth, écarlate, baissa la tête.) Alors que toi, tu avais l'air si innocente…

Elle lui lança un regard noir, et il éclata de rire.

— Tu devrais te reposer pendant que je vais poser quelques questions à ces villageois. (Il l'embrassa sur le front.) Tu me sembles un peu pâle.

Elspeth s'allongea sur le lit et installa le bébé à côté d'elle ; Bouillasse vint aussitôt se rouler en boule tout contre lui.

— Tu as sans doute raison. J'étais dans une colère folle, et chaque mot de cette horrible femme ne faisait qu'empirer les choses. J'aurais voulu lui arracher la langue pour qu'elle cesse de dire de telles horreurs sur ce pauvre enfant.

— Mon amour, toujours prête à défendre les faibles… Tout de même, tu ne trouves pas étonnant que ce soit Bouillasse qui ait retrouvé ce petit, et qu'il ait l'air de l'apprécier autant ?

— Nous avons déjà eu plusieurs fois la preuve que ce n'est pas un chat comme les autres.

— C'est vrai. (Cormac chassa une mèche qui retombait sur le visage de la jeune fille et l'embrassa de nouveau.) Repose-toi. Tu vas en avoir besoin, car j'ai bien l'intention de profiter amplement de ce lit à mon retour.

— Voilà qui rendra mes rêves plus doux. Que veux-tu découvrir, et pourquoi ?

— Nous devons connaître le nom de cet enfant, et savoir s'il a été baptisé. Je veux aussi apprendre comment s'appelait sa mère, et avoir un portrait d'elle plus détaillé. La date de naissance du bébé nous permettrait d'estimer quand il a été conçu, autrement dit, à quel moment son père est passé dans la région.

— Tu veux donc te mettre en quête de cet homme.

— C'est un bien grand mot. Après tout, cet enfant n'est plus seul au monde, désormais.

Elspeth hocha la tête en caressant les cheveux du bébé.

— Mais nous devons quand même ouvrir l'œil, poursuivit Cormac. Il a assez souffert – heureusement qu'il est trop petit pour s'en rendre compte – et il a un père, qui pourrait très bien être un homme honnête, avec une très bonne raison de n'être jamais revenu ici. Je veux seulement connaître la vérité. Si jamais nous trouvons quelqu'un qui pourrait être son géniteur, il sera alors temps de décider si nous devons lui raconter toute cette histoire.

— Je comprends. Et si, une fois cet enfant devenu grand, personne n'a retrouvé cet homme, et que son fils veut se lancer lui-même à sa recherche, alors nous aurons de quoi le mettre sur sa piste. Mon oncle Eric a été abandonné sur une colline quand il était tout bébé : il lui a fallu attendre ses treize ans pour apprendre ce qui lui était arrivé, et ce n'est qu'à l'âge adulte qu'il retrouva le clan de sa mère. (Elspeth sourit devant l'expression stupéfaite de Cormac.) Oui, Eric n'est pas de notre sang, mais il a été élevé comme un Murray jusqu'à ce qu'il découvre la vérité, et a ensuite choisi de le rester. Cet enfant le sera lui aussi, jusqu'à la fin de ses jours s'il le désire. Va, je vais me reposer, car je compte bien moi aussi profiter de ce lit avec toi.

Cormac rit et l'embrassa une dernière fois avant de sortir. Elspeth ferma les yeux en soupirant. Il avait dit « nous » plusieurs fois en parlant de chercher le père de l'enfant ; en avait-il conscience ? Pas question de laisser une simple étourderie lui donner de faux espoirs, mais cela signifiait peut-être qu'une part de Cormac les voyait déjà comme un couple, et ce malgré Isabel. Si c'était le cas, Elspeth espérait de tout son cœur qu'elle se hâterait de contaminer tout son être, car sa rivale n'était plus très loin.

Elle caressa distraitement le dos de l'enfant en attendant le sommeil. Elle souhaitait tant qu'il ait un père, quelque part, prêt à l'accueillir, l'aimer, et veiller à ce qu'il ne manque de rien – mais elle ne se faisait guère d'illusions : les bâtards n'avaient pratiquement jamais cette chance. Dieu merci, Cormac avait déclaré ne pas vouloir se lancer désespérément à la recherche de cet homme ; en se pressant trop, ils risquaient surtout de prendre de mauvaises décisions. Si d'aventure, au cours des années à venir, ils le retrouvaient, Elspeth voulait s'assurer de sa valeur avant de lui confier le garçon.

Alors qu'elle s'endormait lentement, la jeune fille eut soudain l'impression qu'on l'observait – une sensation si violente qu'elle la tira instantanément de sa torpeur, le cœur battant à tout rompre. Elle ouvrit lentement les yeux et, pour la première fois de sa vie, faillit bien perdre connaissance. Debout au pied de son lit, sir Colin MacRae lui souriait froidement.

Chapitre 10

Cormac comprenait encore mieux la colère d'Elspeth à présent qu'il avait parlé à quelques villageois. Entendre de telles méchancetés au sujet d'un enfant d'à peine quelques mois lui donnait la nausée. Anne Seaton, la mère du bébé, n'avait de toute évidence rien fait pour gagner l'amour et l'affection de ses voisins. Belle, frivole, elle avait sans doute entraîné trop de maris dans son lit. Sans doute que deux ou trois imbéciles l'avaient crue sorcière, et avaient considéré qu'une femme aussi blonde donnant le jour à un enfant aux cheveux noirs était une preuve de l'existence du Malin, mais pour Cormac, la grande majorité des villageois avaient surtout trouvé là un moyen bien commode de se débarrasser d'une femme qu'ils n'aimaient pas. Au début, tout du moins.

Une fois la malheureuse attachée au bûcher, un grand nombre d'entre eux avaient sans doute commencé à croire à ces balivernes, et dans leur frénésie, avaient décidé de débarrasser également le village de l'enfant. Ils n'allaient certainement pas prétendre le contraire, pas après avoir tué la pauvre

Anne. Brûler un disciple de Satan était justifiable, tuer une femme parce que vous ne l'aimiez pas et qu'elle était incapable de se taire ou de ne pas écarter les cuisses, nettement moins. La mort d'Anne était toujours parfaitement révoltante, mais elle avait désormais une explication.

Mais comment défendre la mise à mort d'un bébé ? Un enfant aussi petit était incapable du moindre mal ; certains idiots étaient allés jusqu'à affirmer que son doux tempérament était une preuve de ses origines diaboliques. Le jeune prêtre du village, s'il avait participé avec ses concitoyens à l'exécution d'Anne – selon Cormac, essentiellement parce qu'il désirait en secret la jeune femme – n'avait jamais approuvé le sort réservé au nourrisson. Hélas, c'était un lâche qui n'avait pas eu le cran de s'opposer aux autres villageois.

Apparemment, la seule personne qui avait vu le père supposé de l'enfant – et le décrivait comme un lord imposant, aussi brun que le bébé, et à l'allure particulièrement sévère – était un malheureux que l'intimidant personnage avait surpris en pleins ébats avec Anne. L'homme n'en aurait sans doute pas dévoilé autant sans l'aide de l'alcool. Il se révéla également tenaillé par les remords : il ne se trouvait pas au village quand Anne avait été accusée et assassinée, tandis que sa propre femme avait été l'une des premières à hurler pour qu'on la brûle. La vie de cet homme devait être un véritable enfer.

À peine rentré dans l'auberge, Cormac s'arrêta net. Il entendait du tumulte à l'étage, et un groupe de badauds s'était rassemblé au rez-de-chaussée. Armstrong, qui n'avait pas oublié ce que les villageois pensaient du bébé recueilli par Elspeth, redouta aussitôt que ce vacarme vienne de leur chambre. Il écarta vigoureusement les curieux et grimpa les escaliers quatre à quatre.

— Que se passe-t-il ici ? demanda-t-il à l'aubergiste, à son épouse et aux deux femmes de chambre rassemblés devant sa porte ouverte.

— Dorcas a voulu nourrir le petit, mais cette satanée bête ne l'a même pas laissée le toucher, répondit l'homme.

Cormac contempla la jeune fille replète qui pleurait doucement en lui montrant son bras plein de griffures.

— Le nourrir ? Mais pourquoi ?

— Il pleurait, et votre femme ne le calmait pas. On dirait qu'elle vous a quitté.

Cormac sentit un frisson lui remonter l'échine et s'engouffra dans la chambre. Bouillasse était tapi sur le lit, le poil hérissé et les oreilles plaquées contre le crâne, à côté du bébé qui pleurnichait. *Aucun signe d'Elspeth.*

Et si l'aubergiste avait raison, et qu'elle était vraiment partie ? Cormac secoua la tête pour chasser cette pensée aussi absurde qu'insultante. La jeune femme n'aurait jamais abandonné l'enfant et le chat. Ses affaires étaient encore là, le lit était en désordre, et un tabouret avait été renversé. Il se dirigea vers la fenêtre grande ouverte, regarda en bas, dans la rue, mais ne remarqua rien de notable et la referma. Pendant qu'il était dehors à mener l'enquête, sir Colin avait enlevé la jeune fille.

— L'un d'entre vous a-t-il vu qui a ravi ma femme ? Non, bien sûr, vous étiez trop occupés à protéger vos misérables âmes de ce bébé pour remarquer qu'on emmenait de force l'une de vos clientes !

Il s'approcha prudemment de Bouillasse, qui semblait toujours prêt à attaquer.

— Nous n'avons vu personne, répondit sèchement l'aubergiste, et son épouse replète opina vigoureusement du chef. Elle vous a abandonné, voilà tout.

— Non, elle a été enlevée. (À force de caresses, il parvint à calmer l'animal.) Elle n'aurait jamais laissé ni cet enfant ni son chat – et quand bien même je me tromperais entièrement sur son compte, ses effets sont encore là. Regardez, on s'est battus ici ! Dorcas, tu t'apprêtais à t'occuper de ce petit ?

— Oui, monsieur, mais le chat n'a pas voulu me laisser faire.

— Il a eu peur de ce qui s'est passé ici, c'est tout. Approche.

— Cette bête ne m'aime pas, monsieur.

— Maintenant, si. Elle s'est calmée, et je vais te présenter, pour qu'elle sache que tu es une amie.

Il fallut un certain temps pour convaincre Dorcas de caresser la tête du chat. Cormac brûlait de partir en quête d'Elspeth, mais il devait tout d'abord trouver quelqu'un pour s'occuper du bébé. À force d'efforts, la femme de chambre finit par bien vouloir toucher ce dernier, et à son grand soulagement, Bouillasse se contenta de la regarder. L'enfant se calma bientôt et Cormac se leva pour laisser un peu de place à la jeune fille.

— Tu n'as pas peur de cet horrible démon ? demanda Cormac tandis que Dorcas changeait avec habileté les langes du petit.

— Ce n'est qu'un bébé, répondit-elle doucement en lançant un regard nerveux en direction de l'aubergiste et des deux femmes, toujours postés devant la porte. Ce qu'ils ont fait était terrible, mais j'ai été trop lâche pour protester.

— Une fille toute seule comme toi n'aurait pas pu faire grand-chose contre une foule assoiffée de sang. Quand a-t-il commencé à pleurer ?

— Il y a une heure, peut-être moins.

— C'est donc à ce moment-là qu'Elspeth a été enlevée. Je veux que tu restes avec lui.

— Ne vous avisez pas de déguerpir en laissant ce fils du démon ici ! s'écria l'aubergiste.

Sa phrase se perdit en un glapissement quand Cormac l'attrapa par le col pour le soulever de terre.

— J'en ai plus qu'assez de vos bêtises. Ce n'est qu'un enfant.

Il lâcha l'homme, qui retomba sur son épouse et manqua de la projeter au sol.

— Dorcas va rester ici pour s'occuper du bébé. S'il venait à arriver quoi que ce soit à ce petit, soyez sûr que je vous étriperais tous.

— Et si vous ne revenez pas ? demanda l'aubergiste avec toutefois un peu plus de respect. Pas question de le recueillir.

— Pourquoi voudrais-je laisser cet enfant grandir dans une telle maison de fous ?

Cormac fit tomber quelques pièces sur la table de nuit, heureux d'avoir suffisamment ravalé sa fierté pour emprunter une petite somme à Owen avant qu'ils se séparent.

— Si ni moi ni ma femme ne revenons, remettez le chat et l'enfant à sir Balfour Murray et lady Maldie de Donncoill. Dites-leur qu'Elspeth désirait que le petit soit adopté par son clan. (Il poussa l'aubergiste, son épouse et leur seconde employée dans le couloir, et ferma la porte derrière lui.) Allons, je suis certain que vous avez à faire. Je vous conseille seulement de veiller à ce que Dorcas ait tout ce dont elle a besoin.

Cormac sortit de l'auberge et inspecta le sol sous la fenêtre de leur chambre. Elspeth avait, sans aucun doute possible, été emmenée par là : il n'y avait pas de traces de lutte, mais les empreintes qui s'éloignaient du bâtiment étaient plus profondes que celles qui y menaient. Celui qui les avait laissées était reparti alourdi par un fardeau, à savoir la jeune fille. Cormac s'empressa d'aller chercher son cheval en priant pour que sir Colin ait laissé derrière lui une piste aussi claire, et que la lumière du jour, quoique faiblissante, lui permette de suivre le scélérat jusqu'à son campement.

— Je n'arrive pas à croire que vous avez menacé un bébé… et un chat ! cracha Elspeth tandis que Colin la faisait descendre sans ménagement de son cheval et la poussait à l'intérieur d'une petite maison.

À vrai dire, la jeune fille avait surtout du mal à concevoir comment, après cette fuite, ces combats, ces morts, Colin n'avait eu qu'à passer par sa fenêtre pour l'enlever. Elle était restée sans bouger, trop abasourdie pour faire quoi que ce soit face à cet homme qui brandissait un poignard en direction de Bouillasse et de l'enfant. Colin avait tiré parti de ce moment de stupeur pour l'assommer d'un coup de poing. Elle lui avait rendu la tâche bien facile, rumina-t-elle en se massant la mâchoire.

— En tout cas ça a marché, puisque tu es là, dit froidement Colin en allumant un feu dans la petite cheminée.

— Cormac va venir me chercher, rétorqua Elspeth avec une assurance toute feinte.

— J'espère bien. Je brûle de le tuer.

— Mais pourquoi faites-vous ça ?

— Tu m'appartiens. Aucune femme ne s'est jamais refusée à moi. Tu croyais vraiment que j'allais partir en rasant les murs comme un chien qu'on vient de battre, sans venger l'offense qui m'a été faite ?

— Quelle offense ? Vous m'avez demandé de vous épouser, et j'ai refusé, voilà tout – avec beaucoup de douceur et de courtoisie, si je me rappelle bien.

— Et qui es-tu pour me dire non ? À presque vingt ans, tu n'es toujours pas mariée, tu appartiens à un clan insignifiant, tu n'as qu'une dot misérable, et ta mère n'est qu'une catin. Je te fais honneur en t'offrant d'être ma femme.

— Parlez encore une fois de ma mère de cette façon et je vous saigne comme le porc que vous êtes.

Elspeth ne s'étonna pas quand cette réplique lui valut une gifle qui la fit tomber sur le derrière. Elle avait toujours ressenti une grande cruauté chez cet homme. Il aurait certes été plus sage de tenir sa langue, mais elle doutait fort d'y parvenir. Avec toutes les horreurs que Colin venait de proférer sur sa famille, c'était à se demander pourquoi il avait voulu au départ la prendre pour épouse.

Cormac avait forcément découvert sa disparition à présent. Elspeth espérait seulement qu'il avait compris qu'elle avait été enlevée, et par qui. Se lancerait-il à sa recherche ? Allons, bien sûr que oui : il avait juré de tout faire pour la protéger, et elle ne savait que trop bien à quel point tenir parole était crucial pour lui. Restait à prier pour que sa promesse ne lui coûte pas la vie.

— Je suppose que le jeune Cormac a bien profité de toi, dit Colin d'une voix presque aimable. Il passe peut-être son temps à courir après cette catin d'Isabel, mais tu es trop jolie pour qu'on te résiste. Alors, t'a-t-il déflorée ?

Elspeth pressentit que la vérité le rendrait fou de rage. Il lui rappelait un fauve prêt à bondir.

Elle se releva et épousseta sa robe.

— Un gentilhomme ne pose pas de telles questions à une dame.

— Petite rusée… tu sais toujours ce que pensent et ressentent les autres. C'est une des raisons pour lesquelles je te veux. Un tel don serait très précieux pour un homme qui, comme moi, a soif de pouvoir.

— Ce n'est pas un don. Je suis seulement capable de reconnaître les émotions les plus intenses, comme le pourraient bien des gens s'ils s'en donnaient la peine.

— Peu importe de quoi il s'agit : tu sais qu'en ce moment, je suis en colère. Très, très en colère.

— Pas besoin d'un talent particulier pour ça : vous empestez la rage.

Elspeth étouffa un juron quand Colin sourit, son pressentiment confirmé. En un sens, il avait raison. Elle percevait bien des choses, et on ne pouvait que rarement lui mentir. La jeune fille n'aurait su expliquer pourquoi elle était si réceptive aux sentiments d'autrui, aussi enfouis soient-ils, mais elle avait depuis longtemps accepté cette étrange faculté. Pas question, en revanche, de laisser sir Colin en tirer parti pour ses sombres desseins.

— Et pourquoi, d'après toi ? Parce que ma fiancée s'est joyeusement ébattue en pleine campagne avec sir Cormac Armstrong ? Un Armstrong, mon amour ? Et un de ceux-là, en plus ? Des voleurs et des bandits, tous autant qu'ils sont, et ce Cormac est sûrement le plus misérable de la bande. Il est tellement envoûté par Isabel que je me demande s'il arrive à bander pour une autre femme.

— Je ne vois pas comment je pourrais le savoir.

Sir Colin ne croyait pas une seconde à son personnage d'ingénue, mais il était trop tard pour rebrousser chemin.

— Bien sûr que non, mais avoue que tu as essayé de l'attirer dans ton lit. Après tout, sir Cormac n'est-il pas le preux chevalier qui hante tes rêves de jeune vierge ? Le beau garçon auquel tu songes aux petites heures de la nuit pour mouiller tes cuisses ?

— Quelle grossièreté ! Je suis outrée par votre manque de bonnes manières.

Elspeth était surtout horrifiée que Colin connaisse son secret. Elle n'avait parlé à pratiquement personne de ses rêves. Il y avait manifestement une fuite à Donncoill, grâce à laquelle Colin devait sûrement recueillir toutes sortes d'informations. Une servante qu'il avait séduite, supposa-t-elle. Elspeth pouvait compatir, mais elle ne manquerait pas d'annoncer dès que possible à sa famille qu'un des pensionnaires de Donncoill était bien trop loquace, sinon franchement déloyal. Ces rêves comptaient parmi ses secrets les plus intimes, ce qui ne pouvait signifier qu'une chose : ce judas faisait partie de ses proches, ce qui la rendait aussi triste que furieuse.

— Nous ferions un beau couple tous les deux, murmura Colin. Tu es maligne, et je n'aurai que deux ou trois choses à t'apprendre.

Elspeth essaya de rester hors de portée sans pour autant avoir l'air de le fuir.

— Oui, mentir, tuer, voler, et comment sourire innocemment en enfonçant un poignard entre les côtes d'autrui.

— Exactement. Je suis sûr que tu seras très douée.

Désarçonnée par la réponse inattendue de Colin, Elspeth trébucha sur un tabouret. L'homme se jeta aussitôt sur elle. Il était bien plus intelligent qu'elle ne l'avait pensé : il avait compris qu'elle tentait d'employer contre lui sa tendance naturelle à se mettre en rage, et avait décidé de la prendre à contre-pied.

Elspeth heurta le sol avec une violence qui lui coupa le souffle mais fit tout pour que Colin ne l'immobilise pas complètement, harcelée par une terrible pensée : elle ne pouvait pas le battre, seulement le retarder.

— Lâchez-moi, imbécile ! gronda-t-elle, bien décidée à ne pas lui laisser entrevoir à quel point elle était terrifiée.

— Je veux ce que tu as donné à Armstrong.

Elle parvint à libérer une de ses mains et frappa Colin sur le côté de la tête ; il répliqua par une violente gifle.

— Cette fois, tu ne t'échapperas pas, alors pourquoi ne pas essayer d'en profiter ?

— Profiter d'un viol ? Pauvre fou. Continuez et vous vous retrouverez avec une horde aux trousses prête à tout pour avoir votre tête – et faites-moi confiance, c'est moi qui mènerai le cortège. Il n'y aura pas en Écosse un trou assez profond pour vous cacher.

Tout en maudissant Colin, Elspeth se débattit férocement. Hélas, chacune de ses tentatives n'était que partiellement couronnée de succès. Elle parvint à glisser une jambe entre celles de son agresseur et remonta brusquement le genou, mais l'homme bougea au dernier moment et elle ne toucha que sa cuisse. Elle tenta de lui enfoncer les doigts dans les yeux, mais il tourna la tête, lui offrant sa joue à la place. La jeune fille comprit bien vite que le viol n'avait aucun secret pour Colin. Il connaissait chacune de ses ruses, et savait comment les esquiver.

Elspeth tâcha de se concentrer uniquement sur ses coups pour oublier que Colin déchirait l'un après l'autre ses vêtements.

— Cormac va vous découper en morceaux et vous donner en pâture aux corbeaux !

— Il ne s'approchera pas à moins de trente pieds de cet endroit. Quatre gaillards l'attendent dehors, impatients de le tuer.

L'homme réussit à ouvrir le corsage d'Elspeth, ne laissant plus que sa fine chemise pour protéger ses seins.

— Ah, quelles merveilles. Tu vas être une superbe monture.

Il approcha ses lèvres de sa poitrine, et pendant un bref instant, leurs fronts furent très proches l'un de l'autre. Elspeth ne laissa pas passer sa chance et lui donna un violent coup de tête. Colin hurla et relâcha suffisamment son étreinte pour qu'elle le repousse. Assommée par ce choc qui lui avait sans doute fait autant mal qu'à lui, elle s'écarta à quatre pattes, incapable de se relever, et sentit son tourmenteur la tirer par l'ourlet de sa robe.

Elspeth se retourna sur le dos et lui décocha un coup de pied en plein visage. Elle réussit cette fois à se mettre debout, mais elle ne fit que quelques pas avant que l'homme la fasse de nouveau tomber. Affaiblie, sonnée, elle ne put cette fois l'empêcher de la plaquer fermement au sol. Elle aurait voulu faire disparaître son sourire triomphant à coups de poing.

Elle avait encore une petite chance de s'échapper, songea-t-elle pour ne pas se laisser emporter par les vagues de désespoir qui menaçaient de submerger son cœur. Son agresseur devrait changer de position pour la pénétrer ; peut-être même relâcherait-il un peu ses poignets… Hélas, dès son premier mouvement, Colin la gifla violemment. Il tira sur ses jupons, et la frappa derechef dès qu'elle essaya de bouger. Le temps qu'elle recouvre ses esprits, la jeune femme ne portait plus que sa chemise et ses bas. Colin avait l'intention de l'étourdir jusqu'à ce qu'il soit trop tard pour se défendre.

Elspeth commença à prier. D'abord pour avoir une nouvelle occasion de s'enfuir. Ensuite, si elle n'y parvenait pas, pour qu'il ne lui fasse pas trop mal, et ne la laisse pas si meurtrie qu'à l'avenir, les caresses d'un homme la fassent tressaillir. Et enfin, pour qu'il ait menti au sujet des quatre assassins postés à l'extérieur.

Cormac observa la petite maison, tapie dans les buissons. Captivé par les empreintes de Colin, il avait failli se diriger droit sur la porte, mais un éternuement sonore l'avait arrêté net. Il avait alors pris le temps d'attacher son cheval et de ramper vers sa nouvelle cachette.

L'homme brûlait de se précipiter dans la bâtisse pour sauver Elspeth, mais il se força à patienter. Colin n'était pas allé très loin avec sa proie – à deux pas du village – alors qu'il aurait très bien pu chevaucher quelques heures de plus. Cormac ne voyait qu'une raison à cela : Colin avait l'intention de prendre Elspeth sans attendre davantage. Imaginer les mains de ce monstre sur la peau de la jeune fille menaçait à chaque seconde de lui faire perdre son sang-froid. Il voulait agir, pas rester dans l'ombre à regarder les quatre hommes armés qui se dressaient entre Elspeth et lui. Un assaut désespéré ne parviendrait qu'à le faire massacrer, et laisserait Elspeth à la merci de Colin.

L'un des gardes s'enfonça dans les bois, sur sa gauche, et Cormac le suivit à pas de loup. L'homme était occupé à se soulager contre un arbre. Cormac s'approcha par-derrière, plaqua une main sur sa bouche et de l'autre, le poignarda. Il accompagna doucement le cadavre jusqu'au sol, sans ressentir la moindre satisfaction. Cormac n'aimait pas tuer, mais il avait appris longtemps auparavant que c'était parfois nécessaire. La certitude que cet être n'aurait pas hésité à en faire autant avec lui apaisa quelque peu sa culpabilité. Ces mercenaires avaient été engagés pour monter la garde pendant qu'on violait une femme. Contre quelques pièces, ils étaient devenus complices d'un crime.

Cormac regagna sa cachette et attendit une nouvelle occasion. Trois contre un, c'était encore trop, mais il suffirait que l'un des gardes soit assez sot pour aller voir ce qui était arrivé à leur compagnon… Il avait déjà vaincu deux adversaires à la fois auparavant, une épée dans une main et une dague dans l'autre.

L'attente devint insupportable. Cormac s'efforçait de trouver un moyen de se débarrasser tout de même des trois gardes et d'entrer indemne dans la maison quand l'un des hommes, après avoir rapidement discuté avec les deux autres, se dirigea à son tour vers la forêt. Cormac frappa alors le malheureux qui se penchait sur la dépouille du premier mercenaire, et laissa le corps de sa victime retomber à côté de son congénère.

Le guerrier retourna ensuite vers la maison en se laissant guider par les ombres du crépuscule, poignard et épée brandis. Aussi sombres qu'avaient été les années passées à fuir les Douglas, il fallait bien l'admettre, elles lui avaient beaucoup appris. Il détestait donner la mort, mais il était heureux de savoir le faire aussi vite que discrètement.

Les deux derniers gardes discutaient de toute évidence de ce qui avait bien pu arriver à leurs comparses. Ils lui rendraient la tâche plus facile. Cormac aurait volontiers souri, s'il n'avait pas été obligé de les tuer.

Il s'élança vers le cottage d'un pas vif. Quand les gardes l'aperçurent, il lança son poignard, qui se planta dans la gorge du premier homme. Le second se prépara au combat, épée à la main. Leurs lames s'entrechoquèrent, et Cormac comprit que le mercenaire ne mourrait pas en silence. Restait à espérer que Colin, maintenant alerté par le vacarme, n'aurait pas le temps de fuir ni de se préparer à l'accueillir.

— Excellent ! Tu es réveillée.

Elspeth cligna plusieurs fois des yeux. Colin l'avait manifestement frappée une fois de trop. Étourdie par la douleur, elle n'aurait su dire à quel moment elle avait perdu connaissance.

La jeune fille recouvra vite ses esprits en constatant qu'elle n'était plus par terre – et qu'elle ne pouvait plus bouger. Elle leva la tête, et eut soudain l'impression que son sang s'était changé en glace. Ses poignets et ses chevilles étaient attachés aux montants d'un grand lit – et pour ne rien arranger, elle était complètement nue. Elle serra les dents quand Colin caressa du doigt un de ses seins.

Être prise de force sans pouvoir se débattre était pire que tout. Elle n'aurait même pas le réconfort de savoir qu'elle avait tout fait pour lutter contre son destin, et qu'elle avait blessé son bourreau. Elle se retrouvait démunie, offerte en sacrifice comme dans les temps anciens. Colin n'aurait même pas besoin de la frapper, elle serait donc parfaitement consciente pendant sa propre profanation. Elspeth n'avait jamais eu aussi peur de sa vie, mais elle fit tout pour le cacher. *Pas question d'offrir une telle satisfaction à Colin.*

— On dirait bien, même si j'ai l'impression d'être en plein cauchemar, rétorqua-t-elle, soulagée d'entendre sa voix aussi calme.

— Te voilà sans défense, dévêtue, et tu trouves encore la force de cracher ton venin, répondit sir Colin, une lueur amusée dans le regard. Je suis sûr que tu me donneras de beaux fils, des hommes dignes de régner sur l'Écosse.

— Si je ne m'abuse, il y a déjà un roi sur le trône, et une dynastie derrière lui.

— Je m'attellerai à sa destruction dès la naissance de notre premier garçon. Sais-tu dans quelle maison nous nous trouvons ?

Elspeth, désarçonnée par son changement de sujet pour le moins abrupt, ne comprit pas tout de suite sa question.

— Non. Je devrais ?

— C'est toi qui as recueilli le fils de la sorcière, n'est-ce pas ?

Colin s'assit au bord du lit et ôta ses bottes.

— Vous ne pouvez pas être le lord qui l'a séduite et lui a fait cet enfant, répondit Elspeth, qui savait exactement pourquoi l'homme se déshabillait, et sauta sur cette occasion de gagner du temps. Vous n'êtes pas assez brun.

— Non, ce n'est pas moi, ricana Colin. Elle a prétendu qu'on l'avait séduite ? Les villageois l'ont sûrement tuée pour avoir proféré un mensonge aussi énorme et, pire encore, parce qu'elle pensait qu'ils étaient assez idiots pour le croire. Non, cette femme était une fille de joie. La plupart des hommes de la région et un grand nombre de ceux qui passaient par ici en se rendant à la cour le savaient. (Colin balaya du regard le coquet intérieur et défit son épais pourpoint.) On dirait que son joli minois lui permettait de très bien s'en sortir.

— Mais il n'a pas convaincu ceux qui jouissaient de ses services d'empêcher qu'on la tue.

— Bien sûr que non. C'était une catin, et avec un mauvais caractère en plus. Elle n'avait peut-être rien d'une sorcière, mais elle méritait d'être pendue. Tu crois que ce petit démon aux cheveux noirs était le seul qu'elle ait porté ? Elle ne voulait pas d'enfants, mais le sort l'a rendue fertile. La plupart du temps, elle les chassait de ses entrailles dès qu'elle découvrait leur existence, mais quand il était trop tard, elle leur donnait le jour, puis s'en débarrassait. Elle a tué deux d'entre eux, peut-être plus. Ils sont enterrés dans le jardin de cette charmante petite maison, à côté d'un ou deux pauvres hommes qui ont eu le malheur de la contrarier – et non, le père de ton protégé n'y est pas. Vois-tu, ma petite cousine était une femme impitoyable.

— J'aurais dû le deviner, vous vous ressemblez tellement. Quelle charmante discussion nous avons, on jurerait de vieux amis. Vous devriez me détacher pour que j'aille nous chercher deux chopes de bière.

Colin laissa tomber son pourpoint en riant, dénoua sa chemise – et se redressa brusquement.

— Tu as entendu ?

Impossible d'ignorer le fracas caractéristique des lames qui s'entrechoquent. Comment savoir ce qui se passait à l'extérieur ? Les gardes étaient peut-être simplement en train de se quereller… mais Elspeth préférait penser que c'était Cormac, qui venait pour la sauver. La porte s'ouvrit sans ménagement, et la jeune fille regarda en riant son ravisseur ramasser précipitamment son épée.

— Ah, sir Colin, je crois bien que la mort approche.

Chapitre 11

Le spectacle que découvrit Cormac après avoir enfoncé la porte de la maison d'un coup de pied lui arracha un grondement. C'est Elspeth qui le retint de se laisser emporter par une rage qui aurait pu le faire tuer. Sa réplique enjouée manqua de le faire éclater de rire… et surtout, elle lui souriait. Attachée, nue, à un lit, couverte d'ecchymoses, elle lui souriait.

— J'ignore qui est le plus fou de nous deux, jeune fille, dit-il sans quitter Colin des yeux.

Il constata avec soulagement que le lord, manifestement furieux, était encore à peu près habillé.

— Toi, bien sûr. En ce qui me concerne, je n'ouvre pas les portes des gens d'un coup de botte, répondit-elle d'une voix guillerette, ravie de voir son aimé vivant et prêt à mettre un terme à la folie de Colin. Je suppose que tu n'as pas le temps de trancher mes liens avant de te battre ?

— Si jamais je passe près de toi en ferraillant avec ce dément, sois sûre que j'y veillerai.

— Je te remercie. Allons, tu peux le tuer maintenant.

— Je n'ai jamais vu une demoiselle aussi assoiffée de sang.

— Maintenant que vous avez bien fêté vos retrouvailles, tu vas peut-être me laisser te massacrer, Armstrong ? gronda Colin.

— Vous croyez vraiment pouvoir faire mieux que les manants que vous avez engagés ? demanda Cormac.

— Tu les as tous tués ? Il semblerait que ton amant lui aussi aime le sang, Elspeth.

— Je ne crois pas vous avoir autorisé à vous adresser à moi avec une telle familiarité, rétorqua la jeune fille.

— Tu parles beaucoup pour une femme attachée à un lit sans rien sur le dos. (Colin adressa un sourire affable à Cormac.) Tu as vu qu'elle était nue, n'est-ce pas ? Quelle belle peau, si douce… Certes, les coups la marquent un peu trop facilement, mais quel goût ! On dirait du miel.

Il était facile de deviner à quoi l'homme jouait. Cormac lutta contre la rage qu'éveillaient ces paroles. Se battre exigeait sérénité et logique. Les sentiments n'étaient pas proscrits, mais seulement parce qu'ils vous donnaient la force de continuer malgré la douleur, et de tuer quand il le fallait. Il était bon de faire montre d'un peu de prudence, d'instinct de conservation… mais beaucoup moins de se laisser guider par la colère. Elle vous rendait négligent, vous hurlait de blesser, de massacrer. Elle pouvait priver le plus aguerri des combattants de tout son savoir.

Cormac n'ignorait rien de tout cela, et se répétait mentalement tout ce qu'il avait appris sur l'art du combat… sans grand succès, hélas. Chaque parole venimeuse jaillie de la bouche de Colin attisait sa fureur. Songer que ce repoussant personnage pouvait se délecter de la beauté d'Elspeth lui donnait envie de le tailler en pièces. Dire qu'il l'avait touchée, peut-être même goûtée !

Elspeth savait ce qui se tramait dans l'esprit de Cormac. Sa colère l'emportait, et c'était exactement ce que voulait Colin. La jeune femme était flattée de le voir si furieux simplement parce qu'un autre homme l'avait touchée, mais elle avait assisté à suffisamment de leçons de combat pour connaître le risque qu'il y avait à se laisser emporter par ses émotions. Payton disait toujours qu'il fallait, pour se battre, avoir l'esprit clair et le cœur de marbre ; son cousin connaissait bien la valeur de cet adage, car il lui avait fallu longtemps pour le comprendre. Elspeth devait dissiper les effets du venin de Colin.

— Taisez-vous un peu, sir Colin, dit-elle avec mépris. Vous vous vantez de conquêtes imaginaires comme un jeune puceau qui vient de décharger sur les draps face à sa première amie.

L'expression abasourdie du lord fit sourire Cormac. Il était toujours en colère, mais l'invective acerbe de la jeune fille l'avait ramené à la raison. Comment pourrait-il l'aider s'il se faisait tuer ? Il avait enfin la chance de mettre fin à la menace qui pesait sur elle, et il ne la manquerait pas.

Sir Colin se fendit et Cormac dévia aisément son coup. Le jeune homme se retrouva tellement investi dans son combat qu'il en oublia les insultes proférées contre Elspeth. Il trouva le temps de couper d'un revers de son épée la corde qui retenait l'un des poignets de la jeune fille puis, espérant qu'elle pourrait à présent se libérer, repoussa Colin aussi loin qu'il le put du lit.

Elspeth ignora son corps endolori et se démena pour dégager son autre bras. Elle s'obligea à ne pas regarder les deux hommes se battre. Leurs grognements et le fracas de leurs épées accompagnaient d'une façon sinistre ses efforts pour se détacher. Ses bras et ses jambes lui faisaient mal, chacun de ses bleus palpitait, mais elle tint bon. Une fois libre, elle ramassa sa chemise par terre, l'enfila et s'assit sur le lit. Les deux combattants étaient de niveau égal ; que pouvait-elle faire pour aider Cormac ?

Elspeth se couvrit la bouche quand Colin taillada le bras droit de Cormac. L'estafilade, qui partait de l'épaule jusqu'au coude, n'était pas profonde, mais elle saignait abondamment. Elspeth savait parfaitement que la perte de sang pouvait considérablement affaiblir un homme. Même si cette blessure ne paralysait pas complètement Cormac, il n'aurait bientôt plus la force de tenir son épée.

Cormac fit alors sauter son arme dans sa main gauche et poursuivit le combat sans que ses talents de combattant en soient apparemment affectés, à la grande stupéfaction d'un Colin trempé de sueur. Rien n'était joué cependant : le sang de Cormac continuait à couler.

Elspeth avait mal aux yeux à force d'observer fixement Cormac pour ne pas manquer un seul de ses mouvements. Ce qu'elle redoutait se produisit : il se mit à chanceler légèrement et perdit un peu de la dextérité dont il avait fait montre jusque-là. Cela n'avait visiblement pas échappé à Colin, car il sourit et, avant qu'elle puisse faire quoi que ce soit pour aider Cormac, le frappa à la cuisse. Elspeth poussa un cri quand le jeune homme s'effondra. Colin s'approcha en toute hâte, pressé de lui assener le coup de grâce, mais Cormac s'écarta en roulant sur lui-même. Colin jura et se précipita de nouveau sur lui, persuadé que son adversaire, qui gisait sur le flanc, était déjà vaincu. Il se trompait. L'homme leva son épée pour en finir, et Cormac bougea alors si vite que même Elspeth sursauta : il se retourna et se redressa sur un genou en un seul mouvement pour plonger son épée dans la poitrine de Colin.

Elspeth eut l'impression que le temps s'était arrêté. Sir Colin restait immobile, prêt à frapper, les yeux rivés sur la lame enfoncée dans son corps. Il lâcha lentement son arme et tomba. Cormac eut à peine le temps de dégager son épée avant que l'homme l'entraîne dans sa chute.

— Cormac ! s'écria Elspeth en courant à ses côtés.

Il lui prit la main. Sonné, affaibli par le sang qu'il avait perdu, et sans cesse plus conscient de la douleur

aiguë qui irradiait de ses blessures, l'homm
pourtant qu'une pensée en tête.

— Je suis arrivé trop tard ? demanda-t-il.

— Non. Même si j'étais étalée sur ce lit co
un saumon vidé de ses entrailles, Colin
seulement caressée grossièrement. Ce fut déjà
assez dégoûtant, mais je devrais m'en remettre
était trop occupé à jacasser, et puis il m'a un peu tr
frappée. Les femmes inconscientes ne lui plaiser
apparemment pas.

— Dieu soit loué. Je crois que je vais me reposer,
maintenant.

— Tu peux aller jusqu'au lit sans perdre connaissance ?

— Peut-être, si tu m'aides.

Cormac grogna quand elle passa un bras sous ses épaules pour le relever.

— Et j'ai bien dit « me reposer ».

— Évidemment.

Elspeth, qui titubait légèrement sous le poids de Cormac, l'accompagna près du lit et manqua de tomber avec lui quand il s'y effondra.

— Voilà, dors pendant que je me charge de ces blessures.

Ce ne fut que quand il ouvrit les yeux et découvrit Elspeth affairée à panser sa cuisse nettoyée et recousue que Cormac comprit qu'il s'était évanoui. Il était nu, propre, et portait un autre bandage au bras. De toute évidence, il était resté inconscient beaucoup plus longtemps qu'il ne l'avait pensé de

prime abord. Dans un coin de la pièce, la dépouille de Colin avait été enroulée dans une couverture.

— J'ai donc gagné, murmura-t-il. Bonne nouvelle.

Elspeth le borda en secouant la tête.

— Cormac, je commence à en avoir assez de devoir sans cesse tout faire pour que ton sang reste à l'intérieur de ton corps. J'ai l'impression que tu veux à tout prix savoir quelle quantité tu peux en perdre.

Il sourit faiblement et caressa la joue violacée de la jeune fille.

— Tu t'es bien défendue, mon ange.

— Oui, soupira-t-elle en s'asseyant sur le lit. Je savais que je ne pouvais pas l'emporter, mais je me suis tout de même battue. C'est pour ça qu'il m'a frappée, encore et encore, jusqu'à me faire perdre connaissance. Quand je me suis réveillée, j'ai compris qu'il avait profité de mon inconscience pour me déshabiller et m'entraver. Je me suis sentie tellement impuissante ! J'ai compris que même si je m'étais résignée à être violée, je restais calme parce que je me défendais. Je ne saurais expliquer pourquoi, mais en me prenant ainsi, sans défense, Colin m'aurait complètement anéantie. Je n'aurais jamais pu me dire qu'au moins, me déshonorer n'avait pas été facile pour lui.

— Sans doute qu'en te battant jusqu'au bout, tu n'aurais pas eu le sentiment de perdre toute ta fierté. Elspeth, peu importe ce qu'il t'aurait fait subir, il n'y serait pas arrivé. Mais qu'avait-il en tête, à la fin ?

— Il ne supportait pas que je me refuse à lui. Il avait l'impression de me faire le plus grand des honneurs en me demandant d'être sa femme, et je lui ai craché à la figure. Il m'a démontré à quel point j'étais un piètre choix d'épouse ; selon lui, j'aurais dû me montrer reconnaissante qu'il s'intéresse à moi. Mon refus était pour lui une insulte inacceptable. Oh, et il pensait aussi que j'avais un don.

— Un don ?

— Apparemment, je peux percevoir ce que les gens ressentent ; c'est pour ça que je sais presque toujours quand on me ment. C'est assez difficile à expliquer. Par exemple, je comprenais que je rendais sir Colin fou de rage malgré son sourire et sa voix mielleuse.

— Je vois de quoi tu parles. Tu ressens mieux les choses que le commun des mortels. Où est le problème ? Tu sais voir derrière nos masques, c'est un beau talent.

— Je tiens ce trait de ma mère, même si elle affirme qu'il est bien plus développé chez moi. Il a déjà permis à ma famille d'éviter quelques pièges, et il se révèle très utile pour mes œuvres de guérisseuse : même si la douleur n'est pas une émotion, je peux parfois sentir où elle se trouve. Hélas, je sais aussi quand un animal ou une personne va mourir. Il y a quelque chose dans leur regard, leur odeur, leur peau quand on la touche qui me dit qu'ils vont bientôt quitter ce monde, même s'ils se battent de toutes leurs forces. Je ne parle pas à beaucoup de gens de cette facette de mon don. Sir Colin savait de quoi je suis capable, et voulait en tirer parti pour gagner pouvoir et fortune.

— Je vois très bien comment il aurait pu s'en servir.

Cormac tenta de s'asseoir, mais Elspeth l'immobilisa avec une facilité qui le dépita grandement.

— Il faut retourner au village, dit-il. J'ai laissé toutes nos affaires là-bas, et surtout le bébé et le chat. Oh, et ton cheval.

— Nous en sommes loin ? demanda Elspeth en préparant un très léger somnifère.

— Un mile, peut-être moins. J'ai été très étonné que Colin ait choisi un refuge si proche.

— Je vais aller chercher tout cela.

— Non, nous ne pouvons pas rester ici, à moins que... sir Colin a-t-il assassiné le malheureux qui vivait ici ?

— Non, les villageois s'en sont chargés : c'est la maison de la sorcière.

— Elle s'appelait Anne Seaton. Je suppose donc que cet endroit appartient maintenant au petit.

— Oui, et nous allons en profiter jusqu'à ce que tu sois en état de voyager.

Elspeth aida Cormac à se redresser pour qu'il boive sa potion.

— Sir MacRae s'était installé ici pour commettre ses crimes plus à l'aise. Il semblerait que cette chère Anne était une cousine à lui.

— Bon sang ne saurait mentir. Ce n'était pas une bonne âme, tu sais, même si elle n'a pas mérité de mourir ainsi.

— Peut-être que si, après tout. Sir Colin m'a dit que des gens étaient enterrés ici. Cet enfant devait vivre. Sa mère avait coutume de chasser de ses entrailles les bébés qu'elle avait portés avant lui, et quand il était trop tard pour ça, elle tuait ceux qui naissaient avant qu'on les voie. Il a affirmé que deux ou trois hommes sont aussi ensevelis ici. J'ignore pourquoi, mais elle ne voulait pas que notre petit subisse le même sort. Bois.

— Quel est cet horrible breuvage ?

— De quoi soulager ta douleur.

Cormac obéit en grimaçant.

— Anne avait gardé ce garçon pour faire chanter son père, dit-il. Elle ne l'a pas fait baptiser parce que, comme elle l'avait déclaré au prêtre, les enfants ne survivent pas toujours, et elle voulait que son géniteur sache que son fils avait péri sans nom, et sans avoir été béni par Notre-Seigneur.

Elspeth, qui l'aidait à s'installer confortablement sur le lit, frissonna.

— C'était donc bien le contraire d'une bonne âme.

— Tu comptes tout raconter aux villageois ?

— Je déteste les conforter dans leur opinion, mais oui, il le faut. S'il y a vraiment de pauvres hères enterrés ici, ils ont sans doute des familles qui se font du souci pour eux et brûlent de savoir ce qui leur est arrivé, même si c'est horrible.

Cormac sentit que la tête lui tournait.

— Cette potion ne fait pas qu'apaiser la douleur, j'imagine ?

— Non, elle va te faire dormir un petit moment.

Elspeth le regarda s'assoupir presque instantanément en souriant, puis s'empressa de se rhabiller.

La jeune fille décida tout d'abord de s'occuper des cadavres. Elle se servit de la couverture avec laquelle elle avait enveloppé la dépouille de Colin pour traîner le lord et les deux gardes gisant devant la maison dans les bois. Malgré ce qu'ils lui avaient fait, elle regrettait amèrement de ne pas avoir la force de les enterrer. Si l'histoire des corps dans le jardin d'Anne Seaton attirait les villageois ici, elle les prierait de s'en charger.

En cherchant le cheval de Cormac, elle trouva les deux derniers gardes. Ses ennuis avaient fait couler beaucoup de sang sur les mains de son bien-aimé. Elle tâcha de se consoler en se répétant qu'il n'avait fait que se défendre. Ces hommes étaient des mercenaires de la pire sorte, prêts à tout pour l'argent. Il ne fallait avoir aucun honneur pour s'allier à Colin. Dieu merci, il avait fait appel à des assassins au lieu d'entraîner son clan dans cette histoire.

Le trajet jusqu'au village lui demanda tout son courage. Il faisait presque nuit et chaque ombre lui semblait un péril. Lorsqu'elle fut arrivée, les mines ébahies de l'aubergiste et de sa femme lui arrachèrent un sourire ; sa robe en lambeaux et son visage tuméfié devaient lui donner une allure effroyable. Elle régla calmement sa note et monta dans la chambre.

— Oh, madame ! s'écria Dorcas. Que vous est-il arrivé, et où est votre mari ?

— C'est une longue et sinistre histoire. J'ai été enlevée, et sir Cormac m'a secourue. Il est légèrement blessé, je suis venue chercher le chat et l'enfant seule. (Bouillasse ronronna pour attirer son attention.) Bon chat… je suis sûre que tu as défendu le petit.

— C'est vrai. (Dorcas montra son bras couvert de griffures.) Même contre moi.

— Je suis désolée.

— Ah, il pensait bien faire, et puis votre mari l'a vite rassuré.

— Merci de t'être occupée de l'enfant.

— Ce n'est qu'un bébé. Brun comme le démon, c'est vrai, mais ça ne change rien : les autres n'avaient pas le droit de faire ça.

— Au petit, tout du moins. Je commence à penser que sa mère méritait d'être pendue depuis un bon moment déjà. Je regrette seulement qu'elle l'ait été pour de mauvaises raisons. Dis-moi, Dorcas, pourrais-tu aller me chercher votre prêtre ? J'ai deux ou trois choses à lui demander.

Quand la femme de chambre revint avec le jeune ecclésiastique, elle trouva Elspeth prête à partir, ses bagages faits. Elle raconta tout ce qu'elle savait d'Anne Seaton, puis ce qui leur était arrivé, redoutant sans cesse que le malheureux ne s'évanouisse.

De toute évidence, il n'aurait jamais pensé qu'un si petit village l'amènerait à affronter de pareilles horreurs. Il promit de venir le jour suivant au cottage accompagné de quelques hommes et, peut-être, d'un représentant du laird qui possédait la plus grande partie de la région. Elspeth le pria ensuite de baptiser le petit, qu'elle prénomma « Alan », et choisit Payton et Sorcha comme parrain et marraine. Elle remercia Dorcas, donna quelques pièces au prêtre, et reprit la direction de la maison, accablée de fatigue.

— Où étais-tu ? interrogea Cormac quand elle entra dans le cottage, Alan dans un bras et le chat dans l'autre.

Elspeth regarda avec stupéfaction l'homme qui, ayant réussi à se redresser, avait manifestement l'intention de quitter son lit.

— Pourquoi as-tu dormi si peu de temps ? s'étonna-t-elle en lui tendant le bébé. Laisse-moi m'occuper de nos bagages et des chevaux avant de me réprimander.

Ses efforts pour se relever avaient affaibli Cormac qu'un vertige gagna et, de peur de lâcher l'enfant, il s'allongea lentement pour le poser contre sa poitrine. Bouillasse sauta sur le lit pour venir se coucher à ses côtés, et il sourit. Étrangement, malgré la douleur, Cormac se sentait parfaitement apaisé, comme si tout était en ordre et qu'il pouvait enfin se reposer.

Une fois leurs affaires déballées, les chevaux installés, Alan couché dans son couffin et les bandages de Cormac inspectés, Elspeth se déshabilla pour ne plus garder que sa chemise et se glissa dans le lit près de son bien-aimé. Son corps tout entier lui faisait mal. Elle s'estimait heureuse, malgré ses ecchymoses et les marques laissées par ses liens, de ne pas avoir de plaies à traiter, car elle était simplement trop fatiguée pour cela. Elle prit la main de Cormac et lui raconta tout ce qu'elle avait fait au village.

— Alan. C'est un nom convenable, commenta Cormac en se libérant pour passer un bras autour de ses épaules et la serrer contre lui. Ma pauvre…, dit-il en l'embrassant sur le front. Et pauvre de moi. J'avais de si beaux projets pour cette nuit.

Le rire d'Elspeth se perdit dans un bâillement.

— Moi aussi, mais même si je n'avais pas mal partout, je serais trop épuisée.

— Et puis je te couvrirais de sang.

— Sans doute.

Elle embrassa son torse et frotta la joue contre sa peau, savourant le plaisir de l'avoir en vie, et tout près d'elle.

— C'est fini, dit-elle.

— Oui, tu n'as plus rien à craindre.

— Tu ne crois pas que son clan va chercher à le venger ?

— Non. Son héritier, qui a sûrement épousé ma cousine Mary à l'heure qu'il est, est un garçon honnête et avisé. Quant aux autres… je n'ai pas passé très longtemps chez eux, mais j'ai le sentiment qu'ils ne pleureront pas beaucoup Colin. Ils savaient très bien ce qu'il prévoyait de te faire, et ils ne seront pas mécontents d'apprendre qu'il a été tué. Repose-toi, mon ange. Tu auras beaucoup à faire demain, et je ne te serai pas d'une grande aide.

— On dirait que tu n'as aucun problème pour parler. Si les villageois ont des questions, je te les enverrai.

— C'est de bonne guerre. Parleras-tu à Alan de sa mère quand il sera assez grand pour se poser des questions ?

— Je ne sais pas. Ce n'est pas le genre d'histoire qu'un fils a envie d'entendre… mais tout le monde ici saura la vérité, alors pourquoi la lui cacher ? Je crois que je suis trop fatiguée pour y penser. Bonne nuit, Cormac.

— Bonne nuit, mon ange.

Cormac, les yeux rivés au plafond, sourit quand il sentit Elspeth s'assoupir presque instantanément dans ses bras. Sa vie était devenue très compliquée depuis qu'il l'avait rencontrée. Il avait ressenti une telle rage quand il l'avait vue attachée sur ce lit et qu'il avait compris les intentions de Colin – ou imaginé ce qu'il lui avait déjà fait ! Il n'était plus seulement empêtré dans les problèmes de la jeune fille, mais se retrouvait tout simplement lié à elle. Cormac n'osait pas chercher la réponse à ses interrogations de peur de remuer ses sentiments – il n'en avait pas le droit. Pourtant, il savait déjà qu'il souffrirait quand elle le quitterait.

Une part de lui voulait renoncer à sa promesse et s'enfuir avec Elspeth. Il ne savait même plus vraiment pourquoi il s'était voué à Isabel, toutes ces années auparavant. Les parents de Cormac s'évertuaient à ternir leur nom et salir la réputation de leurs descendants. Ils jouaient, fréquentaient les prostituées, semaient des enfants un peu partout, poussaient les leurs à la ruine, et s'étaient fait une réputation de menteurs et de tricheurs. Cormac avait décidé depuis longtemps qu'il montrerait au monde que tous les Armstrong ne manquaient pas d'honneur, et il avait fait tout son possible pour faire comprendre à ses frères et sœurs à quel point la parole d'un homme était précieuse. Il avait juré d'aimer et d'honorer Isabel, et elle comptait sur lui. En l'abandonnant, il se trahissait lui aussi. Cormac se sentait complètement perdu, mais il lui restait une certitude : il avait fait un serment, et il s'y tiendrait. Il espérait seulement que cela ne détruirait pas tout autour de lui.

Il fallut plus d'une journée pour régler cette affaire. Elspeth avait parfois envie de demander à tout le monde de s'en aller, mais elle savait que les crimes d'Anne Seaton devaient être confirmés, et qu'il fallait que le récit de la mort de sir Colin soit consigné. On trouva dans le potager les corps de deux hommes et de trois bébés. Le cœur d'Elspeth se serra pour chacun d'entre eux, mais rien ne la désolait autant que le sort qui attendait Alan. Un jour, l'enfant devrait apprendre l'horrible vérité sur sa mère. Elspeth veillerait à ce qu'il soit profondément aimé ; ainsi, le moment venu, le coup serait peut-être moins rude, et le garçon comprendrait que les péchés de sa mère n'appartenaient qu'à elle.

L'envoyé du laird leur fournit les papiers confirmant que le cottage et les terres qui l'entouraient étaient désormais la propriété d'Alan. Ce n'était pas grand-chose, mais peu de bâtards pouvaient se targuer d'en posséder autant. Elspeth tenta d'obtenir le nom de celui qui avait acheté la maison pour Anne Seaton, une information que le représentant du laird qualifia hélas de confidentielle. En guise de compromis, Elspeth lui annonça que si d'aventure il se ravisait, il pourrait envoyer ce renseignement à Donncoill. Elle envisagea un instant de révéler que l'acheteur en question avait peut-être un fils, mais décida qu'elle devrait rencontrer n'importe quel homme se prétendant le père de l'enfant avant que celui-ci puisse faire sa connaissance. La mère d'Alan était déjà un assez lourd fardeau. Elspeth ne laisserait pas Alan partir avant d'être sûre qu'il serait aimé dans son nouveau foyer.

Il fallut attendre cinq jours avant qu'Elspeth et Cormac se retrouvent enfin seuls. Ils n'avaient pas encore fait l'amour, mais la jeune femme sentait qu'ils étaient encore plus proches qu'avant. Quand ils n'étaient pas occupés à traiter avec les villageois, l'envoyé du laird ou le prêtre, ils discutaient longuement. Elle en apprit enfin davantage sur Cormac et son passé. Il évoquait Isabel parfois, mais seulement comme un élément secondaire d'une histoire ou d'une autre.

Quand, le sixième jour, partie chercher de l'eau, Elspeth trouva à son retour Cormac debout et tout habillé, elle sut que leur séjour touchait à sa fin. L'homme vacillait légèrement et devait s'appuyer sur le lit pour rester debout, pourtant il affirmait qu'il était suffisamment remis pour chevaucher jusqu'à la cour – et donc jusqu'à Isabel. Elspeth essayait de se convaincre qu'il était pressé d'arriver car il avait demandé aux Murray de les retrouver là-bas, mais c'était peine perdue. Elle avait également espéré qu'ils s'attarderaient au cottage le temps de faire l'amour une dernière fois avant de faire face à Isabel, mais vraisemblablement, cela ne se produirait pas.

— Tu vas tomber et te casser le nez ! le gronda-t-elle en posant son seau d'eau sur la table.

— Je ne suis pas si faible que ça, protesta Cormac en s'asseyant sur le lit avec une grimace. Je peux monter, et puis nous ne sommes plus très loin de notre but.

— Pourquoi ne pas attendre un jour ou deux ? Ta blessure à la cuisse était profonde, et tu as perdu beaucoup de sang. C'est vrai, tu as recouvré un peu de tes forces, mais tu vas t'épuiser en chevauchant.

— Dans ce cas, je me reposerai à la cour. Paul et Owen ont sans doute transmis mon message aux tiens, qui sont partis te retrouver. Si tu n'y es pas, ils risquent d'aller faire couler le sang sur les terres de Colin. Tu dois être là-bas avant eux si nous ne voulons pas que la guerre que nous avons tout fait pour éviter éclate. Ce n'est tout de même pas ce que tu souhaites ?

— Non, bien sûr. Nous partons demain ?

— Oui, à la première heure.

En se glissant à côté de Cormac sous les draps cette nuit-là, Elspeth fit de son mieux pour apaiser ses peurs. Elle l'aimait tant ! Comment ne pouvait-il pas ressentir la même chose ? Une passion aussi dévorante que la leur ne pouvait être le fruit que de l'amour. La jeune fille priait pour qu'elle suffise à le convaincre de renoncer à Isabel, sans vraiment y croire cependant.

Au cours de leurs conversations, Elspeth avait appris que les parents de Cormac étaient des êtres dépravés, menteurs et voleurs. Elle ressentait de la compassion pour Cormac et ses frères et sœurs, délaissés et emplis de honte par leurs tristement célèbres géniteurs. Cormac paraissait penser qu'il était de son devoir de restaurer seul la réputation familiale.

Tous les hommes vertueux chérissaient leur honneur, mais Cormac allait encore plus loin ; la moindre entorse à son code de conduite lui semblait impensable. Il ne défendait pas que son intégrité, mais également celle de ses frères et sœurs. Ses parents avaient fait de la fierté de leur clan une farce, mais Cormac était bien décidé à changer tout cela. Il voyait tout en noir ou blanc, et pensait qu'un homme qui ne tenait pas parole perdait son honneur à jamais.

Autrement dit, son vœu d'amour pour Isabel aurait aussi bien pu être gravé dans le marbre.

Chapitre 12

— Je t'avais bien dit que c'était idiot de remonter si vite, grommela Elspeth en aidant Cormac livide et en sueur à s'allonger dans le lit.

Ils avaient de justesse réussi à atteindre l'auberge dans laquelle Cormac avait coutume de séjourner quand il venait à la cour. Au cours des deux derniers miles du trajet, la jeune femme n'avait cessé de redouter qu'il ne tombe de cheval et ne s'étale dans la boue. Elle avait tant serré les dents pour endurer ses geignements et ses imprécations qu'elle s'étonnait de ne pas en avoir brisé la plupart – tout en surveillant ses blessures pour s'assurer qu'elles ne saignaient pas.

— D'accord, ce n'est peut-être pas la chose la plus intelligente que j'aie jamais faite, lança Cormac à Elspeth. Tu sais, tu peux me gronder à haute voix. Je suis assez grand pour le supporter.

Elle se contenta de secouer la tête et nettoya ses plaies avant de les enduire de pommade et d'y apposer de nouveaux bandages. Cormac avait les yeux fermés, mais il était moins pâle. Elle tira la couverture sur lui, agacée par son entêtement, mais soulagée que son état n'ait pas empiré.

Elspeth s'occupa ensuite de leurs bagages et du petit Alan. Elle en voulait à Cormac d'avoir mis en danger sa santé pour venir là. L'homme affirmait que c'était pour retrouver les Murray avant que ceux-ci partent en guerre contre le clan de Colin, mais il se dirigeait déjà vers la cour, sommé par Isabel, quand ils avaient décidé de faire route ensemble. Elspeth savait qu'elle l'avait ralenti, mais doutait fort de lui avoir fait changer d'avis.

Cormac dormait quand la femme de chambre apporta leur repas, et continua tandis qu'Elspeth prenait son bain. La jeune femme se sentit bien un peu délaissée, mais elle était heureuse de le voir se reposer. Quand elle se coucha, Cormac la pressa contre lui en murmurant son nom et soupira d'aise. *Il rêve de moi*, songea-t-elle, essayant d'y voir une lueur d'espoir.

Cormac grimaça, ébloui par le soleil. Une fois accoutumé à la lumière, il regarda tout autour de lui et reconnut l'auberge dans laquelle il s'était si souvent arrêté. Elspeth, vêtue d'une belle robe verte, achevait de coiffer ses cheveux en une tresse complexe. Alan, allongé dans le couffin qu'ils avaient récupéré dans le cottage, babillait en jouant avec ses pieds. Bouillasse était étalé, le ventre au soleil, énorme et hideux. Cormac sourit. Ils formaient une drôle de troupe.

— Enfin, tu es réveillé, dit Elspeth en s'approchant du lit.

— Non, laisse-moi me lever tout seul.

L'opération lui arracha quelques grimaces, mais il ne s'était pas senti aussi fort depuis plusieurs jours.

— J'ai dormi longtemps ? interrogea-t-il.

— Voyons, tu t'es assoupi juste après notre arrivée, tu t'es réveillé hier pour manger, puis tu as dormi toute la nuit. Il est midi, et c'est notre deuxième jour ici.

— Doux Jésus ! Et moi qui me demandais pourquoi j'avais si faim.

— Le garçon de l'auberge devrait bientôt t'apporter ton repas et si tu le désires, il t'aidera à te laver.

— Volontiers.

Elspeth enfila sa cape.

— Où vas-tu ? demanda Cormac.

— À la cour. C'est le meilleur endroit où laisser un message pour mon clan, tu ne crois pas ?

— Oui, bien sûr.

Cormac se maudit d'avoir pensé qu'elle s'apprêtait à l'abandonner, et avec empressement qui plus est.

— Assure-toi seulement que celui à qui tu le délivreras a prévu de rester quelque temps ici. C'est encore mieux s'il connaît personnellement ta famille… quelqu'un de ton clan, peut-être ? (Cormac imagina Elspeth évoluant au milieu d'une foule de courtisans lubriques.) Il vaudrait peut-être mieux attendre que je sois en état de t'accompagner.

Elspeth éclata de rire et lui embrassa la joue.

— Tout va bien se passer. Tu veux te rendre utile ? Surveille Alan, même s'il ne devrait pas tarder à s'endormir, et que je n'ai pas l'intention de demeurer là-bas longtemps.

Elle quitta la chambre au moment où Robbie, le jeune fils de l'aubergiste, entrait avec un énorme plateau chargé de nourriture. Cormac oublia ses préoccupations le temps de satisfaire ses besoins naturels, de remplir son ventre vide et de se laver aussi consciencieusement qu'on le pouvait sans plonger dans une baignoire. À sa grande satisfaction, toutes ces activités ne le fatiguèrent que modérément : ces longues heures de sommeil s'étaient révélées salutaires. Il fit plusieurs fois le tour de la pièce avec Robbie jusqu'à ce qu'il sente qu'il s'appuyait plus sur le jeune homme qu'il ne marchait.

Une fois la sueur qu'avaient fait couler ses efforts rincée à grande eau, Cormac retourna dans son lit, éreinté mais content. Il lui faudrait encore plusieurs jours avant de marcher sur des distances raisonnables, ne serait-ce que parce qu'il manquait de forces, mais il se remettait à une vitesse parfaitement acceptable. Après s'être un peu reposé, il comprit qu'il était largement en état de reprendre une certaine activité... Cela faisait bien trop longtemps qu'Elspeth et lui n'avaient pas fait l'amour, et il n'y tenait plus. Son bras avait suffisamment guéri pour qu'Elspeth ôte ses points – elle disait d'ailleurs que ces derniers étaient principalement là pour réduire la taille de la cicatrice. Sa jambe poserait peut-être plus de problèmes, mais... – il sourit – cela signifiait seulement que la jeune femme devrait faire la plus grande partie du travail.

Alors que Robbie prenait congé, Cormac s'attarda sur ses cheveux blonds et songea brusquement à la raison pour laquelle il avait au départ voulu venir ici. *Isabel.* Il soupira et pria le jeune homme de lui apporter de l'encre, une plume et un parchemin. Quelques minutes plus tard, Cormac avait écrit un court message à la jeune femme et envoyé Robbie le délivrer. Allongé dans son lit, absorbé dans la contemplation du plafond, il se demanda pourquoi il avait l'impression d'avoir trahi Elspeth.

La jeune femme se fraya un chemin au milieu de la foule qui semblait remplir entièrement la galerie intérieure, les couloirs et les salles de la cour. Elle commençait à croire qu'elle perdait son temps et que personne dans cette meute de mendiants bien vêtus n'était digne de confiance quand elle aperçut James Drummond, son cousin de cœur, accompagné de deux autres hommes. Elle bouscula plusieurs courtisans pour s'approcher de lui et poussa un soupir de soulagement quand elle arriva à sa hauteur au moment où il s'apprêtait à partir.

— James ! s'écria-t-elle en lui attrapant le bras.

— Par tous les diables, Elspeth ! (James l'étreignit et l'embrassa sur chaque joue.) J'ai entendu d'horribles choses à ton sujet ! J'avais d'ailleurs l'intention de me rendre à Donncoill pour en savoir davantage.

Il se tourna vers ses deux compagnons.

— Mes amis, je vais rester là. Nous nous verrons peut-être plus tard.

Elspeth sourit en les regardant s'éloigner.

— Tu ne m'as pas présenté tes camarades, James, dit-elle à son séduisant cousin. (À son grand amusement, il rougit.) Ils sont un peu trop portés sur la chose, je me trompe ?

— Ce sont d'excellents compagnons et, quand ils ont l'épée à la main, je leur confierais ma vie, mais…

— Mais pas les filles de ta famille.

Elspeth éclata de rire quand il hocha la tête, penaud.

— As-tu des nouvelles de Payton ? demanda-t-elle, soudain sérieuse.

— J'ai entendu dire qu'il était mort, ce qui a fait pleurer bien trop de femmes à mon goût, et je n'ai pas voulu y croire.

— Moi non plus, mais je l'ai vu abattu par une flèche.

Elle fit un bref récit de ses tourments à James, qui la serra dans ses bras pour la réconforter.

— Notre clan sait que je suis là, Elspeth. Si Payton était mort ou avait disparu, je l'aurais appris.

— Tu ignorais mes mésaventures.

— Sans doute parce que ce n'était pas le cas du reste de notre clan. Je soupçonne précisément les nôtres de ne rien m'avoir dit parce qu'ils avaient idée de ce qui t'était arrivé, et qu'ils te savent en vie, même s'ils te croient encore à la merci de Colin. Si une décision avait été prise à ton sujet, on m'aurait appelé. C'est également ce qui se serait passé si Payton était mort, ou qu'on avait envoyé un groupe à sa recherche.

— Tu as raison. Merci, j'avoue que je perdais espoir. Si Payton n'était plus de ce monde, ils ne t'auraient pas laissé partir à la conquête de ces dames avec tes amis.

— Un peu de respect, jeune fille, c'est un sport très difficile. Quoi qu'il en soit, je dois te trouver un endroit où dormir. Je ne crois pas qu'il y ait des chambres libres ici, mais nous allons le découvrir sans plus attendre.

— James, j'en ai déjà une, déclara calmement Elspeth.

— Tu ne peux pas partager une chambre avec cet homme, chuchota son cousin en regardant autour de lui pour s'assurer que personne ne les écoutait. Tu sais ce que diront les gens !

Elspeth fronça les sourcils quand elle aperçut dans la foule une femme blonde et voluptueuse qui la regardait fixement.

— Oui. Ils peuvent parler jusqu'à ce que leurs langues tombent, je m'en moque. Je resterai avec Cormac.

James se tut pendant un long moment, puis finit par jurer.

— C'est donc lui, l'élu.

— C'est lui, répondit Elspeth avec un sourire un peu triste.

— Mais il est… on raconte qu'il s'est engagé à une autre, depuis des années, même si Dieu seul sait pourquoi.

— Je sais. Lady Isabel Douglas, la femme aux quatre défunts maris. Il lui a offert son cœur quand il était tout jeune et, folie ou non, les serments ont une grande importance pour lui. Le bon sens aurait dû me pousser à demeurer aussi loin que possible de cet homme, mais…

— Mais ce jour-là, le bon sens avait quitté son poste.

— Oh, il n'est jamais parti, je ne l'ai pas écouté, voilà tout. J'aime Cormac, sans doute depuis que je suis toute petite. C'est le risque le plus fou que j'aie jamais pris, mais je dois tenter ma chance. James, tu me comprends ?

— Oui. J'aurais seulement voulu que tu te lances dans une cause moins désespérée. Seul un idiot pourrait te préférer une femme comme lady Isabel, mais, ma chère, je crois que c'est précisément le genre d'homme à qui tu as offert ton cœur.

— J'ai appris deux ou trois choses depuis que j'ai entamé cette histoire qui, si je les avais sues au départ, auraient pu me faire hésiter… (Elspeth secoua la tête.) Non, j'aurais tout de même tenté ma chance. J'aurais seulement prié un peu plus fort avant.

Elle vit le jeune Robbie se faufiler à travers la foule pour tendre à la voluptueuse blonde un parchemin.

— Mais qui est cette dame à qui le garçon blond vient de remettre une lettre ?

— Elle ? C'est notre fameuse lady Isabel. Elspeth ? Ça ne va pas ? Tu es si pâle !

Rien d'étonnant à cela : elle se sentait en effet prête à défaillir. Elle sut, au plus profond de son cœur soudain glacé, que la lettre était un message de Cormac. Il n'avait pas renoncé à cette femme. Elspeth aurait voulu croire qu'il se comportait simplement en gentilhomme et demandait à voir Isabel pour mettre un terme à leur interminable et tumultueuse liaison… mais cet espoir lui semblait insensé.

— Je suis seulement un peu fatiguée.

Elle embrassa James sur la joue et comprit à son regard compatissant qu'il savait ce qui la tourmentait.

— Je suis sûre que nous nous reverrons dans ces couloirs, ajouta-t-elle. Si les nôtres arrivent et qu'ils te trouvent avant moi, dis-leur seulement que tout va bien.

— Entendu. Fais attention à toi, Elspeth. Isabel n'est pas le genre de femme avec qui on a envie de croiser le fer. On dit qu'elle a tué au moins un de ses maris, sinon les quatre. C'est une catin, mais des plus intelligentes. Elle s'est retrouvée dans le lit de presque tous les hommes les plus importants de cette cour et n'hésite pas à se servir d'eux. Elle pourrait te détruire.

— Je le sais bien. En toute honnêteté, qu'elle ait le roi lui-même à sa botte ou non, ça ne changerait rien : elle n'a qu'une chose à faire pour ça.

— Ah, fricoter avec ton beau chevalier.

— Hum… oui, aussi.

Le simple fait d'imaginer Isabel et Cormac unis en une étreinte passionnée lui donnait des haut-le-cœur.

— Je pensais plutôt à lui faire tenir parole, précisa Elspeth. (Elle vit Robbie s'éloigner.) James, nous continuerons notre conversation plus tard. Ne t'inquiète pas pour moi.

— Plus facile à dire qu'à faire, murmura le jeune homme en regardant sa cousine partir, non sans remarquer qu'Isabel, elle aussi, la surveillait de près.

Elspeth s'effondra contre le mur de pierre de l'auberge et tenta de se calmer. Elle avait rattrapé Robbie, et comme personne n'avait dit au garçon de se taire, il lui avait appris que le message venait bien de Cormac, et lui avait même répété la réponse d'Isabel. Il ajouta même de son propre chef quelques ragots croustillants sur la jeune femme qui poussèrent Elspeth à s'étonner une fois encore de l'aveuglement de Cormac. Quand même les freluquets les plus imberbes savaient à quoi s'en tenir avec cette Isabel, il était plus que temps d'ouvrir les yeux. Même si Robbie ignorait le contenu de la lettre de Cormac, la réponse d'Isabel permit à Elspeth de s'en faire une idée relativement précise. Cormac avait annoncé à la jeune femme qu'il était là, comme elle le lui avait demandé, et qu'il était prêt à la retrouver. Isabel avait répondu qu'il ne devait pas venir, et qu'elle enverrait quelqu'un le chercher. Quelques pièces suffirent pour faire promettre à Robbie de ne rien révéler à Cormac de leur petite conversation.

Ce n'était pas un échange très romantique, mais il représentait tout de même une menace. Elspeth avait le plus grand mal à surmonter sa colère et sa douleur, or elle ne pourrait pas affronter Cormac tant qu'elle n'y serait pas parvenue. Son instinct lui disait qu'Isabel ne renoncerait jamais à Cormac, mais elle pouvait le préparer à mettre un terme à cette relation. Malgré ses convictions, comment pouvait-il se cramponner à un serment qui lui avait apporté si peu en dix longues années ?

Elspeth se redressa. Elle avait encore une chance. Pas question d'abandonner avant que Cormac ait choisi Isabel pour de bon. Elspeth avait su dès le départ que Cormac venait à la cour pour la voir, qu'elle l'avait appelé : il aurait été ridicule de penser qu'un simple échange de lettres signifiait qu'elle avait perdu. Elspeth se dirigea vers la porte de l'auberge d'un pas déterminé. Elle avait une nuit – peut-être davantage – pour laisser son empreinte. Même si elle devait être repoussée au profit d'une vieille maîtresse, elle ne gaspillerait pas le peu de temps qui lui restait avec Cormac à ressasser craintes et regrets. Isabel n'était pas encore dans le lit de son bien-aimé, et Elspeth avait l'intention d'y prendre toute la place ; ainsi, même s'il choisissait sa rivale, cette dernière aurait le plus grand mal à s'y glisser.

Quand elle entra dans sa chambre, ce fut pour trouver Cormac qui contemplait le plafond, les sourcils froncés. Le message d'Isabel l'avait manifestement contrarié. Excellent : la jeune femme perdrait peut-être par excès d'arrogance. Aucun homme n'aurait apprécié qu'on lui ordonne d'attendre. Elspeth se rappela à l'ordre : elle ne se ferait pas de faux espoirs, et ne verrait pas de promesses là où il n'y en avait pas. Le couperet était peut-être sur le point de tomber, mais tant que ce n'était pas le cas, elle ferait comme s'il n'était pas là.

Cormac regarda Elspeth poser sa cape et s'assurer qu'Alan, qui dormait profondément, allait bien. À présent qu'il avait réussi à entrer en contact avec Isabel, il y voyait plus clair. Elspeth était comme la fièvre, elle faisait bouillir son sang, mais c'était Isabel qu'il aimait depuis dix ans. Il avait des sentiments pour Elspeth, inutile de le nier, mais ces derniers ne devaient pas le pousser à rompre son serment. C'était certes une attitude parfaitement raisonnable, mais elle ne parvenait en rien à soulager sa subite gêne.

Cormac se détendit quand Elspeth lui narra sa rencontre avec son cousin James. Ils passèrent ensuite le reste de la journée à converser agréablement, jouer avec Alan, et enfin déguster un excellent dîner. Cormac sentit cependant ses doutes revenir sitôt qu'Elspeth coucha le bébé dans son couffin. Il avait l'impression d'être au bord d'un précipice, poussé dans le dos par un vent violent.

Il venait de convenir d'un rendez-vous avec une femme à laquelle il était lié depuis une décennie et qu'il avait juré d'épouser. Pourtant, en observant

Elspeth se dévêtir, il sut qu'il se livrerait comme il l'avait prévu à une longue nuit de délices avec elle. Il se répéta que la jeune fille s'était glissée dans son lit de son propre chef, et n'avait rien demandé en échange. Elle n'avait jamais ignoré l'existence d'Isabel, et du serment qu'il avait prêté. Pourtant, quand, une fois sous les couvertures, il la prit dans ses bras, Cormac eut l'impression tenace de trahir quelqu'un… mais qui ? Isabel, parce qu'il désirait tant Elspeth, et avait même envisagé d'oublier sa promesse pour elle ? Elspeth, parce qu'il s'apprêtait à lui faire l'amour en sachant qu'il devrait bientôt l'abandonner ?

— Tu as l'air préoccupé, dit la jeune femme en se pressant contre lui.

— Vraiment ? C'est peut-être la douleur, et je ne suis pas sûr d'avoir la force de te satisfaire, répondit Cormac en glissant les mains le long du dos d'Elspeth.

Celle-ci passa une main sur son ventre et sourit quand son compagnon frémit sous ses doigts. Elle trouva son membre dressé, impatient de la sentir, et le caressa négligemment. Elle adorait entendre Cormac murmurer de plaisir, sa respiration devenir irrégulière, son cœur s'emballer.

Aucun doute possible, il la désirait. Pour sa dernière danse, Elspeth décida de se délecter de cette passion, et de forcer Cormac à faire de même. Elle lui laisserait tant de délicieux souvenirs qu'il ne pourrait jamais se défaire d'elle, même en l'envoyant à l'autre bout du monde.

Cormac grogna quand elle couvrit sa poitrine de baisers, puis descendit lentement. Il se leva sur son bras valide et la regarda le prendre dans sa bouche, écartant ses cheveux d'une main pour mieux l'admirer. Il n'avait jamais ressenti un tel plaisir, et il résista pour le faire durer aussi longtemps que possible.

Il n'y tint finalement plus et hissa Elspeth à son niveau. Les deux amants hoquetèrent quand elle s'abaissa sur lui. Cormac attira son visage à lui et l'embrassa langoureusement pour lui communiquer sa soif.

Les mains sur ses hanches, il l'incita à remuer, mais elle se contenta de sourire.

— Tu veux me rendre fou, mon ange ?

— Peut-être bien, oui. (Elle caressa son torse et se souleva très légèrement.) Nous allons toujours si vite… J'ai envie de faire durer les choses. De ne pas bouger, et de sentir.

— Sentir quoi, mon amour ?

Elspeth ferma les yeux et rejeta la tête en arrière, sa longue chevelure frôlant ses cuisses. Le plaisir que Cormac lut sur son visage, ce bonheur si sensuel et pourtant si innocent, suffit presque à lui seul à le faire flancher.

— Toi, en moi, susurra-t-elle.

Sa voix rauque ne fit qu'ajouter à l'excitation de Cormac.

— Elspeth, ma douce, si tu souhaites vraiment que je t'accompagne dans ce voyage, je t'en prie, agis au plus vite.

La jeune femme s'exécuta – lentement tout d'abord, alors que tous deux se retenaient aussi longtemps que possible. Bien vite cependant, leur désir les consuma. Elspeth sut instinctivement quand vint le temps de passer aux choses sérieuses. Les encouragements de Cormac étaient inutiles, mais elle adorait entendre le son de sa voix. Quand la jouissance transperça son corps telle une déferlante, l'homme s'agrippa à ses hanches et plongea profondément en elle. Elle s'écroula dans ses bras, tremblante.

— Ah, mon amour, tu me feras vieillir avant l'âge, chuchota Cormac en l'embrassant sur le front. Pour mon propre bien, je ne vais sans doute pas pouvoir me livrer à ce petit jeu autant de fois que je l'avais prévu.

— Oh ? Et quel chiffre avais-tu en tête ?

— Quinze.

La mine stupéfaite de la jeune fille, partie chercher un linge humide pour se nettoyer, le fit éclater de rire.

— Nous ne pourrions plus marcher pendant au moins un mois ! le gronda-t-elle, une lueur amusée dans le regard. Selon moi, nous ne devrions pas dépasser six fois.

Cormac rit de nouveau et, une fois leur toilette faite, regarda Elspeth poser le bout de tissu dans un bol rempli d'eau, à côté du lit. Il la prit par la taille quand elle se retourna et l'attira à lui. Ses seins adorables se retrouvèrent exactement au niveau de sa bouche, et il en profita prestement.

Tandis qu'il se repaissait, Elspeth enfouit les doigts dans ses cheveux. Cormac descendit le long de ses côtes, ce qui lui arracha un petit murmure navré, mais elle ressentit une nouvelle vague de plaisir quand il couvrit son ventre de baisers. Ce ne fut que quand il souleva sa jambe pour la poser sur son épaule qu'elle comprit ce qu'il avait à l'esprit. Soudain consciente de leur position, de la vive lueur des bougies, elle mesura que Cormac en voyait bien plus qu'elle ne l'aurait souhaité et se raidit.

— Non, mon ange, murmura-t-il en léchant l'intérieur de sa cuisse. Laisse-moi te donner du plaisir. Laisse-moi te goûter.

Elspeth se répéta que c'était une nuit spéciale, pour lui comme pour elle, dans laquelle la timidité n'avait pas sa place. Elle se battait pour conquérir son cœur. La jeune femme ferma les yeux et tâcha de ne pas penser à ce que voyait Cormac pour se concentrer sur ce qu'il lui faisait ressentir. D'un signe, elle l'autorisa à continuer.

L'homme fit tout pour qu'elle perde la tête. À plusieurs reprises, Elspeth fut sur le point de jouir, mais d'une façon ou d'une autre, il parvenait chaque fois à la retenir. Il la tourmenta ainsi jusqu'à ce qu'elle le supplie presque, et la laissa alors s'envoler. Elle tremblait encore quand il recommença… une deuxième fois, puis une troisième. Elspeth s'effondra, à la limite de l'évanouissement. Une fois remise, elle s'employa à lui rendre la pareille.

Ils somnolèrent, puis firent de nouveau l'amour. Elspeth était sidérée qu'ils puissent se jeter l'un sur l'autre sans relâche. Ils étaient comme des enfants se gavant de bonbons. Elle sentait chez Cormac le même besoin désespéré qui la guidait. L'aube poignait quand ils s'élevèrent derechef vers les sommets. Elle se laissa retomber dans ses bras, sûre que cette fois, elle ne pourrait plus bouger un doigt.

— Comment se porte ta jambe ? demanda-t-elle au bout d'un instant en se recroquevillant à ses côtés.

— La gauche va très bien. La droite me fait un peu mal. La troisième va avoir besoin d'une attelle.

Elspeth fit mine de le gifler en ricanant.

— Misérable. Si tu crois que je vais me sentir coupable… Je dormais bien tranquillement quand tu m'as sauté dessus.

Il serait miraculeux qu'après une nuit pareille, elle ait encore une once de pudeur, songea-t-elle distraitement.

— Sauté dessus, dis-tu ? bâilla Cormac. Tiens, Alan chantonne.

Elspeth entendit à son tour le doux bourdon qui émanait du couffin et sourit, les yeux fermés.

— Tout va bien. Il fait ça pendant un petit moment, puis se rendort pour une heure ou deux avant de recommencer. J'ai le temps de faire une bonne sieste.

— Tu arrives à dormir avec ce bruit ?

Cormac glissa une main le long du dos de la jeune fille et la posa sur la courbe de ses fesses.

— C'est un son agréable.

— Il veut peut-être qu'on fasse attention à lui.

Cormac ne croyait pas s'être déjà senti aussi épuisé – ni aussi satisfait.

— Mais si je lui cède, il s'attendra à ce que j'en fasse autant tous les matins à la même heure.

— Dans ce cas, ignore-le et repose-toi, mon ange. Je promets de ne pas te sauter dessus. De toute façon, je crois que je n'en ai plus la force.

Cormac se réveilla quelques heures plus tard, bercé par le babil d'Alan. Au même instant, Elspeth se chargea de le tirer définitivement de sa torpeur. Il lui prit la cheville et la mit tête-bêche pour lui retourner le compliment. Il la fit jouir prestement puis recommença, plus longuement, conscient qu'ils avaient le temps de savourer les sensations qu'ils pouvaient partager. Elspeth usa alors de sa langue d'une façon singulièrement astucieuse, ce qui amena Cormac à remettre en question sa précédente déclaration sur son état de fatigue.

Elspeth quitta le lit en grimaçant un peu, tourmentée par des courbatures en des endroits particulièrement intéressants. Elle se lava et se vêtit en toute hâte, car il faisait un peu froid dans la chambre, et donna à manger à Alan en contemplant son amant endormi. Elle était assez fière de l'avoir tant épuisé, mais quelque peu embarrassée par certaines des choses qu'elle avait dû faire pour cela.

Allons, si cet homme ne se remémorait pas à l'avenir cette nuit avec de la tendresse et un sursaut de désir, c'est qu'il ne méritait pas d'en connaître d'autres de la sorte. Elspeth avait fait de son mieux... et elle en avait savouré chaque folle minute.

Il était maintenant temps de laisser Cormac seul, comprit-elle en reposant Alan dans son couffin. Après tout ce qu'elle lui avait fait – et lui avait laissé faire – elle ne se sentait de toute manière pas prête à l'affronter tout de suite. Il était sans doute préférable qu'elle s'accorde un peu de répit pour se calmer et accepter celle qu'elle avait été ces dernières heures. Plus important, elle devait laisser à Cormac une chance de réfléchir. Il n'en avait guère eu le loisir depuis qu'ils avaient fui le château de Colin. Ils étaient restés ensemble constamment, que ce soit pour lutter contre le lord dément ou leurs propres passions. Elspeth quitta leur chambre en quête de quelque nourriture, tout en priant pour que les méditations de Cormac le mènent sur le chemin voulu.

Chapitre 13

Même si elle avait un peu mal, Elspeth cheminait vers la cour le sourire aux lèvres. C'étaient les douleurs agréables d'une nuit d'amour passionnée qui la tiraillaient, et elle savourait les souvenirs que rappelait chacune d'entre elles. Sa peau brûlait encore des baisers que Cormac y avait déposés. Elle était sûre d'avoir enfin touché son cœur et éveillé en lui autre chose que ses bas instincts. Quel homme aurait pu susurrer des paroles aussi enivrantes à une femme, se montrer aussi doux sans l'aimer ? Les trois petits mots qu'elle brûlait d'entendre viendraient bientôt. Cormac avait seulement besoin de réfléchir, d'entrevoir la vérité, et elle était prête à flâner toute la journée pour cela.

— Ainsi, tu es en vie, dit une voix grave derrière elle.

Elspeth poussa un petit cri effrayé, se retourna, et bondit de joie.

— Payton ! Dieu soit loué !

Elle se jeta dans les bras de son cousin et le couvrit de baisers.

— Je croyais que ce monstre t'avait tué !

— Il a bien failli, cousine. Les deux gaillards qui nous accompagnaient n'ont pas eu ma chance. Je me serais complètement vidé de mon sang si un berger ne m'avait pas trouvé et soigné. On a ensuite envoyé un message à Donncoill pour informer le clan de mon état.

Payton regarda tout autour de lui, prit Elspeth par le bras et la fit asseoir sur un banc installé devant la taverne la plus proche. Il enjoignit aux quatre hommes qui l'accompagnaient d'entrer boire une chope puis se tourna vers sa cousine, la mine grave.

— Sir Colin t'a fait du mal ?

— Non, Cormac m'a secourue avant.

Elspeth saisit la main du jeune homme, incapable de croire qu'il était vraiment là, devant elle, un peu pâle, certes, mais vivant.

— C'est ce qu'ont dit ses amis. Mais pourquoi t'avoir amenée ici, et pas à Donncoill ?

— Il pensait que c'était plus rapide, plus sûr aussi. Et puis il avait déjà l'intention de venir à la cour avant que je me joigne à lui.

— Pour voir la douce Isabel, bien sûr, répondit Payton avec un certain mépris.

— Tu la connais ?

— Un peu...

Le regard fuyant du jeune homme se révéla très éloquent.

— Tu as fait l'amour avec elle.

— Une fois.

— Seulement ?

— Ça m'a suffi. Comment t'expliquer… elle dévore les hommes, c'est le mot. Je n'étais sans doute pas censé le voir, mais elle avait dans le regard une lueur qui a tué tout ce qu'il y avait d'agréable à la chose. Je ne crois pas à ce genre de créatures, mais si les succubes existent, Isabel en est un.

— Pauvre Cormac…

— Comment peux-tu te sentir désolée pour cet imbécile ? Je devine à ta voix que tu ressens quelque chose pour lui, mais je ne comprends pas que tu prennes en pitié un homme qui court après une catin pareille.

— Comment ne le pourrais-je pas ? Et puis ce n'est pas de la pitié, mais de la compassion. J'aime cet idiot et je crois qu'il m'aime aussi, mais qu'il n'en a pas conscience. Ces dix années passées à se languir d'Isabel l'ont rendu aveugle. Il lui a fait une promesse… ce serait trop long à expliquer, mais crois-moi, il en faut beaucoup pour le pousser à revenir sur sa parole, et c'est peut-être au-dessus de mes moyens. J'ai l'impression qu'il commence à entrevoir la vérité, mais je ne suis pas sûre de vouloir le mettre à l'épreuve maintenant… et de toute façon, je n'ai plus le temps de me livrer à ce petit jeu : tu es là, et je crois que je vois ton succube se diriger vers l'auberge où j'ai laissé Cormac. (Elspeth se leva brusquement.) Un instant… cette sorcière a dit qu'elle l'enverrait chercher, pas qu'elle irait le trouver en personne !

— Tu l'as déjà rencontrée ? demanda Payton en regardant Isabel onduler des hanches.

— Oui, répondit Elspeth en frappant son cousin sur le bras.

— Il n'y a rien de mal à admirer les jolies choses, cousine, dit le jeune homme avec un sourire malicieux. Elle a sans doute compris que tu représentes une menace.

— Moi ?

C'était ridicule. Isabel incarnait tout ce qui faisait saliver les hommes.

— Eh oui. (Payton embrassa sa cousine sur la joue.) Tu es une femme superbe, Elspeth.

— Mais elle…

— Je sais, c'est une beauté comme on en trouve dans les chansons. Ça n'enlève rien au fait que tu es toi aussi très belle – et que son âme, contrairement à la tienne, est hideuse.

— Je ne suis pas la seule femme avec qui Cormac lui a fait des infidélités au cours des dix dernières années.

— Peut-être, mais je parie qu'aucune de ces autres maîtresses ne t'arrive à la cheville. Tu n'es pas une de ces catins qu'on trouve dans les tavernes. Tu es le genre de femme qu'on épouse, quelqu'un qui pourrait arracher à cette garce le cœur qu'elle serre dans ses griffes depuis trop longtemps. C'est bien pour ça qu'elle a décidé de venir resserrer son étreinte et rappeler à ton Cormac sa promesse.

— Sa promesse ? Ce n'est pas très rassurant.

Son cœur lui hurlait de courir jusqu'à l'auberge pour déjouer les projets d'Isabel.

— Je t'attends ici, dit Payton.

Elspeth soupira, guère étonnée que son cousin ait deviné ce qu'elle ressentait, et certainement pas ravie.

— Je ne crois pas que ce soit une bonne idée. Je pourrais être tentée de le pousser à rompre son serment, ce qui en fin de compte me desservirait, et je ne vais tout de même pas l'aider à résister aux appas de cette femme.

— Et pourquoi pas ? Il lui a donné dix ans de sa vie. Pendant que nous autres, nous batifolions gaiement, il la suivait partout, sûr qu'elle était la victime de la cupidité de son clan. Qu'il campe sur ses positions ne signifie pas qu'il aime toujours ça, qu'il ne doute pas, ni que le lien qui les unit est toujours aussi solide. Personne n'aimerait se retrouver au même point après une décennie.

— Supposons qu'il ait finalement trouvé un moyen de rompre son serment sans pour autant se déshonorer. Ce que tu viens de dire devrait lui donner la force de repousser Isabel.

— Oui, et non. Il en a peut-être envie, mais le faire reviendrait à admettre qu'il a perdu toutes ces années. Il lui faudrait un sérieux coup au derrière pour le décider. Va, cousine. Montre-lui que ce qu'il a déjà vaut mieux que ce qu'il pourchasse depuis tout ce temps. Ne fais rien, et tu te demanderas toute ta vie si ça aurait pu changer les choses.

— Je n'ai pas très envie de voir à quel point j'ai perdu mon pari.

— Parce que tu lui as donné tout ce qu'une jeune fille a à offrir ?

— Comment le sais-tu ?

Elspeth craignait que son regard ne la trahisse et révèle à Payton qu'elle n'était plus vierge.

— Nous avons toujours pensé de la même façon, cousine. Tu veux un homme qui se croit lié à une autre. Tu t'es sans doute intéressée à Isabel, tu t'es empressée d'apprendre tout ce que tu pouvais à son sujet, et tu as bien vite vu clair dans le jeu de cette garce. Convaincue qu'elle n'avait aucun droit sur ton Cormac, tu as résolu de l'attirer à toi. Mais comment attraper un homme qui se croit amoureux d'une autre ? En lui donnant tout, en s'infiltrant dans son sang, dans son cœur, et en nourrissant son désir jusqu'à ce que ce dernier lui aussi t'appartienne.

— Tu te crois très malin, j'imagine, grommela Elspeth.

— C'est parce que je le suis, répondit Payton en souriant. C'est ce que je ferais, cousine. J'obligerais mon amante à ne plus voir que mon visage, ne plus tolérer que mes caresses. Si elle hésitait entre moi et un autre, je veillerais à emplir son cœur de désir et de joie pour que le souvenir qu'elle a de moi reste en elle à jamais. Ainsi, peut-être qu'elle se déciderait finalement à me choisir une fois que je serais parti.

— Mais je suis lâche.

Payton la serra dans ses bras en riant.

— Mais non, tu n'as pas envie d'être blessée, c'est tout. Seule une idiote ne craindrait pas d'avoir le cœur brisé, et tu n'en es pas une. J'aimerais te promettre que tu ne souffriras pas, mais je ne vous ai jamais vus ensemble, ce Cormac et toi. Je peux seulement te conseiller de t'armer de courage et d'aller te planter devant lui pour lui rappeler qu'il a maintenant le choix. S'il est trop bête pour comprendre qu'une promesse faite à une catin ne vaut pas grand-chose, je serai là pour te ramener chez nous.

Elle le regarda droit dans les yeux.

— Dans ce cas, ne t'avise pas d'aller lui parler.

— Vraiment ?

— Oui, vraiment. C'est mon affaire, à moi, et à moi seule. Je ne me suis pas arrêtée quand j'ai pris conscience qu'en plus d'une autre femme, je devais affronter un enchevêtrement de promesses et sa volonté de laver le nom que ses parents se sont employés à souiller. Je n'ai pas besoin que les hommes de mon clan viennent venger quelque offense imaginaire, épée au poing. C'est une décision que j'ai prise seule… d'ailleurs, Cormac s'est révélé très difficile à séduire.

Payton éclata de rire.

— C'est donc un gentilhomme.

— Exactement, et tout embarrassé de scrupules à cause de ce qu'il croit nous devoir, à moi et à tout notre clan.

— Mais tu as surmonté tout ça.

— Oui. Ma mère a raison : je suis comme elle. J'ai ressenti ce qu'il éprouvait. J'ai su qu'il me désirait. C'était si étrange quand il m'a embrassée pour la première fois !

— Je me suis toujours demandé quelle part de vérité il y avait dans toutes ces histoires, dit Payton, une lueur d'intérêt dans le regard. Dieu sait que je me suis moqué de ces choses. Pour moi, ça ressemblait trop à de la magie.

— Moi aussi, et j'avais honte d'entendre ma propre mère en parler, mais je te jure, Payton, c'est la vérité. Je sens son désir. Il nourrit le mien, il se mêle à lui. C'est très difficile à décrire, et je ne suis d'ailleurs pas très sûre de bien comprendre moi-même.

— C'est sans doute la même chose qui te permet de savoir quand on ment.

— Ça expliquerait tout.

— Mais tu devrais être plus sûre de toi puisque tu sais ce que Cormac ressent.

— Je ne sais pas… je perçois son désir, sa douceur – je sens même qu'il tient à moi – mais aussi sa confusion, ses doutes… et sa souffrance. Je sais que je l'ai rendu heureux, et que sans Isabel et sa maudite promesse, il serait à moi, mais hélas, elle est là, et le dilemme que j'ai provoqué le tourmente. Je crains de ne pas avoir eu le temps de le faire complètement changer d'avis, cependant tu as raison : je dois l'affronter. (Elspeth se dégagea de l'étreinte de Payton et inspira profondément.) Le moment de vérité est venu, et je ne peux pas rester ici à me cacher.

— Je prie pour que tu obtiennes ce que tu désires.

— Moi aussi, mais tiens-toi prêt à quitter cet endroit. Pas question de demeurer plus longtemps si je découvre qu'Isabel le tient toujours dans ses filets et qu'il refuse de remettre en question son serment de jeunesse.

— Tu ne te battras pas pour lui ?

— C'est ce que je fais depuis que nous nous sommes échappés du château de Colin ! Pourquoi rester davantage si ça n'a pas suffi à le faire ne serait-ce qu'hésiter ? (Elle partit en direction de l'auberge.) Espérons seulement que s'il choisit de s'accrocher à cette traînée, j'arriverai à refréner assez ma peine et ma colère pour me retirer avec un semblant de dignité.

— Isabel ! s'écria Cormac quand la femme blonde se glissa dans la pièce. Je croyais que vous deviez envoyer quelqu'un me chercher ?

Il s'adossa contre ses oreillers. Isabel arrivait à un bien mauvais moment : les quelques allées et venues qu'il venait d'accomplir avaient peut-être renforcé ses jambes, mais elles l'avaient surtout laissé aussi faible qu'un nouveau-né. Leurs retrouvailles auraient été plus faciles s'il avait été totalement remis, et s'il avait eu l'esprit clair. De plus, il aurait préféré qu'elle ne vienne pas le trouver dans la chambre qu'il partageait avec Elspeth. Chose curieuse, il n'était pas gêné qu'elle le découvre allongé dans le lit où il avait fait l'amour à la jeune femme, mais avait l'impression de trahir Elspeth.

— Je n'en pouvais plus, mon cher amour ! répondit Isabel en se précipitant à son chevet pour lui prendre la main.

— Vraiment ? C'est pourtant vous qui avez annoncé que je devais vous attendre.

Isabel entendit le babil d'un enfant et se figea. Elle remarqua alors avec une expression dégoûtée le bébé qui jouait avec ses orteils dans son grand couffin et le gros matou gris au regard hostile.

— Ces créatures sont à vous ? demanda-t-elle.

— Oh, non, c'est Elspeth qui les a secourues. L'enfant avait été abandonné dans la nature, et le chat se faisait torturer par une bande de garnements.

Isabel étudia attentivement Cormac, espérant qu'il n'y verrait qu'une œillade aguicheuse. La situation était plus grave que prévu. Il n'avait même pas encore essayé de l'embrasser, et elle ne lisait pas dans son regard ce besoin désespéré auquel elle s'était habituée. La petite Murray l'avait de toute évidence comblé. *Que faire ? Se lancer dans une crise de jalousie, jouer à l'âme blessée, ne pas évoquer cette garce ?*

Elle décida de commencer par la colère. Si Cormac réagissait mal, elle pourrait toujours avoir recours aux larmes. Il flanchait toujours quand elle pleurait, ce qui lui permettait de le mener exactement là où elle le désirait – et pour l'instant, elle souhaitait l'emmener le plus loin possible de cette maigrichonne. Isabel avait l'intention d'y parvenir sans révéler son secret – mais si elle y était forcée, elle avait en réserve une arme redoutable qui ramènerait assurément Cormac dans son giron.

Il était à elle. Isabel avait pris son innocence et, même si elle le soupçonnait de ne pas lui avoir été complètement fidèle, elle était sûre que ses écarts de conduite avaient été bien rares. Le jeune homme la voyait comme une pauvre victime utilisée par sa famille et ses époux, ce qu'Isabel trouvait du plus haut comique. Et puis Cormac était très beau, jeune, fort et viril – peut-être même un peu trop, car elle avait déjà par trois fois dû faire le nécessaire pour se débarrasser des fruits de ses entrailles. Il était l'œuvre de sa manipulation, et la seule véritable constante de son existence. Il lui offrait amour, honneur, galanterie, plus de loyauté que quiconque, et Isabel avait bien conscience de ne rien mériter de tout cela. Elle n'était cependant nullement prête à y renoncer, et certainement pas au profit d'une enfant malingre issue d'un clan dont le principal titre de gloire était sa capacité à se reproduire.

— Vous avez peur que votre maîtresse nous trouve ensemble ? demanda-t-elle avec une pointe d'aigreur.

— Isabel..., murmura Cormac d'une voix implorante – pour s'arrêter aussitôt, assailli par un brusque ressentiment.

Elle qui n'était pas vierge quand ils avaient fait l'amour pour la première fois avait eu quatre maris, et selon la rumeur, un certain nombre d'amants.

Elle n'avait aucun droit de le sermonner ainsi, surtout quand ils passaient le plus clair de leur temps séparés.

Cormac chercha en lui la compassion qu'il avait toujours ressentie jusqu'à présent. Isabel n'avait pas choisi ses époux, et il n'avait aucune preuve qu'elle ait partagé le lit d'autres hommes. Ce n'était pas sa faute s'ils avaient dû faire face à mille obstacles. Cependant, Cormac comprit qu'il ne la laisserait pas dénigrer Elspeth et ce qu'il avait partagé avec elle. Il était peut-être temps pour Isabel de faire à son tour preuve d'un peu de mansuétude.

— Laissez Elspeth tranquille, ce n'est pas votre problème, déclara-t-il froidement en lui caressant la main pour adoucir la rudesse de ses paroles.

— Comment pouvez-vous dire une chose pareille, mon amour ?

— Je ne pense pas que vous puissiez comprendre. Elspeth m'a sauvé la vie, par deux fois. La dette que j'ai envers elle et son clan est inestimable… et nous sommes amis.

Cormac se rendit compte non sans surprise qu'il pensait de tout son cœur ce qu'il venait de dire.

— Et c'est tout ce que vous avez besoin de savoir, conclut-il.

Des amis ? Isabel savait que Cormac ne verrait jamais leur relation ainsi. Elspeth détenait une partie de son cœur qu'elle-même n'avait jamais atteinte, ce qui la mettait en rage. Il lui échappait, elle le sentait à sa froideur. Elle serra convulsivement sa main, feignant de ne pas voir son air perplexe.

— Je suis désolée, fit-elle d'une voix qu'elle espérait accablée. Je crois que sa présence à vos côtés me ronge. Depuis que je l'ai vue, je crains qu'elle ne vous ravisse. C'est pour cela que je vous ai tout d'abord repoussé : je voulais vous faire attendre. C'était ma jalousie qui s'exprimait.

Son désarroi attisa la culpabilité de Cormac, même si selon lui cette dernière n'était pas aussi profonde qu'elle l'aurait dû. Il s'était voué à cette femme et l'épouserait sans doute bientôt : il ne devait pas avoir de secrets pour elle. Cependant il n'avait aucune envie de passer aux aveux ni de s'excuser.

Isabel s'assit sur le lit, se pressa doucement contre sa poitrine et Cormac passa un bras autour de ses épaules. Il ne l'avait pas enlacée depuis près d'un an, et pourtant il ne ressentait pas la moindre étincelle de désir – sans doute parce qu'elle était contrariée, et avait besoin d'être réconfortée et non séduite, se répétait-il sans toutefois y croire.

— Vous n'avez aucune raison d'être jalouse, mentit-il – une autre première avec Isabel, ce qui là encore ne le dérangeait pas autant qu'il l'aurait souhaité.

— Cormac, je ne pourrais pas supporter de vous perdre.

— Ça n'arrivera jamais, Isabel. Nous nous sommes promis l'un à l'autre.

— Je n'avais aucun droit de m'accrocher ainsi à vous. Je devrais vous délier de cette promesse que nous nous sommes faite alors que nous n'étions que des enfants. Je vous ai égoïstement condamné à la solitude, mais c'est parce que j'ai tant besoin de vous ! Sans votre amour, je dépérirais… Mais je ne peux vous obliger à partager mon malheur.

Isabel parlait d'une voix douce, tremblante, et sa tristesse était palpable. Cormac aurait dû sans attendre lui jurer fidélité, répéter son serment et lui faire l'amour. Pourtant, il avait l'impression de jouer quelque comédie morbide. Il avait vieilli, changé, Isabel aussi, maris et amantes étaient venus puis repartis, mais cette mascarade restait la même. Isabel se maudissait pour son égoïsme, annonçait qu'elle allait le libérer, et Cormac promettait à son tour qu'il ne voulait rien d'autre qu'être avec elle… mais cette fois, il découvrit qu'il n'en avait aucune envie.

Pendant dix longues années, il avait murmuré les mots qu'Isabel espérait à présent. Ils auraient dû lui venir facilement, mais demeuraient inexplicablement bloqués dans sa gorge. Les exigences de la jeune femme l'irritaient grandement. N'avait-il pas prouvé son dévouement à maintes reprises au cours des dix dernières années ? N'avait-il pas accouru une fois de plus quand elle l'avait appelé ? Malgré la place qu'avait prise Elspeth dans sa vie, n'avait-il pas prévenu Isabel de son arrivée, et accepté docilement d'attendre qu'elle le mande ? Combien de preuves de sa fidélité cette femme allait-elle encore lui réclamer ?

Ce n'était certainement pas normal. Cormac ne ressentait pas cette soif dévorante qui le torturait d'ordinaire dès qu'il voyait Isabel. Les heures passées dans les bras d'Elspeth au cours de la nuit précédente n'expliquaient pas tout, toutefois elles lui donnaient une excuse raisonnable à laquelle il se cramponna. Une petite voix lui suggérait d'ouvrir les yeux afin de constater qu'il était libéré de l'emprise d'Isabel ; elle lui expliqua même qu'il pouvait trouver un moyen de rompre sa promesse sans se déshonorer, mais Cormac la fit taire.

Il refusait d'admettre qu'il avait perdu dix ans de son existence à jouer à l'imbécile dévoué, et fait une erreur en prêtant un serment qu'il ne pouvait rompre mais regretterait jusqu'à la fin de ses jours. Il était fatigué, voilà tout : Elspeth l'avait épuisé, et la passion qu'il avait éprouvée pour elle s'estomperait avec le temps. Bientôt, les sentiments qu'Isabel avait toujours éveillés reviendraient. Il n'avait qu'à attendre un peu.

— Cormac ? demanda Isabel, car il n'avait toujours rien dit.

La jeune femme l'embrassa dans le cou, geste qu'il avait toujours aimé, et le sentit avec stupéfaction se raidir, de façon croissante. Elle entendit derrière la porte le bruissement caractéristique d'une robe qui traînait sur un sol couvert de paille. Son instinct lui soufflait que ce n'était pas une banale domestique, mais bien Elspeth qui s'apprêtait à entrer dans la pièce. Isabel aurait certes du mal à ramener Cormac dans son giron, mais elle savait que c'était encore possible – à condition de ne plus avoir la petite Murray dans les parages. Isabel avait, pour cela, besoin que Cormac ne se rende pas tout de suite compte que la jeune fille était de retour. Elle prit son visage à deux mains, pressa ses lèvres contre les siennes, et cacha sa fureur quand il tarda à lui rendre son baiser passionné.

— Ah, Cormac, mon amour, je me suis tant languie de vous, murmura-t-elle assez fort pour qu'on l'entende dans le couloir. Notre flamme brûle toujours.

Elle le tenait toujours pour l'empêcher de bouger, mais remarqua que son regard dérivait légèrement.

— C'est vrai, elle n'a jamais arrêté, répondit Cormac, qui n'en pensait rien.

Ce n'était pas entièrement un mensonge, car il était sûr que sa passion reviendrait dès qu'il aurait recouvré ses esprits.

Isabel, consciente qu'elle aurait tout le mal du monde à lui arracher de grandes déclarations, décida d'orienter leur conversation. Si elle posait les bonnes questions et employait les mots adéquats, elle pourrait obtenir ce qui, vu de l'extérieur, ressemblerait à des mots d'amour. Cormac ne jurerait sans doute pas que son cœur était à elle et à elle seule, mais Isabel voyait très bien comment en donner l'impression à leur spectatrice. Elle devait juste veiller à ne pas tourner la tête afin de s'assurer qu'Elspeth était bien là.

— Après toutes ces années et toutes ces nuits, vous ne pouvez pas me rejeter comme un chien délaisse un os trop rongé.

— Mais bien sûr que non ! répondit Cormac, irrité de devoir une fois encore rappeler à Isabel qu'il n'était pas homme à rompre ses promesses.

— Vous m'avez rendue si heureuse, et j'ai eu si peur, Cormac !

— Il n'y a aucune raison à ça, ma douce. Je suis là pour vous, comme toujours, comme je vous l'ai juré.

— Je pourrai toujours compter sur votre amour ?

— Évidemment !

Cormac parlait sans vraiment réfléchir, en grande partie par habitude. Il agissait comme il l'avait toujours fait, et c'était ce pour quoi il était venu. Il ne prêtait pas vraiment attention à ce que disait Isabel, l'esprit accaparé par leur baiser. Il avait été agréable, mais guère plus, et Cormac commençait à penser que ce n'était pas seulement en raison de son épuisement. Il redoutait à vrai dire qu'Elspeth ne le surprenne en train d'embrasser Isabel, et avait même envie que cette dernière s'en aille, ce qui n'avait aucun sens : il rêvait de leurs retrouvailles depuis des mois ! Tant pis, il s'efforcerait de la rassurer, puis lui demanderait de partir, ce qui lui laisserait enfin le temps de réfléchir à tête reposée.

— Je suis si heureux que vous soyez venu, mon amour, dit Isabel en lui effleurant les lèvres. Nous allons enfin pouvoir être ensemble, comme nous l'avons toujours voulu. N'êtes-vous pas heureux ?

— Bien sûr que si, Isabel. N'est-ce pas ce que je désire depuis dix ans ?

Dans ce cas, pourquoi se sentait-il pris au piège ?

— Mais nous devrions peut-être quitter cet endroit avant qu'on nous découvre, reprit-il.

— Ça m'est égal ! annonça Isabel avec un élan qu'elle jugea admirable. J'en ai assez de cacher mes sentiments. Il est grand temps de prendre nos désirs à bras-le-corps et d'oublier les convenances. Je veux crier notre amour de la mer du Nord jusqu'à la Tamise !

Cormac se retint de justesse de hurler « Par pitié, non ! » Il aurait dû être ravi qu'Isabel ait enfin le courage d'annoncer qu'elle l'aimait au grand jour, mais la seule chose à laquelle il pensait, c'était qu'il allait faire souffrir Elspeth. Une fois encore, il comprit qu'un événement étrange allait se produire, et qu'il avait désespérément besoin d'être seul pour se concentrer.

— Isabel, je suis fou de joie, car Dieu sait à quel point j'ai rêvé de faire cela. Je crois cependant qu'un peu de prudence est de mise. (Cormac vit qu'Isabel était sur le point de fondre en larmes, et il l'embrassa précipitamment.) Nous sommes plus vieux aujourd'hui, trop sages pour faire de telles folies. Essayons d'agir avec un peu de discrétion.

— Je comprends, vous voulez parler à votre catin. Je patienterai – mais pas très longtemps.

Avant que Cormac puisse réprimander Isabel pour l'âpreté de ses paroles, une voix rauque et familière lança :

— Pourquoi attendre ? Réglons cette affaire ici et maintenant.

Cormac aurait volontiers hurlé de panique et de frustration.

Chapitre 14

Elspeth avait l'impression qu'elle allait voler en éclats ; chaque battement de son cœur était accompagné d'une vive douleur qui la parcourait tout entière. Elle n'aurait su dire ce qui faisait le plus mal : voir Isabel et Cormac enlacés, ou les paroles de ce dernier. Les mots, sans doute, car ils sonnaient le glas de tous ses espoirs. Elle avait perdu.

La jeune fille tremblait, poussée par une soudaine soif de violence. Elle voulait arracher Isabel des bras de Cormac et la gifler jusqu'à ce qu'elle perde connaissance. Elle aurait aussi volontiers rossé Cormac, de préférence avec un gourdin, pour lui apprendre à être si aveugle. Tout cela n'aurait pourtant servi à rien. Elspeth le savait, et elle se cramponna aux montants de la porte jusqu'à ce qu'elle ait recouvré son calme.

— Elspeth, depuis combien de temps es-tu là ? demanda Cormac en se dégageant.

Il n'avait rien trouvé d'autre à dire.

— Assez longtemps.

Trop, même, songea Cormac. Le teint pâle et les lèvres pincées de la jeune fille lui apprirent qu'elle avait probablement tout entendu. Il avait envie de se ruer à ses côtés pour lui avouer que tout cela n'était que mensonges et retirer la moindre de ses paroles. Tout pour faire disparaître cette lueur peinée de ses beaux yeux. Cependant, il ne pouvait pas faire cela à Isabel. Elle ne méritait pas plus qu'Elspeth d'être blessée… et en cet instant, il n'était plus vraiment sûr de lui avoir menti. Il avait besoin de temps pour examiner sa conscience, un luxe qui ne lui serait pas accordé.

— Elspeth, je dois te parler, fit-il en ne lançant qu'un bref regard à Isabel.

— Je crois que nous n'avons rien à nous dire.

— Bien sûr que si, mon enfant, intervint Isabel. Je vais vous laisser.

Elle lissa les plis de sa robe, suggérant ainsi que Cormac et elle s'étaient livrés à de vigoureux ébats, puis embrassa doucement le jeune homme sur les lèvres – sans manquer de pester contre son manque d'enthousiasme.

— Faites-moi prévenir quand vous serez de nouveau libre, mon amour.

Elspeth se retint de faire un croc-en-jambe à Isabel quand celle-ci passa à côté d'elle. L'expression suffisante qu'arborait son visage parfait lui donnait envie de hurler. Pourquoi fanfaronner ? Toutes deux savaient qu'elle avait gagné.

Et quel était son prix, au juste ? songea Elspeth en regardant Cormac. Dans son cœur, la douleur avait cédé le pas à la colère, et elle s'y cramponna de toutes ses forces. Ce n'était qu'un idiot. Elle s'était donnée tout entière à cet homme, et il se raccrochait à une femme qui ne faisait que se jouer de lui. Isabel se servait de son sens de l'honneur pour le garder captif. Elspeth se demanda à quel moment elle-même était devenue aussi aveugle que lui. Comment expliquer sinon qu'elle ait tenté avec tant d'acharnement de conquérir un homme qui ne voyait pas au-delà d'un joli minois, qui aurait continué à penser qu'Isabel était une pauvre victime s'il l'avait trouvée penchée sur le corps de son défunt mari, une dague ensanglantée à la main ?

Cormac se leva en vacillant et maudit sa faiblesse. Il n'aurait pas dû essayer de marcher après les délicieux efforts de la nuit. Il aurait préféré pouvoir se tenir bien droit et, si nécessaire, tenir fermement Elspeth dans ses bras. Au lieu de cela, il devrait se reposer sur ses seules paroles, et ne voyait pas comment elles pourraient apaiser la jeune fille. Il se demandait encore par où commencer quand Elspeth entreprit de rassembler ses affaires.

— Que fais-tu ? questionna-t-il.

— Je m'en vais, répondit la jeune femme en fourrant ses rares effets dans un petit sac.

— Elspeth, nous devons parler.

— De quoi ?

— De ce que tu as vu ou entendu ici.

— J'ai vu et entendu deux vieux amants prêts à reprendre les choses là où ils les avaient laissées. J'ai compris que tu ne pouvais pas rompre une promesse, peu importe si elle est vieille et si vous avez tous deux beaucoup changé. C'était tout ?

— Je ne reprenais rien du tout, répondit Cormac en se passant une main dans les cheveux.

— Tiens donc ! (Elspeth serra farouchement les cordons de son sac, se figurant que c'était le cou de Cormac.) Elle avait mis sa langue dans ta bouche pour te dire adieu ?

— Tu savais que j'étais venu ici pour la voir.

— C'est vrai, et je suis une belle idiote d'avoir cru que ce qui s'est passé entre nous allait modifier quelque peu tes projets. Il semblerait que l'élue de ton cœur ait raison, il est temps de faire tes adieux à la catin.

— Isabel n'aurait pas dû parler de toi ainsi.

— Inutile de t'excuser pour elle. Elle s'est montrée grossière, mais n'essaie pas de me faire croire qu'elle ne pense pas ce qu'elle a dit.

— Elle ne se le serait jamais permis si elle avait su que tu l'entendais.

Elspeth se demanda comment un homme habituellement intelligent pouvait se montrer aussi stupide.

— Mais elle le savait parfaitement !

La jeune fille installa Alan dans son écharpe, puis Bouillasse dans sa sacoche.

— Non… (Cormac s'arrêta net quand il vit le regard écœuré d'Elspeth.) Essaie de comprendre. Je me suis promis à elle. Isabel a eu une vie très dure, très malheureuse. Elle a besoin de moi.

N'y tenant plus, Elspeth frappa Cormac avec son sac, à deux reprises. Elle fut tout d'abord horrifiée de s'en être prise ainsi à un homme blessé, mais très vite Cormac se redressa et lui lança un regard courroucé. Quand elle comprit qu'elle ne lui avait pas fait mal, elle eut aussitôt envie de recommencer. Elle voulait le faire souffrir, et il ne lui restait plus que cette option, puisqu'elle ne pouvait atteindre son cœur de pierre. En d'autres termes, il était grand temps de partir. Bridée, la jeune femme déversa un flot de paroles venimeuses :

— Oui, la pauvre petite Isabel. Allez, précipite-toi à ses côtés comme tu l'as toujours fait, même si je ne vois pas ce que tes dix années de calvaire t'ont apporté. La plupart des hommes auraient considéré leur serment caduc après un mariage… et elle en a eu quatre !

— Des unions forcées ! Ce n'est pas sa faute si nous devons être aussi souvent séparés. Je suis désolé si tu as l'impression que je me suis servi de toi.

— C'est pourtant ce que tu as fait.

— Je ne crois pas t'avoir entendue souvent pleurer ! gronda Cormac, furieux contre lui-même d'être à l'origine d'une telle pagaille, et contre Elspeth pour ces mots qui le touchaient en plein cœur.

— Je ne parle pas de toutes nos gambades. Tu n'as jamais envisagé de changer d'avis, de me donner plus que de l'amour charnel. Je ne représentais pour toi que deux cuisses ouvertes à ta disposition, et tu ne m'as jamais laissé la chance d'être autre chose.

— Parce que je croyais que tu ne le voulais pas, murmura Cormac, qui savait que ce n'était pas entièrement vrai.

— Dans ce cas, tu es encore plus idiot que je ne le pensais... ou alors tu es un sacré menteur. (Elle le vit rougir, et sut que son sourire cruel avait fait son effet.) Pendant un temps, j'ai cru être aussi stupide que toi, à courir après ce que je ne pouvais pas avoir. Ma seule consolation, c'est qu'au moins moi, je sais que j'ai perdu mon temps.

— Reste un peu, au moins le temps de recouvrer ton calme, dit Cormac en s'avançant vers elle, les bras tendus.

— Ne me touche pas ! répliqua-t-elle en écartant sa main. Rester ? Non merci. Je n'ai pas le courage de t'admirer agenouillé aux pieds de ton Isabel, occupé à réfléchir sur ce que tu vas bien pouvoir faire de moi. Tu ne le croiras peut-être pas, mais j'ai ma fierté, et je ne te laisserai pas la piétiner encore davantage. Je t'ai dit que je n'attendais pas de promesses de ta part, je le sais, mais ça ne signifie pas que tu n'as pas à me respecter. Tu as fait ton choix.

— Tu ne peux pas demander à un homme d'oublier les dix années qu'il a passé avec une femme en deux ou trois jours ! Pas quand il a fait une promesse !

— Non ? Je t'aimais, Cormac. Je t'ai offert tout ce qu'une femme peut donner à un homme. J'ai renoncé à ma fierté, à ma virginité et à mon cœur, et j'aurais été prête à te céder n'importe quoi si tu en avais exprimé le souhait.

Tout en parlant, elle sentit sa colère gonfler, sa douleur se libérer lentement de ses entraves, et sa voix vaciller.

— Je me demande si tu sais ce qu'est l'amour, poursuivit-elle. Moi, je ne t'aurais jamais quitté. On n'aurait jamais eu à me traîner, enchaînée, devant l'autel pour que j'y épouse un autre homme. J'aurais été à tes côtés pendant que tu fuyais les Douglas, et j'aurais retourné chaque rocher d'Écosse pour retrouver le véritable meurtrier. J'aurais clamé ton innocence d'un bout à l'autre du pays. Voilà ce qu'est l'amour. Ce n'est certainement pas papillonner d'un mari à l'autre et t'appeler uniquement quand la situation est sur le point de mal tourner.

» Soit, tu as fait ton choix, et ton précieux honneur est sauf. Malgré ma douleur et ma colère, je prie pour qu'Isabel soit bien une pauvre ingénue, mais crois-moi, tu risques d'être déçu. Peut-être penseras-tu à moi, un jour, à ce que je t'ai offert, et à la façon dont tu as rejeté tout ça – car c'est bien ce que tu as fait. Écoute-moi bien : si en fin de compte tu me choisis une fois que je serai partie, il te faudra bien plus que des sourires et de belles paroles pour m'exposer à cette torture une seconde fois. Tu devras ramper, comme tu l'as fait pour Isabel au cours de ces dix années perdues.

Cormac paraissait abasourdi, les yeux écarquillés. Elspeth secoua la tête et quitta la pièce en refermant doucement la porte derrière elle. Le claquement du loquet sembla si définitif qu'il résonna jusque dans les tréfonds de son âme. Elle ne fut pas surprise de trouver Isabel qui l'attendait à la sortie de l'auberge.

— Vous n'êtes pas allée bien loin, dit Elspeth en s'efforçant de dissimuler son aversion pour la jeune femme.

— Non, car je voulais m'assurer que c'était bien ce que vous feriez… partir loin, j'entends, rétorqua celle-ci avec un petit sourire.

— Vous n'avez pas la victoire discrète, je me trompe ? Ce n'est pas très élégant.

Isabel la foudroya du regard.

— Oui, j'ai gagné. Je suis heureuse que vous ayez le bon sens de l'admettre. D'autres femmes auraient tenté de se battre pour l'homme qu'elles désirent.

— Vous croyez que je ne l'ai pas fait ? J'ai lutté très dur, mais on ne triomphe pas si facilement de dix années de servitude. Dix années passées à aimer une femme qui n'a jamais vraiment existé, à honorer une promesse qu'il n'aurait pas dû faire… Oui, vous pouvez sourire. Vous avez emporté le droit de continuer à vous amuser avec ce pauvre idiot… mais pour combien de temps encore ? Vous jouez à un jeu dangereux, madame. Cormac est bien le seul à croire que vous êtes une malheureuse obligée de se plier à la volonté d'une famille cupide. Je suis sûre qu'aujourd'hui, son satané sens de l'honneur est la seule chose qui le retienne. Son clan voit clair dans votre manège, ses amis aussi. Vous ne pourrez pas cacher éternellement votre vraie nature à Cormac.

— Et vous croyez qu'il courra se jeter dans vos bras ?

— Peut-être, mais cela n'a pas d'importance. Il vous fuira, c'est le principal, et c'est d'ailleurs ce qui pourrait vous arriver de mieux. Après tout, il pourrait aussi bien décider de vous faire payer vos fourberies, et je n'aimerais pas me retrouver devant un homme qui sait que vous l'avez ridiculisé pendant la plus grande partie de sa jeunesse.

— Cormac m'aime, et m'a toujours aimée. Vous ne pouvez pas m'enlever ça, et cela vous ronge.

— C'est possible, bien que vous vous demandiez si c'est encore de l'amour, ou simplement l'entêtement d'un être incapable de manquer à sa parole. Certes, il semble vous avoir choisie, mais sachez que je ne disparaîtrai pas comme vous l'espéreriez. Je me suis immiscée en lui, dans ses souvenirs, et aussi un peu dans son cœur. Vous ne saurez jamais vraiment quand il pensera à moi, ni s'il est en train de nous comparer…

— Et vous croyez vraiment que vous pourriez en sortir gagnante ? ricana Isabel.

— Oui, car je lui ai donné la seule chose que vous ne pouvez offrir – ni à lui ni à personne.

— Si vous vous imaginez que nous sommes restés chastes, c'est que vous êtes bien une idiote.

— Je ne vous parle pas de passion, madame, mais d'amour. J'ai aimé Cormac de tout mon être, sans retenue, sans rien demander. Il le sait, car je le lui ai dit. C'est la raison pour laquelle vous ne me battrez jamais vraiment. Vous ne l'avez jamais aimé ; vous avez craché pendant dix ans sur un cadeau que bien des femmes auraient tué pour avoir. Vous avez abusé de son honneur, de sa flamme, et pour ça, je vous mépriserai à jamais. Pour moi, vous êtes encore plus aveugle que ce pauvre homme.

Elspeth sut à la moue méprisante d'Isabel qu'elle ne pouvait tout simplement pas comprendre.

— Jolie tirade. Vous partiez, je crois ?

— Oui, Payton m'attend. Vous connaissez mon cousin, je crois, sir Payton Murray.

C'était un peu cruel de sa part, mais Elspeth se réjouit de voir Isabel pâlir. Cette femme dispensait décidément ses charmes avec beaucoup trop de largesse. C'était à se demander comment les ragots à son sujet ne rendaient pas fou Cormac – mais après tout, il ne les écoutait sans doute pas, comme il en avait l'habitude dès qu'il était question d'Isabel. Elspeth leva les yeux au ciel quand sa rivale, qui avait deviné qu'elle ne se donnerait pas la peine de révéler cette infidélité à Cormac, s'enquit avec avidité :

— Payton est à la cour ? C'est un formidable amant, vous savez.

— Isabel, vous devriez vraiment vous montrer plus discrète, et moins vorace. Si vous ne commencez pas à serrer un peu les cuisses, il n'y aura bientôt plus un seul homme en Écosse que Cormac pourra regarder dans les yeux.

Elspeth s'éloigna sans prêter attention aux insultes d'Isabel. Perdre face à une adversaire pareille la rendait malade, mais elle fit tout son possible pour marcher la tête haute. La jeune fille était incapable de cacher sa douleur, mais elle voulait montrer à Isabel qu'Elspeth Murray n'était pas femme à se laisser abattre.

Quand elle arriva devant lui, Payton se leva, la contempla longuement, et tendit les bras vers elle. Elle accepta son étreinte sans hésiter, mais ne s'accorda que quelques secondes de ce réconfort ; davantage, et elle se serait mise à pleurer comme un nourrisson affamé.

— Je suis prête à rentrer à Donncoill, dit-elle en se dégageant.

Payton observa ses deux compagnons, le sourire aux lèvres.

— J'aurais été étonné que tu ne nous ramènes pas une ou deux créatures abandonnées.

Il ébouriffa les boucles brunes de l'enfant et gratta le chat sous le menton.

— Ce petit avait été laissé près de la route pour qu'il y meure, et personne dans le village voisin ne voulait de lui. Je l'ai appelé Alan. Quant à ce matou, je l'ai recueilli alors qu'il se faisait cruellement torturer par d'horribles garnements. Depuis que je l'ai soigné, il ne veut plus me quitter. J'ai trouvé que Bouillasse lui allait bien.

Elle caressa la tête de l'animal, dont l'énorme ronronnement fit beaucoup rire Payton.

— Tu laisses donc cet idiot ici.

— Oui, il a fait son choix.

— Et tu n'as pas envie de rester pour tenter de le faire changer d'avis ?

— Non, j'ai tout essayé, en vain. Tant qu'il n'aura pas compris qu'Isabel se sert de son honneur contre lui et ne le mérite pas, il se cramponnera à son serment.

— Tu ne crois pas qu'il aura des regrets ? Qu'il te cherchera ? demanda Payton en accrochant les bagages d'Elspeth sur l'un de ses chevaux.

— Je ne lui ai pas dit que j'attendrais, répondit Elspeth en haussant les épaules.

— C'était sans doute plus sage.

Elle se mit en selle et baissa la tête vers Payton, qui la regardait avec inquiétude.

— Je crains de ne pas avoir complètement gardé mon sang-froid. Mes paroles ont parfois dépassé ma pensée… je lui ai dit que je voudrais peut-être encore de lui s'il rampait devant moi comme il l'a fait pendant dix ans pour Isabel. (Elle ne s'étonna pas de voir Payton grimacer.) Je ne pense pas qu'il m'ait prise au sérieux.

— Moi non plus. Cousine, il faut rentrer à Donncoill. Peut-être qu'un peu de temps, un peu de distance…

Il n'acheva pas sa phrase et se contenta de lui tapoter le genou avant de rassembler ses hommes.

Puisqu'ils étaient partis assez tard, ils ne chevauchèrent que pendant quelques heures avant de camper pour la nuit. Taciturnes, maussades, ils partagèrent pain, fromage et vin autour d'un petit feu. Elspeth avait conscience d'être responsable de l'humeur de ses compagnons de route, mais elle ne savait pas comment y remédier – et n'en avait pas vraiment envie. Elle faisait déjà de gros efforts pour ne pas éclater en sanglots.

S'occuper d'Alan – inhabituellement calme, lui aussi – l'y aida un peu. Bouillasse partit chasser son dîner, et revint peu de temps après que l'enfant s'était endormi pour se rouler en boule contre le couffin. Elspeth aida à débarrasser le repas, étendit sa paillasse près de celle de Payton et s'enroula dans ses couvertures en appelant le sommeil de ses prières.

Ce dernier ne vint pas. Elle écouta ses compagnons couvrir le feu et décider de qui monterait la garde. Ils s'allongèrent sur leurs lits de fortune, et certains souhaitèrent doucement « bonne nuit » à Alan. Un ronronnement lui apprit que Bouillasse avait même reçu quelques caresses, et elle entendit une voix le féliciter de veiller si bien sur le bébé.

Le temps que Payton se couche, Elspeth avait compris qu'elle ne dormirait guère cette nuit-là. Elle écouta le jeune homme s'étirer, se retourner plusieurs fois jusqu'à trouver une position confortable, se gratter, puis bâiller. Il cessa enfin de bouger, mais Elspeth savait qu'il la regardait, et refusa de se tourner vers lui.

Elle contempla un moment les étoiles, puis se concentra sur la lune. Elle lissa sa couverture.

Regarda de nouveau les étoiles. La nuit serait très longue.

Elspeth n'avait qu'une envie : pleurer. Hurler sa douleur. Les sanglots lui brûlaient la poitrine. Sa gorge était si nouée qu'elle s'étonnait de ne pas s'être encore étranglée. Cependant, elle ne pouvait pas s'épancher ainsi devant ces hommes ; elle risquait de les embarrasser terriblement. Elle redoutait également, si elle commençait à laisser couler ses larmes, de ne plus pouvoir s'arrêter.

— Personne ne t'en voudra si tu pleures, Elspeth, dit Payton.

— Je sais, mais ça n'arrivera pas.

— Parce qu'il n'en vaut pas la peine ?

— Lui, peut-être pas, mais tout ce que nous avons partagé ensemble, si. Pourtant, peut-on vraiment reprocher à quelqu'un de vouloir tenir parole ?

Payton passa un bras autour de la taille d'Elspeth et la serra contre lui. Il ne l'avait jamais vue si tendue, et cela le préoccupait grandement. D'ordinaire, Elspeth ne cachait guère ses émotions, et cette froideur ne lui ressemblait pas. Elle l'avait sûrement apprise auprès de ce maudit Cormac.

— Tu es jeune, Elspeth. Tes blessures finiront par se refermer. Je sais que ce ne sont pas des paroles très originales et qu'elles ne te sont pas d'un grand réconfort pour l'instant, elles n'en sont pas moins vraies.

— Je le sais bien, et pourtant, je crois que je ne pourrai jamais aimer autant un homme.

C'est étrange, mais j'ai beau être folle de rage et terriblement triste, j'ai tout de même de la peine pour lui. Je me surprends à espérer qu'il trouvera le bonheur et qu'il ne paiera pas trop cher le fait de m'avoir préféré son honneur. Je me demande même s'il est encore temps de retourner là-bas pour le tirer des griffes d'Isabel. Je ne suis pas très logique : je veux lui faire autant de mal qu'il m'en a fait, mais je refuse qu'on le fasse souffrir.

— C'est compréhensible, tu l'aimes. Je n'ai pour ma part jamais été amoureux, mais je crois fermement que tout finit par passer. L'amour est un sentiment qui doit être échangé et nourri si on ne veut pas qu'il dépérisse. (Payton hésita un instant.) Que feras-tu s'il t'a mise enceinte ?

Elspeth sentit la peur et l'espoir lui serrer le cœur. Imaginer la somme de problèmes que cela lui attirerait lui donnait le tournis. De plus, les siens seraient déçus, blessés… pendant un temps tout du moins. Elle ne craignait cependant pas de perdre leur amour et savait avec certitude qu'ils chériraient tous cette nouvelle créature. Cormac, quant à lui, devrait veiller à éviter les Murray comme il l'avait fait avec les Douglas pendant des années. Elle pourrait toujours faire promettre aux membres de son clan de ne pas le tuer ni le blesser, mais ils trouveraient sûrement d'autres moyens de faire de sa vie un enfer.

Pourtant, envisager qu'elle aurait une petite partie de Cormac à aimer l'emplissait d'espoir et de joie. Certes, un enfant l'empêcherait aussi de chasser complètement son bien-aimé de ses pensées. Ses souvenirs seraient ravivés chaque fois qu'elle regarderait l'être qu'ils avaient conçu ensemble. Elspeth pouvait seulement espérer que ceux-ci seraient bientôt plus doux que pénibles.

— Je ne le saurai pas avant quelques jours, et si c'est le cas… ce sera un événement à la fois joyeux et triste, que j'affronterai le moment venu.

— Tu serais sûre de ne jamais trouver un mari.

— C'est déjà le cas, non ? (Elle sentit les larmes lui monter aux yeux.) Je savais très bien ce que j'avais à perdre quand j'ai décidé d'aimer Cormac, et de le forcer à m'aimer. Je n'avais pas le choix. Je crois que je me suis éprise de lui la première fois que je l'ai vu, même si je n'étais qu'une enfant. Je savais déjà qu'il était ma moitié, ce que notre premier baiser m'a confirmé. Dans mon arrogance, ou peut-être ma naïveté, j'ai pensé qu'il le comprendrait lui aussi. Que je n'avais qu'à lui mettre le nez dessus pour qu'il voie. J'aurais pu le rendre si heureux, Payton.

Elle se mit à sangloter doucement, et se rendit compte que libérer un peu du chagrin qui lui tordait les entrailles n'était en fin de compte pas une mauvaise idée.

Payton déposa un baiser au sommet de son crâne.

— Je sais, cousine. En refusant ce cadeau pour préférer une garce comme Isabel, il nous a montré quel bel imbécile il est.

— Ils ont sûrement fait des cabrioles toute la nuit ! gronda Isabel. Leur chambre empestait le stupre !

Sir Kenneth Douglas, affalé sur leur lit, regarda son amante faire les cent pas.

— Une odeur que tu connais bien.

Isabel lui lança un regard furieux. À ce moment précis, elle ne s'émouvait nullement du spectacle de cet homme nu et manifestement très excité. Depuis qu'elle avait épousé pour son premier mariage le cousin de ce dernier, ils étaient liés par le désir et le sang qui souillait leurs mains. Ils n'étaient certainement pas fidèles l'un envers l'autre et collectionnaient les aventures comme bon leur semblait, mais d'une certaine façon, ils étaient comme mariés. Leurs projets pour devenir riches et puissants grâce aux époux de la jeune femme les gardaient aussi bien ensemble que le désir insatiable qu'ils partageaient. Kenneth était le seul homme qu'elle n'avait jamais réussi à mener par le bout du nez. Avec ses cheveux noirs, ses yeux sombres et son teint basané, il paraissait plus espagnol qu'écossais. Il avait également l'air froid, dur et dangereux – ce qui faisait bouillir le sang d'Isabel. Il lui rappelait constamment ce qu'elle était vraiment, et elle admettait avec un profond dégoût que ses insultes, proférées d'une voix douce, l'excitaient.

— Quoi qu'il en soit, cette Elspeth ne nous posera plus de problèmes, dit-elle. Elle n'aura pas été bien difficile à évincer.

— Tu en es sûre ?

— Je l'ai vue partir avec sir Payton, son sac, un bébé sorti de Dieu sait où et un chat monstrueux.

— Loin des yeux, certes, mais loin du cœur ? Il te faudra un bon moment avant d'être certaine que son souvenir ne hante pas Cormac. Si c'est le cas, il ne sera sans doute plus aussi docile. Elle pourrait lui faire reconsidérer les choses.

— Et tu crois que ça le rendrait dangereux ?

— Il en sait beaucoup sur toi, Isabel. Trop. Jusqu'ici, sa dévotion aveugle et son attachement incompréhensible à un serment que n'importe qui aurait oublié depuis longtemps l'ont empêché d'y voir trop clair. Mais supposons que quelqu'un lui ait fait un peu oublier ta divine personne… (Isabel fronça les sourcils, vexée par le ton sarcastique de Kenneth.)… il va commencer à réfléchir un peu plus à ce qu'il a entrevu… et à en comprendre l'importance.

— Tu veux te débarrasser de lui, soupira à regret Isabel en enlaçant de ses doigts gracieux l'érection de l'homme.

— Ce serait sans doute le mieux à faire, mais non, nous n'allons pas gâcher son sacrifice. À moins qu'il ne nous oblige à agir plus vite que nous ne le voudrions, nous allons attendre de l'avoir bien utilisé. Il pourrait mourir en te protégeant ! Voilà qui devrait plaire à sa petite âme chevaleresque.

— Je ne veux pas en parler maintenant, dit-elle en se penchant pour remplacer ses doigts experts par sa langue.

— Des regrets ? Il te manquera ? demanda Kenneth.

Celui-ci n'était pas le seul à savoir narguer avec le sourire.

— Il avait quelques qualités que je regretterai beaucoup, répondit-elle en pressant doucement le sexe de son partenaire.

Isabel songea qu'elle ne mentait pas complètement – mais oublia tout ceci avec un ronronnement de plaisir quand son amant décida de relever le défi qu'elle lui avait lancé.

Chapitre 15

Cormac se leva en jurant. Depuis trois jours, il n'arrivait pas à trouver le sommeil. Dès qu'il fermait les yeux, il voyait le visage blessé d'Elspeth, entendait sa voix pleine de douleur, et se rappelait chacune de ses paroles. Depuis son départ, l'homme avait employé le plus clair de son temps à se convaincre qu'il n'était pas l'imbécile qu'elle lui avait dépeint. Heure après heure, il luttait contre le vide qui le hantait, sa douleur à peine contenue par les doutes et le déni. Il avait l'impression d'avoir fait la plus grosse erreur de sa vie en ne retenant pas Elspeth.

Il s'approcha de la fenêtre et s'absorba dans la contemplation de la rue en attendant que le quatrième jour commence. Ses nuits ne lui servaient plus qu'à se débattre contre des pensées aussi stériles que perturbantes. Chaque fois qu'il parvenait à s'endormir quelques minutes, c'était pour se réveiller en sueur, rongé par un douloureux désir, un vulgaire oreiller serré dans les bras – encore légèrement imprégné d'une odeur de lavande, son odeur à elle.

Il devait alors de nouveau combattre ce déchirement effroyable. Même l'horrible chat lui manquait.

Plus inquiétant encore : Cormac n'avait pas la moindre nouvelle de la femme qui avait provoqué ce chaos d'émotions, cet interminable examen de conscience. Isabel avait surgi comme une tornade pour demander son dû, lui arracher des mots d'amour, puis repartir. Encore sous le choc de sa douloureuse altercation avec Elspeth, l'homme avait docilement envoyé quelqu'un annoncer à Isabel que son amante était partie, mais la jeune femme était restée depuis parfaitement muette.

Qu'Isabel l'ignore ainsi après qu'il eut fait ce qu'elle voulait ne faisait qu'aggraver ses doutes. Il ne voulait pas songer qu'elle s'était jouée de lui pendant dix ans, mais cette pensée s'insinuait tel un poison dans son cœur et son esprit. Son amour n'était-il devenu rien d'autre qu'une triste habitude ? Isabel avait-elle tiré parti de son sens de l'honneur pour le maintenir en esclavage ? Refusait-il vraiment de voir qui elle était vraiment ? Chaque rumeur entendue au sujet de sa promise revenait le hanter. L'avait-elle jamais aimé ? Elle aurait dû être là pour l'aider, dissiper ses doutes et remplir le vide qu'Elspeth avait laissé.

Cormac avait besoin de réponses, et il ne les trouverait pas dans cette chambre avec ses pensées tourmentées pour toute compagnie. Il frappa violemment le mur, et accueillit la douleur avec un étrange soulagement. C'en était trop. Il n'avait plus envie d'attendre Isabel comme un chien bien obéissant.

Le temps passé à se laver et à s'habiller n'entama pas sa détermination, pas plus que le petit déjeuner qu'il s'octroya pour mettre un terme à une longue période de jeûne. Et il ne sortit pas avant le milieu de la matinée pour retrouver Isabel. Pour une fois, il ne redoutait pas qu'on le voie se rendre auprès de sa promise, et n'avait pas de scrupules à prendre cette initiative de son propre chef.

Pourtant, tandis qu'il pénétrait dans le château d'Isabel et se dirigeait vers les appartements de celle-ci, Cormac sentit une étrange inquiétude l'envahir. Après tout, la jeune femme était, par ses mariages, liée de près aux Douglas, un clan puissant qu'il n'était pas bon de contrarier – Cormac était bien placé pour le savoir. À la réflexion, ce n'était pas cela qui le perturbait le plus. Son instinct lui soufflait de s'en retourner immédiatement, qu'il n'allait pas aimer ce qu'il s'apprêtait à déclencher, mais il décida de faire fi de ses hésitations. Après toutes ces années, Isabel lui devait quelque chose – au moins quelques réponses.

Cormac hésita quand il aperçut quatre hommes devant la chambre d'Isabel. Deux d'entre eux avaient l'oreille pressée contre la porte, et les autres montaient la garde. Son estomac se noua : ils faisaient partie du clan Douglas. Ils ne l'arrêtèrent pas, ne semblaient pas vouloir le menacer, aussi s'approcha-t-il d'eux.

— Alors, Armstrong, tu viens la voir, c'est ça ? chuchota un des quatre Douglas, grand et large d'épaules.

— Je suis venu parler à Isabel, oui. Que faites-vous tous là ?

— On écoute une conversation très intéressante… enfin, elle promet de l'être quand elle recommencera. Tu te joins à nous ?

— Vous savez peut-être qui je suis, mais je ne reconnais aucun d'entre vous.

— Je suis sir Ranald, répondit le colosse. Le gaillard avec l'oreille collée contre la porte, c'est mon frère James, tu as Ian à ta droite et Wallace à ta gauche. Nous sommes tous des Douglas. (Il sourit froidement.) C'est moi le nouveau fiancé de ton amante.

Cormac dévisagea l'homme, interdit ; il avait l'impression qu'on lui avait planté un poignard dans le cœur. Isabel n'avait jamais parlé d'un nouveau mariage. Elle l'appelait encore auprès d'elle alors qu'elle n'était pas libre de le faire. Cette fois, il ne ressentait ni douleur ni tristesse, mais une rage sourde l'habitait.

— Depuis quand ?

— Tout a été décidé il y a une quinzaine de jours, répondit Ranald en observant attentivement Cormac.

Il avait donc la preuve qu'Isabel savait déjà tout quand elle lui avait demandé de venir.

— Mes félicitations.

— Allons, qu'ai-je fait pour que tu me maudisses de la sorte ?

— Tu es sur le point d'épouser une femme riche et très belle, je ne vois pas en quoi c'est une malédiction.

— C'est que tu oublies qu'elle a enterré quatre membres de mon clan. (Ranald lança un regard à James, toujours penché sur la porte.) Ils ont fini ?

— Bientôt, si j'en crois les bruits qu'ils font.

— Quand ils crieront de plaisir, entrouvre la porte. Restons bien silencieux, et on devrait pouvoir entendre ce qu'ils racontent. (Ranald se retourna vers Cormac.) Tu ne pensais tout de même pas qu'elle t'était fidèle ?

Si, il l'avait cru, ses brefs mariages exceptés, mais Cormac aurait préféré se trancher la langue avec une cuillère plutôt que d'admettre une telle chose devant cet homme.

— Tu fais tout ceci pour prouver qu'elle te trompe et pour rompre tes fiançailles ?

— J'espère en tirer bien plus, mais si nous n'entendons pas tout ce que je veux, je saurai m'en contenter.

Cormac pressa à contrecœur son oreille contre la porte. Elle était dans un bois assez fin, et les sons étouffés qui lui parvinrent se révélèrent suffisamment distincts pour qu'il les reconnaisse. Si c'était bien Isabel qu'il entendait, elle se livrait sans aucun doute possible à de vigoureux ébats. Cormac recula, les sourcils froncés. Pourquoi ne ressentait-il pas le moindre soupçon de jalousie ? Il aurait dû brûler d'enfoncer cette porte pour constater de ses yeux qu'Isabel était bien la catin que tout le monde prétendait. Au lieu de cela, il était prêt à attendre que les Douglas terminent leur petit jeu. Il se sentait seulement très contrarié, et déçu.

— Ce n'est peut-être que sa servante ? se crut-il obligé de suggérer.

Les Douglas le dévisagèrent comme s'il était parfaitement idiot, et il se contenta de hausser les épaules. On le regardait souvent de cette manière ces derniers temps.

— Ça me décevrait un peu, car je sais exactement qui est en train de batifoler derrière cette porte, par bonheur, pas bien épaisse : ma fiancée et mon cousin Kenneth. On les surveille de près depuis qu'ils sont arrivés à la cour... et nous avons commencé bien avant. Ils sont amants et plus encore depuis longtemps.

Avant que Cormac puisse demander à Ranald ce que signifiait ce « plus encore », James leur intima le silence d'un geste. Les derniers cris du couple leur parvinrent à travers la porte maintenant entrouverte. Cormac, qui avait reconnu la voix d'Isabel, rougit. Elle lui avait fait croire qu'il avait été le seul à l'entendre pousser ce genre de gémissements ; à combien d'autres mensonges avait-il eu droit ?

— Ah, Kenneth, mon amour, tu t'améliores chaque fois, dit Isabel en caressant de ses pieds les mollets virils de son partenaire.

— Toi aussi, ma douce.

Kenneth se dégagea et s'assit au bord du lit.

— C'est remarquable, quand on connaît ton goût pour les très jeunes hommes.

— Cormac n'est pas un jouvenceau ! Il n'a que quelques années de moins que toi.

— Comme il n'a sans doute pas connu de femmes à part toi, je le considère comme tel.

Tout cela devient très embarrassant, songea Cormac, mais il ne bougea pas. Connaître enfin la vérité valait bien une petite humiliation. Toutes ses émotions avaient été remplacées par un besoin dévorant de savoir qui Isabel était réellement. Il sentait avec effroi que la femme qu'il avait crue innocente pendant si longtemps, celle à qui il avait offert sa vie, était bien la catin machiavélique contre qui tout le monde l'avait mis en garde.

— Je lui ai appris tout ce que je sais, dit Isabel.

— Dans ce cas, c'est sûrement un véritable étalon.

— Tu es jaloux ?

— D'un jouet dont tu n'as pas le cœur de te séparer ? Sûrement pas.

Cormac grimaça, sa gêne aggravée par les regards compatissants que lui lançaient les quatre hommes. Il méritait sans doute leur pitié pour s'être tant trompé. Ces hommes auraient pleuré à chaudes larmes s'ils avaient su à quoi il avait renoncé pour Isabel. C'était très certainement ce qu'il ferait si la vérité au sujet de celle-ci était aussi horrible que tout le monde le disait.

— Si tu n'es pas jaloux de Cormac, pourquoi l'avoir laissé se faire accuser pour l'assassinat de mon premier époux ?

— Il était là, et ce n'était pas difficile d'en faire un coupable. Tu aurais préféré lancer les membres de mon clan sur notre piste ?

— Non. Ils ne lui ont laissé aucun répit jusqu'à ce que tu leur jettes cet imbécile de Donald en pâture. (Isabel ricana.) Quand je pense que cet idiot voulait nous faire chanter… il méritait d'être pendu pour sa vanité seule. Où sont mes bas ?

— Je les ai lancés contre le mur.

— Ah, je les vois. Tu crois toujours que le sacrifice de Donald a suffi ?

— Ça fait près de dix ans, ma chère, et personne ne nous a jamais soupçonnés. Ne t'inquiète pas pour ça. Si tu as vraiment envie de ruminer, préoccupe-toi des trois autres crétins que tu as épousés. On se pose encore des questions sur leurs morts. Je crois que nous avons fait une erreur en essayant de les faire passer pour des accidents. La bêtise, l'imprudence, la maladie… voilà qui ne laisse à ceux qui les aimaient personne à blâmer à part Dieu, ce que peu de monde est prêt à accepter. C'est toujours plus facile quand il y a quelqu'un à pendre : la soif de vengeance est assouvie, et le défunt est vite oublié.

— Tu as raison, je le sais, mais faut-il que ce soit encore Cormac ?

— Tu as encore de la tendresse pour cet idiot ? demanda Kenneth, sa voix froide teintée d'un soupçon de colère. Même après qu'il t'a envoyée balader pour la petite Murray ?

— Il ne m'a pas envoyée balader ! Je suis encore là, et pas elle, non ?

— En es-tu bien sûre ? Je crois que tu sais, tout comme moi, qu'elle hante encore son esprit. Tu as perdu la main, ma chérie. Il reste parce qu'il l'a juré, et parce que ton Cormac est aussi doué pour tenir parole que ses parents le sont pour trahir la leur. Oublie un peu ton orgueil et fais-toi à cette idée, et à ce qu'elle implique. Tu joues avec ce pantin depuis beaucoup trop longtemps, et ses ficelles s'effilochent. Elles ne se sont pas rompues avec cette demoiselle, mais ce sera peut-être le cas avec la suivante. Crois-moi, il commence à se dire qu'il s'est trompé en te choisissant. Il n'y a pas de place dans notre projet pour la sensiblerie.

— Ce n'est pas de la sensiblerie ! grommela Isabel. J'en ai peut-être assez d'écarter les jambes pour que tu remplisses tes poches et que tu gagnes des terres. Je pense peut-être que j'ai enterré trop de maris. Je ne suis pas la seule à avoir sur les mains le sang de quatre hommes. Tu es aussi coupable que moi, et pourtant, je suis la seule qu'on soupçonne.

— C'est mieux ainsi, je ne suis pas une jolie femme qui peut faire perdre la raison à un homme en quelques mots, rétorqua Kenneth avec ironie. Tu es bien plus capable que moi de faire oublier leurs soupçons à ceux qui voudraient nous faire pendre. Et puis ce sera la dernière fois.

— Tu en es sûr ?

— Oui. Pendant que tu pleureras sur la tombe du pauvre cousin Ranald, je deviendrai laird de ses terres. C'est le dernier obstacle qui me sépare de mon but.

— Tu oublies son père.

— Un vieillard qui mourra avant son fils.

— Et tu es vraiment décidé à faire accuser Cormac de la mort de Ranald ?

— Oui. Il est temps qu'il nous quitte, et il semblerait qu'il n'en ait pas l'intention pour l'instant.

— S'il le faut…, dit Isabel sans la moindre trace de remords. Combien de temps dois-je rester mariée cette fois ?

— Pas longtemps. Ranald est un jeune gaillard si imprudent… je suis certain qu'il trouvera un moyen de mettre fin à ses jours avant de trop nous fatiguer. Qui sait, tu pourrais même t'amuser. On dit que c'est un bon amant.

— Comment le saurais-je ? Il n'a pas vraiment essayé de tirer avantage de nos fiançailles.

— Ma pauvre Isabel, tu as trouvé quelqu'un qui résiste à tes nombreux appas. Allons, viens, je vais consoler ton orgueil blessé.

— Nous venons tout juste de nous rhabiller !

Ranald arrêta les autres Douglas d'un geste vif avant que ces derniers se ruent dans la pièce. Cormac comprit au bout d'un instant les avantages qu'il y avait à laisser Kenneth et Isabel reprendre le cours de leurs ébats : l'homme serait pris de court, incapable de se défendre, et ils ne pourraient certainement pas nier qu'ils étaient amants. Puisque Isabel était fiancée, c'était presque de l'adultère. Ranald pourrait les tuer tous les deux pour cela, et sans guère risquer de représailles.

Cormac se sentait comme assommé. Tout le monde avait raison au sujet d'Isabel. C'était une meurtrière. Il avait perdu Elspeth, et se demandait comment sa famille et ses amis avaient pu rester loyaux à un imbécile de son espèce. Il ne fallait pas réfléchir longtemps pour comprendre ce que Kenneth attendait d'Isabel, et Cormac ne doutait pas qu'elle se ferait un plaisir de lui obéir. Elle avait toujours montré un grand talent et un enthousiasme certain pour l'acte en question. Ce n'était pas un spectacle qu'il avait envie de voir, mais il se forcerait à le regarder jusqu'au bout. Bien qu'il ne croie pas être assez stupide pour se laisser convaincre de nouveau par la jeune femme, même si elle en appelait une fois encore à son sens de l'honneur, il jugeait nécessaire d'illustrer ce qu'il venait d'entendre par quelques douloureuses images.

— Et si j'ai bien compris, pour consoler mon orgueil, je dois te satisfaire, s'enquit Isabel.

— Je te connais bien, ma chérie. Tu adores avoir les hommes à ta merci. Regarde-moi, prêt à être torturé par tes lèvres expertes. Réduis-moi en esclavage. Voilà… Tu vois ce que tu peux faire à un homme ? Allez, fais de moi ton repas.

— Un repas ? Un festin, oui !

Les bruits qui suivirent indiquèrent à Cormac et aux Douglas que le couple était désormais bien occupé. James ouvrit la porte, et Cormac se glissa derrière Ranald. Au lieu de le faire souffrir, le tableau qu'il aperçut le dégoûta. Kenneth était affalé dans un fauteuil, la tête rejetée en arrière, les yeux fermés. Isabel était à genoux entre ses jambes et lui donnait du plaisir à grand bruit. Si d'aventure Cormac venait à penser que cette femme valait mieux que la plus dépravée des filles de joie, cette image le rappellerait bien vite à la raison.

Les quatre Douglas encerclèrent silencieusement le couple. Cormac vint se placer à côté de Ranald, qui appuya doucement la pointe de son épée contre la gorge de Kenneth. Au même moment, James attrapa Isabel par les cheveux et la tira en arrière. Le bruit qu'elle laissa échapper quand elle se détacha de son amant ne fit qu'ajouter au sordide de la scène. Les visages de Kenneth et d'Isabel, où se mêlaient culpabilité, peur et horreur, procurèrent à Cormac un peu de satisfaction.

— Tu as l'air surpris, cousin, lança sir Ranald. On dirait que ton plaisir t'a rendu sourd.

— Tu tuerais un homme de ton clan pour cette racoleuse ? demanda Kenneth.

Isabel hoqueta, puis après avoir lancé à l'homme un regard plein de mépris, se tourna, implorante, vers Ranald.

— Il m'a séduite, mon ami ! Je lui ai succombé dans un moment de faiblesse alors que nous n'étions pas encore fiancés, vous et moi, et il a profité de ma culpabilité pour m'obliger à rester sa maîtresse !

— Je sais, nous t'avons tous entendue protester et nous avons vu avec quelle brutalité il te forçait à te tenir à genoux, grogna Ranald. Je suppose que tu avais la bouche trop pleine pour appeler à l'aide. Ah ! J'ai le cœur brisé.

Il sourit férocement quand Isabel s'empourpra – de colère plus que de honte.

— Assez plaisanté, cousin, dit Kenneth. Laisse-moi partir, et tu pourras faire ce que tu veux d'elle. Tu ne vas tout de même pas tuer un homme parce qu'il a pris ce qu'on lui offrait avec tant de vigueur ? Ce n'est pas comme si ta promise était vierge, et que je l'avais déflorée ! Tu as entendu tout ce qu'on raconte sur elle, ce sont même ces rumeurs qui t'ont fait hésiter à accepter ces fiançailles. Disons que je t'ai donné une bonne raison d'y mettre un terme. Ton père lui-même, qui te pressait d'accepter, ne t'en voudrait pas de la chasser après ça.

— C'est vrai, mais il m'écorcherait vif si je laissais filer une meurtrière qui a assassiné des membres de notre clan.

— Tu crois vraiment qu'elle a tué ses maris ?

Cormac resta admiratif devant la perfection de la fausse mine horrifiée de Kenneth. Il n'y avait rien d'étonnant à ce qu'une fois pris, les deux amants se retournent l'un contre l'autre. Ils s'étaient débarrassés de quatre innocents pour le plus vil des motifs, la cupidité, puis avaient comploté pour mettre fin aux jours d'un cinquième homme et faire payer Cormac pour ce crime. Comme bien d'autres, Kenneth avait laissé la beauté d'Isabel le mener à sa perte. S'il avait eu la force de résister à ses charmes, il aurait été libre à présent – libre d'éliminer les hommes de son clan pour amasser richesses et pouvoir. Ses succès dans l'art de la conspiration l'avaient rendu trop arrogant pour être prudent.

— Ah, cousin, tu es fort, très fort, murmura Ranald. Tu as l'air si innocent, avec tes attributs à l'air.

La sueur qui perlait sur le front de Kenneth était le seul signe de son affolement croissant.

— Ce n'est qu'une catin !

— Je le sais bien, et je ne voudrais pas que tu me croies assez idiot pour faire couler du sang de Douglas pour une vipère pareille. Non, je ne veux pas que tu meures à cause d'elle.

— Dans ce cas, que fait encore ton épée contre ma gorge ?

— Je réfléchis aux choix qui me sont offerts. Dois-je te tuer tout de suite, ou te conduire auprès de notre laird afin qu'il décide de la meilleure façon de te punir pour le meurtre de quatre des nôtres ?

— Je ne comprends rien.

— Tu crois vraiment qu'on vient d'arriver ? Non, cousin, nous étions là avant que vous commenciez vos premières cabrioles.

Isabel et Kenneth devinrent livides.

— Personne ne te croira ! répondit ce dernier, dont la voix ne tremblait que très légèrement. On pensera que tu mens, par pure jalousie.

— Je ne pense pas. J'ai quatre autres témoins de vos aveux.

— Quatre ? s'écria Isabel en regardant Cormac, ses beaux yeux bleus écarquillés. Vous me trahiriez, mon amour ?

Cormac contempla sa figure dévastée par la douleur ; elle était aussi douée que Kenneth. Il se demanda si elle avait jamais été sincère. Peut-être un jour pourrait-il se consoler en songeant qu'il avait été abusé par la menteuse la plus habile qu'il ait eu le malheur de rencontrer, mais pour l'instant, il éprouvait surtout les plus grandes difficultés à ne pas gifler ce visage parfait.

— Isabel, je veillerai à ce que le monde entier connaisse l'abjecte vérité à votre sujet.

— Comment pouvez-vous dire une chose pareille après tout ce que nous avons été l'un pour l'autre, tout ce que nous avons enduré ensemble ?

— Ensemble ? J'ai tout enduré seul, comme l'imbécile que je suis ! Vous n'avez rien fait d'autre que me garder sous votre coupe comme un étalon de plus dans vos écuries. Quatre meurtres, Isabel ? Et pour quoi ? Cette canaille qui se retourne contre vous en un clin d'œil pour sauver sa misérable carcasse ? Pour des pièces et des terres ? Vous n'en manquez pourtant pas ! Au départ, j'étais trop aveuglé par votre beauté et par mon désir pour m'en rendre compte, et récemment, trop pressé de prouver que j'étais plus estimable que mes parents en me raccrochant à une vieille promesse que j'aurais dû considérer rompue quand vous avez épousé votre deuxième mari. Je n'arrive pas à croire que j'ai gâché mon honneur pour une créature comme vous.

» Inutile de pleurer, je ne me laisserai plus abuser, surtout maintenant que je vous ai vue vous repaître voracement d'un autre homme. Oh, et vous oubliez que je viens de vous entendre ourdir un nouveau meurtre avec votre amant, et vous mettre tous deux d'accord pour m'en faire accuser, une fois encore.

Le visage d'Isabel passa prestement du désespoir à une rage froide.

— Vous m'en voulez de vous avoir fait perdre la petite Murray, cette garce.

— C'est votre faute, c'est vrai, mais aussi la mienne. Cela dit, si vous tenez à votre joli minois, tâchez de ne plus jamais parler d'Elspeth ainsi. Vous n'êtes même pas capable de vous souvenir de son prénom.

— Ces hommes veulent ma mort !

Cormac sentit son cœur se serrer à cette idée. Cette femme avait joué un grand rôle dans sa vie, influencé d'une façon ou d'une autre chacun de ses mouvements au cours des dix dernières années. Malgré tous ses mensonges, toutes ses trahisons, il n'était pas facile de songer à sa fin imminente. Cormac s'obligea à détourner le regard, à se rappeler qu'elle était coupable de l'assassinat de quatre hommes – cinq, si on comptait le malheureux

Donald évoqué par les amants. Lui-même aurait très bien pu être le sixième, car Isabel n'aurait rien fait pour empêcher Kenneth de le jeter aux loups. Elle l'aurait laissé payer pour ses crimes si ce Donald ne s'était pas présenté.

— Comme vous avez voulu la mienne ! Et dire que vous m'auriez accusé de nouveau après avoir tué sir Ranald.

— Je vous conseille de bien réfléchir, Cormac, gronda Isabel. Vous faites une grosse erreur en me tournant le dos.

Cormac la dévisagea, incrédule.

— Vous me menacez ?

— Je vous dis seulement que vous pourriez perdre beaucoup en laissant ces hommes m'emmener.

— Ce que vous racontez n'a aucun sens, j'ai déjà tant perdu à cause de vous ! Comment pourriez-vous me faire encore plus de mal ?

— James, fais-la taire, ordonna Ranald. Ce petit jeu commence à me fatiguer.

— Cormac, je vous conseille de m'écouter si…, reprit Isabel, mais malgré ses efforts, James l'attacha et la bâillonna.

Ranald, qui aidait les deux autres à entraver Kenneth, se tourna vers Cormac.

— Cette femme essaie seulement de jouer encore un peu avec toi. Elle sent déjà sa gorge la brûler, et cherche à sauver son joli minois par tous les moyens.

— Je le sais bien, mais les habitudes ont la vie dure. J'ai besoin d'un peu de temps pour accepter que ce que j'ai cru pendant si longtemps était un mensonge.

— Resteras-tu pour témoigner ?

— Oui. Tu crois vraiment que ce sera nécessaire ?

— Peut-être. Certains n'ont pas encore percé ces deux-là à jour, et Kenneth a quelques puissants alliés. Difficile de savoir s'ils se montreront loyaux et tenteront de les sauver, ou s'ils se tiendront tranquilles pour ne pas être mêlés à tout ça. Isabel n'est pas toute seule, elle non plus. Elle a toujours su attirer les hommes les plus influents dans son lit – mais là encore, certains d'entre eux seront sans doute ravis de la voir pendue pour s'être servie d'eux.

— Quand on voit comme ces deux-là se sont retournés l'un contre l'autre, tu pourrais bien te retrouver assiégé d'anciens amants pressés d'en révéler plus sur leurs manigances.

— Sûrement. Quoi qu'il en soit, il n'est pas nécessaire que tu assistes à ce qui va se passer ici. Nous allons les enfermer en lieu sûr, et je te ferai appeler si j'ai besoin de toi, ou si tout est réglé et que tu peux t'en aller… pour rejoindre la petite Murray, qui sait ?

— Tu connais Elspeth ? s'étonna Cormac.

— Un peu. Sa mère et elle sont venues aider mon père quand une épidémie a fait des ravages dans son château. C'est une très bonne guérisseuse, et vraiment très jolie, comme tu le sais. Son clan est plutôt petit, mais très riche, et il a une certaine influence quand il décide de s'en servir. Vous feriez un beau couple. Étrange qu'elle ne t'ait pas parlé d'Isabel et de son cousin, si vous étiez si… proches.

— Tu fais allusion à sir Payton ?

— Oui. Un beau gaillard, courageux et honorable, avec ça. (Ranald secoua la tête en riant doucement.) Quand il a appris que je devais épouser Isabel, il est venu me voir et m'a calmement raconté ce qu'il pensait être la vérité à propos de ma fiancée. Il n'était pas loin du compte, d'ailleurs. Il m'a aussi avoué avoir partagé son lit.

— Courageux, en effet.

Payton aussi, songea Cormac, désenchanté.

— Non, Elspeth ne m'a rien dit, avoua-t-il. Elle l'ignorait peut-être, ou savait que je ne la croirais pas.

— Mais ce n'est plus le cas aujourd'hui.

— Oui, mais il est trop tard à présent, fit Cormac avec regret.

Il ne parlait plus vraiment de ce qu'il venait d'apprendre au sujet de Payton.

Chapitre 16

— Tu as l'intention de vider tous les tonneaux de la ville ?

Cormac cligna des paupières ; même perdu dans les vapeurs de l'alcool, il reconnaissait cette voix. Il quitta des yeux la chope qu'il contemplait depuis quelques minutes pour se tourner vers son frère William. Quelle heure pouvait-il bien être ? Il avait regagné l'auberge après le funeste épisode qui s'était déroulé dans la chambre d'Isabel, et avait alors décidé de s'enivrer. Il était à présent complètement soûl, sans pour autant avoir atteint l'oubli auquel il aspirait tant. L'arrivée de son frère – et de quelques autres membres de sa famille – ne le réjouissait pas vraiment, mais au moins, ils l'aideraient à retrouver le chemin de son lit.

— Bonjour, Will, et bonjour, Alaister, dit-il en saluant son autre frère. Ne seraient-ce pas nos cousins Malcolm et David ?

— Ce sont bien eux, mon cher ivrogne, répondit William tandis que tous prenaient place à sa table. (L'homme fit signe à la serveuse d'apporter un nouveau pichet de bière et quatre chopes.) Ça fait bien quinze jours que nous te cherchons !

— Tiens donc. Et pourquoi ?

— Tu es sans doute trop soûl pour comprendre, mais sache que nos parents sont morts.

— Ils ont enfin réussi à s'entre-tuer ?

— Non, des brigands s'en sont chargés. Nos géniteurs rentraient après une semaine de débauche avec leurs amis quand leur carrosse a été attaqué. Comme ils n'avaient pas encore dessoûlé, ils ont décidé de se battre pour défendre les quelques pièces qui leur restaient, et ont très vite été abattus à coups d'épée. Le vieux Patrick et son fils, qui ont eu le bon sens de se rendre, ont tout vu. Ils nous ont ramené leurs dépouilles pour qu'on les enterre.

Cormac savait qu'un soupçon de tristesse se terrait derrière les litres de bière qu'il ingurgitait. Ses parents avaient été très doués pour faire des enfants, et beaucoup moins pour s'en occuper. Ils ne semblaient pas s'être vraiment appréciés non plus, et les couloirs de leur château avaient résonné en permanence de leurs cris et de leurs insultes. Leurs seuls intérêts communs paraissaient être la boisson et les relations extraconjugales. Ainsi, la plupart de ceux que Cormac appelait ses « cousins » étaient en vérité ses demi-frères et demi-sœurs, des bâtards engendrés puis oubliés par leurs géniteurs. Pourtant, ces derniers lui avaient donné la vie, et ne serait-ce que pour cela, il se devait de ressentir un peu de chagrin. Il était seulement trop ivre pour le faire tout de suite.

— Cormac, tu es laird d'Aigballa maintenant, déclara Alaister, une lueur de sollicitude dans ses yeux bleu-vert.

— Doux Jésus, on dirait bien, marmonna Cormac avant de boire une grande rasade.

— Donc tu dois rentrer.

— Je ne peux pas. Je dois rester pour voir Isabel se faire pendre.

Il regarda en souriant les quatre jeunes hommes s'étrangler avec leurs bières, puis échanger quelques vigoureuses tapes dans le dos pour se remettre. Il n'arrivait que très rarement à choquer à ce point les membres de sa famille, et il espérait pouvoir se rappeler ce moment quand il émergerait enfin des brumes de l'ébriété.

— Je suis témoin, expliqua-t-il.

— De quoi ? interrogea William d'une voix rauque.

— De sa perfidie.

Cormac sentait que l'oubli auquel il aspirait tant était enfin sur le point de l'engloutir.

— Elle s'est trahie devant moi, et quatre Douglas. Je l'ai entendue… et vue aussi. Elle m'a semblé beaucoup moins belle avec le membre de sir Kenneth dans la bouche. Bon sang, je ne sais pas ce qui me contrarie le plus : qu'elle m'ait abusé, que je sois un idiot pareil, qu'elle ait craché sur mon honneur pendant tout ce temps, ou que vous vous apprêtiez tous à dire : « Je t'avais prévenu. »

Il ne parvenait plus à garder les yeux ouverts.

— Ah, Elspeth, mon ange, je suis tellement désolé, murmura-t-il avant de basculer en avant.

William grimaça quand le front de Cormac heurta la table crasseuse et vermoulue avec un bruit sourd.

— Nous allons devoir porter cet abruti jusque dans son lit.

— Mais qu'est-ce qui a bien pu le faire boire autant ? demanda Alaister. Ça ne lui arrive jamais !

— Quelque chose qui concerne Isabel, les Douglas, le membre d'un certain Kenneth, et une dénommée Elspeth. Je crois que le malheureux a enfin vu le vrai visage d'Isabel, mais pour avoir le fin mot de cette histoire, il faudra attendre qu'il ait de nouveau les idées claires. Avec tout ce qu'il a bu, ça prendra peut-être plusieurs jours.

— Tu trouves de bon augure que découvrir la vérité sur cette harpie l'ait mis dans un état pareil ?

— Que ferais-tu si tu découvrais que celle à qui tu as donné dix ans de ta vie était une meurtrière ? Mais il y a autre chose. Si tu veux mon avis, c'est penser à cette Elspeth qui nous l'a mis comme ça. Allons, assez joué aux devinettes, emmenons-le dans sa chambre et prions pour qu'il soit capable de parler en se réveillant demain matin.

Cormac, qui se tenait parfaitement immobile, se demanda s'il devait – et pouvait – ouvrir les yeux. Il avait l'impression de sentir les litres de bière qu'il avait ingérée couler dans ses veines, dans ses muscles, s'infiltrer dans ses os. Hélas, il était également harcelé par une envie extrêmement douloureuse de se soulager, ce qui signifiait qu'il devait se lever. Même s'il n'avait pas l'habitude de boire autant, Cormac savait que ce serait un moment particulièrement pénible.

— Tu veux ton pot de chambre ? s'enquit une voix familière.

Cormac ouvrit lentement les paupières et eut l'impression que la lumière de la chambre lui brûlait le cerveau.

— Will ? C'est toi ?

— Oui. Laisse-moi t'aider à t'asseoir. Alaister est parti te préparer un remède.

Tandis que Will le soutenait, Cormac essaya d'ouvrir un peu plus les yeux – une véritable torture, car son crâne semblait sur le point de voler en éclats et son estomac bouillonnait. Il remercia son frère en marmonnant et s'allongea de nouveau. Quelques instants plus tard, on le souleva à moitié pour lui faire avaler un breuvage au goût détestable, puis quelqu'un pressa un linge humide et glacé sur son front.

— Tu devrais te sentir mieux dans une heure ou deux, dit Will. Nous parlerons à ce moment-là.

Il fallut encore trois heures à Cormac avant de pouvoir faire davantage que grogner de douleur. Il lança un regard à ses frères et cousins, et s'émerveilla de leur patience. L'homme ne se rappelait guère ce qu'il avait fait depuis qu'il avait laissé Isabel, mais il en avait vraisemblablement raconté assez pour éveiller leur intérêt.

— Tu as bien dit que nos parents étaient morts, Will ? demanda-t-il.

— Oui. Des voleurs les ont tués, et tu es notre nouveau laird. Tiens, mange. (Will lui fourra un gros morceau de pain dans la main.) Ça va absorber ce poison et t'aider à recouvrer tes esprits. J'ai toute une miche pour toi.

— J'ai dit quelque chose qui a piqué votre curiosité hier soir ?

Cormac mastiqua lentement une bouchée de pain, et découvrit qu'il était suffisamment remis pour que celle-ci lui fasse du bien.

— Que tu devais rester ici pour assister à la pendaison d'Isabel, ce qui, je te l'avoue, m'a plutôt intéressé.

— Ah oui, ça.

Cormac dévora les morceaux de pain que Will lui tendait tout en narrant aux siens ce qu'il avait vu et entendu.

— Sir Ranald retient maintenant prisonniers Isabel et son amant, et nul doute qu'ils seront bientôt jugés et pendus, conclut-il.

— Dans ce cas, pourquoi rester ici ?

— Ranald pourrait avoir besoin d'un autre témoin – quelqu'un qui ne serait pas un Douglas.

— Et tu serais prêt à l'être, sachant que tes paroles mèneront Isabel au gibet ?

— N'aie pas l'air si inquiet, Will. J'ai bien des regrets, mais c'est à peu près tout. Elle a assassiné – ou a aidé à le faire – cinq hommes, et avait bien l'intention de me faire pendre pour ses crimes, à deux reprises qui plus est. Je témoignerais même si j'avais encore des sentiments pour elle. C'est une question d'honneur.

— C'est l'honneur, entre autres, qui t'a mis dans ce pétrin, marmonna Will.

Il croisa les bras sur sa large poitrine, s'appuya contre l'un des montants du lit, et étudia longuement Cormac.

— Tu es guéri, dit-il enfin.

— C'est une drôle de façon de voir les choses.

— Non, il a raison, intervint Alaister en secouant la tête, ce qui fit voler ses boucles cuivrées. Cette femme était pour toi comme une maladie.

Cormac sourit à ce jeune frère parfois trop sérieux.

— Peut-être… mais j'avais fait une promesse, et mon besoin de l'honorer était lui aussi devenu comme un mal qui me rongeait et m'empêchait de voir tout le reste.

— J'aurais cru que tu serais plus en colère.

— Moi aussi, mais on dirait que j'avais déjà commencé à guérir avant d'apprendre la triste vérité – j'étais seulement trop lent pour reconnaître. Si j'avais ouvert les yeux un peu plus tôt, j'aurais été depuis longtemps libéré de mon pacte.

— Donc si j'ai bien compris, tu te soûlais pour fêter ça, dit William.

Avant que Cormac puisse répondre à la pique de son frère, Alaister demanda :

— Qui est Elspeth ?

— Mon remède, murmura Cormac.

Il essaya de se verser une chope d'eau, mais William s'empressa de le faire à sa place.

— C'est très étrange : Elspeth posait exactement les mêmes questions que vous, lançait les mêmes accusations, et pourtant elle seule parvenait à me faire douter. À force de ténacité, elle m'a poussé à admettre ce que je faisais tout pour ignorer.

— Où est-elle ? J'aimerais beaucoup rencontrer la fille qui a réussi à rompre le sortilège d'Isabel.

— Partie, répondit Cormac, qui ne fut pas vraiment surpris de constater que prononcer ce simple mot le faisait souffrir. J'essayais encore de comprendre ce qui avait changé quand elle m'a forcé à faire un choix. J'ai choisi de me raccrocher à mon vieux serment, à mon honneur, sans me rendre compte que je les gâchais avec une femme comme Isabel.

Alaister poussa un juron, et tous se tournèrent vers lui avec surprise.

— Tu as choisi Isabel, fit-il, incrédule.

— À vrai dire, pas exactement, j'étais trop perdu pour ça, mais c'est ce qu'Elspeth a cru. Pire encore, je n'ai rien fait pour la retenir. Comment l'aurais-je pu ? Je me sentais toujours lié à Isabel !

Elle est probablement à Donncoill à l'heure qu'il est, occupée à maudire le jour où elle m'a rencontré.

— Donncoill ? répéta Alaister, les yeux écarquillés. Attends, c'est cette Elspeth-là ? La fillette qui t'a sauvé la vie il y a dix ans ? Doux Jésus, Cormac, ne me dis pas que tu l'as séduite !

— Oui, nous parlons bien de la même Elspeth, et c'est elle qui m'a séduit. (Frères et cousins fixèrent leur regard sur Cormac, sceptiques.) D'accord, elle n'a pas eu grand-chose à faire pour y arriver, et j'ai pourtant tenté de rester un homme honorable. C'est assez difficile à expliquer.

— Essaie toujours, dit William.

Cormac répondit tout d'abord à son frère que ce n'étaient pas ses affaires, puis soupira. Par bien des aspects, toute sa famille était concernée. Elspeth pouvait causer de gros problèmes aux Armstrong si elle le désirait... sans oublier la dette qui les liait aux Murray. Depuis que ces derniers lui avaient sauvé la vie, Cormac et les siens avaient cherché un moyen de les rembourser. L'honneur de leur clan serait compromis si on pensait que Cormac avait insulté les Murray par l'intermédiaire d'Elspeth. C'était ainsi que l'on déclenchait de longues et sanglantes querelles. Même si Cormac ne pensait pas qu'Elspeth soit le genre de femme à provoquer de telles guerres, il ne pouvait oublier son expression peinée et furieuse.

— Je vais vous raconter toute cette triste histoire en m'habillant, dit-il tandis qu'il quittait son lit.

Tout d'abord circonspect, Cormac se montra honnête avec les siens. Il leur rapporta tout ce qui s'était passé entre le moment où il avait trouvé Elspeth prisonnière dans le château de sir Colin et celui où elle était partie avec fracas. Ce fut douloureux, mais il narra chaque mot, chaque acte de ce jour funeste. Il se prit à espérer que les dernières paroles d'Elspeth sembleraient moins définitives à ses frères et cousins.

— Mais comment as-tu pu mettre une pagaille pareille ? soupira William.

— L'amour ne meurt pas aussi facilement, observa David en fixant ses yeux sombres sur Cormac.

— Comment peux-tu le savoir ? Tu n'as que seize ans ! rétorqua William.

— Il ne meurt pas comme ça, c'est tout. Pas besoin d'être vieux pour le savoir. Elle dit qu'elle l'aime.

— Aimait, corrigea Cormac.

— Elle a dit ça sous le coup de la colère… enfin, à moins qu'elle soit du genre à changer souvent d'avis.

— Non, pas Elspeth.

— Dans ce cas, fais-lui la cour.

— C'est ce que j'ai fait, je crois, répondit Cormac.

Il ne se rappelait que trop bien la passion dévorante à laquelle il s'était abandonné avec la jeune fille.

— Non, tu lui as seulement fait l'amour alors que tu faisais route pour aller retrouver une autre, et je parie que tu n'as jamais vraiment envisagé de rompre ton serment, même si tu en avais envie. Ma sœur dit qu'une femme qui croit que la passion d'un homme va au-delà de ce que lui dictent ses attributs virils est une idiote. Elspeth en est une ?

— Non, dit Cormac, quelque peu surpris par la sagesse du jeune David. Mais elle le pense peut-être, maintenant. Je lui ai fait beaucoup de mal. De son point de vue, elle m'a donné tout ce qu'elle avait, et j'ai craché dessus. Elspeth a compris dès le début qui est vraiment Isabel, et ça a sans doute été très dur pour elle de me voir choisir une garce pareille par honneur.

— Elle continuera à souffrir si tu la laisses croire que tu n'as que du désir pour elle. Va lui faire la cour. Montre-lui qu'elle est plus pour toi qu'un nid douillet pour ton bâton. Tu n'as rien à perdre !

Avant que Cormac puisse répondre, on frappa à la porte. Malcolm ouvrit et laissa s'avancer un jeune homme vêtu de la livrée des domestiques d'Isabel. Cormac se raidit ; cette femme pensait-elle vraiment pouvoir le ramener dans ses filets après tout ce qu'il avait appris ?

— J'ai un message de lady Isabel, annonça le garçon, avant de reculer légèrement quand il remarqua les regards menaçants des Armstrong.

— De quoi s'agit-il ? interrogea Cormac.

— Ma maîtresse demande à vous parler. Elle dit avoir quelque chose de très important à vous révéler – un secret qu'elle garde depuis des années. Vous devez me suivre, je sais où elle est détenue.

Ses quatre parents protestèrent bruyamment, mais Cormac les fit taire d'un geste. Être laird avait ses avantages.

— Elle ne t'a pas dit de quoi il s'agit ?

— Non, monsieur. Seulement que vous deviez venir, et que si vous ne le faisiez pas, vous le regretteriez toute votre vie.

— Attends-moi en bas.

— Tu ne vas tout de même pas y aller ! s'écria William une fois la porte refermée sur le garçon.

— Si, répondit Cormac. Je m'attendais à ce qu'elle essaie de me convaincre de l'aider, de retourner une fois encore mon sens de l'honneur contre moi. Ce coup-ci, ça ne marchera pas ; je vous le jure, c'est fini. Quand on sait à quel point elle est perverse, jouer à son petit jeu pourrait même se révéler utile. Si elle pense toujours que je suis un idiot et que ma promesse continue à la protéger, elle va peut-être me donner d'autres preuves de sa culpabilité.

— C'est vrai… et je suppose que tu es également un peu curieux, dit Will.

— Exactement. Tu ne le serais pas à ma place ? Tu as entendu, je pourrais le regretter jusqu'à la fin de mes jours !

Alors qu'il suivait le jeune page dans les entrailles de la prison, Cormac se sentit brusquement mal à l'aise. Qu'il était étrange, après toutes ces années où retrouver Isabel n'éveillait chez lui qu'impatience et désir, de se rendre à l'un de ses appels avec méfiance.

Les Douglas, en l'enfermant dans un endroit aussi sombre et reculé, n'avaient fait qu'accentuer ce sentiment.

Les deux mêmes hommes qui avaient monté la garde devant la chambre d'Isabel pendant que Ranald, James et Cormac écoutaient les aveux de la jeune femme surveillaient à présent sa cellule. De toute évidence, Ranald ne se fiait qu'aux membres de sa famille pour une telle tâche. Tandis que la jeune femme se levait de son lit pour approcher prudemment, Cormac inspecta ses nouveaux appartements. Même s'il faisait froid, humide, et sombre, sa cellule était la plus confortable que Cormac ait jamais vue. Le lit étroit était couvert de fourrures et d'oreillers, des tentures étaient accrochées aux murs – l'une d'entre elles servait même à dissimuler le nécessaire seau. Il y avait également des tapis sur le sol. L'endroit était très propre, tout comme Isabel, d'ailleurs. On lui avait visiblement accordé de l'eau chaude pour ses bains et de nouveaux habits. Cormac la soupçonnait même de recevoir des visites régulières de ses servantes. Un tel traitement de faveur lui donnait sûrement le sentiment qu'elle pourrait échapper à la justice avec le stratagème adéquat. Isabel ne renoncerait jamais ; elle ne pouvait tout simplement pas admettre que cette fois, elle ne s'en tirerait pas à force de mensonges et de séductions.

— Cormac, mon amour, j'avais peur que vous ne veniez jamais ! s'écria la jeune femme en tendant les bras à travers les barreaux.

Elle fronça les sourcils quand Cormac mit les mains derrière le dos.

— À défaut d'autre chose, vous avez éveillé ma curiosité, dit Cormac, qui n'avait pas la force de prétendre que la jeune femme comptait encore pour lui. Qu'avez-vous donc à me dire ?

— Vous êtes si froid ! murmura-t-elle d'une voix mal assurée. Comment avez-vous pu oublier si vite tout ce que nous avons représenté l'un pour l'autre ?

— Je me rappelle seulement que vous projetiez de me faire pendre pour un autre de vos meurtres. C'est le genre de choses qui refroidit les ardeurs d'un homme.

Les deux Douglas ricanèrent, et Cormac ne put retenir un petit sourire.

— Sir Kenneth m'y a obligée !

Le regard profondément méprisant de Cormac la fit taire un instant, avant que la colère l'emporte.

— Ainsi, vous vous êtes rallié à Ranald. Je n'aurais jamais cru que vous me délaisseriez. Vous avez laissé leurs mensonges vous retourner contre moi.

— Vous y êtes très bien arrivée toute seule. Je n'avais qu'à vous écouter, et admirer vos talents de fille de joie.

Si elle pouvait s'échapper, elle m'arracherait les yeux, songea Cormac en regardant Isabel serrer ses barreaux.

— Peu importe ce que vous pensez, après tout. Vous allez tout de même m'aider.

— Ça m'étonnerait beaucoup.

— Pas moi… enfin, si vous avez envie de voir votre fils en vie.

Abasourdi, Cormac eut vaguement conscience d'entendre les gardes jurer. Un sourire narquois se dessina sur les lèvres charnues d'Isabel, et il brûla de le faire disparaître d'une gifle cinglante. Il lui fallut quelques instants pour dominer le tourbillon d'émotions qui l'avait assailli quand il avait compris les mots d'Isabel. *Un fils ? Avec elle ?* C'était tout simplement impossible à concevoir. Et pourquoi, si elle lui avait donné un garçon, ne lui en avait-elle jamais rien dit ? Cormac vit Isabel ricaner, et prit conscience qu'il avait posé cette dernière question à voix haute.

— Vous pensiez que j'aurais emmené ce bâtard avec moi quand je prenais un époux ou partais en voyage ? J'ai essayé de m'en débarrasser dès le moment où j'ai compris que votre semence avait pris racine dans mon ventre, mais contrairement aux autres, je n'ai pas réussi à le chasser, et ça fait maintenant sept ans que je le traîne comme un boulet.

Ses paroles le glacèrent jusqu'aux os.

— Vous auriez dû me le dire ! Vous étiez veuve alors ! Nous aurions pu nous marier, ou j'aurais pu recueillir l'enfant pour l'élever moi-même !

— J'ai décidé qu'il pourrait se révéler utile à un moment ou à un autre… comme aujourd'hui. Aidez-moi, et je vous remettrai votre fils. Il n'est pas très loin.

— Pas très loin, en effet, intervint alors sir Ranald en s'avançant vers la cellule. Ah, ma douce fiancée, je m'étonne que personne n'ait encore tordu ton joli cou. Enfin, nous y remédierons bientôt.

— Allez-vous-en, Ranald. Je parle à Cormac.

— Tu essaies plutôt de soudoyer ce pauvre homme en lui offrant ce que tu sais que tout homme désire. Je savais que tu y viendrais.

— Quelle intelligence, ma parole !

— Sans doute parce que je suis un homme très malin. Sais-tu que je te soupçonne depuis longtemps d'être la responsable de toutes ces morts dans ma famille ? J'ai commencé à te surveiller de près il y a de ça plusieurs années.

Ranald fit avancer un petit garçon jusque-là caché derrière lui et sourit quand Isabel pâlit, à la fois furieuse et terrorisée.

— Christopher, je te présente ton père, dit-il. (Sans quitter Isabel des yeux, il poussa doucement le garçon vers Cormac.) Armstrong, voici ton fils, Christopher.

— Vous ne pouvez pas l'amener ici ! glapit la jeune femme.

— C'est pourtant ce que je viens de faire.

— Et comment pouvez-vous être sûr qu'il soit mon fils ? J'ai peut-être menti à Cormac !

— Plus souvent qu'à ton tour, je suis d'accord, mais pas cette fois. C'est bien ton enfant. Tu pensais vraiment pouvoir le cacher toute ta vie ? Soit, tu ne t'en es pas beaucoup occupée, mais tu as tout de même trouvé le temps de lui rendre visite pour t'assurer qu'il était toujours en vie. Ta vieille nourrice ne s'est pas fait prier pour me parler ; tu n'inspires pas grande loyauté à tes serviteurs, tu sais. De toute façon, pas besoin de regarder bien longtemps ce garçon pour savoir qui sont ses parents.

Cormac ne prêta guère attention à l'échange entre Ranald et Isabel, captivé par l'enfant, qui le regardait lui aussi fixement. Ses yeux ressemblaient aux siens, et ses cheveux à ceux de son frère Alaister. Il retrouvait aussi un peu d'Isabel chez lui, dans sa bouche et la délicate perfection de ses traits.

— Bonjour, Christopher, fit-il doucement, la voix enrouée par l'émotion.

— Bonjour, monsieur. Vous êtes vraiment mon père ?

— Oui. Je t'avoue que je suis un peu surpris de faire ta connaissance.

— Je sais, monsieur. Comme lady Isabel ne vous a jamais parlé de moi, vous ne saviez même pas que j'étais né. Miss Agnes, ma nourrice, dit que lady Isabel me gardait dans un coin jusqu'à ce qu'elle ait besoin de moi pour tirer sur votre laisse. Elle répétait aussi que je devais attendre que vous découvriez mon existence et de voir votre réaction avant de décider si vous êtes un homme bon ou méchant.

— J'espère que ton jugement sera en ma faveur. Quel âge as-tu, mon garçon ?

— J'aurai sept ans dans un mois.

Cormac inspira profondément pour apaiser la rage qui montait en lui. Pendant toutes ces années, pas une fois Isabel n'avait mentionné l'existence de cet enfant. Il avait tant manqué, son premier sourire, ses premiers mots… Une chose de plus qu'Isabel lui avait prise. Cormac sut alors que s'il ne partait pas au plus vite, il finirait par étrangler la jeune femme et rendre l'intervention d'un bourreau inutile.

— Voudrais-tu venir vivre avec moi, mon garçon ? demanda-t-il.

— Miss Agnes peut venir avec moi ?

— Oui, même si tu me sembles un peu vieux pour avoir une nourrice. Peu importe, elle est la bienvenue.

Christopher regarda nerveusement sa mère.

— Lady Isabel nous accompagne-t-elle aussi ?

Cormac se rendit compte qu'expliquer la situation à l'enfant serait un peu difficile.

— Non. Tu ferais mieux de faire tes adieux à ta mère, car je ne crois pas que tu la reverras.

Cormac constata avec surprise que Christopher avait l'air soulagé. L'enfant glissa timidement sa petite main dans la sienne et dit :

— Adieu, lady Isabel. Je vais vivre avec mon père maintenant.

— Non ! hurla Isabel. Cormac, vous n'avez pas accepté de m'aider ! Regardez ce garçon ! Je vous ai donné un beau fils ! Vous m'êtes redevable ! Soyez maudit. Je vous en prie, faites quelque chose… Vous ne pouvez pas laisser la mère de votre enfant se faire pendre !

— Je ne vous dois rien, si ce n'est la promesse que je m'occuperai bien de Christopher.

Cormac lança un regard au petit, qui ne paraissait pas affecté par la supplique d'Isabel.

— Et mieux que vous ne l'avez jamais fait, « lady Isabel », ajouta-t-il. Au lieu de chercher je ne sais quel moyen d'échapper à la justice, vous feriez mieux d'appeler un prêtre.

Cormac salua les Douglas d'un signe de tête et partit.

— Doux Jésus, je n'arrive toujours pas à croire que tu as un fils, murmura William.

Il était assis avec Cormac sur le lit de Christopher, tandis que les trois autres hommes de leur clan essayaient d'apprendre à l'enfant comment jouer aux dés.

— Ça ne fait pourtant aucun doute, il est de toi, poursuivit-il. Cette Agnes l'a bien compris elle aussi, même si elle doute qu'Isabel ait pu savoir avec certitude lequel de ses amants était le père de ce garçon.

Cormac songea avec un sourire à la robuste femme qui avait accepté de suivre Christopher sans la moindre hésitation. Elle l'avait longuement contemplé, puis avait invité les cinq Armstrong à venir résider dans le petit cottage où Isabel l'avait installée. Même si elle mesurait ses paroles quand

Christopher était à portée de voix, il était évident qu'elle pensait Isabel incapable d'élever un enfant, sûre que son complet désintérêt pour son fils avait été une bonne chose pour ce dernier. Agnes était comme la véritable mère de Christopher, et Cormac était heureux que ces deux-là n'aient pas à être séparés.

— Maudite soit Isabel d'en avoir fait un bâtard, soupira William.

— À moi de veiller à ce qu'il ait la meilleure vie possible.

— Tu as réfléchi à ce que t'a dit David ? Vas-tu essayer de faire la cour à Elspeth ?

— J'y ai pensé, mais c'est impossible maintenant. J'ai un fils, l'enfant de la femme qui nous a séparés !

— Ce n'est pas ton Elspeth qui s'est battue pour sauver un chat miteux ? Qui a recueilli un bébé dont personne ne voulait ? Tu crois vraiment qu'elle en voudra à ce garçon parce qu'il a Isabel pour mère ? Si c'est le cas, alors en effet, tu ferais bien de l'oublier.

— Tu ne l'as jamais rencontrée.

— Et je n'en ai pas besoin. Toutes ces histoires de promesses et d'honneur, c'était juste parce que tu étais un peu lent à accepter ta liberté. Elle t'a sauvé des griffes d'Isabel, et rien que pour ça, je voudrais lui baiser les pieds.

— Et moi, je serais prêt à risquer beaucoup rien que pour voir ce spectacle ! Allons ! J'ai une jeune fille à courtiser.

Chapitre 17

— Isabel a été emprisonnée pour les meurtres de tous ses époux, rien de moins.

Assise à la table de la grande salle de Donncoill, Elspeth contempla Payton avec de grands yeux, stupéfaite d'apprendre que quelqu'un avait non seulement partagé ses soupçons, mais s'était également décidé à agir. Les rumeurs circulaient au sujet de cette femme depuis la mort de son premier mari, mais on avait rarement avancé qu'elle était responsable de la mort des quatre. Elspeth fronça les sourcils ; Payton était reparti pour la cour immédiatement après l'avoir ramenée à Donncoill, mais il n'y était visiblement resté que le temps d'apprendre cette nouvelle. Même si elle était satisfaite de savoir qu'Isabel allait enfin répondre de ses crimes, Elspeth le soupçonnait de ne pas lui avoir encore tout dit – et ces autres révélations devaient sans doute être graves pour forcer Payton à revenir aussi vite pour les lui annoncer.

— Mais qui a fait ça ? demanda-t-elle tandis qu'un page leur versait un gobelet de vin à chacun.

— Sir Ranald Douglas – son fiancé, répondit Payton avant de boire une grande rasade.

— Elle allait encore se marier ?

— Oui, et ce Ranald était lui aussi supposé mourir. Il semblerait qu'Isabel ait eu depuis le début un autre Douglas pour amant, sir Kenneth. Ils avaient résolu de tuer un à un tous ceux qui empêchaient celui-ci de devenir laird. Sir Ranald était le dernier d'entre eux. C'était aussi un futur marié plutôt réticent.

— On dirait, en effet. Pourtant, elle aurait très bien pu l'envoûter, comme les autres.

— Non. J'ai parlé à ce Ranald quand les fiançailles ont été annoncées. C'est un brave homme, un peu dur peut-être, mais intelligent et loyal. Je lui ai fait part de quelques vérités plutôt difficiles à avaler au sujet de sa promise – notamment que j'avais été son amant.

— Payton ! Il aurait pu te tuer !

— C'est vrai, mais j'étais certain qu'il n'essaierait même pas. Mes révélations l'ont beaucoup intéressé, et il m'a assuré qu'il n'avait pas l'intention d'épouser Isabel. Il savait exactement ce qu'elle était, et il la surveillait de près depuis la mort de son troisième mari. Ranald avait entrepris de rassembler autant d'informations qu'il le pouvait, et il sentait qu'il approchait de la vérité. Visiblement, il y est arrivé.

— Je me demande ce qui l'a décidé à enfin agir.

— Si j'ai bien compris, lui et quelques comparses ont collé l'oreille à la bonne porte, et au bon moment.

— Ils ont entendu Isabel faire des aveux ?

— Oui, et ils ont aussi eu la preuve que sir Kenneth était son amant, qu'ils complotaient ensemble, que sir Ranald ne survivrait pas à son mariage, et que les deux intrigants avaient déjà choisi celui qui se ferait accuser à leur place.

Payton regardait fixement Elspeth, ce qui lui glaça le sang. Il n'était pas très difficile de deviner sur quel pauvre sot ils avaient jeté leur dévolu. La simple évocation du nom de Cormac lui arrachait une grimace, c'est pourquoi elle tâchait de penser aussi peu à lui que possible. Depuis dix jours qu'il l'avait abandonnée, elle avait pleuré toutes les larmes de son corps, maudit l'homme et son satané honneur, elle s'était languie de lui, l'avait maudit de nouveau… en fin de compte, elle avait décidé de se laisser sombrer dans un état d'épuisement extrême qui lui permettait de ne songer à rien, si ce n'était à dormir. Ses parents la surveillaient avec inquiétude, et elle savait que bientôt ils en auraient assez d'attendre qu'elle leur fasse part de ses tourments et exigeraient des réponses.

Et alors qu'elle avait réussi à atteindre un parfait état de stupeur, voilà que Payton revenait avec des nouvelles qui ravivaient sa douleur et sa confusion. Isabel allait enfin payer pour ses crimes… et Cormac s'apprêtait à voir son cœur se briser en mille morceaux. Le simple fait de se faire du souci pour lui la mettait en rage. Une part de son esprit se demanda s'il reviendrait vers elle quand Isabel ne serait plus là, et elle retint de justesse un hurlement. Comment pouvait-elle être aussi idiote ?

— Cormac sait-il tout ça ? s'enquit-elle en maudissant sa faiblesse.

— Il était là.

— Doux Jésus…, chuchota Elspeth, abasourdie. Tu sais ce qu'il compte faire ?

— Pour l'instant, il reste à la cour au cas où on aurait besoin de lui comme témoin – ce qui pourrait bien arriver, puisque sir Ranald a clairement expliqué qu'il n'avait jamais eu l'intention d'épouser Isabel, et que les autres hommes présents ce jour-là étaient tous des Douglas. Ranald veut que Kenneth et elle se balancent au bout d'une corde, et il travaille d'arrache-pied pour réunir tous ceux qui en savent un tant soit peu sur leurs crimes. Je crois qu'il souhaite aussi montrer qu'il ne s'en est pas pris à Kenneth et Isabel simplement parce que cette dernière l'a trompé. Il veut que leur culpabilité ne fasse aucun doute.

— Alors qu'il pourrait simplement se servir du pouvoir des Douglas. Voilà qui semble indiquer que c'est en effet un homme honnête.

— Et qui sait ce qu'il faut faire pour survivre. Cousine, une tempête se prépare. Les Douglas deviennent trop puissants, et beaucoup trop arrogants. Bientôt, le sang coulera, le pouvoir changera de main, et sir Ranald compte bien s'en tirer avec ses terres et son influence intactes. Je pense qu'il est assez malin pour ça. Et en ce qui concerne Cormac…

Payton avait prononcé ce nom sans crier gare, et Elspeth ne réussit pas à cacher son trouble. N'était-il pas navrant qu'un simple prénom la fasse tressaillir comme si on l'avait giflée ? Payton lui avait prouvé qu'elle avait encore de gros efforts à faire si elle voulait dissimuler ses sentiments pour sir Cormac Armstrong. Il faudrait peut-être attendre des années avant que ces derniers dépérissent, et elle avait jusque-là l'intention de les garder cloîtrés au plus profond de son cœur.

— Comment ça, « en ce qui concerne Cormac » ? Il a vu qui était vraiment Isabel – une excellente chose – et il est maintenant libre, dégagé des sentiments qu'il éprouvait pour elle et de sa maudite promesse. Rien d'autre n'a d'importance.

— Elspeth, tu crois vraiment ce que tu dis ?

— Il le faut bien.

Elspeth soupira profondément ; elle devrait donc parler de Cormac. Restait à espérer qu'elle y parviendrait sans fondre en larmes.

— J'ai joué, perdu, et je n'ai pas le cœur de recommencer. Qui sait, je suis peut-être devenue lâche. J'ai souffert comme jamais je ne l'aurais cru possible quand il a choisi Isabel, pas question de m'infliger de nouveau une telle torture.

— C'est un idiot.

— Peut-être, mais je ne vaux guère mieux puisque j'ai cru que je pouvais mettre un terme à dix ans de dévotion aveugle avec quelques semaines d'amour, et que je serais celle qui lui ferait comprendre qu'il pouvait rompre sa promesse sans perdre son honneur.

— Et s'il vient te trouver ?

— Je ne sais pas. Je souffre, mais je suis aussi encore très en colère. Je t'en prie, ne me donne pas de faux espoirs, je redoute ce qui arriverait s'ils prenaient racine dans mon cœur et ne donnaient jamais de fruits.

— Je comprends.

— Elspeth, un messager vient d'apporter quelque chose pour toi, annonça son père en entrant dans la salle, sa mère à ses côtés.

— Tu ne leur as encore rien dit ? chuchota Payton.

— Non, mais je crois que mon répit touche à sa fin.

Elspeth sourit à son père, mais vit au regard de ce dernier qu'un tel effort était vain.

— De la part de qui ? demanda-t-elle quand il lui tendit un petit paquet enveloppé dans un morceau de soie vivement coloré.

— Je l'ignore, répondit Balfour en s'affalant dans sa chaise attitrée, au bout de la table. Ce garçon n'a pas su me le dire. Il attend ta réponse.

Elspeth ouvrit le paquet en tremblant, ce qui ne l'étonna guère ; elle avait ressenti la présence de Cormac dès qu'elle l'avait eu dans les mains, et s'attendait presque à voir l'homme entrer dans la pièce. Elle trouva à la place une superbe broche en argent sertie de grenats. Un parchemin y était accroché, sur lequel une main masculine avait écrit :

« Pardonne-moi. Cormac. »

Perdue dans un tournoiement d'émotions, elle sentit que ses parents étudiaient tour à tour le bijou, le mot et son visage.

— Le pardonner de quoi ? interrogea Balfour.

— Rien d'important, répondit Elspeth en se levant précipitamment.

Elle avait grand besoin d'un peu d'intimité pour remettre de l'ordre dans ses sentiments.

— Et ta réponse ?

— Dis-lui merci, lança Elspeth en s'éloignant, prise d'une soudaine envie de s'enfuir en courant.

— Rien d'autre ?

— Non.

Sitôt la jeune fille partie, Balfour se tourna vers Payton.

— Ma petite fille souffre, et j'aimerais savoir pourquoi.

— Oui, c'en est trop, renchérit Maldie. Que s'est-il passé entre cet Armstrong et elle ?

— Et pourquoi lui demande-t-il pardon ?

— Ce n'est pas à moi de vous le dire, répondit Payton. Vous devez parler à Elspeth.

— Oh, j'en ai bien l'intention ! rétorqua Balfour. J'aimerais seulement savoir dans quel bourbier je m'apprête à mettre les pieds. Il lui a fait du mal.

— Oui, mais elle ne te laissera jamais le punir – et encore moins le tuer. D'ailleurs, en toute franchise, il ne mérite pas de mourir. De bien des façons, c'est aussi la faute d'Elspeth. Elle a parié, et perdu… enfin c'est ce qu'elle croit.

— Tu n'es pas de cet avis ? s'enquit Maldie en caressant doucement le poing serré de Balfour. Tu penses que tout peut encore s'arranger ?

— Oui, même si Elspeth a raison de penser qu'il serait cruel de la laisser espérer. À mon avis, elle n'a pas perdu, mais sa victoire est seulement un peu plus lente à venir qu'elle ne le croyait. Encore une fois, je ne suis pas sûr d'avoir tout compris. C'est une situation très compliquée.

— On dirait, oui, grommela Balfour. Je suis encore plus perdu, maintenant.

Maldie se leva et força son mari à l'imiter.

— Allons parler à Elspeth. Payton, va dormir un peu. (Elle adressa un clin d'œil à son neveu.) Tu as l'air presque ordinaire.

Balfour quitta la salle dans le sillage de son épouse et s'arrêta devant le jeune messager qui attendait patiemment.

— La jeune fille répond « merci ». Je sais, ce n'est pas très clair, mais elle n'a rien ajouté d'autre. J'ai cela dit moi aussi un message pour ce jeune idiot. Dis-lui qu'il a brisé une chose qui m'est très chère, et qu'il aura affaire à moi s'il n'y remédie pas très vite.

— Balfour ! protesta Maldie.

— Je sais qu'il a fait souffrir ma petite fille. Ça ne lui fera pas de mal de l'apprendre.

— Nous ne savons même pas si c'est sa faute.

— Nous allons bientôt le découvrir, rétorqua Balfour en se dirigeant vers la chambre de sa fille, si vite que Maldie avait peine à le suivre.

Assise sur son lit, Elspeth fixait ses yeux sur la broche sans la voir. Bouillasse était couché à côté d'elle et frottait son museau contre sa hanche comme s'il avait compris qu'elle avait besoin de réconfort. Elle le caressa doucement, et les ronronnements de l'animal soulagèrent quelque peu sa douleur. La jeune fille savait que ses parents arriveraient d'un moment à l'autre, et elle voulait être suffisamment calme pour répondre à leurs questions.

« Pardonne-moi. » De quoi ? De l'avoir blessée ? De ne plus vouloir d'elle ? De ne pas savoir ce qu'il désirait ? D'avoir gâché son honneur pour une femme qui n'en valait pas la peine, et d'avoir été trop aveugle pour s'en rendre compte ? Peut-être de ne pas avoir eu la volonté de résister à son désir pour elle. Il y avait trop de réponses possibles, et peu d'entre elles laissaient espérer que Cormac suivrait bientôt son cadeau. À vrai dire, Elspeth n'était pas sûre d'en avoir envie. Elle voulait qu'il renonce à Isabel parce qu'il l'aimait et la désirait davantage, pas parce que cette dernière était morte, pendue pour ses crimes, et à jamais inaccessible – ni parce qu'il pouvait à présent venir tranquillement la retrouver avec son précieux honneur intact. Savoir qu'elle avait été un choix par défaut lui empoisonnerait l'esprit et la mènerait sûrement à le haïr – et à se détester elle-même, à la longue.

On frappa, et ses parents entrèrent sans attendre. Balfour s'appuya contre la porte, les bras croisés sur sa large poitrine. Elle lut dans son regard de la colère – il avait donc deviné quelques-uns de ses secrets – et de la compassion. Maldie lui prit la main, et Elspeth pria pour avoir la force de ne pas fondre en larmes. Elle était une adulte désormais, trop vieille pour pleurer sur l'épaule de ses parents. Cela soulagerait certes un peu sa douleur, mais ne la guérirait certainement pas.

— Elspeth, depuis dix jours, nous te regardons lutter pour ne pas t'effondrer, et nous en avons plus qu'assez. Dis-nous ce qui te fait tant souffrir. Laisse-nous t'aider.

— Ah, mère, j'ai peur que tu n'aies pas de remède contre ce mal. Un cœur brisé saigne jusqu'à ce qu'il en ait assez, et aucun bandage ne peut changer ça.

— Alors j'avais raison ! gronda Balfour. Ce chien s'est servi de toi, puis t'a abandonnée.

Sa fille et son épouse le fusillèrent de leurs yeux verts.

— Tu aurais pu formuler ça plus gentiment, mon ami.

— Et puis ce n'est pas du tout ça, père.

— Tu veux dire qu'il ne t'a pas entraînée dans son lit ?

Elspeth devint écarlate.

— Navrée de vous décevoir mais non, je ne suis plus vierge. Je vous en prie, n'accusez pas trop vite Cormac. Il ne m'a pas ravi ma vertu, c'est moi qui la lui ai donnée. Je l'aime depuis le jour où je l'ai trouvé ici, blessé.

— Un amour de petite fille !

— Oui, à l'époque, mais il a grandi avec moi. Quand Cormac est venu me sauver dans le château de sir Colin, il m'a suffi d'un regard pour comprendre que c'était l'homme de ma vie. J'aurais dû mieux t'écouter, mère : je l'ai embrassé quelques minutes plus tard. C'était un baiser volé, et j'ai pensé que je pourrais toujours prétexter un acte irréfléchi, provoqué par la gratitude… mais, mère, j'ai senti sa passion. Son désir a nourri le mien, et je crois que l'inverse s'est aussi produit. J'ai alors su pourquoi Cormac n'avait jamais vraiment quitté mes pensées, et j'ai décidé qu'il serait mien.

— Et tu ne pouvais pas y arriver sans te retrouver au lit avec lui ?

— Non, père. Vois-tu, il était amoureux de lady Isabel Douglas et s'était promis à elle avant même qu'il se retrouve à saigner sur nos terres. (Balfour fit la moue.) Tu la connais ?

— De vue et de réputation seulement. Une jolie garce qui a enterré quatre maris.

— Visiblement, elle sera bientôt pendue pour leurs meurtres, de même que l'amant qui complotait avec elle. (Balfour et Maldie ouvrirent grands les yeux.) Non, ce n'est pas Cormac ! Il sait maintenant que le mal qu'on disait d'elle était vrai. Il a entendu Isabel tout avouer, préparer avec son complice le meurtre de son prochain époux, et même leur projet de le faire pendre, lui, Cormac, pour celui-ci. Payton vous racontera tout ça mieux que moi.

— Ainsi, ce garçon est libre de venir te retrouver, observa Maldie.

— Crois-tu ? Qu'aurais-tu fait si père était venu te voir parce que la femme qu'il désirait vraiment était morte ? Que la promesse qu'il lui avait faite s'était terminée au bout d'une corde ?

Elspeth entreprit alors de raconter tout ce qui s'était passé depuis que Cormac était entré dans sa chambre du château de sir Colin, en omettant toutefois de décrire les longues heures au cours desquelles ils s'étaient abandonnés à leur passion.

— Tu lui as dit qu'il devrait ramper ? demanda Maldie d'une voix où se mêlaient stupéfaction et amusement.

— Je reconnais bien là ma fille, ricana son père.

— Balfour ! Ce n'est pas drôle !

— Vraiment ? D'accord, sa tristesse ne m'amuse pas, mais ce qu'elle a laissé à ce garçon pour qu'il médite, en revanche… Mon enfant, avec ces paroles, tu as recouvré toute la fierté que tu crois avoir perdue dans cette histoire. Cela dit, je ne comprends toujours pas très bien pourquoi tu t'es sentie obligée de lui offrir ta vertu.

— Père, il était amoureux d'une autre, ou en tout cas il le pensait. Il l'a crue utilisée par son clan, et a accouru chaque fois qu'elle l'appelait. Il lui était presque complètement fidèle, et pourtant il savait qu'elle partageait le lit de ses maris.

— Et d'à peu près tous les hommes qui se rendaient à la cour du roi.

— Ça, Cormac l'ignorait. Je crois qu'Isabel a été sa première femme. Elle l'a pris au piège quand il n'était qu'un tout jeune homme, et mes frères m'ont montré à quel point la passion peut être forte à cet âge. Chaque fois qu'il faiblissait, Isabel lui rappelait son serment, car elle savait à quel point l'honneur comptait pour lui. Je ne pouvais pas lutter contre ça avec des regards et des petits sourires. Je devais lui donner autant qu'elle, et même plus. Désolée si, avec cette aventure, vous avez perdu foi en moi.

— Jamais, ma fille. Tu te battais contre une ennemie plus âgée, plus expérimentée, et sans scrupule ni morale pour la retenir. Tu devais donc utiliser toutes les armes à ta disposition. J'aurais préféré que ta vertu n'en fasse pas partie, mais je comprends. Seulement, je n'aime pas savoir que tu as dû payer un prix si grand pour un homme trop stupide pour savoir ce qu'il avait à portée de main – et que tu refuses que je le tue.

Elspeth savait que son père, malgré sa colère, n'avait pas vraiment envie d'en finir avec Cormac. En racontant son histoire aussi fidèlement que la décence le permettait, elle avait apaisé sa furie meurtrière. Elle nota cependant que son père n'avait pas promis de laisser Cormac sain et sauf. Elle espéra que l'homme saurait se tenir à bonne distance.

Ils parlèrent encore un peu, mais il n'y avait plus grand-chose à dire sur le sujet. Elspeth comprit bien que ses parents veillaient à ne pas lui donner de faux espoirs. Ils finirent par partir et elle s'allongea sur son lit, le regard rivé au plafond. Bouillasse ne tarda pas à venir s'installer confortablement à ses côtés.

Elspeth se sentait certes beaucoup mieux depuis qu'elle s'était délestée du poids de la vérité, mais s'en voulait néanmoins d'avoir omis une possibilité de taille. Le temps de ses menstrues était venu puis reparti sans que rien ne se passe. Il était encore trop tôt pour en être sûre, mais elle portait peut-être l'enfant de Cormac. Si c'était bien le cas, elle aurait beau répéter que tout était sa faute, rien ne pourrait apaiser la rage de son père.

Cormac congédia le jeune messager et se laissa tomber dans son fauteuil, à côté du feu.

— Elle ne rendra pas les armes si facilement.

William tendit à son frère un verre de vin et s'assit en face de lui.

— Et tu comptes te battre ? interrogea-t-il.

— Je le dois, mais quelque chose d'un peu plus substantiel qu'un simple « merci » m'aurait donné des indications sur la façon de m'y prendre. Ce garçon m'a dit qu'elle avait quitté la grande salle peu après que son père lui a remis mon cadeau, puis qu'elle avait grimpé les escaliers comme si le diable lui-même tirait sur ses jupes. Au moins, ça l'a fait réagir, mais j'ignore si c'était de la colère, du trouble ou…

Il haussa les épaules.

— À ta place, je m'inquiéterais plus du message de son père.

— Ah, oui. Je préfère ne pas y penser.

— Je me demande quelle partie de ton corps il a l'intention de briser en premier.

Cormac lança un regard consterné à son frère.

— Ne joue pas à l'imbécile, ça ne te va pas. J'aimerais savoir pourquoi cet homme n'est pas encore venu à ma porte pour séparer mes attributs masculins du reste de mon corps.

— Peut-être qu'Elspeth l'a prié de ne pas le faire ? Non, ça n'aurait rien changé.

— Dans cette famille, si. Certes, il a dû falloir l'immobiliser le temps qu'il écoute, mais le père d'Elspeth a forcément pris ce que veut sa fille en considération. C'est peut-être bon signe. Si elle me détestait vraiment, elle lui aurait demandé de me réduire en mille morceaux.

— J'imagine.

William sourit à Christopher quand l'enfant s'approcha du fauteuil de son père.

— Comment vas-tu, mon garçon ?

— Bien, oncle Will. (Il se tourna vers Cormac.) Votre dame a aimé son cadeau ?

— Elle a répondu merci, dit Cormac en ébouriffant les cheveux de son fils.

— Je vais la rencontrer ? Vous allez l'épouser ?

— Je ne sais pas, mon garçon. Elle est très en colère contre moi.

— Si je la vois un jour, vous croyez qu'elle m'aimera bien ?

Cormac revit Elspeth, encore enfant, qui refusait de le laisser seul et blessé, puis, devenue adulte, pestant contre les garnements qui tourmentaient le malheureux Bouillasse. Il se rappela sa stupeur et sa colère quand elle avait trouvé le petit Alan, des émotions que n'avait fait qu'aggraver la réaction des villageois.

Il sourit à Christopher.

— Oui, je n'en doute pas une seconde. C'est moi le problème.

— Lady Isabel viendra avec nous ?

Le garçon était très raide, les yeux grands ouverts. Encore une fois, Cormac avait la preuve qu'Isabel n'avait rien voulu partager avec leur enfant. Il semblait terrifié par sa mère, et Cormac se demandait ce qu'elle avait bien pu lui faire au cours de leurs rares rencontres. Il espérait sincèrement que Christopher ne ressentait rien pour Isabel, car Agnes lui avait donné tout ce dont il avait besoin, et la vérité au sujet de sa génitrice pourrait lui faire beaucoup de mal.

— Non, comme je te l'ai dit, tu ne la reverras plus jamais.

Puisqu'il était chaque jour plus certain qu'Isabel finirait sur le gibet, Cormac décida qu'il était temps d'aborder le sujet.

— Elle a commis de très grosses erreurs, je le crains, et ceux à qui elle a causé du tort ont l'intention de la faire payer pour ça, dit-il. C'est pour cela que tu ne la verras plus – à moins que tu n'aies envie de lui rendre visite.

— Non, monsieur ! s'empressa de répondre Christopher. Elle ne m'a jamais aimé. Miss Agnes me répète que ce n'est pas ma faute et que je n'ai rien fait de mal. Elle dit aussi que certaines personnes n'ont pas beaucoup de cœur, et qu'elles ne savent pas comment prendre soin des autres. Votre nouvelle dame a du cœur ?

— Oh oui, beaucoup. Je dois seulement la convaincre de vouloir à nouveau de moi.

— Vous y arriverez, monsieur. Miss Agnes affirme que vous êtes plutôt gentil pour un homme, et que vous finirez par savoir quoi dire pour réparer les choses.

Les jours passèrent, et Cormac se prit à penser qu'il aurait peut-être mieux fait de demander conseil à Agnes. Elspeth continuait à recevoir ses cadeaux et ses messages avec une froide politesse, quand elle ne les refusait pas tout simplement. Ses tentatives pour lui faire la cour étaient un échec. D'autres membres de son clan l'avaient rejoint, et parmi eux son frère Dougal, plus jeune que lui d'à peine un an. À cette allure, s'il se décidait à aller trouver Elspeth, ce serait avec toute sa famille sur les talons.

Malgré les protestations des siens, Cormac assista à la pendaison. Christopher lui poserait sans doute un jour des questions sur sa mère, et il voulait pouvoir lui dire la vérité. Ce fut également pour son fils qu'il accepta de se charger de la dépouille d'Isabel et la fit enterrer quand il devint évident que le propre clan de la jeune femme ne s'en occuperait pas. Seul devant sa tombe à la terre fraîchement retournée, il se demanda une fois de plus comment elle avait pu l'abuser ainsi, et aussi longtemps. Cormac s'apprêtait à rentrer quand, à sa grande surprise, il trouva Dougal qui l'attendait patiemment.

— Alors, où allons-nous maintenant ? Chez nous, ou à Donncoill ? interrogea-t-il.

— Elle ne m'a pas demandé de venir, soupira Cormac.

— Mais elle ne te l'a pas interdit non plus.

— Non, et tu as raison, je dois y aller, au moins une fois. Je dois me retrouver face à elle. Elle m'a dit ce que je devais faire pour la reconquérir, et même si j'espérais ne pas en arriver là, j'ai l'impression qu'elle pensait le moindre de ses mots ce jour-là. (Dougal poussa un juron.) Je sais que ça ne te plaît pas.

— Tu veux que je t'encourage à t'humilier ? Tes mésaventures avec Isabel ne t'ont donc rien appris ?

— Oh si, beaucoup. Que, par exemple, si une femme comme Elspeth attend un geste de ma part, aussi dégradant soit-il, je serais fou de ne pas la satisfaire, car elle compte autant pour moi qu'Isabel autrefois.

Chapitre 18

— Je vais souffrir, dit Cormac à haute voix en contemplant la route de gravier qui traversait les portes de Donncoill.

Il s'attarda en soupirant sur le château où se cachait Elspeth. Au cours des deux derniers mois, alors qu'il aidait à ce que justice soit rendue, il n'avait cessé d'envoyer messages et présents à la jeune fille – prudemment, tout d'abord, puis de plus en plus souvent –, et cette dernière ne répondait chaque fois que par de brefs remerciements. Certains de ses cadeaux lui étaient même revenus accompagnés de lettres expliquant qu'un gentilhomme n'offrait pas de telles choses à une « connaissance », des mots qui lui avaient fait mal. Elspeth lui avait même renvoyé au visage certaines de ses propres paroles. C'était son ultime chance.

Cormac avait espéré jusqu'à la dernière minute que les choses n'en arriveraient pas là, que de belles paroles et des présents suffiraient. Il aurait dû se douter qu'il n'en serait rien. Elspeth avait sa fierté – qu'il avait d'ailleurs piétinée sans ménagement. Si quelqu'un pouvait comprendre ce qu'elle ressentait, c'était bien lui. Elle lui avait tout donné, et il avait refusé cette offrande. La jeune femme lui rendait à présent la monnaie de sa pièce. Cormac était légèrement contrarié de constater que la jeune fille avait la force et l'intelligence de se tirer de cette situation, ce qu'il n'avait jamais su faire avec Isabel. Elspeth avait besoin d'un grand geste pour changer d'avis ? Elle l'aurait.

— Tu es vraiment sûr de toi ? demanda Dougal, sans doute pour la centième fois.

Cormac regarda Christopher, Agnes, puis les six frères et sept cousins qui l'avaient accompagné, et sourit. Payton était là lui aussi, avec à la main les rênes de la jument qu'il avait apportée pour Elspeth, un autre présent qu'elle avait poliment refusé.

— Non, mais je vais quand même le faire. Je le dois.

— J'aurais cru que tu en aurais assez de voir ta fierté malmenée par des jeunes filles.

— Oh oui, plus qu'assez, mais contrairement à Isabel, Elspeth m'a offert la sienne, et j'ai été trop stupide pour voir la valeur de ce cadeau. Il est temps de lui rendre la pareille. J'espère seulement qu'elle ne fera pas durer cette situation trop longtemps.

Payton lança un regard à Christopher ; l'enfant fixait ses grands yeux sur Cormac.

— Tu aurais peut-être dû lui parler de ce gaillard avant de lui mettre sous le nez.

— Je préférais le faire de vive voix, répondit Cormac. Une femme peut penser qu'un enfant est la preuve des sentiments qui unissent ses parents. Je veux qu'Elspeth puisse, en me regardant dans les yeux, comprendre qu'il n'en est rien. Je me suis aussi dit que si elle voyait Christopher, elle ne l'associerait pas à Isabel dans son esprit.

— Maintenant que j'y pense, c'était en effet la chose la plus sage à faire.

— N'aie pas l'air si étonné, reprit Cormac. Je sais parfois faire preuve d'un peu de jugeote. (Payton éclata de rire.) J'ai été surpris qu'aucun d'entre vous ne vienne me passer au fil de l'épée.

— C'était tentant, mais tout le monde s'est calmé quand on a compris que tu tentais de la reconquérir – enfin, les hommes en tout cas. Tu vas vraiment le faire ?

— On dirait qu'il le faut bien.

— Je n'arrive pas à croire qu'Elspeth te pousse à de telles extrémités. Elle n'est tout de même pas aussi impitoyable !

— Tu as déjà été amoureux, Payton ? Tu as déjà tout donné à quelqu'un pour qu'il te le renvoie en pleine figure ?

— Non. C'est ce que tu lui as fait ?

— Je suppose que tu as envie de me tuer maintenant.

— Je me pose la question. Alors, que s'est-il passé ?

— Exactement ce qu'Elspeth vous a raconté ; qui le saurait mieux qu'elle ? Je ne voulais pas faire une chose pareille, et une bonne part de mon esprit s'indigne à l'idée de subir une telle humiliation… Mais alors, je pense au vide que je ressens depuis qu'elle est partie. La colère passera, l'humiliation aussi, mais je sais très bien que si je ne la reconquiers pas, ce vide s'installera en moi pour le restant de mes jours.

— Dans ce cas, vas-y, et ignore-moi si je pleure de honte, grogna Dougal.

— Il est bon pour un homme d'avoir le soutien de sa famille, dit Payton en souriant. Si ça peut te consoler, sache que dès qu'elle te verra, ma tante te fera arrêter, même si Elspeth hésite. Tu auras alors au moins une chance de parler à ma cousine.

— Ça me réconforte un peu, en effet.

Cormac eut besoin de toute sa volonté pour se lancer à quatre pattes sur l'allée de gravier. Il essaya d'oublier les regards bien trop nombreux braqués sur lui, et pria pour que Payton ait raison. Cormac était prêt à faire ce geste extravagant, mais n'était pas sûr de pouvoir supporter une telle atteinte à sa fierté bien longtemps. Méritée ou pas, elle finirait par le ronger jusqu'à ce qu'Elspeth et lui se retrouvent avec un nouvel obstacle à surmonter.

— Elle n'a pas voulu de sa jument ! annonça Maldie en entrant dans la chambre qu'elle partageait avec son mari.

— Quel gâchis, c'était une belle bête, déplora Balfour, posté à sa fenêtre, les yeux rivés sur le groupe de jeunes hommes rassemblés devant ses portes.

— Elle sait qu'il est là, mais refuse de lui parler. C'est une jeune fille très têtue. Je comprends sa colère, mais elle doit apprendre à s'adoucir un peu, sinon, c'est à elle qu'elle finira par faire le plus de mal.

— Il est encore trop tôt, mon amie. D'accord, Elspeth ne devrait pas le laisser repartir, mais comme il n'a pas l'air d'en avoir envie, laissons les choses se faire. Elle est sans doute méfiante, et a besoin de quelques minutes pour réfléchir. Je ne crois pas qu'elle s'attendait à ce qu'il vienne ici.

— Elle s'interdisait d'y penser. Que fait-il, à présent ?

Balfour poussa un juron, puis rit doucement.

— On dirait qu'il rampe.

— Oh non, non, non. (Maldie se dirigea précipitamment vers la porte.) Elle va lui parler sans attendre, même si je dois la traîner par les cheveux.

— Tu crois que c'est une bonne idée de te mêler de leurs affaires ?

— Oui. Pour commencer, elle ne peut pas voir son numéro depuis les fenêtres de sa chambre. Et puis s'il continue trop longtemps, ce geste le hantera à jamais. Elspeth en souffrira elle aussi, car elle n'a jamais souhaité qu'il se déshonore complètement.

— Quel dommage, il n'aura même pas eu le temps d'abîmer ses jolis pantalons, murmura Balfour une fois sa femme partie.

Il s'apprêta à la suivre, puis prit conscience qu'elle reviendrait dans quelques minutes, et retourna à la fenêtre.

— Tu as gagné, ma fille.

Balfour décida de réfléchir au meilleur moment pour intervenir à son tour.

Elspeth regarda fixement le petit mot qui avait accompagné la jument.

« Je viens pour toi, mon amour,

Cormac »

Quelle arrogance, songea-t-elle, même si son cœur, ce traître, tambourinait dans sa poitrine. Cormac était si proche. Pourquoi n'était-elle pas en ce moment même en train de courir pour se jeter dans ses bras ?

— Parce que je suis terrifiée, admit-elle.

Depuis deux mois, sa vie était un véritable enfer. Quand elle n'était pas complètement épuisée, elle souffrait le martyre. Elle s'était demandé des milliers de fois ce qu'elle aurait pu faire pour que Cormac l'aime. Son bon sens lui soufflait qu'elle avait fait tout son possible, ce que ses émotions n'appréciaient guère.

Il lui avait fait tellement mal – même si tout n'était pas sa faute. Elspeth avait trop attendu de Cormac, et avec trop d'empressement. La vérité ne soulageait cependant en rien sa douleur. Dans aucun de ses messages il ne disait qu'il l'aimait. Il implorait son pardon, l'appelait par de doux noms, parlait de son désir pour elle et lui faisait la cour de la manière la plus charmante qui soit… pourtant, même s'il s'était mis à lui écrire avant qu'Isabel soit pendue, elle se demandait tout de même si elle n'était pas qu'un second choix. Après tout, il avait appris la vérité au sujet de son ancienne amante avant de commencer sa cour. Autrement dit, il n'avait pas quitté Isabel pour la retrouver, elle.

La porte de sa chambre s'ouvrit brusquement et sa mère s'engouffra dans la pièce.

— Que se passe-t-il ? demanda Elspeth, effarée.

— Elspeth Murray, tu vas tout de suite venir avec moi, dit Maldie en la prenant par le poignet pour l'entraîner dans le couloir. J'ai quelque chose à te montrer, et j'espère que ta réaction ne me décevra pas.

Elspeth fit de son mieux pour aller aussi vite que sa mère. Elles entrèrent dans la chambre de ses parents où elle aperçut son père, posté devant la fenêtre avec un petit sourire.

— Regarde, Elspeth, lui ordonna Maldie en désignant le portail de Donncoill.

Tout d'abord, elle ne vit rien… puis remarqua l'homme qui rampait sur l'allée. Elspeth se cramponna aux montants de l'étroite fenêtre, incapable d'en croire ses yeux. Bientôt, l'incrédulité céda la place à l'horreur. Malgré tout ce qu'elle avait dit à Cormac, elle n'avait jamais souhaité cela. Elle remonta ses jupes et quitta la pièce à toute allure, une seule pensée en tête : rejoindre Cormac au plus vite.

— Je savais que c'était ce qu'elle ferait, déclara Maldie avec satisfaction. Allons, qu'attends-tu ?

— Je suis content que ce manège s'arrête, approuva Balfour en lui prenant le bras pour se rendre aux portes de leur domaine.

— Elspeth ne voulait pas vraiment qu'il le fasse de toute façon.

— Sans doute que non… mais pourquoi hésitait-elle à le rejoindre dans ce cas ?

— Elle avait peur, mon amour. Il lui a fait beaucoup de mal. Quelle femme voudrait subir une telle douleur une seconde fois ? Certes, il lui a fait la cour, mais je crois que malgré ses cadeaux et ses belles paroles, il ne lui a jamais dit ce qui aurait pu l'apaiser.

— Donc tout n'est pas encore réglé.

— Non, mais ce sera bientôt le cas.

— Tu en es sûre ?

— Balfour, cet homme était à genoux devant ceux de son clan, les nôtres, nos gardes, et n'importe qui à la ronde. À quoi penses-tu ?

Balfour éclata de rire et embrassa sa femme sur la joue.

— Je me dis que tu vas bientôt être très occupée à organiser un mariage.

— C'est ton Elspeth ? demanda Dougal.

Cormac se redressa et cessa soudain de respirer.

Elspeth courait vers lui, sa chevelure volant autour de sa tête tel un nuage noir et ses jupes remontées jusqu'aux genoux.

— Oui… c'est elle.

— Continue à ramper, lui ordonna son frère en le poussant sans ménagement.

Cormac s'apprêtait à dire à son frère ce qu'il pensait de lui quand Elspeth, lancée à pleine vitesse, le heurta de plein fouet en essayant de s'arrêter, manquant de le faire basculer en arrière. Il lui prit le bras et, voyant qu'elle pleurait, sentit la peur lui serrer le cœur : il avait bien espéré un signe de sa part, mais certainement pas des larmes.

Elspeth tira violemment sur son bras pour le forcer à se relever.

— Ne fais pas ça ! Je suis désolée ! Ce n'est pas ce que je voulais, mais j'étais tellement en colère !

Cormac comprit qu'elle pleurait pour lui et l'obligea doucement à se baisser jusqu'à ce qu'ils soient tous les deux à genoux, face à face. Elspeth nettoya frénétiquement les mains couvertes de terre de Cormac, mais il l'arrêta avant qu'elle s'attaque à ses pantalons. Il la désirait tant que le plus infime contact de ses doigts sur sa jambe suffisait presque à lui faire perdre la tête. Elle se jeta contre sa poitrine et l'étreignit passionnément. De toute évidence, elle n'avait pas conscience des risques qu'elle courait et, pour une fois, elle était trop bouleversée pour sentir le désir qui menaçait d'emporter Cormac.

— Je suis navrée, murmura-t-elle contre son pourpoint. Je n'ai jamais voulu que tu fasses une chose pareille, je te le jure.

Il prit son visage à deux mains pour la regarder droit dans les yeux et l'embrassa.

— Ne t'excuse pas, mon ange. Retourner quelques graviers ne me tuera pas, même si je suis content que tu ne m'aies pas obligé à continuer trop longtemps. Ces cailloux ne sont pas tendres avec les genoux. (Elspeth sourit, et l'embrassa de nouveau.) Pour revoir ce sourire, j'aurais pu ramper dans les flammes.

Elle lui caressa la joue d'une main tremblante.

— Isabel ? demanda-t-elle au risque de s'étrangler.

— Elle a fini sur la potence avec son amant... et cherche autant que tu le voudras son fantôme dans mon regard, tu ne le trouveras pas. Crois-moi, j'ai compris mon erreur dès que la porte de notre chambre s'est refermée derrière toi. Il a cependant fallu un peu de temps pour chasser de cette petite cervelle dix ans de mensonges. Les aveux d'Isabel n'ont fait que confirmer ce que je ressentais déjà.

Une main vigoureuse lui saisit soudain le bras et le leva sans ménagement. Cormac eut tout juste le temps de voir Elspeth tomber sur son derrière avant d'être écrasé contre un torse imposant. L'étreinte et la grande claque qu'il reçut dans le dos se révélèrent bien trop douloureuses pour être complètement amicales. Tout devint plus clair quand il comprit que l'homme qui le tenait toujours par le bras n'était nul autre que le père de la jeune femme.

— Content de te voir, mon garçon, s'exclama Balfour. Je vois que tu as amené avec toi quelques membres de ton clan pour qu'ils assistent à ton mariage.

— Père ! protesta Elspeth.

Un jeune homme qui se présenta précipitamment comme Dougal, le frère de Cormac, l'aida à se relever.

— Cormac ne m'a pas demandé de l'épouser !

— Tiens donc ? Ça veut sans doute dire que je l'ai interrompu un peu trop tôt.

Balfour parlait d'une voix calme, presque cordiale, son sourire était on ne peut plus affable, mais Cormac lut dans son regard une froide autorité. Sir Murray s'était peut-être montré assez compréhensif pour ne pas le pourchasser, mais maintenant qu'il était là, il ne le laisserait pas repartir avant d'avoir épousé sa fille. Cormac, dont c'était justement l'intention, se contenta de hocher la tête en souriant.

— Mon ange, veux-tu m'épouser ? interrogea-t-il.

Elspeth repoussa avec colère les cheveux qui retombaient sur son visage et fusilla Balfour du regard.

— Père, tu n'as pas le droit de l'y obliger !

Cormac semblait cependant un peu trop joyeux pour un homme contraint d'agir contre son gré.

— Je n'oblige personne ! Et puis d'abord, rappelle-moi qui est le laird ici. (Balfour se retourna vers Cormac.) Elle accepte. Présente-moi ta famille à présent.

— Père ! s'écria Elspeth. Tu ne peux pas l'arrêter ? demanda-t-elle alors à sa mère, qui s'employait à épousseter la robe de sa fille.

— N'importe qui d'autre, à sa place, aurait tué ton Cormac, ou l'aurait traîné devant un prêtre il y a deux mois de ça. Dis-moi, quels beaux garçons, ces Armstrong !

— Je ne veux pas qu'il soit obligé de m'épouser, murmura Elspeth.

Elle espérait, malgré son trouble, qu'elle serait capable de se souvenir des noms de tous les jeunes hommes qui s'avançaient un par un pour lui baiser la main.

— Ma fille, tu crois vraiment qu'il a franchi notre portail en rampant pour te serrer la main ?

Avant qu'Elspeth puisse répondre à ce sarcasme, Cormac fit approcher un petit garçon et une femme entre deux âges, et la stupeur chassa toutes ses autres pensées. Il ne lui fallut qu'un regard pour comprendre que c'était le fils de Cormac. Il lui avait pourtant dit qu'il n'y avait plus de fantômes, qu'Isabel était partie pour de bon… *Mensonges.* Sa présence régnait encore dans les traits parfaits de l'enfant qu'elle avait donné à Cormac.

— Voici Christopher, mon fils, et Agnes, sa nourrice.

Cormac ne fut pas très étonné d'entendre Balfour jurer, mais un peu plus de voir que Maldie faisait de même.

Ce ne fut pas chose aisée mais, Elspeth, refusant de faire payer l'enfant pour les péchés de ses parents, salua les deux nouveaux venus avec tout le charme et toute la courtoisie qu'elle put rassembler. Agnes la gratifia d'un sourire approbateur, mais ses yeux gris et perçants scrutèrent avec attention son visage et ceux de ses parents. Christopher était calme, poli et manifestement très timide, ce qui aida Elspeth à contenir ses émotions. Elle lança un regard interrogateur à Cormac, soulagée de constater qu'il était mal à l'aise.

— Nous apprenons encore à nous connaître, dit-il.

— C'est vrai, renchérit le petit garçon. Père m'a rencontré il n'y a que deux mois. Jusque-là, c'était Miss Agnes qui s'occupait de moi.

Dieu te bénisse, Christopher, songea Cormac en regardant Elspeth et sa famille s'apaiser quelque peu. Les lèvres qu'il brûlait tant d'embrasser se figèrent en une moue contrariée. Tant que l'enfant serait présent, il ne pourrait pas offrir à la jeune fille les explications qui chasseraient définitivement ses soupçons.

Agnes se révéla alors une fois encore une femme très avisée.

— Viens, mon petit, dit-elle à Christopher. Nous allons visiter le château. (Elle adressa une révérence à Maldie.) Si vous êtes d'accord, madame.

— Bien entendu ! Suivez-les donc, messieurs. Nos serviteurs vous montreront où vous rafraîchir et vous trouveront des chambres. N'hésitez pas à leur demander ce que vous voudrez. Nous vous rejoignons dans un instant.

— Sa mère, c'est Isabel, n'est-ce pas ? interrogea Elspeth une fois Agnes, Christopher et les Armstrong partis.

— Oui. Elle me cachait son existence depuis sa naissance, il y a sept ans de ça. Si tu t'en souviens, nous nous sommes étonnés qu'elle n'ait jamais eu d'enfants… selon ses dires, Christopher a vu le jour parce qu'elle n'a pas pu se débarrasser de lui quand il était encore temps, ce qu'elle a fait avec les autres. Je n'ai pas eu le courage de lui demander si d'autres étaient de moi parmi eux.

— Elle t'a donc parlé de Christopher quand elle a su qu'elle allait mourir ? s'enquit Elspeth.

— Non, je crois qu'elle n'aurait eu aucun scrupule à emporter son secret dans la tombe, mais elle avait enfin trouvé une utilité pour cet enfant. Elle a expliqué qu'elle me le laisserait si j'aidais à la libérer. Dieu me pardonne, j'aurais sans doute accepté seulement pour le voir, même si je la soupçonnais de me mentir une fois de plus.

Elspeth comprit au regard de Cormac qu'il était encore furieux.

— Mais tu ne l'as pas fait.

— Non, j'ai été sauvé par l'esprit affûté de sir Ranald. Il surveillait Isabel depuis la mort de son troisième mari, et connaissait l'existence de l'enfant, même si elle ne lui rendait que très rarement visite. Quand elle a été capturée, il a deviné qu'elle essaierait de se servir de mon fils, et il a décidé de me l'amener en personne.

De toute évidence, Elspeth n'était plus en colère, mais Cormac n'était pas sûr de savoir ce qu'elle ressentait, et il n'avait pas envie de le lui demander en présence de ses parents.

— Allons retrouver les autres, annonça Maldie en glissant un bras sous le sien.

— Christopher sait-il qui était vraiment sa mère ? s'enquit Elspeth en venant se placer de l'autre côté du jeune homme, les poings serrés pour résister à l'envie de le toucher.

— Autant qu'un enfant le peut. Il l'appelait lady Isabel et semblait plutôt soulagé de ne plus jamais avoir à lui parler. Agnes et moi lui avons dit qu'elle est morte à présent, et expliqué pourquoi, sans pour autant lui détailler ses crimes. Il l'évoque parfois dans ses prières du soir, mais la plupart du temps, il ne fait jamais allusion à elle, et ne pose aucune question à son sujet. Il voit Agnes comme sa mère, et Isabel comme cette femme qui l'a rendu très malheureux au cours de ses rares visites.

— C'est horriblement triste, mais peut-être aussi ce qui pouvait lui arriver de mieux, dit Maldie. Quoi qu'il en soit, tu peux bénir Agnes.

Tandis que sa mère continuait à interroger Cormac au sujet de Christopher, sans nul doute pour savoir si le cœur et l'esprit du garçon souffraient de blessures qu'elle aurait pu essayer de guérir, Elspeth tâcha d'y voir plus clair dans ses sentiments. Elle n'en voulait pas à Christopher, et savait qu'elle n'aurait aucun problème pour l'aimer comme tout enfant le méritait. Cependant, qu'en était-il de Cormac ? Les hommes avaient le plus souvent des sentiments très forts pour la mère de leur enfant, or elle ne percevait chez lui que dégoût et colère chaque fois qu'il évoquait Isabel. Difficile de croire qu'il avait pu changer à ce point. D'une manière ou d'une autre, elle devrait l'obliger à en parler.

Ils seraient bientôt mariés, cela ne faisait aucun doute. Son père le voulait, et visiblement, Cormac aussi. Elspeth était tout à la fois folle de joie et terrorisée. Elle aurait pour époux le père de son enfant, son âme sœur, l'homme qui pouvait l'enflammer d'un seul regard… Elle ne connaîtrait plus de nuits de solitude, ne se languirait plus de ses caresses ni du son de sa voix… Toutefois, il ne l'avait pas ouvertement préférée à Isabel, et n'était venu la trouver qu'après la mort de celle-ci. Malgré ses cadeaux, ses douces paroles et même le geste insensé qu'il venait d'accomplir, elle ne savait pas ce qu'il avait dans le cœur. Encore une chose dont ils devraient discuter. Cormac était peut-être sincère quand il affirmait qu'il avait chassé ses fantômes, mais ce n'était certainement pas son cas.

Elspeth n'eut besoin que du dîner pour comprendre qu'elle n'aurait pas l'occasion de parler à Cormac avant leur mariage. La cérémonie devait avoir lieu trois jours plus tard, et d'ici là, les Murray auraient sans doute rendu Cormac complètement fou. Ils étaient tous amicaux et d'une gaieté exaspérante, mais elle remarqua très vite que Cormac était en permanence entouré d'au moins deux ou trois membres de sa famille – et qu'il en allait de même pour elle. Elle avait tout juste eu le temps de lui demander comment il se portait avant que Payton et Connor entraînent le malheureux à l'autre bout de la pièce. Adossée au mur, les bras croisés, Elspeth jura copieusement.

— Ils ne vous laisseront pas approcher à moins de deux pieds l'un de l'autre tant que vous ne vous serez pas retrouvés devant le prêtre, annonça William, le frère de Cormac, en s'affalant contre le mur, à sa droite.

— Dans trois jours, tu l'auras rien que pour toi, ajouta Dougal en imitant son frère, mais à gauche de la jeune fille cette fois. Ce n'est tout de même pas bien long.

— J'ai peut-être envie de parler en privé à l'homme que mon père est en train de traîner devant l'autel, dit-elle.

— Allons, est-ce que notre frère a l'air très malheureux ? Pourquoi crois-tu qu'il est venu te rejoindre ?

— Ce n'est pas la raison de sa venue qui m'ennuie, c'est que celle-ci n'arrive que maintenant.

— Je ne comprends pas.

— Maintenant qu'Isabel est morte et enterrée, ajouta Elspeth en s'éloignant.

— Ah, c'est donc ça, murmura William.

— Tu crois que nous devrions prévenir Cormac ? s'enquit Dougal.

— Prévenir l'idiot qui a laissé cette beauté quitter son lit ? Qui, dans trois petits jours, se retrouvera sous les draps avec la femme à la voix capable de faire fondre la pierre, si je reprends ses dires ? Qui n'a besoin que de chuchoter quelques mots pour se régaler de son amour ?

— Tu as raison, il a déjà bien trop de chance. Laissons-le s'en tirer tout seul pour une fois.

Cormac regarda Elspeth quitter la grande salle et soupira. Le père de la jeune fille était manifestement décidé à tout lui pardonner, ce dont il était très reconnaissant. Sa famille l'accueillait à bras ouverts, un miracle après tout ce qu'il avait fait. Dans trois jours, il serait marié à Elspeth ; il pourrait l'aimer, la serrer contre lui toutes les nuits. Il aurait dû se rendre immédiatement dans la chapelle de Donncoill et se jeter à genoux pour remercier le Seigneur. Pourtant, les Murray, aussi souriants soient-ils, faisaient clairement tout pour les tenir à distance l'un de l'autre jusqu'au mariage. Ces trois jours promettaient d'être très longs.

Chapitre 19

— Où crois-tu aller comme ça, jeune fille ?

Elspeth, surprise dans le couloir par cette voix surgie des ténèbres, poussa un petit cri apeuré. Elle se retourna vers sa mère en cherchant désespérément un moyen de dissiper ses soupçons. Maldie se tenait dans l'encadrement de la porte de sa chambre, les bras croisés. Elspeth avait l'impression d'être redevenue une petite fille grondée pour quelque bêtise.

— J'avais un peu faim.

— Ah, je vois. C'est sans doute la perspective de te marier demain qui te désoriente à ce point.

— Comment ça ?

— Sinon je ne vois pas pourquoi tu partirais dans la mauvaise direction alors que tu vis dans ce château depuis que tu es née.

Elspeth rougit, et sa mère l'attira dans ses appartements en secouant la tête.

— J'ai à manger ici.

— Je voulais seulement lui parler, maugréa la jeune femme.

Sa mère l'attira dans une petite pièce attenante à sa chambre et la fit asseoir devant une table.

— Tu ne crois pas qu'il serait bon que nous discutions un peu avant de nous retrouver devant le prêtre ? demanda Elspeth en contemplant pain, fromage, fruits et pâtisseries pour jeter son dévolu sur une tartelette aux pommes.

— Tu as l'intention de lui parler du bébé ? demanda Maldie.

Elspeth s'étrangla, et sa mère lui donna aussitôt une grande tape dans le dos, avant de lui tendre un verre de vin pour la réconforter.

— Depuis combien de temps le sais-tu ?

— Peu après que tu es revenue, je crois ; j'en ai eu la certitude quelques semaines plus tard. Elspeth, mon enfant, tu croyais vraiment que je ne verrais rien ?

— Oui, admit la jeune fille avec dépit. En vérité, je n'y pensais pas souvent, à part quand je me suis rendu compte que mes menstrues n'étaient pas venues comme elles l'auraient dû une fois, puis deux. J'ai alors cherché un moyen de vous l'annoncer. Je voyais père traîner Cormac depuis l'autel qu'il avait dressé à Isabel pour le forcer à s'agenouiller devant un prêtre. (Maldie réprima un gloussement.) J'ai essayé de l'oublier autant que possible… et si je ne songeais plus à Cormac, je ne songeais plus à l'enfant.

— Tu étais en route pour lui annoncer la nouvelle ?

— Non, je voulais seulement lui parler. Pendant la journée, il est sans cesse assailli par mes frères et mes cousins ! Je me suis dit qu'échanger quelques mots avec lui pourrait apaiser quelques-uns de mes doutes. Je ne suis pas vraiment sûre qu'Isabel ait disparu de nos vies.

— À cause du garçon ?

— Un peu. Si je vois sa mère en lui, Cormac le peut aussi, et je ne sais pas si je dois m'en inquiéter ou non.

— Cette femme a traité son fils d'horrible manière et Cormac le sait. Elle adorait par exemple reprocher à Christopher de ne pas avoir eu la grâce de mourir comme les autres. Je ne crois pas qu'elle le battait vraiment, même si elle avait la gifle un peu trop facile, mais j'ai appris qu'elle faisait tout son possible pour qu'il se sente mal-aimé. Agnes m'a raconté qu'un jour, peu de temps après le sixième anniversaire du garçon, lady Isabel est arrivée alors qu'il finissait de prendre son bain. Il ne s'est rien passé, car comme d'habitude Agnes la surveillait de près, mais quelque chose dans la façon qu'avait Isabel de regarder Christopher et d'insister pour le sécher elle-même l'a rendue folle d'inquiétude. J'ai entendu dire à la cour qu'Isabel aimait beaucoup les très jeunes hommes, les imberbes qui n'avaient pas encore connu de femmes. Heureusement, je ne sens aucune blessure vraiment profonde chez ce garçon ; il est cela dit blessé, et aura besoin de beaucoup d'affection.

— Tu veux dire que je devrais oublier mes craintes pour le bien de Christopher ?

— Exactement. Cormac et toi devez régler vos problèmes une bonne fois pour toutes, car un mariage malheureux ne fera aucun bien à cet enfant – mais pas cette nuit. Et puis pardonne-moi mon franc-parler, jeune fille, mais tu peux pester autant que tu le voudras, tu seras de toute façon mariée demain. Ton père est intraitable sur la question, et Cormac semble bien décidé lui aussi. Tu portes l'enfant de cet homme. Il t'a présenté son fils, et souhaite très clairement que vous deveniez une vraie famille. Tu dois aussi penser au petit Alan. Et puis tu aimes Cormac, et si tu me ressembles autant que je le crois, aucun autre homme n'éveillera jamais chez toi des sentiments aussi profonds. Ne va pas tout jeter aux orties parce que tu as peur d'une morte, ou d'un serment fait par un freluquet d'à peine seize ans.

Elspeth ne vit pas l'intérêt de parler davantage de ses inquiétudes. Sa mère venait d'expliquer très clairement son point de vue sur la question, et ses derniers mots lui donnaient l'impression d'être une idiote. Tout en mangeant, les deux femmes évoquèrent les invités qui assisteraient aux noces. Sa mère l'escorta ensuite jusqu'à sa chambre et la quitta avec un baiser sur la joue en guise d'encouragement.

Les mots de Maldie la hantaient toujours le lendemain, alors qu'elle se dirigeait vers la chambre d'enfants pour rendre visite à Alan et Christopher. Le chaos qui viendrait bientôt rendrait cela impossible, car les invités seraient accompagnés par un grand nombre d'enfants. Christopher était assis par terre et empilait des cubes qu'Alan faisait tomber avec de grands rires. Le fils de Cormac s'était très vite rapproché du bébé ; peut-être ressentait-il une certaine fraternité pour ce petit qui avait été si cruellement abandonné ? Elspeth s'agenouilla auprès des deux garçons et Agnes lui adressa un clin d'œil avant de retourner à son ouvrage – une petite chemise pour Alan.

— Ça a l'air de beaucoup l'amuser, murmura Elspeth alors qu'Alan abattait une nouvelle pile de cubes avant de ramper vers elle pour s'asseoir sur ses genoux.

— C'est un gentil bébé, répondit Christopher en caressant timidement les boucles brunes de l'enfant. Sa mère non plus n'avait pas beaucoup de cœur. Je lui ferai bien comprendre que ce n'est pas sa faute si elle ne l'a pas gardé.

— Je suis sûre qu'il t'écoutera plus que quiconque.

— Il va vivre avec nous, j'espère.

Nul doute possible, Christopher se battrait avec toutes les armes dont disposait un petit garçon de sept ans si elle refusait.

— C'était ce que j'avais en tête, et je crois que ton père sera d'accord.

La jeune femme remarqua, le cœur serré, à quel point Christopher avait le même sourire que son père.

— Il m'a beaucoup parlé d'Alan. Il disait qu'il lui manquait presque autant que vous. Il regrettait de ne plus l'entendre le matin jouer avec ses pieds et gazouiller avec Bouillasse. (Christopher regarda l'animal allongé près du berceau d'Alan.) C'est un bon chat.

Tout à la fois ravie et désorientée par ce qu'avait, selon l'enfant, dit Cormac, Elspeth prit un moment pour rassembler ses esprits avant de poursuivre :

— C'est vrai, un très bon chat. Soit, mon garçon… je suis venue te demander si tu acceptes que j'épouse ton père.

Elle vit du coin de l'œil Agnes hocher légèrement la tête : pourquoi se sentait-elle aussi fière d'elle ?

— Oui, lady Elspeth, répondit solennellement l'enfant. Quand j'ai demandé à mon père si vous aviez un cœur, il a répondu oui, un très grand. Il avait raison. Il disait aussi qu'il espérait que vous le laisseriez de nouveau y entrer.

— Entre nous, Christopher, il n'en est jamais sorti. J'étais seulement un peu en colère, et pour tout te dire, je pense qu'il a encore quelques explications à me donner.

— Vous voulez savoir si vous êtes vous aussi dans son cœur.

— Exactement, mon garçon.

Ou en tout cas, si personne d'autre n'y rôde.

Elspeth joua encore quelques minutes avec les enfants, puis s'apprêta à partir. Elle venait de franchir la porte quand Agnes l'arrêta.

— Sir Cormac est un homme d'une grande bonté, madame. Il s'est occupé de Christopher sitôt que le secret de cette g… de lady Isabel a été découvert. J'ai cru que ses frères et ses cousins allaient faire exploser ma pauvre maison tant ils étaient nombreux, mais je n'ai jamais vu ce petit aussi heureux. Vous voyez, il était enfin accepté. Jusque-là, sa seule famille n'avait… disons que lady Isabel lui montrait bien qu'il n'était pas désiré. Ces gaillards l'ont traité comme un des leurs, à le taquiner, jouer avec lui, et parfois lui apprendre des choses qui m'ont obligée à leur tirer les oreilles.

Elspeth imagina avec un sourire Agnes grondant sévèrement une horde d'Armstrong. Elle n'était peut-être que la nourrice de Christopher, mais semblait bien décidée à devenir une mère pour tous ces grands gaillards – qui n'en avaient sans doute pas encore bien conscience.

— J'essaie tout simplement de vous dire que ce garçon a besoin d'avoir un vrai foyer, poursuivit Agnes.

— Ça ne me pose aucun problème, la rassura Elspeth.

— Je le sais, je comptais d'ailleurs vous bénir pour ça une fois mes radotages terminés. Oh, et c'est si bon de votre part de garder le petit Alan ! Christopher s'est beaucoup attaché à lui.

— C'est ce qu'on dirait. Je crois qu'ils se comprennent ; après tout, ils ont tous les deux été abandonnés, et leurs mères auraient préféré qu'ils n'aient jamais existé.

— Une chose que je ne pourrai jamais comprendre. Allons, j'ai fini, et vous feriez mieux d'aller vous préparer pour votre mariage. Je voulais seulement vous remercier d'offrir une famille à ce pauvre garçon.

— Ah, Agnes… (Elspeth embrassa la femme sur la joue et s'éloigna.) Grâce à vous, Christopher en a toujours eu une.

À peine entrée dans sa chambre, Elspeth fut assaillie par ses cousines Avery, Bega et la petite Gillyanne, sa sœur Morna ainsi qu'une armée de servantes. Elle leur assura qu'autant d'aide était superflue, mais fut copieusement ignorée. Toute cette petite bande la dévêtit, la baigna, la rhabilla, lava et brossa ses cheveux, et décora ces derniers de rubans vert vif. Une fois cette toilette accomplie, la petite troupe prit congé, et elle se retrouva seule avec Avery et Gillyanne. Elspeth était épuisée, mais elle devait bien admettre qu'elle se trouvait jolie ; le vert de sa robe lui allait à merveille. Surprise par sa propre frivolité, elle rougit.

— Qu'est-ce qui t'arrive ? demanda Avery en s'étirant sur le lit d'une façon particulièrement féline, ses yeux dorés pétillants de malice. Ne me dis pas que tu as oublié comment faire.

— Chut, il y a des oreilles innocentes parmi nous, murmura Elspeth en désignant Gillyanne du regard.

La jeune fille promettait d'être aussi belle que sa sœur Sorcha.

— Innocentes, innocentes…, ricana Gillyanne. Pas avec des frères et des cousins comme les miens.

— Pourquoi êtes-vous encore là ? demanda Elspeth en jouant nerveusement avec une mèche de ses cheveux.

— Gillyanne doit porter la coupe nuptiale et moi, je dois m'assurer que tu ne te prends pas les pieds dans ta robe. Et puis nous avions envie de te rendre une courte visite avant de nous mettre en route pour la France où nous allons retrouver nos cousins.

— Vraiment ? Je suis étonnée que tante Bethia le permette.

— À mon avis, elle s'est rendu compte qu'elle garde notre pauvre Gilly enfermée depuis ce qui est arrivé à Sorcha. Nous aimerions partir avant qu'elle change d'avis.

— Sorcha sera là elle aussi ?

— Non, elle ne pouvait pas quitter le couvent dans des délais si brefs, mais elle promet de venir vous voir quand vous aurez votre premier enfant. (Elspeth posa instinctivement la main sur son ventre, et Gilly éclata de rire.) Oui, elle a dit que vous ne mettriez pas bien longtemps avant de nous annoncer un heureux événement.

— Satanée gamine, grommela Elspeth en souriant. (Elle inspira profondément.) Soit, allons régler cette histoire.

— Que c'est romantique ! soupira Avery en se relevant avec une grâce qu'envia Elspeth. Cousine, c'est un très bel homme, il meurt d'envie de t'épouser, et son fils est tellement adorable !

— Quand as-tu rencontré Christopher ? demanda Elspeth tandis qu'elles quittaient la pièce.

— Hier soir, tard. Tu t'étais déjà retirée dans ta chambre quand nous sommes arrivées. Entre le voyage et tous ces beaux Armstrong, j'ai compris que je ne pourrais jamais m'endormir, et je suis allée dans les cuisines en espérant y trouver du vin aux épices. Agnes était là, à donner du porridge au petit Alan pendant que Christopher, pourtant presque endormi, la surveillait de près. Elle m'a très gentiment réchauffé un peu de vin, et nous avons eu une agréable conversation. (Les trois jeunes filles entrèrent dans la grande salle.) Agnes veut que votre premier enfant soit une fille. Elle dit qu'il y a déjà bien trop d'hommes chez les Armstrong.

Avery balaya du regard la foule des convives avant d'ajouter :

— Et elle a sans doute raison.

Elspeth sourit, mais elle ne prêtait attention qu'à Cormac. Il discutait tranquillement avec le jeune prêtre, Balfour à côté de lui. Affichant un pourpoint et un pantalon tous deux noir et argent, il fit battre à tout rompre le cœur de la jeune femme. Il était également accompagné de plusieurs de ses frères et du jeune Christopher, portant chemise blanche et tartan. Balfour avait fière allure, tout vêtu de noir, et Elspeth sourit en repensant aux tentatives malheureuses de sa mère pour habiller son grand gaillard de mari avec des tons vifs. Près de lui, ses frères Connor, Ewan et Liam arboraient élégamment les couleurs de leur clan. Elle n'était pas près d'oublier ce tableau.

Comme s'il avait senti qu'elle le regardait, Cormac se tourna vers elle. Il scruta son visage avec insistance, comme s'il essayait de deviner ses pensées, et sourit. À côté d'elle, ses deux cousines poussèrent un soupir satisfait.

Elspeth se reprit. Plus rien ne pouvait arrêter ce mariage, mais elle avait encore quelques problèmes à régler avec Cormac, ce qui n'arriverait jamais si elle se laissait hypnotiser par ses sourires et ses regards charmeurs. Même si les réponses qu'elle cherchait risquaient de ne pas lui plaire, elle était déterminée à ne pas laisser la cérémonie débuter tant que des doutes subsistaient.

Elspeth se dirigea droit sur Cormac. Toutes les futures mariées devaient sans doute se sentir nerveuses le grand jour venu, quoique pour de moins bonnes raisons. Elle avait besoin de l'amour de Cormac, et ne savait pas si elle l'avait. Quand elle avait cru avoir touché son cœur, il était parti vers Isabel ; elle ne pourrait pas supporter un tel affront une seconde fois.

— Tu m'as l'air bien grave, dit Cormac quand elle parvint à sa hauteur.

— Les mariages n'ont rien de drôle, rétorqua-t-elle avec hauteur. (Elle lança un regard furieux à son père.) Surtout quand l'un des deux époux n'a pas eu son mot à dire.

Balfour, les mains derrière le dos et les yeux levés vers le plafond, soupira profondément.

— Il est un peu tard pour se plaindre, marmonna-t-il.

— Si j'avais pu parler en privé à un certain futur marié au cours des trois derniers jours, je n'aurais pas eu à attendre cet instant.

— Commencez, ordonna Balfour à un prêtre légèrement fébrile.

— C'est-à-dire que… les deux partis doivent être consentants.

Cormac et Balfour se retournèrent vers Elspeth qui croisa les bras, et se mit à chantonner. Elle avait bien l'intention de se marier, mais donner quelques sueurs froides aux deux hommes ne pouvait pas leur faire de mal. Les messieurs de l'assemblée jurèrent, sa mère et ses tantes laissèrent échapper des grognements où se mêlaient amusement et désespoir, et derrière elle, ses deux cousines s'efforcèrent sans grand succès de réprimer leurs gloussements. Elle était impatiente de voir comment son père et Cormac allaient surmonter cette embûche.

— Ça ne me fait pas rire, Eslpeth, gronda Balfour. Fais ce qu'on te dit.

Elspeth chantonna un peu plus fort.

— Tu es aussi têtue que ta mère !

— Merci, répondit la jeune fille avant de reprendre le fil de sa mélodie.

— Ce n'était pas un compliment.

— Balfour, tu t'aventures dans des eaux très dangereuses, dit Maldie en s'approchant de son mari, flanquée de Bethia et Gisele, les tantes d'Elspeth.

Quand Balfour comprit que son épouse ne ferait rien de plus que regarder sa fille avec un petit sourire, il soupira :

— Tu ne vas rien tenter pour m'aider, je me trompe ?

— Tu t'es mis dans ce mauvais pas tout seul. À toi de t'en sortir.

Cormac était à la fois amusé et dépité. Il remarqua que le reste des Murray, passé le premier choc, se réjouissait grandement de la scène. Il devina même une lueur espiègle dans le regard de Balfour. Donner des ordres à Elspeth ne ferait certainement pas l'affaire – mais il avait une autre idée en tête. D'ordinaire, après un ou deux baisers enflammés, Elspeth était si retournée qu'il aurait pu lui affirmer que la lune était verte sans qu'elle y trouve à redire – en espérant que ce soit toujours vrai. Pendant un bref instant, il hésita… puis décida que s'il ne lui faisait plus un tel effet, il valait peut-être mieux arrêter ce mariage sans attendre. Il ne pouvait concevoir de vivre avec Elspeth si elle ne ressentait plus cette folle passion pour lui.

— Sir Balfour, si vous me permettez…, demanda-t-il en s'inclinant légèrement.

— Tu crois que tu peux la ramener à la raison ?

Cormac comptait au contraire la lui faire perdre complètement, au moins le temps de la cérémonie.

— Je vais essayer.

— Fais de ton mieux !

— C'est bien mon intention.

Elspeth cessa de fredonner quand il pressa ses lèvres contre les siennes. Cormac eut vaguement conscience des cris approbateurs des hommes de l'assemblée et de ceux, nettement moins enthousiastes, de ces dames, mais ses pensées étaient en grande partie occupées par la svelte jeune fille qu'il étreignait. Elle se tenait très droite, la mâchoire serrée, et Cormac craignait d'avoir tué toute la passion qui l'habitait, quand soudain elle se détendit avec un soupir. Tremblant, il l'embrassa longuement, ne s'arrêtant que pour leur permettre à tous deux de reprendre leur souffle.

Puis il recommença.

Ce second baiser fini, Cormac la regarda. Ses joues étaient rouges, et quand elle ouvrit ses beaux yeux, il faillit pousser un gémissement. Il avait enfin retrouvé le regard qui lui avait tant manqué. Pendant un instant, il se laissa emporter et l'embrassa au creux de l'épaule, puis mordilla le lobe de son oreille.

Le prêtre, que Balfour avait tiré de sa stupeur d'une vigoureuse bourrade, demanda si Elspeth consentait à épouser Cormac.

— Dis oui, mon ange, chuchota ce dernier.

— À quoi, Cormac ? interrogea-t-elle en se cramponnant à lui.

— Au prêtre.

En guise de coup de grâce, il glissa la langue dans son oreille.

— Oui, s'empressa de répondre Elspeth, qui se demanda alors pourquoi tout le monde riait.

Poussé de nouveau par Balfour, le prêtre entama la lecture des vœux. Cormac resta tout près d'Elspeth et la tira par la manche pour qu'elle s'agenouille avec lui. Chaque fois qu'il sentait la jeune fille prête à reprendre ses esprits, il jouait avec son oreille ou la gratifiait d'un baiser. Quand le prêtre les déclara enfin mari et femme, il se releva d'un bond, la souleva et l'embrassa à pleine bouche. Il la regarda ensuite en souriant porter à ses lèvres la coupe nuptiale que Gillyanne s'était empressée de leur tendre.

— Ma chère lady Armstrong, aucun homme n'a jamais eu plus belle épouse, dit Cormac, avant d'attendre avec un peu d'anxiété qu'elle saisisse la portée de ses paroles.

Elspeth regarda autour d'elle. Au cours des minutes passées, la jeune fille avait vaguement eu conscience de l'endroit où elle se trouvait, mais guère plus. Il fallut un instant pour que le brouillard sensuel dans lequel Cormac l'avait plongée se dissipe.

Elle se dégagea avec un juron.

— Cormac, c'était vraiment sournois de ta part ! s'écria-t-elle, les poings sur les hanches.

Elspeth était furieuse. Non seulement il s'était servi de sa passion contre elle, mais en plus devant leurs deux familles. Une seule chose la retenait de le frapper : il était manifestement aussi excité qu'elle. Pourtant, si tous deux souffraient du même mal, ce dernier se révélerait très vite beaucoup plus douloureux pour Cormac que pour elle… Il suffisait donc de le faire attendre un peu.

— Elspeth, laisse-moi t'expliquer…

— Peu importe, ce qui est fait est fait. Inutile d'y revenir.

— Vraiment ? C'est très clément de ta part, dit Cormac, quelque peu méfiant.

— Je te remercie. Et maintenant, place au festin !

Elle se pencha vers Cormac pour lui embrasser la joue avec un sourire qui décupla les soupçons de celui-ci.

— Un très, très long festin, ajouta-t-elle en s'éloignant au bras de ses cousines. Avec toute cette nourriture, tous ces vins, et toutes les distractions prévues, il va sans doute se poursuivre jusqu'à l'aube.

Cormac regarda les jeunes filles s'éloigner, manifestement très amusées. Elspeth avait trouvé un moyen de se venger. Le désir le tenaillait déjà d'une façon insupportable. Si elle le forçait à attendre jusqu'au petit matin, on risquait de le retrouver recroquevillé dans un coin à marmonner comme un vieux fou.

Une petite tape dans le dos le tira de ses sombres ruminations. Balfour le contemplait avec un grand sourire. Cormac remarqua qu'aucun des hommes rassemblés autour de lui, qu'ils soient Armstrong ou Murray, ne manifestait la moindre compassion pour son évident état d'inconfort et le supplice que venait de lui promettre sa nouvelle épouse.

— Elle est toute à toi maintenant, mon garçon ! annonça Balfour en riant.

— Je croyais que les pères détestaient confier leur fille à un autre homme ?

— J'ai eu deux mois pour me faire à cette idée.

— Vous étiez sûr que je viendrais ?

— La plupart du temps, oui. Tu sais, je suis marié à une femme qui lui ressemble beaucoup. J'ai laissé ma Maldie m'échapper, parce que je me suis comporté comme un parfait idiot, et il m'a fallu presque aussi longtemps que toi pour m'en apercevoir. J'ai compris qu'en fin de compte, je n'avais pas vraiment le choix.

— Pas le choix, c'est bien ça. Je préférerais pourtant que les choses soient claires entre elle et moi.

— Ça ne peut pas être si terrible que ça ! Elle t'a épousé, et la façon dont elle a réagi à ton petit stratagème pour la pousser à dire oui est éloquente.

— Elle n'en avait pas vraiment envie.

— Mon garçon, je vois que tu ne connais pas aussi bien Elspeth que tu le devrais. Si ma petite fille n'avait pas voulu de toi, tu n'aurais pas réussi à la faire s'agenouiller devant cet autel sans perdre une bonne partie de ton sang, et puis la plupart des femmes de notre clan – et un bon nombre des hommes, aussi – se seraient rangées à ses côtés. Écoute bien, je vais maintenant te dire quelque chose qui t'aidera.

— Cormac, fuis ! ricana Connor. Il va te donner un conseil sur les femmes !

Balfour lui décocha un énergique coup de coude dans les côtes et son fils grimaça sans pour autant cesser de rire.

— Je parle en homme qui chemine depuis longtemps sur la route la plus dangereuse et la plus cahoteuse qui soit... le mariage.

Balfour lança un regard courroucé à ses garçons, qui avaient entonné ce dernier mot en même temps que lui.

— Cette petite est comme sa mère, et si mes frères ne mentent pas, ses tantes le sont aussi. Tu as des aveux à faire ? Entraîne-la avant dans ton lit, aime-la vigoureusement, et quand tu verras dans ses yeux ce regard qui te serre les entrailles, dis-lui tout.

— Eh bien, je n'ai pas d'aveux à faire... mais je dois quelques explications à Elspeth.

— Ça fera très bien l'affaire.

— C'est un curieux conseil venant d'un père.

— Comme je te l'ai dit, j'ai eu le temps d'accepter l'idée que ma petite fille est devenue une femme.

— En tout cas, aussi bonne que soit votre suggestion, j'ai bien peur de ne pas pouvoir la mettre en pratique avant plusieurs heures.

— Vraiment ? Tu es marié à présent. Plus rien ne peut vous séparer.

Cormac écarquilla les yeux, au grand amusement de Balfour, puis partit retrouver sa nouvelle épouse, le sourire aux lèvres.

Chapitre 20

— Ce maudit soleil n'est même pas encore couché, grommela Elspeth en regardant par la fenêtre.

La jeune fille avait été conduite dans la chambre nuptiale bien plus tôt qu'elle ne l'aurait souhaité. Pendant un temps, Avery, Gillyanne, ses sœurs et quelques autres cousines l'avaient certes aidée à éviter Cormac, mais les plus jeunes de ces demoiselles avaient été prestement envoyées au lit, et les autres soigneusement emmenées à l'écart par leurs mères. Cormac n'avait pas perdu de temps pour profiter de cette débâcle. Elspeth s'était très vite retrouvée dans sa chambre, qui avait été nettoyée entre-temps, parfumée et décorée avec soin. On l'avait ensuite déshabillée pour la revêtir d'une chemise de nuit dont le but premier semblait être de charmer les regards.

Comme si Cormac avait vraiment besoin d'un tel appât. C'était parce que Elspeth pouvait sentir son ardeur chaque fois qu'il s'approchait d'elle que la jeune fille avait eu le plus grand mal à lui résister. Celui-ci avait encore plus d'emprise sur elle quand il la touchait, ce que cette fripouille avait fait à la moindre occasion. Cette fois, Cormac n'avait pas essayé de la faire céder avec d'autres baisers – sans doute parce que ce n'était pas nécessaire. Elspeth se découvrit bien trop vite plus que disposée à entamer leur nuit de noces. Elle trouvait très humiliant d'être ainsi menée par le bout du nez, surtout par ses propres désirs.

Elspeth entendit derrière elle la porte s'ouvrir puis se refermer, et se retourna pour découvrir son mari. Elle fut satisfaite de constater qu'il avait le bon sens d'avoir l'air hésitant, et même un peu penaud, mais beaucoup moins de le voir seulement vêtu d'une robe de chambre entrouverte. Il lui lança un regard qui la fit bouillonner. Contenir son désir, ne serait-ce que le temps de parler, se révélerait singulièrement ardu. Elle s'empressa de leur servir deux verres de vin aux épices.

Cormac avait l'impression qu'on venait de le frapper en pleine poitrine. La jeune fille aurait pu tout aussi bien être nue tant sa chemise de nuit rose était fine. Il trouvait particulièrement appétissante la façon dont l'habit était maintenu fermé par de simples nœuds. Il serait si facile à ouvrir pour dévoiler les courbes qu'il brûlait d'embrasser. Elspeth lui tendit sa coupe et Cormac la contempla pendant un long moment, tellement aveuglé par le désir qu'il lui fallut faire un effort pour comprendre ce qu'il tenait dans sa main.

— Nous devons discuter, annonça Elspeth.

Affolée par sa voix rendue rauque par le désir, elle s'empressa de boire une gorgée de vin.

— Je suis d'accord.

Cormac vida son verre d'un trait et prit Elspeth dans ses bras.

— Ce n'est pas ce que j'appelle discuter !

— Je sais très bien que nous avons beaucoup à nous dire, et que j'ai de nombreuses explications à te donner.

Elspeth but elle aussi le reste de son vin pour apaiser la fièvre que provoquait la simple proximité de Cormac. Vaine tentative : chacune de ses caresses lui donnait envie de se presser davantage contre lui.

— Alors fais-le, murmura Elspeth, incapable de parler davantage.

— Je ne peux pas. (Il couvrit son visage de baisers.) Ah, mon ange, j'ai tellement envie de toi... bientôt, je n'arriverai même plus à me souvenir de mon nom.

— Nous ne pouvons pas ignorer nos problèmes ! protesta Elspeth.

Elle ne l'empêcha pas pour autant de défaire lentement les liens de sa chemise de nuit pour embrasser les quelques centimètres de peau dévoilés peu à peu.

— Non, et ce n'est pas mon intention. Je veux juste les oublier un instant.

Cormac se mit à genoux et Elspeth frémit. Elle s'agrippa à ses épaules et poussa un gémissement quand il caressa de ses longs doigts l'arrière de ses cuisses en couvrant son ventre de baisers. Il lui écarta doucement les jambes, et elle ne fit rien pour résister. Il employa alors sa langue à la faire jouir, ce qui ne tarda guère.

Elle sentit ses jambes se dérober sous elle, et Cormac la rattrapa. Il la porta jusqu'à son lit, l'allongea délicatement et lui ôta sa chemise de nuit. Elle n'eut qu'un bref aperçu de son impressionnante érection avant qu'il se laisse tomber dans ses bras.

Il plongea en elle, lui arrachant un petit cri. Sentir de nouveau leurs deux corps unis soulagea quelque peu ses blessures. Elle s'enroula autour de lui et accueillit l'ardeur désespérée qui accompagnait chacun de ses assauts, car elle la ressentait elle aussi. Emportée par la passion, elle chérissait sans vraiment les comprendre les mots qu'il murmurait tout contre sa peau. Elle voulut se cramponner à cet instant, mais Cormac en décida autrement et lui mordilla le téton. Les derniers frêles remparts que la jeune fille avait essayé de dresser cédèrent ; elle s'envola une fois de plus vers les sommets de la passion en criant son nom. Alors qu'elle s'abandonnait à une douce béatitude, il la pénétra profondément et frissonna à son tour d'extase.

Cormac eut besoin d'un moment pour recouvrer ses esprits, nullement aidé en cela par les caresses d'Elspeth. Il l'embrassa doucement et se détacha lentement d'elle pour mieux résister à la tentation.

Il plongea alors dans ces yeux verts où brûlaient encore les flammes de la passion. Elle fixait son regard sur lui comme s'il était l'être le plus important au monde. Sir Balfour avait raison : il sentit bien son estomac se tordre. Il s'avoua enfin qu'une de ses plus grandes craintes avait été de ne plus jamais voir ce regard.

Cormac se rappela alors le conseil du père d'Elspeth : la jeune fille ne resterait pas très longtemps aussi bien disposée à son égard. S'il entamait sans attendre ses explications, ils pourraient régler leurs différends avant que la colère de son épouse reprenne le dessus.

— Mon ange, tu es le genre de créature dont rêve chaque homme, dit-il en l'embrassant délicatement sur les lèvres. Je le savais déjà quand nous étions ensemble, et j'en ai été encore plus convaincu quand tu es partie.

Elspeth sentit sa béatitude s'estomper prestement, mais elle n'essaya pas de s'écarter davantage. S'il avait l'intention de se montrer honnête avec elle, qui sait ? elle aurait peut-être envie de se serrer dans ses bras… et si ce n'était pas le cas, autant profiter encore un peu de cette intimité avant que de sombres sentiments les séparent de nouveau.

— Mais tu n'as pas tenté de me rattraper.

— De toute façon, je n'y serais pas arrivé. Alors que nous avions passé la nuit à faire l'amour – de quoi vider un homme de son énergie – j'avais marché pendant toute la matinée. Je crois que ça m'a en fin de compte aidé à retrouver mes forces, mais sur le moment, ce n'était sûrement pas le cas : mes jambes arrivaient tout juste à me porter, et j'étais faible comme un nouveau-né.

Si Cormac disait la vérité, Isabel et lui n'avaient pas pu partager plus qu'un baiser, malgré ce que cette dernière avait suggéré en remettant sa robe en place.

— Je pense tout de même que ta faiblesse n'explique pas tout.

— Peut-être, mais crois-moi si j'avais pu ce jour-là, je ne t'aurais jamais laissée partir. Malgré ma confusion, je savais que je voulais que tu restes avec moi.

— Pour ça, fit-elle en désignant leurs corps dévêtus.

— Tu me croirais si je répondais non ? Quel homme ne se raccrocherait pas de toutes ses forces à quelque chose d'aussi beau ? Dès le début, j'ai su que je ne connaîtrais jamais rien de meilleur. (Il devina ses pensées et embrassa doucement ses sourcils froncés.) Oui, je l'ai tout de suite compris, et ça m'a beaucoup troublé. Comment ce que nous partagions pouvait-il…

Il prit soudain conscience de ce qu'il s'apprêtait à dire, et à qui.

— Non, ne t'arrête pas. Nous sommes mariés à présent, plus question de rebrousser chemin. Continue, même si tu me vois trembler. Tu vas peut-être dire des choses que je n'ai pas envie d'entendre, mais je viens de passer deux mois avec des questions auxquelles je n'ai pas de réponses, et je ne veux plus vivre ainsi.

Cormac inspira profondément.

— Comment cela pouvait-il être meilleur qu'avec Isabel, qui était censée être l'amour de ma vie ? Et je ne saurais te décrire ce que j'ai ressenti quand j'ai compris que contrairement à ce qu'elle prétendait, elle n'était pas vierge quand nous nous sommes connus. Ce fut le premier mensonge que je découvris, mais comme chaque fois, je décidai de l'ignorer.

— Tu aimais cette femme depuis dix ans, Cormac !

— J'ai été sa marionnette, oui ! Un freluquet trop stupide pour voir plus loin que son joli visage ! Un idiot tellement effrayé à l'idée de rompre une promesse d'adolescent qu'il n'a jamais regardé celle qu'il vénérait d'assez près pour voir qu'elle n'en valait pas la peine.

La colère de Cormac était certes justifiée, mais Elspeth se demandait quelle en était véritablement la cause. Était-ce la rage d'un être qu'on avait pris pour un imbécile, ou la douleur d'un cœur trahi ?

— Elle a trompé beaucoup d'autres hommes aveuglés par sa beauté et leur désir, dit-elle en l'observant attentivement.

— Pendant aussi longtemps que moi ? Il y avait bien aussi son amant, sir Kenneth, mais comment savoir qui se servait le plus de l'autre ? Et au moins, il voyait qui elle était vraiment, et a su en tirer parti.

— Ce qui les a menés tous deux à la potence.

— Certes. Quoi qu'il en soit, j'essaie de te dire que dès le début, tu m'as fait douter du chemin que j'avais choisi et des sentiments que j'avais pour cette femme. Tout ce que nous faisions ensemble toi et moi, que ce soit discuter ou faire l'amour, me laissait chaque fois plein de doutes, de questionnements. Quand je ne te reprochais pas mon désarroi, je m'en prenais à moi… Je n'ai jamais eu l'idée de rejeter la responsabilité sur Isabel. (Il se leva en jurant.) Il me faut un peu plus de vin. Parler autant m'assèche la gorge, et je suis loin d'avoir fini.

Il se dirigea à grands pas vers la table sous le regard écarquillé d'Elspeth. Cet homme ne connaissait visiblement pas la signification du mot « pudeur ». Comment pouvait-il attendre d'une femme qu'elle l'écoute quand il se promenait ainsi dévêtu ? Il revint vers le lit, leurs deux gobelets remplis à la main. Elspeth regarda longuement sa silhouette svelte et musclée, puis remonta les couvertures sur sa tête en grognant.

— Cormac, si tu veux vraiment continuer à parler, habille-toi ou viens sous les couvertures.

L'homme posa en souriant la coupe d'Elspeth sur la table de nuit et se glissa dans le lit sans lâcher la sienne.

— Émoustillée par ma beauté, jeune fille ? Apprends donc à te tenir !

— Me tenir ? J'aimerais te voir me parler si je me baladais toute nue ! s'écria Elspeth en s'asseyant pour prendre son vin.

— Je t'en prie, mon ange ! répondit Cormac, hilare. Je ne demande qu'à être mis à l'épreuve.

— Je croyais que nous avions une discussion sérieuse, dit Elspeth, contrariée.

— Vrai, mais tandis que j'allais nous chercher du vin, une pensée m'est venue. (Cormac ignora les applaudissements sarcastiques d'Elspeth.) Je sais quelles erreurs j'ai commises, mais j'ignore ce qui te contrarie. Pourquoi ne pas simplement me demander ce que tu veux savoir ?

— Pourquoi l'as-tu choisie, elle ? interrogea-t-elle brutalement. Après tout ce que nous avons partagé, pourquoi n'as-tu même pas hésité ?

— Oh, mais j'ai hésité, mon amour. (Il l'attira à lui.) J'étais tellement perdu quand Isabel est arrivée dans notre chambre que je n'aurais sans doute pas su dire mon nom si on me l'avait demandé. J'avais l'impression d'être dans une pièce de théâtre et de réciter mes répliques – les mêmes mots que je répétais de temps à autre depuis dix ans. J'ai ensuite dit ce qu'elle voulait entendre pour qu'elle parte au plus vite. J'étais terrifié à l'idée que tu nous trouves ensemble. Tout me paraissait si faux ! J'avais désespérément besoin de réfléchir.

— Et c'est alors que je suis arrivée.

— Exactement. Même quand Isabel est partie et que tu as commencé à me parler, la plupart des mots qui sont sortis de ma bouche étaient dictés par l'habitude. « Isabel a eu une vie très malheureuse, Isabel a besoin de moi, je lui ai fait une promesse. » J'ai compris au cours de ces derniers mois à quel point elle m'avait bien dressé. Elle m'a mené par le bout du nez.

— À vrai dire, je crois qu'elle t'a mené par le bout d'autre chose.

— Sans doute, mais n'est-ce pas ce dont rêvent tous les jeunes hommes un tant soit peu attirés par la chose ?

Cormac vit que le verre d'Elspeth était vide, et il le jeta négligemment avant de la serrer dans ses bras.

— Je ne la désirais plus, Elspeth. Je ne saisissais pas comment c'était arrivé, ce qui avait changé, et pourquoi. Je devais voir Isabel, puis réfléchir calmement à ces retrouvailles. J'avais besoin de temps pour comprendre que tout ce que j'avais cru pendant si longtemps n'était plus vrai. Pour la première fois depuis que j'avais juré que je tiendrais parole quoi qu'il arrive, que je montrerais au monde que les Armstrong n'étaient pas tous comme mes tristement célèbres parents, je me demandais comment me libérer de mon serment. Je voulais la gifler pour t'avoir insultée. Ses revendications m'horripilaient, et je voulais seulement qu'elle parte. Je suis peut-être un idiot, mais je savais que ce n'était pas normal.

Elspeth avait le plus grand mal à cacher sa joie et son impatience. Cormac semblait suggérer qu'Isabel l'avait profondément agacé, et ne parlait certainement pas comme un homme amoureux. Se rendre compte qu'il avait de tels sentiments pour la femme qu'il avait adorée pendant dix ans avait sans doute été un grand choc pour lui. Rien d'étonnant à ce qu'il ait alors eu des difficultés à voir clair dans tout cela.

— J'aurais préféré que tu décides tout ça avant d'entendre ses aveux, et que tu viennes me trouver avant qu'elle soit morte.

— J'aurais tellement voulu, mon ange ! Je peux seulement te jurer que je voyais déjà clairement qui elle était alors, et que je sentais que je m'étais moi-même pris au piège avec ce satané serment. Je ne pouvais plus ignorer mes doutes. Après ton départ, je me suis rendu compte que j'en voulais à Isabel d'avoir mis une telle pagaille pour ensuite disparaître, et que tu me manquais. Je ne pensais plus qu'à toi. J'étais même conscient que nous avions fait l'amour plus souvent en quelques jours qu'Isabel et moi au cours de toutes ces années. Je savais déjà que tout était fini quand je l'ai entendue reconnaître ses crimes, mais je n'arrivais pas à le dire à haute voix. Je ne voulais pas admettre que j'avais été un idiot.

» Il n'y avait plus rien. Je n'ai ressenti aucune jalousie en l'entendant copuler avec sir Kenneth, j'ai seulement éprouvé de la colère et du dégoût quand ils ont parlé de leurs meurtres passés et à venir. Je suis incapable de te décrire ce qui s'est passé en moi quand j'ai découvert qu'elle m'avait caché l'existence de mon fils pendant toutes ces années, et qu'elle comptait se servir de lui pour m'obliger à l'aider.

— Christopher est un bon garçon, dit Elspeth en caressant son torse.

— Je vois un peu d'Isabel en lui, mais ça ne me fait plus rien.

— C'était une chose qui m'inquiétait un peu, avoua-t-elle. Ne t'en fais pas, je ne lui reprocherai jamais les crimes de sa mère.

Cormac lui prit délicatement le visage à deux mains pour lui lever la tête.

— Je le sais. Je craignais seulement que tu ne voies en lui un lien qui aurait survécu entre Isabel et moi, car il n'y a plus rien de tel, et ce depuis que je t'ai regardée dans les yeux, chez sir Colin. Pardonne-moi d'avoir été aussi têtu, sourd à ce que mon propre cœur me disait. Je t'ai fait du mal, et tout ça à cause d'une femme qui n'était même pas digne de laver tes chaussons. Tu m'as tant offert, Elspeth, et je me suis goinfré comme un enfant avide, sans rien donner en retour. Tu m'as sauvé la vie.

Il déposa un baiser respectueux sur ses lèvres.

— Crois-moi, tu viens de payer cette très vieille dette, déclara Elspeth, les larmes aux yeux.

— Je ne parlais pas du jour où tu m'as trouvé ici, blessé. Tu m'as sauvé d'Isabel. Chacun de tes baisers la chassait un peu plus de mon imbécile de cœur. Tu m'as montré ce qu'aimer était vraiment, et révélé la laideur de ce qui me liait à elle. Elle était morte pour moi bien avant de monter sur la potence où je l'ai vue périr.

— Tu as assisté à sa pendaison ?

Malgré toute la haine qu'Elspeth avait pour Isabel, elle ressentit un peu de compassion en songeant à tout ce que Cormac avait enduré.

— Je le devais, pour Christopher. Un jour, il me posera sans doute des questions sur sa mère. Comme le clan d'Isabel ne voulait rien savoir, j'ai dû m'occuper de ses funérailles. J'ai également témoigné contre elle. Voilà pourquoi j'ai mis si longtemps à venir te retrouver. Je devais en finir avec tout cela.

— C'était la meilleure chose à faire.

— Alors dis-moi, mon amour : ai-je détruit tout ce que tu éprouvais pour moi ?

Elspeth devait à Cormac d'être aussi sincère que lui – même s'il n'avait toujours pas prononcé les trois mots qu'elle brûlait d'entendre.

— Non. J'ai parlé sous le coup de la colère ce jour-là. J'ai essayé de renier mes sentiments, tu sais – je ne voulais tout simplement plus souffrir –, encore davantage quand Payton m'a annoncé qu'Isabel avait été pendue, car j'espérais que tu me reviendrais. Je refusais d'être ton choix par défaut, mais j'avais peur de ne pas pouvoir te résister. Tous mes efforts ne servaient à rien : Cormac Armstrong, tu avais pris racine dans mon cœur et mon âme, et je pouvais plus t'en chasser. Oui, je t'aime encore.

Cormac la serra de toutes ses forces en tremblant de soulagement.

— J'avais si peur que tu ne me pardonnes pas, et que tu ne m'aimes jamais en retour !

Elspeth ne comprit pas immédiatement la portée de cet aveu.

— Tu m'aimes ? demanda-t-elle soudain.

— Bien sûr que oui ! Je ne te l'ai pas assez dit ?

— Pas une seule fois !

— Mais que répétaient toutes les lettres que je t'ai envoyées, d'après toi ?

— Pas que tu m'aimais, en tout cas. Si tu ne me crois pas, je veux bien aller te les chercher. Pourquoi ce sourire ?

— Tu as gardé mes lettres.

— Elles n'étaient écrites que d'un côté, je me suis dit qu'elles seraient parfaites pour prendre des notes. Cormac, dans aucune d'entre elles on ne lit « Elspeth, je t'aime. » Je l'aurais remarqué, crois-moi.

Il gratifia la jeune fille d'un baiser au creux du cou et se délecta du frisson qui la parcourut.

— Cette fois encore, je te demande pardon. J'ai mis tout mon cœur dans ces lettres. C'est sans doute stupide, mais je croyais que tu le sentirais, même si je ne le disais pas directement. Elspeth Armstrong, je t'aime, déclara-t-il alors ponctuant chaque mot d'un baiser.

Elspeth s'abandonna tout d'abord à ses caresses ; elles étaient encore plus délicieuses désormais qu'elle les savait guidées par l'amour. Quand Cormac posa les mains sur ses seins et caressa ses tétons jusqu'à ce qu'ils durcissent, elle décida qu'il était temps d'interrompre ces jeux pour lui avouer son secret. Elle découvrit bien vite que se libérer de l'étreinte d'un Cormac amoureux n'était pas chose facile. Elle se résolut en fin de compte à lui pincer vigoureusement le bras. Cormac la lâcha en jurant, ce qui lui permit de se dégager pour s'asseoir.

— Pourquoi tu as fait ça ? demanda Cormac, craignant soudain de n'avoir entendu que ce qu'il voulait.

— J'ai quelque chose à te dire, et je ne vais pas y arriver si tu me déconcentres.

— C'est notre nuit de noces ! Je suis censé te déconcentrer, comme tu le dis si bien, jusqu'à ce que nous n'ayons plus la force de marcher !

Elspeth écarta sa main d'une petite tape.

— Tu pourras continuer dans un moment.

C'était rassurant, mais Cormac ressentait tout de même une certaine inquiétude. Elspeth semblait nerveuse. Elle l'avait quitté blessée, furieuse, sûre d'avoir échoué en tant qu'amante et que femme. Cormac savait trop bien quels doutes vous assaillaient quand on se pensait abandonné pour quelqu'un d'autre. S'était-elle réfugiée dans des bras charitables ? Elspeth était une femme passionnée ; Cormac voyait très bien le genre de réconfort qu'elle aurait pu y trouver. Imaginer Elspeth enlacée par quelque scélérat le rendait plus furieux et plus jaloux qu'il ne l'aurait été avec Isabel. Elle s'était sentie abandonnée, et Cormac savait qu'il n'avait pas le droit de lui reprocher ce qu'elle avait fait au cours des deux derniers mois. Il souhaitait de tout son cœur se montrer compréhensif, mais il n'ignorait pas que ce serait la chose la plus difficile qu'il ait jamais faite. Si ses craintes se révélaient fondées, Cormac espérait qu'Elspeth ne lui confierait pas l'identité de son amant, car il ne pourrait s'empêcher de tuer l'infortuné sur-le-champ, ce qui ne participerait pas à l'équilibre de son mariage.

— Cormac, tu as l'air furieux. Ce n'est pas une mauvaise nouvelle, tu sais.

— C'est sûrement que j'ai eu mon lot de secrets ces derniers temps, et aucun d'entre eux n'était bon.

Il faisait de son mieux pour parler d'une voix nonchalante, mais s'il en jugeait par l'expression soucieuse d'Elspeth, c'était loin d'être une réussite.

— Je comprends. Tu sais, d'ordinaire, je ne cache rien à personne, et je n'ai pas l'intention de commencer – en tout cas, pas avec toi. Car il y a certaines choses que je préfère taire aux plus jeunes de ma famille. Si je t'avais révélé ceci plus tôt, j'aurais toujours pensé que tu étais revenu vers moi pour une simple question d'honneur.

— Elspeth, parle, bon sang !

La jeune fille cligna des yeux, surprise par le ton sec de Cormac – mais il est vrai qu'elle s'était quelque peu égarée.

— Je porte ton enfant en moi depuis presque trois mois, dit-elle aussi calmement que possible.

Cormac se laissa aller en arrière en riant doucement.

— Je n'envisageais sûrement pas que tu réagirais de cette façon ! s'indigna Elspeth d'une voix tremblante. J'espérais que tu serais heureux !

— Oh, mon ange, je le suis, mais quand tu as parlé d'un secret, j'ai cru que tu allais m'annoncer le pire !

— Quoi exactement ?

— Que tu t'étais trouvé un autre amant pendant que nous étions séparés.

Elspeth hoqueta, indignée, et Cormac l'attrapa par le bras avant qu'elle quitte le lit. Elle martela son torse de coups de poing jusqu'à ce qu'il parvienne à l'immobiliser sous lui. Sa furie le réjouissait d'autant plus. La jeune femme accordait visiblement une grande importance à la fidélité ; c'était pour elle une question d'honneur.

— Comment peux-tu penser ça de moi ? s'écria-t-elle.

— Elspeth, ce n'est pas ce que tu crois. Je t'avais blessée et, de ton point de vue, délaissée pour une autre. Je craignais que tu n'aies cherché quelqu'un pour te réconforter, et que les choses ne soient devenues plus sérieuses. Je me répétais que je n'avais pas le droit de te le reprocher, et que je devais me montrer compréhensif.

— Ça a marché ?

— Non, répondit Cormac en pressant son front contre le sien. Je priais pour que tu me caches l'identité de ton amant, car je ne l'aurais sans doute pas laissé vivre.

Elle l'embrassa doucement sur les lèvres.

— Certaines nuits, mon désir était si fort que je me suis en effet demandé comment le soulager, dit-elle.

— Je ne connais que trop bien ce sentiment. (Elspeth fronça les sourcils.) Je l'ai affronté seul. Vraiment tout seul.

— Moi aussi, mais je savais que ça ne m'apaiserait qu'un bref instant. (Elle soupira.) Cormac, tu ne m'as pas dit ce que tu pensais de l'heureuse nouvelle.

Il s'agenouilla entre ses jambes et embrassa son ventre.

— Je suis tellement heureux que les mots me manquent.

— Ceux-là feront l'affaire.

— Ta mère le sait-elle ?

— Oui, et elle n'a rien vu d'anormal.

Cormac posa les mains sur les hanches d'Elspeth et entoura son ventre de ses pouces. La jeune fille s'assit et l'embrassa.

— Cormac, je suis le portrait craché de ma mère, et regarde comme nous autres, ses enfants, sommes en bonne santé. De toute façon, notre famille regorge de guérisseuses, et elles seront toutes là.

Cormac ferma les yeux, apaisé par ses paroles. Il savait cependant que ce réconfort serait de courte durée, et que la jeune fille devrait souvent le rassurer.

— Je t'aime, Elspeth.

— Je t'aime moi aussi. Dis-moi, tu n'as pas parlé de m'aimer jusqu'à ce que ni toi ni moi n'ayons la force de marcher ?

Cormac éclata de rire et la fit basculer sur le lit.

Épilogue

— Pousse ! C'est ça. Plus fort !

— Mais je pousse ! cria Elspeth, le front trempé de sueur, en lançant un regard furieux à sa mère.

— Je vois sa tête, annonça Agnes en lui tapotant le genou. Le bébé est presque là.

— Mais pourquoi ça prend si longtemps ? Il n'a pourtant pas beaucoup de chemin à faire !

Elle entendit Maldie, Agnes et Sorcha glousser, et poussa encore.

Sorcha lui essuya le front avec un linge bien frais.

— Ce sera bientôt fini, cousine. Je sais que c'est difficile à croire pour l'instant, mais tu vis un accouchement plutôt facile.

— Facile ?

— Oui. Déjà, tu peux encore parler.

— Vraiment ? Dans ce cas, va me chercher Cormac. J'ai deux mots à lui dire.

Les rires des femmes furent la dernière chose qu'Elspeth entendit avant que l'effort l'accapare entièrement. Les murmures d'encouragement et ses propres grognements gutturaux se mêlèrent en un tumulte confus. Tout fut soudain balayé par une douleur fulgurante, et la jeune fille se mit à hurler.

Elspeth dut attendre que la souffrance se résorbe pour reprendre conscience de ce qui l'entourait. Elle comprit avec stupeur que tout était fini… puis, au moment précis où son esprit épuisé prenait avec inquiétude conscience du silence qui régnait dans la pièce, elle entendit des pleurs.

— *Mon bébé!* s'écria-t-elle d'une voix si rauque qu'elle ne la reconnut pas.

— Tout va bien, répondit sa mère. Agnes est en train de le nettoyer, et Sorcha va m'aider à faire de même avec toi.

— Mais…

— Ne t'inquiète pas, tu vas bientôt faire la connaissance de cette âme à qui tu as donné vie. Tu as attendu neuf mois, tu peux bien patienter quelques minutes de plus.

Elspeth obtempéra, tout en essayant d'apercevoir la petite chose qu'Agnes tenait dans ses bras. Sorcha et Maldie se montrèrent très efficaces, et la firent rouler d'un côté, puis de l'autre, pour changer ses draps, la laver avec une éponge, la recoiffer et lui enfiler une chemise de nuit propre. Elspeth avait l'impression d'être aussi désarmée que le bébé à qui elle venait de donner le jour. Elle se sentait cependant bien mieux quand les deux femmes l'aidèrent à s'appuyer sur une montagne d'oreillers et déposèrent son enfant dans ses bras. La jeune fille nota avec satisfaction en regardant Agnes défaire lentement le lange qui enveloppait le bébé que la nourrice ne l'avait pas emmailloté trop serré.

— Dix petits doigts, dix petits orteils et… c'est une fille.

— Oui, une fille ! s'écria Agnes, qui avait du mal à cacher sa joie. Elle a vos cheveux ! Oh, elle est si belle !

Avec l'aide délicate de sa mère, Elspeth donna la tétée au nouveau-né. Elle n'avait certes pas beaucoup de lait, mais ce premier essai aiderait à y remédier, et montrerait à ce nouvel être où trouver sa nourriture. La jeune fille eut un peu mal, ce dont Maldie l'avait prévenue, et tâcha de se concentrer sur le bonheur de tenir son premier enfant dans ses bras.

— Tu voulais un garçon ? demanda Sorcha.

— Non, mais avec tous les gaillards qu'on trouve chez les Murray et les Armstrong, c'était ce à quoi je m'attendais. (Elspeth sourit à Agnes.) Nous savons tous que vous avez prié pour que ce soit une fille. Vous ne croyez pas que le moment est venu d'aller chercher Cormac ?

— Je vais lui apporter sa fille, répondit Agnes. Ne vous inquiétez pas, il vous la ramènera bientôt, et en la montrant ainsi à tout le monde, même si ce n'est qu'un bref instant, nous éviterons que votre chambre soit prise d'assaut.

Agnes quitta la pièce avec le bébé en gazouillant. Sorcha et Maldie s'activèrent encore un peu puis partirent elles aussi. Elspeth bâilla profondément ; si Cormac ne se hâtait pas, il la trouverait endormie.

Cormac se raidit quand Agnes entra dans la pièce. Il avait bondi à chaque hurlement d'Elspeth, mais ses frères avaient finalement réussi – non sans avoir recours à la force – à le convaincre de rester assis. Les longues minutes de silence qui avaient suivi n'avaient fait que décupler son angoisse. Il savait bien qu'Agnes n'aurait pas eu l'air aussi joyeuse s'il était arrivé quelque chose à Elspeth, mais sa peur refusait de capituler aussi facilement.

— Comment va Elspeth ? demanda-t-il fiévreusement.

— Très bien, elle est seulement épuisée. On ne le croirait pas en la regardant tant elle est menue, mais elle vous donnera beaucoup d'enfants.

— Pourtant elle a crié…

— Comme vous le feriez vous aussi si vous deviez faire sortir ceci de votre ventre, répondit Agnes en défaisant délicatement le linge qui enveloppait l'enfant. Voyez, beaucoup de cheveux bien noirs, des petits pieds, des petites mains, et rien entre les jambes !

— Une fille ! J'ai une fille !

Cormac caressa la tête du nouveau-né d'un doigt tremblant, et le regarda disparaître, assailli par ses trois sœurs.

— Agnes me semble un peu trop satisfaite de l'absence d'un certain appendice sur ton bébé, déclara Dougal.

Cormac éclata de rire, vida le fond de sa chope, et se leva.

— Agnes, je peux voir Elspeth à présent ?

— Oui.

La femme emmaillota de nouveau la fillette et la déposa dans ses bras sans tenir compte de son regard affolé.

— Ramenez-la auprès de sa mère. (Elle le poussa doucement vers la porte.) Mon garçon, il est clair qu'avoir des enfants n'est pas un problème pour vous. Même si Elspeth a l'air faite pour donner la vie, il n'est jamais bon d'en avoir trop, trop vite. Sachant qui était ma précédente maîtresse, vous ne serez pas étonné d'apprendre que je connais quelques moyens pour que votre famille ne s'agrandisse pas trop vite.

Cormac embrassa Agnes sur la joue.

— Lady Maldie aussi, nous avons déjà eu cette conversation. Les enfants sont des cadeaux que j'accueillerai toujours avec bonheur, mais Elspeth est ma vie, et je ne veux pas la perdre en couches. (Il lança un regard au bébé dans ses bras.) Vous êtes sûre que je ne vais pas le faire tomber ?

— Oui. Je vais de ce pas apprendre la bonne nouvelle à Christopher et Alan. Allez retrouver votre épouse avant qu'elle s'endorme.

Elspeth sursauta quand elle sentit le matelas bouger. Elle comprit qu'elle s'était assoupie, et ouvrit les yeux pour découvrir Cormac à ses côtés. Il déposa sa fille sur sa poitrine, et elle se détendit quelque peu ; son mari ne paraissait pas lui en vouloir de ne pas lui avoir donné un fils.

— Agnes est folle de joie, et mes sœurs aussi, dit-il en déposant un baiser sur ses lèvres.

— Cette demoiselle va équilibrer un peu les choses.

— Tu vas bien ? demanda Cormac en passant un bras autour des épaules d'Elspeth pour la serrer contre lui.

— Je suis seulement très fatiguée, et endolorie… (Elle regarda sa fille endormie.)… mais elle vaut chaque élancement.

— Et chaque angoisse que j'ai ressentie au cours des dernières heures. Je ne savais que faire : demeurer dans la grande salle et prier à m'en casser la voix, ou courir te rejoindre pour essayer de t'aider d'une manière ou d'une autre ?

— Je suis soulagée que tu sois resté là-bas. Donner naissance à un être humain est une affaire salissante dans laquelle la pudeur n'a guère sa place et puis… j'ai parfois eu envie de t'insulter très vertement.

Ils éclatèrent de rire.

— Alors, comment l'appelons-nous ? Keira, ou Ilsabeth ?

— Ilsabeth.

Cormac embrassa le bébé sur la joue.

— Bienvenue à toi, Ilsabeth Armstrong.

— Si je connais bien les hommes, ces messieurs de nos clans sont en ce moment en train de fêter l'événement comme si c'étaient eux qui avaient donné le jour à cette petite. Rejoins-les si tu veux. Ça ne me dérange pas.

— Non, je préfère rester et célébrer l'événement avec toi.

— Tu risques surtout de me regarder dormir.

— C'est tout ce dont j'ai besoin. Je vais te louer, louer chacun de tes mots, chacune de tes caresses. Tu es mon cœur, mon âme, l'air qu'il me faut pour respirer. Je t'aime, Elspeth Armstrong, mon petit ange aux yeux verts, et je t'aimerai encore quand je ne serai plus qu'un tas de poussière au fond d'une tombe.

— Je t'aime aussi, Cormac, et je t'aimerai... encore plus longtemps.

— C'est un défi ?

— Je crois bien. Tu veux le relever ?

— De tout mon cœur, mon ange. De tout mon cœur.

EN AVANT-PREMIÈRE

Découvrez la suite de la série
Le Clan Murray dans :

LE CHEVALIER DES HIGHLANDS
(version non corrigée)

Bientôt disponible chez Milady Romance

Traduit de l'anglais (États-Unis)
par Jean-Baptiste Bernet

Chapitre premier

France,
Printemps 1458

— Tu peux me dire ce que tu fais avec cette jeune créature ?

L'imposant sir Bearnard remonta sans effort sur son épaule la jeune fille inerte.

— Je l'ai capturée au cours de notre incursion, répondit-il en regardant avec prudence sir Charles DeVeau, son suzerain.

— Je ne t'ai pas envoyé attaquer les Lucette pour cueillir les donzelles ! Il y en a bien assez ici pour satisfaire les besoins de n'importe quel homme.

— Mon seigneur, nous avons fait exactement ce que vous attendiez de nous. Il se trouve que j'ai croisé la route de cette petite tandis que nous nous éloignions des ruines en flammes du château des Lucette, et je me suis dit qu'elle pourrait me servir à rembourser une de mes dettes.

— Une dette ? Quelle dette ?

Tout en frottant son menton en pointe de ses longs doigts bagués, sir Charles tenta sans succès d'avoir un meilleur aperçu de la prise de Bearnard.

— J'ai perdu un pari contre sir Cameron MacAlpin, répondit ce dernier, qui fronça les sourcils quand son interlocuteur ricana.

— Pour commencer, cette femme n'est qu'une enfant, crasseuse, blessée… et puis as-tu oublié que notre cher chevalier écossais a fait vœu de chasteté ?

— C'est vrai, ces dames n'avaient pas l'air de l'intéresser, même si elles sont nombreuses à se presser autour de lui.

— Fais ce que tu veux, mais je suis sûr qu'il préférera des espèces sonnantes et trébuchantes.

— Peut-être qu'en lui offrant les deux femmes…

— Comment ça, les deux ?

— L'autre est encore plus jeune que celle-là, presque une fillette. Sir Renford l'a prise, car c'est ainsi qu'il les préfère.

— Soit, tu peux toujours essayer. Sir Cameron va bientôt nous quitter, et il sera peut-être prêt à faire un marché de ce genre. Qui sait, il pourrait même connaître un moyen d'obtenir quelques pièces en échange de cette fille. Quoi qu'il en soit, si elle cause le moindre problème, ce sera à toi d'en payer le prix.

Avery sentit son ravisseur s'affaisser. Une rage folle lui tordait les entrailles, et elle avait toutes les peines du monde à rester immobile tandis que sir Bearnard prenait congé de l'homme au regard froid et quittait la grande entrée. Cette brute avait tout fait pour massacrer les siens, détruit ce qui leur était cher, et voilà qu'il voulait se servir d'elle pour s'acquitter de quelque dette !

Elle n'arrivait pas à comprendre comment ce séjour dans la famille de sa mère, au départ idyllique, avait pu prendre un tour aussi tragique. Combien de ses cousins avaient péri sous les lames des DeVeau ? Restait-il quelque chose de leur domaine ? Et qu'était-il advenu de sa cousine Gillyanne, une enfant d'à peine treize ans ? Toutes ces questions la démangeaient, mais elle savait bien que jamais le colosse qui la conduisait vers son funeste destin ne se donnerait la peine d'y répondre.

Sir Bearnard s'arrêta enfin devant une robuste porte en bois à laquelle il frappa vigoureusement. Avery grimaça ; chaque coup ne faisait qu'intensifier les douloureux élancements qui lui traversaient le crâne. On ouvrit à l'homme, qui entra en lui cognant sans ménagement les jambes contre le chambranle. Elle tenta d'avoir un aperçu de cette nouvelle pièce, mais la masse de cheveux qui retombaient devant ses yeux l'empêchait d'y voir quoi que ce soit. Bearnard la lâcha sur une peau de mouton étendue devant la cheminée. Cette chute brutale la laissa abasourdie, et elle craignit un instant de perdre connaissance, terrassée par son mal de tête.

— Qu'est-ce donc ? demanda une voix grave, profonde, dans un français marqué par un fort accent étranger.

— Une femme, répondit sir Bearnard.

— Je le vois bien, mais pourquoi me l'amener ?

— Pour payer ma dette.

— Même si j'étais disposé à accepter un tel arrangement, elle ne me semble pas valoir la moitié de ce que tu me dois.

Avery accueillit cette insulte en serrant les dents et décida qu'elle avait suffisamment feint l'inconscience. Elle chassa les cheveux qui lui couvraient le visage d'un geste de la main… et sursauta. L'homme qui la toisait, debout à côté de sir Bearnard, lui parut absolument immense – et pas seulement parce qu'elle était allongée sur le dos, à ses pieds.

Il portait des bottes en daim et ses longues jambes étaient gainées dans des hauts-de-chausses en laine marron. Sa chemise en lin blanc était ouverte, dévoilant un ventre musclé et un large torse. Il était aussi hâlé que les Français aux côtés de qui il se battait, et Avery elle-même avait l'air bien pâle en comparaison. Son visage mince, encadré par une chevelure de jais qui retombait sur ses épaules, était parfaitement inexpressif, mais d'une certaine beauté. Il avait la mâchoire carrée, et, la jeune fille devait bien l'admettre, des lèvres plutôt appétissantes, même si elles étaient pour l'instant sévèrement pressées l'une contre l'autre. Ce furent cependant les yeux de l'homme, les plus noirs qu'elle ait jamais vus, qui attirèrent surtout son attention. Surmontés de sourcils bien dessinés et bordés de cils prodigieusement longs, on aurait cru deux morceaux de charbon.

— J'ai entendu dire que tes hommes et toi alliez bientôt nous quitter, dit sir Bearnard.

— En effet, dans deux jours.

— J'ai bien peur de ne pas avoir le temps de rassembler la somme que je te dois d'ici là.

— Dans ce cas, tu n'aurais pas dû faire ce pari.

Bearnard rougit.

— J'ai été bien mal inspiré. Quoi qu'il en soit, tu pourrais trouver une utilité à cette femme, demander une rançon aux siens, ou encore la vendre.

— Tu l'as capturée en attaquant les Lucette ?

— Oui, je l'ai trouvée devant leurs portes.

— Dans ce cas, c'est sûrement une paysanne, et on ne me paierait pas grand-chose pour la retrouver.

— Regarde ses vêtements ! Aucune fille de ferme ne s'habille de la sorte.

Sir Cameron s'agenouilla pour examiner la toilette d'Avery. La jeune fille, n'y tenant plus, lança le pied en direction de sa mâchoire, mais il lui saisit la cheville avec une rapidité effarante. La robe d'Avery remonta, dévoilant ses jambes, et à son grand désarroi, sir Cameron décida de la maintenir dans cette fâcheuse posture. Elle poussa un hoquet scandalisé quand il souleva sans ménagement ses jupes, puis inspecta ce qu'elles dissimulaient avec un petit sourire.

— Des braies…, murmura-t-il.

Sir Bearnard risqua un regard avant que sir Cameron ne laisse retomber les pans de la robe.

— Drôle d'accoutrement pour une femme.

— Ainsi, tu n'as pas goûté au présent que tu essaies de m'offrir.

— Non, je te le jure. Je l'ai seulement capturée pour payer ma dette.

Toujours accroupi, sir Cameron passa la main le long de la jambe d'Avery qui bouillait, sa furie décuplée par un terrible sentiment d'impuissance. Cet homme la traitait comme si elle était un cheval qu'il s'apprêtait à acheter. Elle était effrayée, mais sa pudeur mise à mal n'y était pas pour grand-chose. Comme elle le redoutait, les longs doigts de sir Cameron juron, et crut à sa grande fureur distinguer une lueur amusée dans le regard de l'homme.

— Je te crois, Bearnard, dit Cameron en tirant l'arme de sa gaine.

Il lâcha la jambe d'Avery et se releva.

— *Merde!** s'écria le seigneur. Pas une seconde je n'ai pensé à la fouiller. Après tout, ce n'est qu'une femme.

Avery décocha un coup de pied en direction de Sir Bearnard, qui l'esquiva prestement, puis elle rajusta sa robe. Sir Cameron examinait soigneusement sa dague quand un jeune homme s'approcha de lui. Il avait probablement le même âge qu'elle, dix-huit ans, peut-être moins, grand, et presque trop svelte, et était aussi roux que Cameron était brun.

— Cameron, c'est une..., dit-il en anglais, effaré, en fixant tour à tour l'arme, puis Avery.

---

* En français dans le texte.

— Je sais, Donald, le coupa l'homme dans la même langue.

Sans quitter Avery des yeux, le nouveau venu murmura :

— Elle a des yeux de chat.

— Oui, et j'ai l'impression qu'elle est aussi sauvage que la pire de ces bêtes. (On frappa vigoureusement à la porte, et Cameron murmura en français à l'attention de sir Bearnard.) Je suis soudain très demandé, il semblerait.

— Bearnard, espèce d'enfant de catin ! Ouvre, je sais que tu es là-dedans ! beugla une voix grave.

— Ah non, c'est pour toi, dit Cameron. À ta place, j'essaierais de voir ce que veut cet homme.

— Nous sommes quittes ?

— Je n'ai pas encore décidé.

Sir Bearnard ouvrit la porte et un homme massif aux cheveux châtains entra dans la pièce – mais Avery n'avait d'yeux que pour la frêle jeune fille qu'il traînait derrière lui.

— Gillyanne ! s'écria-t-elle.

Elle s'apprêta à se relever, mais sir Cameron l'immobilisa en pressant doucement sa botte contre son ventre.

— Tu peux garder cette petite garce, gronda Sir Renford en poussant sans ménagement Gillyanne vers Bearnard. Elle est malade.

Bearnard s'écarta, les bras levés pour ne pas toucher la jeune fille. Elle se précipita vers Avery, mais s'arrêta avec un couinement terrifié quand Cameron tira son épée pour la brandir dans sa direction.

— Vous tueriez une enfant ? demanda Avery, trop effrayée pour se taire ou même continuer à prétendre qu'elle était française.

— Tu as entendu, elle est malade.

Avery contempla Gillyanne et sourit. La peau très claire de la jeune fille était couverte de boutons. Ses yeux légèrement vairons étaient rouges, ses paupières gonflées.

— Laisse-moi deviner, il t'a donné des fraises ? demanda Avery à sa cousine.

— Oui… enfin, non. Il en avait dans sa chambre, et j'en ai englouti quelques-unes pendant qu'il avait le dos tourné.

Cameron hésita un instant, puis rengaina son arme.

— Vous l'avez dupé.

Il leva le pied pour libérer Avery, puis regarda, les sourcils froncés, Gillyanne se jeter dans les bras de la jeune femme.

— Vous auriez trouvé plus honorable qu'elle laisse ce porc de français la violer ? répondit cette dernière.

— Ce n'est qu'une enfant, souffla Donald en contemplant sir Renford avec un dégoût mal dissimulé.

— Elles parlent anglais ! s'écria Bearnard en fermant la porte sur sir Renford qui s'éloignait en vitupérant.

— C'est ce qu'on dirait, approuva Cameron. Je crois même qu'elles nous viennent d'Écosse.

— C'est vrai qu'une parente des Lucette vit là-bas. Pardon, mais… tu es sûr que c'est une bonne idée de laisser cette malade toucher l'autre fille ?

— Tu crains qu'elle perde de sa valeur ? Rassure-toi, ce mal ne se transmet pas.

— Dans ce cas, es-tu prêt à prendre les deux en guise de paiement ?

— Je n'ai pas vraiment le choix, n'est-ce pas ? De toute façon, si je n'arrive pas à en tirer quoi que ce soit, je pourrais toujours te retrouver.

À la surprise d'Avery, sir Bearnard pâlit et acquiesça nerveusement.

— Je te souhaite un bon retour parmi les tiens, Cameron.

— C'est un écossais ! chuchota Gillyanne à l'oreille d'Avery. Ça veut dire qu'on a plus rien à craindre ?

— Rien n'est moins sûr. Il nous a acceptées en règlement d'un pari perdu, ce qui n'est pas vraiment une conduite digne d'un gentilhomme. Je ne le trouve pas très rassurant non plus… et puis ce nom de MacAlpin me préoccupe, même si je n'arrive pas à me rappeler pourquoi.

Une fois sir Bearnard sorti, Avery toucha délicatement la joue de sa cousine.

— Tu te remettras vite ?

— Oui, et puis ça ne fait que me démanger, voilà tout.

— Laisse-moi parler, dit la jeune fille quand Cameron revint vers elles.

L'homme contempla les deux frêles créatures qu'on venait de lui céder. Il avait toujours trouvé de telles transactions particulièrement déplaisantes, mais savait bien que c'était un point de vue que peu de ses congénères partageaient. Il n'avait pas grand-chose en commun avec ceux aux côtés de qui il s'était battu au cours des trois dernières années. Cameron et ses hommes avaient progressivement pris leurs distances, ce qui avait en soi posé quelques problèmes. Il aurait seulement voulu ne pas voir un dernier traquenard se dresser devant lui avant de pouvoir retrouver l'Écosse, sa demeure, et avant tout, il avait besoin d'un peu de tranquillité.

Il était surtout désarçonné par la première jeune fille que Bearnard lui avait amenée. Elle était hirsute, sale, et visiblement n'avait pas la décence d'avoir peur. Elle portait des braies, et se promenait avec une dague attachée à la cuisse, qu'elle avait ravissante. Cameron la trouvait à la fois belle et intrigante, ce qui l'inquiétait quelque peu. Il lui avait fallu une bonne partie de ses vingt-huit années d'existence pour comprendre que les femmes qui éveillaient son désir ne lui apportaient que des ennuis. Il n'était certainement pas ravi de voir cette petite chose aux yeux dorés raviver une fièvre qu'il contrôlait pourtant depuis près de trois ans. Pas une seule fois au cours de ces longs mois il n'avait chancelé et enfreint son vœu de célibat... mais Dieu sait qu'il se sentait faiblir en cet instant.

Il étudia attentivement la jeune fille pour tâcher de comprendre pourquoi son sang bouillait ainsi. Elle était menue – une fois debout, elle devait lui arriver à la poitrine – et très svelte, bien loin des femmes plantureuses qu'il avait par le passé poursuivi de ses assiduités. Sa poitrine était petite mais ferme et délicieusement arrondie. Elle avait la taille très fine et des hanches harmonieuses. Cameron avait déjà pu constater que ses jambes étaient superbes et étonnamment longues pour sa taille. Sa peau était légèrement dorée et, Donald avait raison, ses yeux ressemblaient à ceux d'un chat. Ils étaient couleur d'ambre, et qui plus est légèrement étirés, accentuant leur allure féline. Bordés de sourcils sombres et de longs cils, ils occupaient la plus grande partie de son visage en cœur. Son petit nez bien droit descendait vers sa bouche aux lèvres charnues. Une abondante crinière châtaine aux reflets d'or et soulignée de quelques mèches rousses menaçait d'engloutir le tout et venait frôler son bassin.

Cameron se massa la nuque et réprima de justesse une grimace. Inutile de se mentir, c'était une créature parfaitement exquise, et il avait tout intérêt à rester le plus loin possible d'elle s'il ne voulait pas rompre son vœu de célibat – chose qui serait sans probablement impossible quand ils regagneraient l'Écosse ensemble.

— Qui es-tu ? demanda-t-il.

Avery songea tout d'abord à mentir, puis se ravisa. Même si cet homme la croyait, Gillyanne était trop jeune pour l'accompagner dans une duperie qui promettait d'être aussi longue que compliquée.

— Je suis Avery Murray, fille de sir Nigel Murray et de lady Sisek, une Murray de Donncoilll, et voici ma cousine Gillyanne Murray, fille de sir Eric et de lady Bethia Murray de Dubhlinn.

Le visage de l'homme passa tour à tour de la surprise à la colère.

— Cameron, ce n'est pas un Murray qui…, commença Donald.

— Si, grogna-t-il en saisissant le poignet d'Avery pour la relever sans ménagement. Dites-moi, madame, connaîtriez-vous par hasard un certain Payton Murray ?

— C'est mon frère.

Qu'avait donc bien pu faire Payton pour mettre cet homme dans une telle fureur ? Avery tenta de s'écarter, et sentit la peur la gagner quand un sourire inquiétant se dessina sur son visage.

— Peut-être que ce cher vieux Bearnard s'est acquitté de sa dette, après tout.

— Nos familles vous paierons très généreusement pour nous retrouver saines et sauves.

— Oh, je n'en doute pas. Enfin, le destin me sourit. Imagine ! Pour une fois qu'on me paie en nature, l'idiot que j'ai battu aux dés m'offre sur un plateau la sœur du scélérat qui a violé la mienne.

Avery contempla l'homme, bouche bée, abasourdie par ses accusations… puis sentit la rage l'emporter. Elle l'insulta et, le poing fermement serré, le frappa à la mâchoire. Cameron rugit, mais pris au dépourvu, il tituba, heurta un tabouret en reculant et tomba à la renverse, emportant Avery dans sa chute. Elle atterrit sur lui, le souffle coupé, mais agrippa la chevelure de l'homme à deux mains et lui cogna plusieurs fois la tête contre le sol jusqu'à ce que son étreinte sur ses poignets devienne trop douloureuse. Cameron la lâcha pour se frotter le crâne, et elle en profita pour le frapper de nouveau. Elle tenta alors de s'enfuir, mais l'homme attrapa le bas de sa robe et tira d'un coup sec.

Avery heurta le sol avec force. Elle se retourna sur le dos et, voyant que Cameron s'apprêtait à la clouer au sol, lui décocha un coup de pied en plein visage. Il grogna, mais ne renonça pas pour autant. Avery se débattit de toutes ses forces pour ne pas être immobilisée.

Du coin de l'œil, elle vit Gillyanne sauter sur le dos de l'homme et lui enserrer le cou de ses bras malingres. L'enfant tenta de lui tirer la tête en arrière, et Avery en profita pour lui asséner un nouveau coup de poing.

— Donald, débarrasse-moi de ce petit démon ! tonna Cameron.

Il ne fallut guère de temps au jeune homme pour décrocher la minuscule Gillyanne, et encore moins à Cameron pour plaquer Avery au sol. Tout en lui lançant un regard haineux, elle prit conscience qu'il avait fait tout son possible pour ne pas lui faire trop mal. Elle ignorait encore pourquoi, mais se promit d'y réfléchir.

— Mon frère n'est pas un violeur !

— Ce n'est pas ce que dit ma sœur, rétorqua Cameron en la soulevant, les deux poignets serrés dans une seule de ses grosses mains.

— Et tu as eu vent de ce mensonge ici, alors que tu servais sous les ordres de ces assassins de DeVeau ?

La façon dont Avery avait craché ce nom, comme si c'était la pire des insultes, éveilla l'intérêt de Cameron, mais le moment était mal choisi pour satisfaire sa curiosité.

— Mon cousin Iain, qui fait office de laird de Cairnmoor en mon absence, a dépêché un messager pour m'apprendre la nouvelle. Il m'a bien fallu une quinzaine de jours pour me défaire de toutes mes obligations, mais je suis enfin libre de rentrer chez moi pour m'occuper de ce problème.

Avery se rappela alors pourquoi le nom de MacAlpin ne lui était pas inconnu. Elle l'avait lu dans la dernière lettre que sa mère lui avait écrite. Elle y évoquait un « petit malentendu » à régler avec ce clan, et leur suggérait ensuite à mots couverts de passer encore un peu de temps avec leurs cousins français. Avery s'employait à écrire à lady Sisek pour lui demander ce qu'elle entendait exactement par « malentendu » quand les DeVeau avaient attaqué. Elle comprenait à présent mieux pourquoi sa mère voulait que sa cousine et elle restent là où elles étaient. Le viol de la sœur d'un laird était un crime très grave, apte à provoquer des guerres sanglantes et une querelle sans fin entre clans.

— As-tu déjà rencontré mon frère, ou un membre de ma famille ? demanda Avery.

— Oui, sir Balfour, une fois, à la cour, répondit Cameron.

Il la poussa sur le lit et ramassa des menottes posées sur un gros coffre pour l'attacher à l'une des colonnes.

— On a du mal à garder ces dames dans son lit, à ce que je vois, dit-elle.

Donald hoqueta et Cameron rougit imperceptiblement. Peut-être n'était-il pas très avisé de mettre en rage son ravisseur.

— J'ai acheté ces choses pour les rapporter à Cairnmoor, car elles sont plus solides et plus confortables que les nôtres, gronda-t-il, les dents serrées.

Mais pourquoi ressentait-il le besoin de se justifier auprès de cette petite impertinente ?

Avery se contenta de hausser les épaules.

— Et où donc Payton aurait-il commis un tel crime contre ta sœur et ton clan ?

— À la cour. Iain et ma tante y avaient emmené ma sœur pour la marier.

— Dans ce cas, pourquoi cette histoire n'a-t-elle pas été réglée là-bas ? Le roi lui-même aurait pu faire office de juge.

— Ma sœur n'a parlé qu'une fois revenue à Cairnmoor. Tout le clan la pressait pour qu'elle accepte d'épouser sir Malcolm Cameron, mais elle s'obstinait à refuser. Elle a fini par avouer qu'elle ne pouvait pas se marier, car votre frère lui avait pris sa virginité de force – et comme si le crime n'était pas assez grand, elle pense attendre son enfant. Iain a bien essayé de résoudre le problème aussi pacifiquement que possible, mais Payton nie tout et refuse de l'épouser.

— Vous n'avez jamais rencontré mon cousin, dit Gillyanne. Il n'a pas besoin de prendre quoi ce que ce soit de force à une femme.

— Elle a raison, renchérit Avery. Pourquoi un homme essaierait-il de dérober ce que tant d'autres lui offrent volontiers ?

— Pour quelle raison une dame se déshonorerait-elle avec un tel mensonge ? demanda Cameron.

— Comment le saurais-je ? Je n'ai jamais rencontré ta sœur.

— Je crois que tu refuses de voir quel homme est réellement ton frère.

Il prit Gillyanne par le bras et se dirigea vers la porte.

— Où emmenez-vous ma cousine ? s'écria Avery en s'élançant à leur suite…

Pour être aussitôt retenue par les menottes qui lui enserraient le poignet.

— Se nettoyer. Allons, viens, Donald. (Cameron lui lança un regard dédaigneux.) Je vous fais apporter de l'eau pour vous baigner, et une robe.

— Et comment suis-je censée m'y prendre ainsi enchaînée ?

— Vous m'avez l'air d'une jeune fille intelligente, je suis sûr que vous trouverez une solution.

Achevé d'imprimer en mai 2013
Par CPI Brodard & Taupin - La Flèche (France)
N° d'impression : 73187
Dépôt légal : mai 2013
Imprimé en France
81120997-2